U0055293

狼孩

Wolf Kids

郭雪波 著

很多年過去了。

每當我從城裡回到故鄉，坐在河邊的沙丘上，

就想起我那狼孩弟弟小龍，

還有那隻不屈的母狼和牠的家族。

——作者題記

目錄

卷首

鹿，到上帝那兒告了狼的狀。

鹿族安寧地生活在森林荒原，卻總受狼的追捕，整日奔波動盪，一批批被狼吃掉，何等地不公平！上帝既然創造了鹿，為何又創造狼來捕殺牠們！

上帝微笑著，滿足了鹿的要求，把狼召回天上。

從此，鹿族過上了安定的生活，不再奔波動盪，在森林湖邊吃了即睡，變得懶惰，漸漸失去往日在奔波中鍛鍊出來的強健體魄；更因沒了狼，牠們住地的死屍無法清理，腐爛後滋生瘟疫，鹿群一批批死亡，整個家族瀕臨滅亡。

無奈，鹿又找上帝訴苦，還是把狼派回來吧，安逸和懶惰，正在毀掉我們的家族。

於是，森林和荒原上，又有了狼群。鹿族在被追捕中又恢復了往日奔騰的生機和興旺。

——流傳在科爾沁草原的傳說

第一章　草原狼蹤

躲在草叢後邊，我們看見了動人的一幕：那隻公狼正在轉移受傷的母狼和三隻狼崽！母狼受傷的前腿搭在公狼的脖子上前行，牠們倆的嘴裡叼著狼崽，公狼叼兩隻，母狼叼一隻，走得極其艱難而緩慢。

一

荒野寂靜，灰濛濛如睡獸。

「嗚嗚……」突然傳來奇怪的聲音。

「啥聲音？」我扯了一下老叔滿達的衣袖。

老叔瞅一瞅四周蒼蒼莽莽的荒坨子，復低頭撿起杏核，說：「沒啥聲音。」

「嗚嗚……」那聲音又響起。

「你聽！」我有些緊張，目光搜索著周圍的草叢沙丘。

「嗨，是狗崽叫。」老叔這回也聽見了，並馬上做出判斷，依舊把一捧一捧的乾杏核裝進口袋裡。

沙坨子中的乾落野杏核能賣錢，每到秋季，我和老叔都要走進離村三十里的黑沙坨子，撿杏核籌集學費。老叔比我大兩歲，十五歲的他，膽子也比我大，荒沙野坨哪兒都敢去，人稱「豹膽兒滿達」。

「嗚嗚……」

那喉嚨被堵塞的哼叫聲變大了，似哭似泣，聽著駭人，好像就在附近。我和老叔的目光，一下子盯住了右側老山杏樹後頭。那裡有一片亂草棵子，老叔拿起鐮刀就走過去了。我緊跟其後，貓著腰輕輕撥開那片草棵子。於是，我們看見了那隻「大狗」。

草後的沙丘下有個黑洞，洞口躺著一隻毛茸茸的「大狗」，身上流著血。三隻小狗崽趴在「大狗」肚下呻吟，吸吮「大狗」帶血的奶頭。小狗崽的臉面也塗滿了鮮紅血跡。「大狗」身軀顫抖，微張著嘴，呼吸困難，顯然受傷不輕。

「真是小狗崽哎！」我喜叫。養一隻小狗崽，是我夢寐以求的事，站起身就要跑過去，卻被老叔像薅乾草一樣薅了回來。

「那不是狗崽。」老叔說。

「那是啥？」

「狼崽。」

「啊?!」我頓時變了臉。

受傷的母狼此時也有了警覺，衝我們這邊齜牙咧嘴，瞪著綠眼珠，掙扎著站立起來，踉踉蹌蹌走了幾步，又摔倒了。傷勢過重無法驅趕入侵者，使得母狼惱怒地發出一聲咆哮，艱難地把兩隻小崽攏在自己頷下，嗓眼裡不停地滾動出威脅的低吼：「嗚——嗚——嗚——」

老叔拉上我後退幾步，說：「咱們快離開這裡！」

「那狼崽會餓死的……」我不知自己爲何留戀起那狼崽。

「那是狼崽，你還可憐牠？」

「狼崽怎了？現在跟狗崽差不多，怪可憐的……」我放緩了腳步，「老叔……」

「幹啥？」

「那狼崽……」

「你想幹啥？」

「我想抱回家一隻養著，行不？」

「你瘋了？狼崽能養啊？」老叔的眼睛瞪得溜圓。

「怎不能？咱們一手養大了，牠不就有了人味兒！到那時，咱們就不怕二禿家的大花狗了。」一提二禿和他的大花狗，老叔就恨得牙根發癢，每次路過他家門口去上學，二禿就放出狗來咬我們。原本我們家也有一隻大黑狗，像一頭狼，特厲害，後來被人偷吃了，我和老叔傷心地哭了好幾天，我們懷疑是二禿的爸爸，大禿子胡喇嘛村長幹的。

現在聽我這麼說，老叔動心了。

他一拍腿：「好，咱們就抱回去一隻，養養試試！」

他拉著我，撥開那片草叢，觀察片刻，斷定那母狼無力攻擊我們，便「噌噌」跑過去了。母狼流血過多，連站都站不起來了，只是本能地掀起上嘴唇，露出尖利的牙齒想嚇退我們。但這些已經無濟於事，牠是無法保護牠的小崽了。

老叔舉起鐮刀想砍那隻無力反抗的母狼。

「別！別砍牠！」我大叫，「搶人家的孩子還砍死牠，那狼崽會恨我們一輩子的！」

老叔猶豫了一下，就用鐮刀背兒摁住母狼的頭，不讓牠動彈。老叔說：「阿木，麻利點抱一隻，咱們走！」

我從三隻狼崽中選了那隻耳尖上有一撮白毛的小狼崽，抱起來。才兩三個月的小狼崽不會咬人，只往我的懷裡拱奶，顯然牠是餓壞了。我被拱得好癢，笑出聲來。

「你笑啥？」老叔問。

「牠拱我，癢癢。」

「那你把你的小黑奶頭給牠吃吃吧。」老叔逗我。

「對了，我包裡還有一瓶酸奶，給牠吃。」

說著，我就掏出那瓶準備自個兒喝的酸奶，餵給小狼崽吃。小狼崽吧唧吧唧吃著奶，不再哼哼了。那母狼在老叔的鐮刀頭下無力掙扎，雙眼凶狠地盯著抱走小狼崽的我，喉嚨裡呼兒呼兒地發出低吼。

「老叔，母狼是不是快死了？」

「差不離，中了兩槍，叫獵人打的，血流乾了，牠也就死了。」

我走過去，俯身查看了一下母狼的傷處。

「老叔，咱們給牠包紮一下吧。」

「你又想幹啥？」

「止住流血，興許牠還能活過來。」

「你還真是菩薩心腸！」

「咱們救活牠，牠就不會懷恨我們抱走牠的孩子了。」

「可能嗎？這是一隻野狼！」

「管牠可能不可能，咱們先做嘛。」

於是，我和老叔先用柳條一道一道包紮緊母狼被射斷的一條腿，再從我的衣服上扯下一條布條兒，緊緊紮緊母狼流血的胸口。那母狼似乎懂得了我們的好意，微閉上雙眼，任由我們擺弄，老實得像一隻家狗。

「好了，母狼，妳要是能活過來，別去騷擾我們啊，我們帶走妳的小崽幫妳養著，反正妳不能餵養牠了。」我說著，重新抱起那隻白耳尖狼崽。

「快走吧，你真囉嗦！」老叔不耐煩了，催促著我。

正在這時，突然從遠處傳出一聲長長的尖利的狼嗥聲。

「不好！還有一隻公狼！這是狼的一家，公狼去覓食剛回來！咱們快離開這裡！」老叔的臉色變了，他拉起我就跑，見我還抱著那隻白耳狼崽，就衝我吼起來，「快丟掉牠！你還抱著牠幹啥？快丟掉！」

「不嘛，我要帶牠回去養！」我固執著。

「你找死啊！公狼會追過來咬死我們的！」老叔急了，不由分說搶走我懷裡的狼崽，丟回母狼身邊，然後頭也不回地拉著我，跑回我們原先歇息的山杏樹下，收拾起東西來。

我們很快把撿好的兩口袋乾杏核馱在驢背上，匆匆離開這塊危險之地，直奔回家的路。老叔把毛驢趕得兔子似的，臉色鐵青，一句話也不說，也不讓我出聲。我這時才感覺到了危險，一想起自己剛才對母狼和狼崽的舉動，心裡不免有些害怕。

這時，那隻公狼的嗥叫聲愈來愈近了。

二

有幾人躡手躡腳地，從沙灣子處冒了出來。他們手提槍，牽著馬，眼盯著地上的什麼印跡，個個神情緊張，如臨大敵。

撞見牽驢趕路的我和老叔，他們如撞見了鬼般，瞪大了眼珠圍了過來。為首的是大禿子胡喇嘛村長。

「你們倆是從那邊、那邊過來的嗎？」其中一個叫金寶的獵手說話都不俐索，指著我們身後的坨子，好像我們是從地獄那邊走過來的。

「是啊。怎的了？」老叔答。

「就憑你們倆小臭蛋？」胡喇嘛繃緊的臉鬆弛下來，不屑地用眼梢瞥著我和老叔，似乎不相信也不甘心我們的膽量超過了他們大人。

「當然不是了。」我衝他撇了撇嘴。我極厭惡胡喇嘛冒油的禿頭，春夏秋冬總捂著一頂油膩的帽子。

「我說是嘛，是你老子蘇克領你們來的吧？」胡喇嘛咧開大嘴樂，伸脖往我們身後看，「他人呢？」

「不是我爸。」

「那是誰？」

「我們的守護神。」我奶奶虔誠信佛，總跟我說善心人總有守護神伴隨。

「哈哈哈哈……」老叔滿達憋不住樂了。然後，牽上毛驢對我說，「咱們走。」

「站住！」胡喇嘛受奚落不悅了。

「幹啥？」老叔並不買他的帳，眼一横，口氣也不軟。我爺爺是村裡咱這家族的長者，胡喇嘛當村長，再霸道也要讓幾分。

「不幹啥，問你個話。」

「問啥球話？」

「你們在那邊坨子裡沒遇著啥嗎？」

「啥？」

「狼！」

「狼？」老叔剛要張口被我拉了一下，便改口，「沒有哇，沙坨子裡連跳鼠都快絕了，哪兒來的狼！」

「瞎扯！」胡喇嘛指著旁邊的獵手金寶，「他在林子裡打傷了一隻追兔的母狼，公狼又躥出來攻擊他，這不，我們正尋腳印去圍剿這對野狼呢！」

獵手金寶呵呵得意地笑。原來那隻母狼被他所傷。我真有些不相信他那種猥瑣矮墩的狗樣，還能傷了母狼。他外號叫「娘娘腔金寶」，說話嗲聲嗲氣，辦事也萎萎縮縮，村裡大人小孩都不拿他當回事。於是他的興趣放在了野外，掏個獾洞了，打個沙斑雞了，偶爾也能伏擊個雪中覓食的狐狸什麼的，號稱獵手。實在沒打的，他就掏家雀，連毛在火裡燒著吃。蒙古人生來只吃牛羊肉，誰還吃家雀呀，不夠塞牙縫不說還嫌髒，連狗都不聞，只有逮老鼠的貓才吃。這也是金寶被人看不起的一個原因。當然了，他媳婦被南方販子拐跑也是一個原因。

「你們倆臭小子，沒叫那對惡狼吞到肚裡，真是福大命大。」胡喇嘛牽過馬，重新去查看原先的狼印時這麼說。

「我們還真……」好逞強的老叔又差點冒出口。

「我們還真福大命大，你們可就玄了，小心叫狼叼了你們的球！」我岔開老叔的話說。

「你這小兔崽子。」胡喇嘛罵了一句，領著他的「獵隊」，又小心翼翼地尋著腳印，向沙坨深處追去了。

荒野光禿的沙地上，剩下我和老叔外加一頭老驢，顯得好空曠寂寥。我注視獵隊消逝的方向，心變得沈重起來。

「你爲啥不讓我說出去咱們遇著狼的事呢？」老叔不解地問我。

「我不想讓他們找到狼窩。」

「你還惦記著狼崽？」

「嗯哪，沒有狼崽，沒有大狗，咱們可怎對付二禿和他的大花狗喲。」我又憂慮起來。「老

叔，我有個主意，咱們跟著他們過去。」

「幹啥？」

「看看他們打狼……」

「哈，你小子想撿個洋撈兒，好，我同意！」老叔也來了勁頭，他想逮個狼崽的心情一點也不次於我。

我們把毛驢和杏核就留在沙灣處，用木橛子拴住毛驢兒，乾杏核卸在一旁。我們就攥著鐮刀尾隨在獵隊後邊，悄悄跟去。

後來，嫌他們找腳印太慢，我和老叔輕車熟路走直路，翻過沙坨子，直接到了老山杏樹後的狼窩那兒等候起來，反正他們早晚會趕過來的。

躲在草叢後邊，我們看見了動人的一幕：那隻公狼正在轉移受傷的母狼和三隻狼崽！母狼受傷的前腿搭在公狼的脖子上前行，牠們倆的嘴裡叼著狼崽，公狼叼兩隻，母狼叼一隻，走得極其艱難而緩慢。

也許，公狼感覺到了危險正臨近，回頭跟母狼碰了碰鼻嘴，低聲「呼兒呼兒」叫了幾下，便一起放下嘴裡叼著的小崽，然後公狼半馱著母狼，大步大步飛躍著消逝在沙漠深處。

「牠們扔下狼崽走了，咱快過去撿回來！」我急忙說。

「不是的，公狼嫌慢，先轉移母狼到安全地方，然後回來叼狼崽走。咱們可別招惹牠們。」老叔頗有經驗地按住我說。

這時，胡喇嘛和他的獵隊出現了。

從暗處看著這些「勇敢的獵人」，躡手躡腳畏首畏尾地接近狼窩，我們差點笑出來。放棄祖先的牧業經濟，安居家業的生活並翻耕沙坨爲生，這裡的蒙古人簡直失去了祖先的所有豪邁和勇敢。

「那邊有狼崽！」眼尖的娘娘腔金寶尖叫起來。

「趴下！可能有大狼！」胡喇嘛一聲喝叫，這幾位獵人忙不迭地就近撅著屁股趴在地上，誰的槍一失手「砰」地放了一槍，槍聲在大漠中回聲很大，震耳欲聾，久久不絕。

我和老叔又差點笑出來。

半天沒有動靜。

確認沒有大狼之後，他們很勇敢地站起來，衝那三隻孤弱無助的狼崽，如惡虎般衝了過去。小狼崽還沒有長牙，但會咧開嘴做出哧哧嚇人狀。被胡喇嘛抓在手裡的那隻，卻用肉牙床咬住他的手指不鬆口，疼得他把那狼崽一把摔在地上，又踢了一腳，怕其不死拔刀接連捅了幾刀。另一隻也慘遭同樣下場，甚至更慘，狼崽的肚腸都翻出來了，血灑得滿地鮮紅。我不忍目睹，閉上雙眼。

老叔嘟囔說：「媽的，不敢追大狼，殺小崽出氣，啥本事？」

我夢想中的狼狗，正在消失。

只有娘娘腔金寶手裡抓到的那隻倖免於難。胡喇嘛似乎沒有殺過癮，要搶過那隻狼崽時，金寶死抱著沒有放，說帶回家玩玩，興許還有用。胡喇嘛呵呵笑說，就你娘娘腔心眼兒多。爾後，他像一位勝利的將軍般察看周圍，又往那個狼洞裡「砰砰」放了幾槍，仍不放心，貓著腰端著槍走進一米多深的狼洞，再灰頭土臉地爬出來時，手裡多了半隻野兔，呵呵笑說沒有白來，晚上的下酒菜有了。

我在心裡說，你也就撿個狼剩兒狗剩兒的。

「聽！」娘娘腔失聲一叫，臉唰地白了。

於是，他們和我們都同時聽到了那隻公狼的怒嗥。長長的、冰冷的、刺人心肺的狼嗥從不遠處傳過來。

「快跑！」娘娘腔金寶爬上馬背，就要逃。

「膽小鬼！」胡喇嘛壯著膽兒罵了一句。

「殺了狼崽，大狼會紅眼的，人鬥不過紅眼的惡狼！」

其他幾人也都流露出畏懼之色，紛紛上馬。胡喇嘛這才膽怯了。嘴裡罵一句狗日的，又朝天放了一槍壯膽，然後才騎上馬，和其他人一道絕塵而去。他們倉皇奔逃的樣子，完全沒有了剛才打狼崽時的英雄氣概，有一個掉了一隻鞋子都沒有回來撿，狼狽至極。

「咱們也快撤吧。」老叔拉了我一把，悄聲說。

「媽的，天殺的大禿子他們，幹出這種缺德事！」我憤憤罵道，爲慘死的小狼崽不平。人類的這種殘忍的屠戮動物幼崽的行爲，引來無窮後患甚至是災難，爲此，村裡人以及我們家付出了慘痛的代價。

三

西邊的太陽通紅，在茫茫的大漠天際燃燒。

科爾沁沙地如一條被火光罩住的死蛇，靜靜地躺在東邊，漸漸也隨那火燃燒起來，萬里飛紅。

據說，科爾沁沙地往年叫科爾沁草原，屬於成古思汗的胞弟哈布圖·哈薩爾的領地，牧野千里，綠草萬頃，清道光年間開始「移民實邊」，開墾起這片草原，改變了原先以牧爲主的人類生存方式，稱之爲農業代替牧業，並號稱「先進」了。

這種「先進」，卻給科爾沁草原帶來了毀滅性的災難：草植被下邊的黃沙被翻耕上來，草原如剝光了綠綢衣一般，赤裸裸，日復一日無可奈何地沙漠化了，經上百年變遷，就成了如今這種茫茫無際的大沙地，唯有邊緣地帶的沙坨子，還倖存著些稀稀拉拉的野山杏、檸條、沙蒿子等耐旱草木。

我和老叔匆匆走在科爾沁沙地西南地帶的塔民查干沙坨裡。老叔不時回頭瞧一瞧那隻紅眼的公狼是不是追上來了，同時跟西邊的落日賽跑，要趕在天黑以前走出沙坨子。我們剛走一半兒路，那輪西邊的太陽似乎也著急回家，眼瞅著就貼上了大漠邊緣，霎時變得金紅金紅。只見它褪去剛才還滾滾燃燒的刺眼光芒，顯得清晰而柔和，揮灑出的晚霞塗滿我們這邊的天空和沙坨。我們恨不得拿根木棍，支撐住那輪落日不再往下滑落。老叔手裡的柳條打得驢屁股劈啪直響，可馱著死沈死沈的乾杏核，蹄子又老陷進軟沙地邁不快，真是難爲了這頭毛驢。

人和畜很快呼哧帶喘了。

「咱們別奔命了，公狼追也得追他們呀，咱們也沒殺狼崽。」我擦著臉上脖上直流的汗水，停下步子喘口氣。這時發現我們的身影兒在沙地上投出很長，周圍的沙峰也拖出了長長黑影。顯然，太陽真的要落下去了。

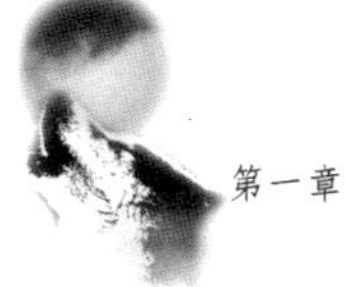

我轉過頭往西瞅了一眼，便驚呆了。

我真沒想到此時的大漠落日是那麼漂亮，那麼壯觀！它變得碩大而滾圓，卸去了金色光環，卸去了所有的裝飾，此時完全裸露出真實的自己，火紅而毛茸茸，和大漠連成一體，好比在一面無邊的金色毯子上，浮著一個通紅的大絨球，無比嬌柔地，小心翼翼地，被那美麗的毯子包裹著，像是被多情的沙漠母親哄著去睡眠。此時的大漠，也一片安謐和溫馨，那樣莊嚴而肅穆地歡迎那位疲倦了的孩兒緩緩歸來。於是，天上和沙上只殘留下一抹淡紅，不肯散去。黃昏的暗影悄悄如一張絲網綢幔般飄落下來，人好像處在縹緲的幻影中。我的眼角有些濕潤，突然萌生出想哭的感覺，爲那大漠的落日。儘管它帶走了它的光輝，但這最後瞬間的壯美和大自然的瑰麗都融進了我的心田，使我終身不忘。

黃昏的沙漠小路還依稀可見。大漠開始拉下黑沈的臉。遠處有一種夜鳥在哀鳴，那啼鳴很像在說：「帶我出去！帶我出去！」我和老叔的心都突突的。傳說有一少女迷路在塔民查干沙坨裡，死後變成這怪鳥，一到天黑就出來這樣哀叫。

擔心的事情終於發生，前邊的小路模糊不清了，一旦走錯，我們可就迷失在這塔民查干——地獄之沙中走不出去了。四周愈加黑暗，剛才還清晰可辨的沙包沙丘，此刻突然變得如怪獸惡魔般張牙舞爪，恐怖陰森，隨時會撲過來吞了我們。

「找不見路了，怎辦？」老叔在前邊沮喪地說。

若在平時我也肯定嚇個半死，可此刻我心中有個異樣的感覺，就是最後一瞥感受到的那輪落日，似乎把面對黑暗和人間困難的勇氣留給了我。

「咱們讓毛驢走在前頭。」我鎮定地說。

「毛驢？」老叔疑惑。

「是。咱家這頭老毛驢常年隨爺爺和爸爸進出這沙坨子，肯定認得道兒。」我仍裝得胸有成竹，頭一次在總當大人保護我的老叔面前，表現出比他聰明。

「對呀，書上說老馬識途，那老驢也應該識途！」老叔一拍腿，就把那頭老毛驢趕到前邊，讓其自由走路。果然，那頭驢「噴兒噴兒」響著鼻子，低頭在沙地上聞了聞，然後便昂起頭，支楞起雙耳，義無反顧地奮然前行了。我和老叔提到嗓子眼的心放踏實了，相互擊一響掌，邁緊大步跟上驢步，唯恐走失了這位指引方向的領路者。

不知何時，一輪皓月掛在了東邊天空。老驢不負所望，終於將我們帶出了塔民查干沙坨。當然，我心中同時感激那輪落日。我知道真正驅除我心中恐懼，領我們走出這黑暗沙漠的是那輪大漠落日。其實，人只要心存一片光明，便可面對一切黑暗。

剛走到村口，我們的老毛驢「哇哇」大叫起來。顯然牠如釋重負，再加上饑渴，迫不及待地想回家享用主人的犒勞。

進村後我們小心起來。天黑不久，村街上總有些閒蕩的狗和醉漢冒出來嚇人，老叔牽住驢籠頭繩。路經二禿家門口時，我們更是格外小心，攥緊了手中的鐮刀。

「嘿嘿，別這麼悄悄走過去呀，哥們兒！」不知是冤家路窄還是先聽著信兒等候，二禿和他的花狗出現在我們的前邊。

「滾開，別擋路！沒時間跟你閒扯！」老叔冷冷地說。

「我有時間閒扯！花子，過來！」二禿身後的狗搖著尾巴跳躥著，伸出舌頭舔二禿的手掌。

「二禿，你這無賴，再放狗咬人，明天我告老師去！」我和二禿一個班，本來他跟老叔滿達一個班，蹲了幾次班就蹲到了我們這年級，明年肯定還要蹲下去。

「你小子別拿老師壓我，誰還怕那球老師！」二禿撇撇嘴，指著我又說，「我倒警告你，阿木，往後不許你接近伊瑪那丫頭！」

「哈，敢情你這無賴看上人家伊瑪了吧？真是癩蛤蟆想吃天鵝肉！」我忍不住大笑起來，繼續奚落他，「我們明天還一起到班主任老師那兒開會，她是班長，我是學委，肯定經常在一起。有本事你也當學委呀，下輩子吧！」

這一下二禿急了。

「媽的，花子，給我衝！咬他們狗日的！」

「汪！汪汪！」花狗狂叫著一躍而起，向我們撲來。

幸好今天手中有鐮刀，能抵擋這惡狗的進攻。如狼般凶猛的花子幾次撲上來，挨了一下老叔的鐮刀，有些懼色，只圍著我們吼叫，不敢再輕易上來。

我們一邊戰鬥一邊撤退，嘴裡還罵著二禿的祖宗：大禿二禿加老禿，禿貓禿狗禿老鼠，禿子禿孫禿老宗，三代八輩全禿驢！

二禿和家人最忌諱別人說光亮、無毛、葫蘆瓢等字眼，無奈祖傳的禿種三代禿瓢兒，給人以無限的想像空間和編排口實，村人不時地揭他們的短處解氣。

二禿這一下徹底急瘋了，自己衝過來便和老叔扭打起來。老叔雖比二禿矮一截兒，可有力氣，兩個人在村街上明月下廝打得天昏地暗，塵土飛揚，誰也摔不倒誰。那隻大花狗先是圍著他們倆叫，可無法幫主人的忙，迅速轉向進攻我了。牠「呼兒呼兒」狂吼著，露出尖尖白牙又撲又衝，恨不得一口吞了我。我一手牽著老叔丟給我的毛驢牽繩，一手揮舞鐮刀來砍大花狗，不讓牠靠上來。

狡猾的花狗放棄我，「呼兒」的一下突然咬了一口我牽著的毛驢。

這一下糟了。毛驢受驚，「騰」地掙脫韁繩，「哇——」一聲長叫，尥著蹶子揚蹄而去。

「毛驢跑了！老叔，毛驢受驚跑了！站住！」

我丟下花狗，轉身去追毛驢。老叔見狀也追過來。我們都擔心毛驢馱著的乾杏核，那可是我們一天的辛苦換來的。

那毛驢跑得歡實，亢奮，而且一蹦一跳的，不停地尥蹶子防身後有襲擊，於是後背上的乾杏口袋受不住這種強烈顛盪，沒有多久，紮口袋的草繩斷了。霎時間，裡邊的乾杏核就稀哩嘩啦灑落出來，簡直如天女散花。老驢將我們一天的勞動果實一路灑將而去，或許因爲由重變輕而更加興奮愉悅，根本沒有停下來的意思。

「完了！我們的杏核，全完了！」我急得幾乎哭出來。

「哈哈哈，好哇！花子，咬得好，快追，接著咬那毛驢！」二禿幸災樂禍，手舞足蹈地狂喊狂叫。

當老毛驢尥蹶子踢開花狗時，也把最後一把杏核從口袋裡抖落乾淨了，然後牠大叫著消失在村街上。

我撲倒在滿地的杏核上哭泣起來。杏核跟路上的羊糞蛋驢糞球，還有土塊砂石混在一起，月光

下靜寂無聲。

我猛地感覺到了屁股上的刺痛。同時聽見了褲子和我皮肉一起被撕開的「哧啦」聲。趁我不備，那隻惡狗花子偷偷往我屁股上下嘴了。

「媽呀！」我慘叫著滾爬而起。

得手的花子閃到一邊。我摸一下屁股蛋，血肉模糊。

「我宰了你！」我一下紅了眼，撿起鐮刀就衝花狗撲過去。沒有疼痛，不知恐懼，心中只有一個念頭：宰了這隻惡狗。

花狗被我的氣勢震住，沒有了威風，夾起尾巴就逃。我緊追幾步一刀砍下去，鐮刀尖一下子砍進了花狗的後腿上。「嗷兒」一聲哀叫，花狗帶著我的鐮刀急竄而去。

「你他媽砍傷我狗，給我賠！」二禿衝我跑來。

「操你祖宗！我連你也砍了！」我瘸著腿，搶過老叔手中的鐮刀，咬牙切齒地迎向二禿。老叔怕惹出人命，拉住我說：「先包紮傷口要緊，完了跟他算帳！」

「不，今天爺非先砍了他不可！」我一把推開老叔。月光下，我像一頭受傷紅眼的豹子，屁股上流著血，樣子很可怕地衝過去。

「救命啊！爺爺，救命啊！」二禿見狀，跟他的狗一樣轉身就跑，三魂去了兩魄，撒腿如兔子。

我一瘸一拐地舉著鐮刀緊追不捨。

老叔見我要玩命又知道勸不回，真怕出大事，趕緊往家跑報信兒。

有一雙眼睛一直在二禿家的大門後閃動，陰冷陰冷。這個人帶著得意的笑意，嘴巴歪向一邊，摸著禿頭偷樂，後見二禿敗逃而來喊救命，這雙眼神就變了，閃出怒火。

「誰這麼大膽，要砍我的孫子呀？」

這人從門後閃身而出，威嚴地喝問，接著「咯兒咯兒」咳嗽起來。村人都知道老禿胡嘎達年輕時抽大煙，解放後改抽關東煙如吃飯一般，弄壞了呼吸系統，說兩句話就咳一陣吐一口濃痰。

「你孫子二禿……放狗咬人……」

沒說完，我腿一軟暈過去了。沙漠中一天勞累饑渴，加上流血過多和急火上攻，我實在支持不住了。

「要死，去遠點兒啊，別埋汰了我家門口！」

朦朧中聽見老禿這句惡毒詛咒，我腦袋裡「嗡」的一聲炸響，便不醒人事了。吵鬧的村街、明亮的月夜，都離我遠去。世界一下變得很安靜。

四

瘋跑回家的老驢驚動了我家。

馱著空口袋，進院子後仍不安靜，驚魂未定地亂躥亂跳，失常的這頭毛驢著實嚇住了焦急等候的家人。

我爸大叫一聲：「出事了！」便摸牆上的獵槍，他以爲我們遇著狼豹之類野獸了。這時老叔正

好趕回到家裡，說出原委。

「翻了天了！快走，孩子要出事！」爸爸風風火火跑出家門，直奔胡喇嘛家。胡家門口靜悄悄，大門緊閉，黑燈瞎火，連那隻惡狗花子也不叫一聲。我爸喊著我的名字，在胡家門口亂轉悠，最後被倒在地上的我絆了一下。他以爲我怎麼著了，又是試我的呼吸，又是掐我人中，終於把我給喚醒過來。

見到爸爸，我「哇」地哭出來。

「兒子，你怎了？怎昏倒在這兒？」

「二禿放狗咬壞了我屁股……我的屁股……」

爸爸抱起我就往家走，同時回過頭撂下一句話：「二禿，你聽著，我一會兒回來跟你們算帳！」

「我的乾杏核全灑了……我的乾杏核……」我呻吟著說。

「先回家包紮傷口吧，別管杏核了！」

回到家裡一通忙活。請來村裡的土大夫吉亞太，他伸出雞爪子似的手，撥拉著我屁股上耷拉下的那塊肉，割掉也不是，黏上又不是，很是爲難了一陣兒。他又用一團存了不知多少年的黃棉花團，沾著鹽水，使勁兒往我那已血肉模糊的屁股上蹭了又蹭，擦了又擦，又拿出一小瓶過了期的碘酒，咬咬牙，下決心全往我的屁股上倒了下去。

「哎喲媽呀！」我忍不住鑽心燒痛，大喊起來，屁股上火辣辣，如萬箭穿過，黃豆大的汗珠從我額上冒出來。我差一點又昏過去。

「吉嘛嘛，你給孩子屁股上灑了些啥呀？」我媽在一旁也心疼兒子，小心著問。吉亞太土大夫在廟上當過喇嘛，學了兩手蒙藏醫道，還俗後在村裡行醫，也曾到旗衛生局的醫院進修過，村裡人仍以他當過喇嘛的身分，尊稱他爲「嘛嘛」，意爲先生。

「碘酒，是碘酒，孩子。」吉亞太手忙腳亂地找出紗布團。

「孩子屁股可全燒黃了，嘛嘛。」我媽依舊不放心地提醒。

「沒關係的，要不止不住血呢。用了我一瓶碘酒，我都沒心疼呢。」吉亞太老喇嘛雞爪子似的手，又在我屁股上摸來摸去，一心一意地想把那塊肉黏緊我屁股蛋上，然後，他用紗布包纏了一層又一層，我的屁股很快鼓出了小山包。

「好啦，小孩兒的屁股沒事了，養養就好。」老喇嘛把雞爪子似的手，伸進媽媽遞過來的銅盆裡涮了一下，然後往他那袍襟上擦了擦，便坐在已擺好的炕桌前。

當老喇嘛大夫吉亞太穩穩坐我家炕頭享受起主人家的茶點時，我爸已經拎了一把斧子出去了。他是要去砍了那隻惡狗。我媽沒能攔住他，趕緊讓老叔去上房報信給我爺爺。

油燈下，炕桌前，老喇嘛大夫喝著我家釅釅的老紅茶，額頭上已冒出熱汗，但他仍沒有離桌回家的樣子，有滋有味地品嘗著我媽做的油炸果子。急得我媽一會兒進，一會兒出，搓手乾著急。炕上躺著呻吟不止的兒子，丈夫又去仇家不知情況如何，懷裡還抱著剛睡醒的我那一歲多的小弟弟，她哪有心思侍候這位譜兒不小的老喇嘛喝茶喲。

「我說蘇克媳婦，妳炸的這果子還真好吃呢。」吉亞太喇嘛慢條斯理地誇獎我媽的手藝。

「嘛嘛，那你多吃點兒吧，明天我再炸些給你送過去。」心中有氣但善良的我媽依舊裝出笑

臉，應付著這位村裡人都不敢輕視的土大夫。

「好好、好好……」老喇嘛被油果子渣兒嗆住了，咳嗽起來，油燈下他那張憋得通紅的臉，就如油裡炸紅的大蝦或太陽下曬紅的猴子屁股一樣。

我忍不住笑，可牽動了屁股上的傷，疼得我咧開嘴哼起來，再也不敢去對比猴子屁股與老喇嘛的臉了。

老喇嘛抬了抬穩坐的屁股。

「嘛嘛要走了？」喜得我媽趕緊做出送客狀。

「呵呵呵，你們家炕頭還真熱，燙屁股呢，呵呵呵……」

「哦——」我媽無奈地一聲長嘆，苦笑著看又坐回的老喇嘛重端起茶杯有滋有味地飲用。於是我媽摟哭了懷裡的孩子，我那幼小的弟弟小龍。

我就這麼一個弟弟，據說中間也有過幾個弟妹，都夭折沒活成。農村最需要勞力，所以小龍弟弟成了家裡的寶貝，受到百般呵護，我媽把他摟哭真是無奈之舉。終於有了丟開客人走出去的理由，她歉然笑一笑，便抱著無辜受皮肉之苦而嚎哭的小龍，走離了屋子，去探聽爸爸的消息了。

我躺在炕上，獨自面對老喇嘛沒完沒了地喝茶，嘎嘣嘎嘣地嚼果子，心煩至極。我突然提高了嗓音，嚎叫般哼哼起來，嘴裡大喊：「疼死了！疼死了！」這招真靈，吉亞太老喇嘛終於擦了擦嘴，離開茶桌下炕了。走時還不忘抓一把油炸果子塞進懷裡。

「別哭叫了，我走了。明天叫你爸爸把出診費送到家裡去吧。」土大夫吉亞太離去時丟下這句話。

我鬆了一口氣，忍著屁股上的疼痛，等候爸媽回來。

時間好漫長。

我差點睡著了，他們才回來，爸爸餘怒未消，把斧子狠狠砍進木墩子裡。原來爸爸這趟去毫無結果。老狐狸胡嘎達裝睡不開門，後來從裡邊撂出話說，他家花狗一直拴著沒有出去咬過孩子，他孫子二禿胡倫也感冒躺在炕上，沒有出去過，有事明天跟他兒子胡喇嘛村長說。

我爸站在那扇黑漆大門外邊，如一頭暴怒的獅子，當過蒙古騎兵的他，如今英雄無用武之地，無可奈何，差點砸門而入，被我二叔和媽媽拽了回來。只有等候天亮再去找胡喇嘛理論了。

媽媽說，我又是發燒又是說胡話，折騰了一夜，嘴裡還不停地叨咕：「狼崽……狼崽……我要狼崽……」

第二章　狼緣

那大灰狼發出一聲厲嚎，充滿懊喪和惱怒。嘴裡叼著那隻解救下來的狼崽，牠的孩子。牠的懊惱是很顯然的，躲過了埋伏的獵手卻沒有躲過設在地下的機關，不是牠不精明，而是人類太狡猾。

大狼開始掙扎，拖著鐵夾子跳竄。可鐵夾子連著一根二三米長的粗鐵鏈子，拴在一根深埋進地下的木樁子上。那木樁子有胳膊粗，沈甸甸的榆木樁子。大灰狼是無法掙脫了。

一

一早，爸爸媽媽就出去了。

他們分頭行事。爸爸去找胡喇嘛村長討說法，媽媽去村街掃撿昨晚我們灑丟的乾杏核。

我無法上學了，整天趴在炕上，在無聊中等候大人的同時，照看旁邊搖籃中的小龍弟弟。其實我也特別喜歡這位遲來的小弟弟，大人忙，照看他是我的主要一項任務。農忙時，爸媽都下地爭分奪秒搶收，我只好揹著小弟上學，把他放在教室門口的一個土筐裡，塞給他一個胡蘿蔔啃。有一次，他的胡蘿蔔掉在了筐外，他爬出筐去撿時，卻被一隻小豬叼走了。我弟鍥而不捨，尚不大會走路的他，一直趺趺撞撞爬著追蹤小豬到了不遠處的學校廁所。於是他就掉進了茅坑裡，當我下課後不見了筐中的小弟慌作一團時，有人從茅坑裡撈出了屎尿一身的小弟。

我嚇得哭出眼淚，只見小弟還傻樂，手裡還攥著半截胡蘿蔔，上邊沾著金黃色的屎點。從此我小弟便有了綽號：屎郎小龍。

當然，從此後，我媽再也不敢叫我揹小弟上學了，改成自己揹著小弟下地。放學後，我再接媽媽的班，讓她騰手燒火做飯，忙家務事。可我的作業本和課本遭了殃，成了他撕啃的對象。有一次還把我的一塊橡皮吞進了肚裡，我沒敢告訴媽媽，天天扒拉他拉出的屎。第三天終於見到了，可寸長的橡皮卻變成了指甲蓋大小，我一直猜不透小弟的胃腸，怎麼會連橡皮塊都消化吸收呢。從此，我認定我小弟肯定是個特殊的人才，有特異功能都是有可能的，長大肯定大師級。

他現在就在我旁邊的搖籃裡安睡，小臉紅撲撲的，小鼻翼翕動著，只是一雙小招風耳有些不倫不類，跟他未來的大師身分似乎不符。

外邊的門一響，從腳步聲我聽出先回來的是媽媽。

她往地上扔下半口袋乾杏核。只有半口袋。

「我們撿的可是兩口袋，媽！」我嚷了起來。

媽媽滿臉掃興：「村街上的豬比你娘先下手了，牠們啃吃得快還乾淨。多一半兒叫胡家的老母豬帶崽消滅了，氣死我了，嘎嘣嘎嘣啃得那個香，趕都趕不走！」

「老胡家的人和畜都跟我們有緣，媽的，等我長大了再說。」我詛咒。

「得得，兒子，有本事好好讀書走出這村子吧，咱們不跟他們鬥氣。」我媽趕緊岔開話題，唯恐我真把鬥敗胡家當成終身目的。

沒有多久，爸爸也回來了。他還沒有媽媽的收穫大，他連胡喇嘛的影兒都沒有見著。

不過，爸爸帶回來了一個驚人的消息：昨夜，胡喇嘛的獵隊在塔民查干沙漠裡迷了路，一隻野狼一直追蹤他們，天亮時他們才發現，原來，他們繞著出過古屍的沙漠墳塚裡轉了一夜。更可怕的是，趁他們打盹時，他們有兩匹馬被狼掏了肚子，剩下的全被驚散，他們幾乎是爬著回村的。一個個受驚嚇，失魂落魄，不是病倒就是臥炕不起。

「公狼！」我脫口喊出。

「什麼公狼？」

我就向爸媽敘述了一遍昨日胡喇嘛他們的所作所爲。

「真是報應。」我媽輕聲叨咕。

「看來事情還沒完。」爸爸頗有預見地下了結論。

果然如此。公母狼的報復還未結束，才剛剛開始。

我們的村莊和鄰近的村子，都相繼出現了不可思議的事情。大白天，胡喇嘛豬圈裡闖進了那頭公狼，咬斷了他那老母豬的咽喉，而且豬崽子也個個未能倖免。娘娘腔金寶的三隻羊被掏開肚子，搖搖晃晃走進屋裡倒下了。其他幾位獵人的家畜同樣都遭殃，而且共同的特點是，那狼根本不吃這些牲畜的肉，只是掏開肚子咬斷咽喉，是純粹的禍害。接著，村裡夜夜聞狼叫，那叫聲如嚎如哭，如泣如訴，時而哀婉如喪子啼哭，時而發怒咆哮兇殘如虎豹。夜夜狼來村裡光顧，夜夜有戶失豬丟羊。禍事還延及鄰村。

胡喇嘛村長強打精神，組織民兵和獵手，多次圍剿伏擊過那對可怕的狼。可如精靈般，他們根本摸不著那對狼的影子，只是夜夜聞其聲，那陣陣令村民心驚膽戰的長嚎，時時把酣睡中的孩童嚇醒驚哭。胡喇嘛他們無計可施，還時刻提心吊膽，甚至不敢夜出，都在屋裡大小便。村裡人開始議論了，紛紛指責那些惹事的「勇敢」的獵人們。

胡喇嘛戧不住勁了，找來那幾位獵人商量。他移怒娘娘腔金寶，伏擊母狼，又引他們去追擊，惹出了這場災難，招來全村人的白眼。胡喇嘛對他們說，不滅了那對狼，他們可真沒臉見人，沒法兒交代了。

可怎滅？一提狼，他們就臉變色，心跳加速。

是啊，怎滅？搜索圍剿了這麼多天連影都逮不著，就憑他們幾個，可真無法解決那對紅眼的惡狼。沮喪至極的胡喇嘛逼住娘娘腔，說你惹的事你想個法子出來。還真管用，娘娘腔真想出了一個招兒。

「誘捕。」他說出兩個字。

眾人都不懂。怎誘？那狼根本不吃你的肉。

「狼崽。」他又說出兩個字。

這回胡喇嘛懂了。「你這龜孫子，原來那天帶回來的狼崽，還養活到現在？」

娘娘腔金寶嘿嘿嘿乾笑說：「原本想拿到城裡公園換酒喝的，現在只好貢獻了，爲了全村人民嘛。」

他們就這樣制定出了一個完整的誘捕方案。

這關係到全村每個人的利益，胡喇嘛召開全體村民大會進行動員，我和老叔也去了。那時，我屁股上的傷也好得差不多了。胡喇嘛說，打狼是大家的事兒，關係到全村的安定團結和改革開放，要爲死去的豬呀羊啊牛啊雞呀報仇，爲全村的安寧和平而戰鬥。參不參加打狼，是跟兇惡的敵人能否劃清界線的態度問題，立場問題，甚至奔不奔小康的問題。

動員過後是準備行動。大人們決心爲犧牲的牲口討回公道，紛紛摩拳擦掌，磨刀霍霍，備棍提槍。這樣的事最令孩子們興奮了，懷著一點點的害怕，又無法拒絕刺激，相互傳遞著各類真假最新消息，等候著決戰時刻的來臨。

那晚，天格外的黑，月格外的高，風格外的緊。

二

村西北，離沙坨子較近的路口，有棵百年老孤樹。

大人們全副武裝，埋伏在這棵老樹後邊的樹毛子裡。娘娘腔金寶和另一獵手，藏進了老樹空腹中的樹洞裡。全村關門閉戶，熄燈隱光，空氣很緊張。

我和老叔還有幾位膽大的頑童，也悄悄過來看熱鬧，被我爸轟走了幾次，可我和老叔又偷偷溜了回來。二禿趴在自家房頂遠窺。他不僅是怕狼，更懼落單兒被我和老叔逮住。我和他的那筆帳還沒有算清呢。

那棵老孤樹的橫枝上，吊掛著那隻狼崽。就是那隻我喜歡的白耳尖狼崽，被娘娘腔金寶餵得肥肥胖胖。此刻牠被頭朝下、屁股朝天地懸掛在樹枝上，由於難受不自在，牠開始哼叫了。哽哽嘰嘰，嗚嗚咽咽，時而尖嗥尖叫，時而低吟哭訴，在黑夜的寧靜裡，如貓爪子一般抓得人心裡難受，如針刺刀割，五臟挪位。埋伏在樹後頭的以胡喇嘛爲首的全村健壯百姓，屏聲斂氣，蚊子叮在鼻尖上也不敢拍，緊張萬分地靜候那對惡狼尋子而來。大人們都沒拿槍，怕夜裡誤傷了人，每人手裡攥著鐮刀斧頭、粗棒鐵叉之類銳鈍工具。

活誘餌白耳狼崽一直叫著，暗夜也照舊沈寂著。時辰也過了好久，就是不見那對惡狼冒出來勇敢救子。守護的人們等得著急，蚊子小咬兒餵飽了一群又一群，折騰了半個月的那對狼爲啥還不出現呢？不光是村民著急，就是那隻吊掛的狼崽也叫乏了，偷懶打起盹來。

這時，娘娘腔金寶就從下邊的樹洞裡，伸出一根長竿捅一下狼崽。原來他專爲幹這個鑽樹洞的。於是死寂的黑夜裡，重新迴蕩起小狼崽的哭泣聲，引誘或召喚那對此時不知在何處的狼快快現身。

萬籟俱寂中，狼崽的呻吟傳得很遠，很駭人。奇怪的是，牠父母爲何不來呢？也沒有傳出往日夜夜可聞的聲聲狼嗥。一直尋機報復的公母狼，這會兒躲到哪裡去了？難道眼見著自己小崽吊在樹上哭泣而不顧，縮頭不出來嗎？

我捅了捅旁邊的老叔滿達，他已經睏得睜不開眼睛了。聽著那聲聲揪心的狼崽哭泣，我心裡不由得同情起牠來。胡喇嘛他們真沒用，想不出別的辦法靠折磨小崽來誘狼，瞎耽誤功夫。唉，可憐的小狼崽。

天快亮了。小狼崽終於再也不哼叫了，無力地閉上嘴。牠實在太疲倦了。耷拉著頭昏然入睡，娘娘腔再怎麼捅也沒有反應。那形態猶如一個懸掛在高藤上的葫蘆，隨風搖盪。

埋伏的人們更累了，緊張了一夜，兩眼沒闔過，都紛紛打起哈欠。快大白天了，狼是不會來

了，空熬了通宵，回家該幹啥就幹啥吧。胡喇嘛村長抬頭看看樹枝上隨風悠蕩的狼崽，又遠眺村外原野沙坨，掩飾不住失望，憤憤罵一句，該死的狼不上當，算啦，回家歇去吧。

狩獵者們「喔」的一聲哄叫，就散夥兒了。罵的罵，笑的笑，奚落著娘娘腔金寶，要是把娘娘腔吊掛在那裡，那狼肯定能來。有人接腔說，先來的肯定是母狼，先跟他上床睡一覺！

人們又哄地樂了。

娘娘腔尷尬地笑一笑，撓了撓頭，眼睛瞟著樹上的狼崽，壯著膽子向胡喇嘛懇求解下那狼崽。儘管他誘捕獻計未成，但他還沒忘拿狼崽換酒喝。

「解個屁！吊死牠！」胡喇嘛氣不打一處來，罵得娘娘腔耷拉下腦袋，跟那吊掛的狼崽差不多。

這時，太陽在晨霧中模模糊糊地升起來了。樹上的狼崽依舊睡著，回家的男人們也在女人們的挖苦中上炕補睡。婦女們忙活著一早兒的活計，餵豬、做飯、催娃兒上學，還跟鄰居媳婦搭上兩句交流生活心得。

娘娘腔金寶沒回家。他捨不得狼崽就這麼吊死，悄悄躲在較遠的暗處觀察動靜。還有一個村童沒有走，那就是我，也惦記著那白耳狼崽，想看個究竟。

村裡村外都安靜了，村口老樹這兒也沒有了一個人影，紅紅的太陽照射著那隻孤零零的狼崽，遠看猶如一隻蜘蛛吊掛在那裡織網。這時，突然從西北方出現了一隻灰影子，從遠處似箭般射來，瞬間到了老樹下，仰視一眼昏睡的狼崽，便從二三十米處助跑，縱身一躍，灰色的身軀凌空飛起，衝向那離地面兩米高的半空中的狼崽，同時牠張大嘴，用利齒準確地咬斷了拴住狼崽的草繩。灰影與狼崽同時落地。

「喀嚓！」

那隻埋在土裡的大號鐵夾子起動了，一下子夾住了大灰狼的一隻腳。

「嗷兒——」

那大灰狼發出一聲厲嚎，充滿懊喪和惱怒。嘴裡叼著那隻解救下來的狼崽，牠的孩子。牠的懊惱是很顯然的，躲過了埋伏的獵手卻沒有躲過設在地下的機關，不是牠不精明，而是人類太狡猾。

大狼開始掙扎，拖著鐵夾子跳躍。可鐵夾子連著一根二三米長的粗鐵鏈子，拴在一根深埋進地下的木樁子上。那木樁子有胳膊粗，沈甸甸的榆木樁子。大灰狼是無法掙脫了。

牠是一隻高大健壯如牛犢的大公狼，灰毛如箭刺，尖牙如利刀，那矯健凶猛的體魄裡沸騰著無限的野性蠻力。或許是怕驚動了村民，牠沒有狂嗥亂叫，牠很冷靜地應付突如其來的被動局面。牠先是圍著木樁子猛烈地衝撞，呼哧呼哧喘著粗氣，腳腕上夾著大號鐵夾子，後邊拖著唏哩嘩啦的長鐵鏈子，嘴巴卻始終沒有丟下自認爲已救下的小狼崽。牠不停地來回掙扎著，用肩頭和腦袋「咚咚」地撞擊那榆木樁子，接著抬起腿狠狠甩腳上的鐵夾子，一會兒又嘎吱嘎吱咬那根鐵鏈子，想把它弄斷。漸漸，牠的兩眼直射出憤怒無比的綠色寒光。牠無法容忍人類的這種狡猾，無恥，靠鐵夾子算計牠。

躲在暗中的娘娘腔金寶一直未動，按捺住狂喜，冷冷地觀察著大狼的一舉一動。他瘦臉上的稀疏黃鬍子一翹一翹的，小眼睛瞇成一條縫。我從他後邊說，你成功了，爲啥還不上去。他豆眼一轉，嘿嘿笑說，不要命了，還有一隻母狼沒出現呢！

真他媽人精，難怪他小小的個子五短身材，全長了心眼兒。

果然，西北坨子根小樹林裡來回奔竄著另一隻大狼，顯得焦急萬分的樣子。牠知道公狼已陷入機關，幾次想衝過來，可這邊的公狼向牠發出堅決的怒嚎警告牠。公狼這時伏在地上喘氣歇息，伸出紅紅舌頭舔起狼崽的頭脖。已經甦醒的小狼崽此刻突然發現其父狼，咿咿呀呀地往狼懷裡鑽。

那邊的母狼見公狼無法擺脫困境，而又聽見小狼崽的哼叫，牠一聲哀嚎，不顧一切地衝過來了。

正在這時，村口又有人發現了狼，呼喊起來。

「狼來啦！打狼了！狼來啦，快打狼啊！」

這邊的金寶也同時躍出來，大聲呼叫。金寶的娘娘腔一喊起來，果然不同凡響，真如女人般尖細刺耳，又加上聲嘶力竭，傳得老遠，動靜也很大。於是，全村都被驚動起來了。

「打狼呀！大狼落套了！大家快來打狼啊！」金寶又跳又叫，原地打轉不敢上前，極度亢奮使得他那雙黃眼珠也變綠了，乾裂的嘴唇歪向一邊顫抖個不停。

胡喇嘛一聽到消息，從炕上一躍而起，拎著大棒就往外跑，嘴裡大喊著村民都去打狼。

村民們揮動著棍棒鐵器湧向村口。婦女們按習俗敲打起鐵盆鐵鍋，響成一片。孩子哭，豬狗叫，雞鴨飛，亂作一團。

一見這陣勢，那隻撲來救夫搶子的母狼遲疑了一下，絕望地嗥一聲，便掉過頭去，又向野外竄去。牠當然不會笨到白白來送死。

公狼一見來人一躥而起，牠更加瘋狂地去撞擊那根榆木樁子，腳腕上的鐵夾子碰撞鐵鏈子，劈哩啪啦作響。而那根木樁子紋絲不動，好比鐵鑄鋼澆一般。

胡喇嘛和幾個膽大的村民揮舞棍棒衝向公狼，滿以爲鐵夾子夾住的狼軟弱可欺。可那公狼「嗷兒」一聲咆哮，張開血盆大口，一躍躥起撲向來者。嚇得胡喇嘛他們媽呀一聲往後倒退，有的仰天摔倒，好在鐵鏈又把公狼拉了回去。

這一下，村民們誰也不敢貿然上前了，只是圍著狼虛張聲勢地叫嚷。那公狼困獸猶鬥，毫無懼色，圍著木樁子轉著圈，咆哮狂咬不讓人靠近。面對兩排尖如利刃的白牙，一張裂到耳根的血口，以及張牙舞爪的兇殘之態，人們個個臉呈怯色，眼露懼意，除嘴巴裡空喊之外，誰也沒有勇氣上來打一棒。

「槍打！拿槍打！」又是娘娘腔金寶提醒胡喇嘛。

「對！快去拿槍來！白天打不著人！」胡喇嘛指使村人。

有人飛跑回村取槍。

似乎聽懂或看懂了人類要幹什麼，公狼知道再過一會兒將是什麼結局。牠急了，只見牠驚天動地一聲吼，力拔山兮般帶著鐵鏈往上一躍，那根剛才被牠很巧妙地轉著圈，一點一點鬆動的木樁子，終於抵不住牠排山倒海般的最後一擊，拔地而起！

公狼終於脫困。長嘯一聲，後腿上拖著鐵夾子、鐵鏈子、還有木樁子等長長一串兒，撲向圍著的人群，兇殘至極，不可阻擋。

「哎呀媽呀！」人們紛紛作鳥獸散，四處奔逃。

嚇退了人群，公狼回過頭從容地伸嘴叼起地上的小狼崽，然後連看都沒看一眼那群驚愕發呆的村民，飛速向西北大漠逃去。後腿上依然拖著那鐵夾子、鐵鏈子和跟鐵鏈子拴死的木樁子。鐵鏈和木

樁子在沙地上唰唰地翻滾，捲起陣陣白煙，帶起一股強勁的風勢，望上去猶如刮過一溜狂飆烈風。

「狼跑啦！快追呀！」

人們驚醒過來，揮舞著棍棒又尾追過去。

胡喇嘛又急又惱，失去剛才的大好時機，讓狼逃脫，現在從後邊追擊起來難度大了。好在那狼腳上有沈重的拖累，無論如何是跑不快跑不丟的。想到此，他振作起來，振臂一呼：「大家上啊！狼跑不快，快追上去，打死牠！」

村民一聽村長號令，重鼓勇氣，嗚哇喊叫著，虛張聲勢中相互鼓勵著，壯著膽子尾追著那隻拖鐵夾子的孤狼而去。我跑在後邊，眼前是什麼樣一幅圖喲：大公狼嘴叼著冒死救下的狼崽，腿上拖著沈重的鐵夾鐵鏈木樁等物體，勇敢無比地奔逃；而手持器械的村民們，成群結隊地亂叫亂嚷著追趕，可誰也沒有膽量衝上去接近狼。那狼卻毫不氣餒地奔跑著，一瘸一拐，一顛一跳，絕不放棄地奔跑著，對人類真有些諷刺意味。我真慶幸我爸我爺爺，他們都下地幹活兒，沒加入這追趕隊伍。我爸當年是跨著鐵騎，揮舞馬刀爲國守邊疆，真正勇敢的蒙古騎兵是不屑於幹這種事的。

畢竟拖著沈重的負擔，儘管是四條腿，狼還是跑不快，漸漸被村民們趕上來了，又形成合圍狀。那狼喘著粗氣，胸脯急遽起伏，怒視著人群，突然跳起來身體猛地轉了一圈兒。於是，牠那被夾住的後腿提帶起那串兩米長的鐵鏈、鐵鏈又帶動木樁橫空掃起，嘩啦啦，捲動起草木與沙土，擊向圍過來的人群。人們急忙後退，手腳不俐索的不幸被木樁擊中而受傷，鬼哭狼嚎般地叫爹喊娘，魂飛魄散。被逼急的公狼突然發現了這種有效的自衛方式，變被動爲主動，瘋狂地掃了幾遍。那狼勁兒，那掄起長鏈和木樁的力道和猛勢，一次次嚇退了圍過來的人群。然後，公狼又開始了艱苦的逃跑，拖著那串東西。胡喇嘛他們繼續尾隨著。這真是一場殘酷的遊戲，對狼和人都不輕鬆。我內心深處始終爲那隻不屈不撓的公狼暗暗祈禱。

前邊橫出一條稀疏林帶。這是走進西北塔民查干沙坨子的最後一道屏障了。胡喇嘛他們在這條稀疏林帶裡，再次截住了那隻公狼。

這時太陽已很高，秋霧仍在樹林裡漫灑飄動，霜打濕的草地上被公狼拖出了明顯的痕跡。牠頭伏地，眼射綠光，齜牙咧嘴地發出陣陣嗥叫，粗而密的脖頸長毛怒聳直立，使人們不敢靠近。牠那被鐵夾子夾住的腳腕處血肉模糊，已露出白骨，黑紅的血染紅了綠草和白沙地。

公狼養足氣力，再次躍起，衝著合圍的人群身體狂烈一轉，被牠掄動的鐵鏈和木樁再向人群擊去。呼啦啦——帶起一股旋風，儘管學乖的人們紛紛後退閃避，但草屑塵沙依然擊打在他們臉上身上，火辣辣生疼。

正當這些膽怯的村民無計可施，不能靠近公狼時，發生了一件意想不到的事情。

這裡不是村口平地，公狼橫空掄起的長鐵鏈一下子纏在近處的一棵碗口粗的樹上，被帶動的那根木樁也隨著旋轉勁兒死死卡在兩棵小樹中間。於是，不幸的公狼終於被固定在這棵要命的樹上，再也無法掙脫了。公狼使出渾身的力氣，咆哮著一次次就地躍起，卻一次次被拉回，那卡死的鐵鏈和木樁紋絲不動。公狼便放棄掙跳，低頭狠狠咬起自己的被夾住的腳腕處。

那裡本已血肉模糊，鮮血橫流，那裸露出的白骨被牠自個兒咬得嘎吱嘎吱直響。牠是想如壯士斷腕般咬斷自個兒的腳腕，以擺脫鐵夾子的控制。周圍的村民看得毛骨悚然，不忍注目。牠的無畏，牠的勇氣，牠的堅韌和意志，都令圍觀者心寒，不敢直視這一殘忍的場面。

公狼絕望地仰天長嗥。那嗥聲充滿悲憤的哀傷，也含幾分泣訴，向著天和地表示著一種無望的泣訴和內心的不平。牠接著便放棄了掙扎，放棄了咬啃腳骨，轉而輕輕舔起旁邊的小狼崽來。於是小狼崽的臉和脖子上塗滿血汁，狼爸爸的血汁。白耳狼崽哭泣，低吟，親暱地依偎在狼爸爸頷下，小環眼迷茫不解地望著四周漸漸圍過來的兩條腿的動物，似乎在問，你們爲何這樣迫害我們？

這時，村民仍然不敢輕舉妄動，只圍站在公狼傷不到的地方竊竊私語，間或揮舞棍棒，虛張聲勢地喊兩聲，但誰也不敢上去擊打牠。

公狼，其實這會兒完全安靜了。牠清楚自己眼下的處境。牠甚至不屑一顧那些又開始張牙舞爪起來的人群，連看都不看一眼，就那麼安安靜靜地舔著狼崽。牠把狼兒緊緊攏在頷下，然後安詳地閉合了雙眼，尖長嘴也緊閉著，伏在地上一動不動了。

牠自始至終沒瞧過一眼那些人，那些猥瑣的人們。透著一股矜持、傲慢，以及對人類的輕蔑和鄙夷。牠的樣子在說，來吧你們，我的命在這裡，你們儘管拿去了吧。

棍棒如雨落下。被狼的狂傲激怒的村民，變得勇敢起來。

公狼一動不動，如擊死物，只有撲撲聲響。眼睛再未睜開過，連一聲哼哼都沒出。唯有被擊碎的頭蓋中溢出的白色腦漿和紅色血液，在證明牠曾經是個有血有肉的生命體。被輕蔑的胡喇嘛們發洩著，爲人的體面，爲證明自己的勇敢，當然也是爲了掩飾自己自始至終的怯懦，他們忘情地擊打著。當然擊打一個放棄抵抗的狼，顯得滑稽，但誰還在乎這個呢。人和獸之間並沒有公正的裁判，人認爲自己是主宰，要是願意把地球都當足球踢一踢又有何妨！

公狼死了。

亂砸的棍棒鐵器，終於證明了胡喇嘛他們的勇敢。不知擊打了多久，他們手臂麻木了，打不動了，他們才想起住手。公狼靜靜地躺在那裡，血泊中箭毛依然光亮，雙耳依然直挺，長尾依然雄偉。人們圍著牠站著，呆呆傻傻的，似乎不相信公狼已經死了。有人不服地踢了一腳。於是公狼的胸肚下露出了那隻白耳小狼崽。牠還活著。狼爸爸用肉體保護了牠。小狼崽哼叫起來。

「媽的，牠還活著！打死牠！」胡喇嘛咬牙罵著，舉起了手中的棍棒。

「不要！不要打死牠！」我不知自己哪兒來的勇氣，從人群後衝出來，把小狼崽抱壓在自己身下。

「起來！你這小兔崽子還敢護牠！快滾開！」胡喇嘛的大手把我一把薅起，搶過那隻小狼崽，舉起來狠狠地往地下摔下去，後又加一腳踢過去。

只見小狼崽「噭噭」一下蹬了蹬腿兒，小身子抽搐著，漸漸不動了。完啦，可憐的小狼崽。

三

不知過了多久。

周圍安靜了，一切都安靜了。硝煙已散，戰鬥已經結束。

打狼英雄們都走了，班師回村，去喝慶功酒了。他們把那隻不屈的公狼也抬走了，還要扒下牠的皮做褥子。

我坐在村西北那片小林子裡，暗自啜泣，懷裡抱著那隻沒有氣的白耳狼崽。年紀尚小的我，實在不理解大人們為何連小小的獸崽都不放過。

前邊的大漠沈默著，小林子裡也很寂靜，連個小鳥叫聲都沒有。

傷心中，我突然感覺到懷裡的小狼崽似乎動了一下。我的心猛一跳低頭察看，輕輕拍了拍。果然，小狼崽的嘴微微張了張，正甦醒過來！

牠還活著！驚喜中我差點喊叫出來。原來牠被胡喇嘛摔昏過去，生命力頑強的牠又艱難地活過來了。常說貓有七條命，狼就有九條，此話真是不差，經歷了這麼多磨難，小狼崽充分證明了在人類千萬年圍剿中，狼的家族能夠得以繁衍生息的奧秘。大難不死，牠必有大成。

我抱起小狼崽往家跑，同時我警惕地觀察周圍，唯恐別人發現，把狼崽塞進衣服裡，貼著肉抱著。路上，遇見了被我媽派來尋找我的老叔滿達。他奇怪地瞪著我鼓起的大肚子，問我懷裡揣著個啥。我趕緊使眼色制止，告訴他回到家裡就知道了。

進了家門，我媽問：「阿木哎，你偷了誰家的西瓜哟？」

「媽，不是西瓜。」我匆匆入屋。

「那就是果園的蘋果嘍。」我媽跟進屋繼續查問。

「媽，我啥時候偷過東西，快給我拿一碗米湯來。」

我把奄奄一息的小狼崽從懷裡掏出來，放在炕上。

「從哪兒弄來的小狗崽？血淋淋的，這孩子！」

「不是狗崽，是狼崽，媽。」

「啊？我的小祖宗！你越淘越沒邊兒了，快拿出去扔了！」我媽的臉都變了。

「不，我要養牠，讓牠去對付二禿和他的花狗！」我咬著腮幫，說得斬釘截鐵。

「狼崽能養在家裡嗎？你這孩子是不是瘋了？快給我，我扔到河裡去！」我媽說著就上來，很是愛憎分明。

「不！」我抱住了小狼崽，堅定不移地護住牠，嘴裡大喊，「除非妳把我也扔了！」

見我如此玩命保護，我媽已無奈，搖著頭說：「看你爸回來怎收拾你！」

等媽媽出去抱柴燒火，一直在旁邊看熱鬧的老叔幸災樂禍地說：「看來玄了，大哥回來，肯定一刀宰了。唉，可憐的狼崽，留住一條命真難啊！」

「老叔你就會看熱鬧，不幫我，真差勁！」我賭氣說。

「好，我教你一招兒，準行。」

老叔附在我耳旁，如此這般一說，我茅塞頓開。

爸爸回來，果然站在我媽那邊，態度比我媽還堅決，甚至蠻橫，罵我昏了頭，家裡要飼養一條惡狼，是種下禍根等等，不由分說，從我懷裡搶走狼崽就要往地下摔。

「等一等！」我大喝一聲，指著爸爸的鼻子義正詞嚴地說，「你跟胡喇嘛他們一樣壞！他們就摔死過一次這狼崽，我好不容易救活牠了，你要第二次殺了牠！我們家白白信佛了，奶奶白白拜了幾十年的佛了，你在奶奶拜佛的家門這樣兇惡地殺生，是對我們這積善積德家門的污辱！我告訴爺爺奶奶去！」

我爸愣住了，完全被我說懵了。

「阿木，等一等！」我爸喊住我。

我心裡暗喜，老叔果然高明，唯一能鎮住爸爸的就是爺爺或奶奶。爸爸是孝子，我用佛門大戒

「殺生」來告他一狀，爺爺或奶奶不給他一個煙袋鍋才怪呢。

「那我不殺牠，我把牠扔到野外去，行了吧。」我爸又想出一招。

「這個事情，要由爺爺來裁決。我今年已過本曆年，十三歲了，已經是個男子漢，我有權提出自己作爲一個家族男子漢的正當要求，只有爺爺才能做出最終裁決。」我搬出殺手鐧。

爸爸這時怪怪地看著一臉正經的我，似乎不認識了，也是頭一次遇到我如此強烈地反抗他的意志，甚至搬出蒙古族家庭不成文的規矩來脅迫他。他驚愣了。

我見爸爸高高舉起狼崽的手緩緩放下來的樣子，很滑稽，也很無奈。十三歲的我，讓爸爸的權威頭一次在我身上失效，心裡很開心。此時的我並沒有想到，自己這次的行爲，讓我們家族在以後的歲月中付出了多麼沈痛的代價。

炕上的小龍弟弟，這時爆發出一陣嘎嘎大樂。他已經和爸爸放下的小狼崽滾到一起了，他們倆倒挺投緣，相互很親暱地一起玩耍。

爸爸搖搖頭，冷峻地看我一眼之後出去了。

晚上，上房的爺爺奶奶都被我請到我們家來。雖然我們家分戶單過，但都在一個大院裡住，來往很方便。

爺爺手裡端著兩尺長的煙袋鍋，在靠西牆的正位上噴雲吐霧，顯得很威嚴；奶奶左手腕套著小白念珠，右手數著褐紅紫檀木大念珠，在炕頭閉目不語，顯得很虔誠。我爺爺年輕時當過「薩滿・孛」師，據說拜的主神就是「蒼狼」。「薩滿・孛」教是蒙古人早先崇拜的原始宗教，成吉思汗時代就有。其宗旨爲崇拜長生天長生地，崇信自然萬物都有神靈，不可輕易踐踏，是個多神教，每個

「孛師」都有各自不同的祭拜的主神。

「今天，我的孫子阿木，頭一次提出了一個蒙古男子漢的請求，那就是他要養一隻狼崽。」爺爺停止噴雲吐霧，終於開口，油燈下，他那張佈滿皺紋的臉，全被他吐出的煙霧籠罩住，看不清什麼表情，唯有低沈的嗓音使聞者心中震顫。

「我年輕時，『巴克師』（老師）教過一本書叫《蒙古秘史》，其中頭一句就說，蒙古人起源於『孛兒帖赤那和花·瑪日勒』，這『孛兒帖赤那』就是蒼狼，『花·瑪日勒』是梅花牝鹿。當然這只是人名，可幾百年來，人們一直在爭論這『蒼狼』和『梅花鹿』是一對人名呢？還真是一對狼和鹿。但不管怎麼說，蒙古人跟狼的關係是有淵源的，牠吃我們的羊，我們打牠們，儘管敵對關係，可牠們幫我們清理草原上的腐屍，相互依存，不完全是現在這種相互間充滿仇殺的敵對關係。人跟狼的現在這種關係怎麼造成的呢？怪人還是怪狼？或者怪別的什麼？我也說不清楚。」爺爺被他的煙嗆住了，「喀兒喀兒」咳嗽起來，歇了半天接著才說，「話題扯遠了。現在的人搞不清跟狼跟鹿的關係了，搞不清跟所有動物的關係了，也搞不清跟山川草木土地的關係了，甚至連人跟人的關係也搞不清了，我師父傳我的不是這個樣子。」

站在地上，我腿已發麻，可爺爺還是不回到正題上，越扯越遠。我心裡發毛，不時地拿眼角瞟一眼在炕角跟小龍滾耍的白耳狼崽，暗暗爲牠命運祈禱。

「我說，應該允許阿木的選擇。」爺爺終於做出結論，「不過要記住，阿木要對自己的行爲負責，不光是餵養這狼崽，還要對狼崽長成大狼之後的行爲負責，這可不是簡單的事情。聽清楚了嗎，阿木？」

「謝謝爺爺。孫子記住了爺爺的教誨。」

我按捺住內心的狂喜，走過去，讓爺爺親了一下我的額頭。爺爺的嘴唇冰涼冰涼，但敲我腦門兒的銅煙袋鍋滾燙滾燙。

「蘇克，你小時從野外逮回來一隻要下崽的跳兔，裝在我的朝拜五臺山大佛時帶回來的黑呢禮帽裡，結果，跳兔在我禮帽裡下了七個崽，還把禮帽的一半兒啃成碎片做了窩兒，呵呵呵……你記得嗎？」爺爺笑得喘不上氣問爸爸。

「我記得。」爸爸的臉上呈出一絲尷尬的笑紋。

「記得就好。往後，你還要幫著小木管好狼崽，一直到長成大狼。」爺爺的眼睛凝望著空中的一個什麼東西，神情變得肅穆超然，「這狼跟我們家還真有緣喲，是福是禍，這都是長生天的意志，也都在自己修爲。有朝一日，人類也有可能被狼類收養的時候，切記呀切記。」

爺爺的話我似懂非懂。但我的餵養白耳狼崽的特殊生活，就這樣開始了。我把牠養在地窖裡。一是防胡喇嘛他們知道，二是怕那隻還活著的母狼尋來滋事。

四

這一天，村中過節般熱鬧。

胡喇嘛他們抬著那隻公狼，興高采烈走過村莊土街，飛揚的塵土中，女人和孩子們爲打狼英雄們獻上媚笑和掌聲。受驚的狗們也圍前圍後地叫，很是受刺激的樣子。

村部院子裡，鋪了一張寬木板。公狼就放在上邊。獵手娘娘腔金寶操刀，開始剝公狼的皮。他手法熟練，刀工精湛，先從嘴皮下刀，挖割兩隻眼圈，從下巴一刀切至尾根，豁開肚皮，又分割四隻腳皮，完完整整，不傷內肉，只把一層皮剝離身軀。然後他把刀咬在嘴裡，騰出手哧啦哧啦地扒那狼皮，狼的肉和皮之間還有一層薄膜，那哧啦哧啦的聲音就是這層薄膜撕裂的聲音。這層裡沒有一點血，白白的顏色，偶爾出現些長條或小塊黑疙瘩，那是箭傷或刀痕，記載著公狼的歷史。

金寶手裡捧著那張完整的狼皮。陽光下，狼皮毛色光亮，順著倒伏後均勻地顯示黑灰花色，每根毛都顯得很堅挺，毛茸茸的長尾拖在地上。金寶突然把狼皮披在身上，四肢著地裝著狼來回躥了躥，嚇得小孩兒婦女急忙後閃，嘴裡罵缺德鬼，男子們哈哈大笑起來。

「狗日的真像狼，就是缺了公狼的那東西！」

「別把母狼招來了，你可沒東西對付！」

「哈哈哈……」

眾人嬉笑逗鬧中金寶收起狼皮，捧在手上，走到大禿胡喇嘛跟前，巴結著說道：「我把這張狼皮，獻給尊貴的村長大人，你帶領我們打狼有功！保護了村莊的安全和穩定，你是我們村的好帶頭人！」

「好、好，先把狼皮熟好了再說，放在村部鋪給上邊來的人吧！」胡喇嘛接過狼皮，交給了村裡熟皮手白音。他得意地笑著，走過去「叭叭」拍了拍木板上的狼肉，提高嗓音說道，「我聽說這狼肉，人吃了還有特殊的功效！」

「噢？」眾村民疑惑地看著胡喇嘛。

「狼肉能治哮喘咳嗽，健脾補腎，強身壯骨，對男人絕對是個好東西！」胡喇嘛的幾句話，一下子抬高了狼肉的身價，男人們都不由自主地圍過來。

按過去的習慣，扒了狼皮後，那狼肉是要扔進野外溝裡埋掉。那會兒，蒙古草原上誰還吃狼肉哟，肉又粗又硬，還有土腥味和騷氣。可如今沙化了的科爾沁沙地，農戶們一年中只有在過年時殺一口豬或一隻羊嘗嘗肉，其他時間很難見到葷腥，因此聽胡喇嘛這頓鼓吹，人們的嘴邊已流出口水。

胡喇嘛村長制定出了分配狼肉的方案。每戶三兩，參加打狼的人優先，三兩肉合三升包米，秋後交付村上。大家本想發牢騷說，村幹部又借機刮大家的油，但見到那鮮紅的狼肉擺在那裡，實在誘人，一咬牙便排起長隊。有人說這狼肉趕上唐僧肉了，胡村長說，唐僧肉也沒有這狼肉有營養有功效，能讓你的雞巴長挺不衰。男人張嘴大笑，女人們在一旁也抿嘴偷樂。

依舊是娘娘腔金寶操刀割肉。村會計在旁提秤稱肉。胡喇嘛站在旁邊監督，以防會計秤上短斤少兩搞腐敗。他還不時拿根棍子，轟走聞腥湊來的他家花狗和其他村狗。

剛開始那會兒的歡樂氣氛，此刻變得凝重起來。排長隊的人們，靜靜地等候著，一雙雙眼睛一動不動地盯著金寶把狼肉一塊塊割下來，盤算著自己能分到哪塊肉，合算不合算。

村東七十歲孤老頭兒毛哈林拄著拐杖，顫顫巍巍地也排在了隊伍的後邊，呼哧帶喘，不時地「喀兒喀兒」咳嗽著。

胡喇嘛村長走去對他說：「老毛頭兒，你不用排了。」

「我也是一戶啊。」

「你一沒參加打狼，二沒有可交的包米，你一年的吃喝都由村上負擔還嫌不夠啊！」胡喇嘛冷冰冰地數落。

「我有哮喘病，求求你，砍一塊骨頭給我吧，我熬湯喝喝。」毛老漢伸出了一隻瘦巴巴的黑手，一雙老眼可憐巴巴地看著胡喇嘛。

「不行！一根骨頭也不能給。你走吧！」胡喇嘛說得更堅決，毫不動情。

毛老漢在眾目睽睽下走出隊尾，搖搖晃地向院外走去，眼角明顯掛出兩滴淚。瑟瑟秋風中，他猶如一棵殘敗的枯草，隨時會被吹倒或刮走。人們誰也不敢吱聲。大一點的人都知道，毛哈林老漢跟胡喇嘛的爹胡嘎達老禿子，在年輕時因一個女人差點打出人命；圍繞村中土地的分配問題，年輕時當過幹部的毛哈林也得罪過胡氏父子。弄得時到如今，冤仇不解，無兒無女的毛哈林受盡有權有勢的胡氏父子欺侮。

老叔和我分到兩塊狼肉回到家，把這事跟爺爺說了一遍。爺爺二話沒說，拿一份肉讓我去送給毛哈林老漢，嘴裡說：「唉，現在的人都跟狼差不多了……」

我趕到毛老漢家時，他那兩間破土房外屋，如著了火般冒著濃煙。他正燒著一捆濕柴禾，準備熬包米楂子粥，煙嗆得他兩眼冒淚水，鬍子也燎著了，臉上蹭了一道道黑灰，人不人鬼不鬼的。

「老爺爺，怎麼弄成這樣，你一個人真夠苦的。我幫你把火點上吧。」我湊過去替他吹火，濃煙一下「呼」地躥出紅火，我往後一閃坐到了地上。

「你這冒失鬼，呵呵呵……」毛老漢難得地發出一陣朗朗笑聲，「你是誰家的孩子呀？幹啥來啦？我這兒一年四季連個耗子都不來看一眼啊。沒吃的，耗子來幹啥呢？這都是我年輕時當幹部作

的孽呀，老天不罰我罰誰呀，噢咳，噢咳……」他又喘不上氣地咳嗽起來。

我趁他咳嗽停歇的空子，自我介紹了一下，並把那份三兩狼肉交給了他。

「噢、噢，還是老『孛』天虎老弟心善，可當初當幹部時我可沒少整他，唉……」毛哈林捧著那塊肉的手在顫抖，顯然心中往事如潮，有些愧疚地摸了摸我的頭說，「回去告訴你爺爺，我老不死的毛哈林謝謝他，過年時我給他磕頭去。」

我正要轉身離去，毛老漢叫住了我，不知從哪拿出一個精緻的小銅環遞給我，說：「爺爺沒啥東西給你，這個銅環是我當年從一個地主家的狗脖子上解下來的，你要是養狗能用得上。」

我喜出望外。我那小狼崽正需要這樣一個精美的銅環，才能配得上，結實，閃亮，不纏繩鏈。我連忙感謝。

「不必謝。我再告訴你一個秘密吧，」毛老漢又對我眨眨眼說。

「啥秘密？」我已經感到，這位孤獨的老爺爺可不簡單了。

「你們家分到狼肉了嗎？」

「分到了。」

「最好你別吃那狼肉。」

「爲啥呢？」

「狼肉在人體內化成人的血液，就終生帶有一股狼的氣味，那這人終生就成爲狼類攻擊的對象。」

「真的？」我瞪大了眼睛，見毛哈林老漢把那塊狼肉倒進鍋裡，跟他的包米楂子粥一起煮起來，就說：「那你幹嘛還吃呀？」

「呵呵呵……我已經老了，也不去野外遇不著狼，再說，我還巴不得老狼把我給全吃了，省得給村裡人添麻煩，受胡家的氣……」老漢又傷心起來，片刻後接著對我說，「孩子，你還小，最好別沾上狼肉氣味，大人能保護自個兒，吃了也沒啥，你們小孩兒就不同了。」

我回到家，吃飯時，對那一碗我媽已燉爛的狼肉，果真碰都沒有碰。我媽奇怪地問我，我就把毛哈林老爺爺的話學給她聽，她搖頭一笑：「淨胡說，哪兒來的那麼多狼，攻擊全村這麼多人呀！吃吧，沒事，他是逗你玩的。」我爸也說沒那麼回事，老頭在瞎編。

我還是一口不吃。我可不想成爲我那白耳狼崽的敵人。

這一晚，全村都飄著狼肉香。

村部院裡，胡喇嘛他們支起一口大鍋，燉起了那堆分剩下的狼頭、狼骨、狼雜碎。他們村幹部還有金寶等主打獵手們，一起大吃大喝一通，醉酒後吐出的穢物灑滿了房門院口，幾個野狗舔吃後也醉倒了，瘋叫瘋咬，鬧了一夜。

後夜，遠處野外，響起了那隻逃遁的母狼的哀嚎。我想，那母狼該終生追蹤大禿胡喇嘛一夥兒了，因爲他們吃的狼肉最多，連狼骨頭都啃了，狼雜碎都吞了，狼類們不攻擊他們攻擊誰呢。他們是首選目標，斬首對象。

想著此事，我心裡挺痛快，同時，我決定以後多去看望一下毛哈林老爺爺，他知道的事可真多，他身上好像隱藏著好多秘密，好多故事。

這一夜，我是抱著我那白耳狼崽睡的。

第三章 龍娃

第七天早上，日出時分，他們遠遠瞧見一座高沙丘上，赫然佇立著那隻野獸——母狼。緋紅的晨霞中，牠安詳而立，而在牠肚臍下跪蹲著一個兩條腿的人娃，正仰著頭兒吸吮母狼的奶！那母狼微閉雙眼，神態慈祥，無比的滿足和愜意，任由那人娃貪婪地輪流吸吮三隻奶頭，一動不動。

我爸他們驚呆了。那吸吮狼奶的小孩兒正是小龍！

一

公狼被消滅已有半個多月。村裡很安靜，沒再出現狼害之事。那隻母狼肯定已經遠遁，沒有膽量再來騷擾。我心中不免有一絲遺憾，母狼怎麼放過胡喇嘛他們呢？難道毛哈林老爺爺真是編瞎話誆我不成？

不過，我倒很放心地在地窖養起我的白耳狼崽。

小米粥和菜湯餵得牠圓乎乎的，陰暗的地窖裡，牠一見到放學回來的我，就高興得搖頭擺尾，濕乎乎的嘴拱得我手心手背癢癢的。有時，我把牠抱到外邊見見太陽，那小眼睛一時睜不開，哼哼唧唧叫個不停。一旦把牠放在炕上，弟弟就跟牠滾耍到一起，互相又抱又啃，好像是一對失散多年的小兄弟重聚一般。這會兒抱走狼崽就困難了，小龍嘴裡哭嘰嘰叫著「狗狗，狗狗，要狗狗……」鬧翻我們家。這時我媽的笤帚疙瘩就落到我頭上，罵我養了個野物，弄得小弟也快成了狼崽。

我抱頭鼠竄時，也不忘了搶走白耳重新關進地窖裡，再用小鐵鏈拴起來，牠脖子上的小銅環在暗中一閃一閃的。我想起毛哈林爺爺，晚飯後我就去他家看他。

見到我他很高興。坐在門口的土墩上，落日的餘暉照著他，沒有牙齒的嘴巴張開後，變成一個大黑洞。

「老『孛』的孫子，又幹啥來啦？還有狼肉送嗎？」他的發黃的舌頭，在那個黑洞裡攪動著，說話很費勁。

我拿出兩個從家偷帶來的菜餡餑餑。

「好吃好吃。」毛爺爺兩口就吞了，那黑洞無阻無擋，掉進個小羊羔都不刮邊兒。

「說吧，你來不光是送餑餑吧？」毛爺爺吧噠著嘴巴，一雙被眼屎糊住的眼睛，瞇縫著盯住我。

「年輕時，你老幹過很多壞……大事吧？」

「幹過那麼幾件吧，年輕時當過幾天『鬍子』，抓住姦殺我老婆的小日本龜頭三郎，給他娘的點了天燈！後來參加了八路，被我班裡的仇人從背後開黑槍打斷了鎖骨，土改時，我和老禿子胡嘎達都是積極分子、民兵幹部什麼的……」

毛哈林爺爺閉上了眼睛，也閉上了那張說話的黑洞，往後靠上土牆，半天無語。那張黃瘦而皺紋縱橫的臉沒有一點血色，就如一張枯黃的樹葉，上邊沒有一點生命的痕跡。

「你和老禿胡嘎達是怎麼結的仇？」我忍不住好奇地追問。

「這……這段故事，下回再給你講吧，別忘了給爺爺帶餑餑來。你去吧，快去琢磨咬你屁股的大花狗吧。」毛哈林站起來回屋去，秋天的晚上已經變涼。

「毛爺爺，你送我的那銅環，是不是也有一段故事啊？」我最後問。

「那可是從地主王疤瘌眼兒家的黃狗脖子上摘下來的，聽說他是用一隻羊換來的。」

我剛要轉身，他又喊住我。不知啥時候，他手裡拿著的一節黑亮黑亮的牛犄角遞給了我，顯得神秘地說：「把這牛犄角放火裡烤軟後削成條子，摻和在麵團裡烤熟再餵給那大花狗吃。」

「會怎樣？」

「我保證那花狗的腸子都被絞斷，嘿嘿嘿……」毛爺爺陰冷地笑起來。

「毛爺爺，那大花狗是不是也咬過你呀？」

老人往上提了提褲腿兒。他的小腿上有兩塊已結疤的黑痂子，有一處還沒完全好，化膿後滲著黑黃稀水。

然後，他顫巍巍進屋去了。

我攥緊了手中的黑犄角，昂首走出毛哈林爺爺的破院子。

村街上沒幾個人。前一段鬧狼後，村童們也不敢晚飯後出來玩耍，天一擦黑，人們都龜縮在家裡。我拐向回家的小路上，迎頭碰見了同班同學伊瑪，她挑著水桶正要去河邊挑水。

「對頭碰見挑空桶的人，據說要倒楣呢。」我說。

「那你轉過頭陪我去挑水吧。」伊瑪這是明明拉我去做伴，給她壯膽，天已經發黑了。

「你們家該打個壓水井了，省得妳老去河邊挑水。」我陪她去河邊時說。

「哪兒來的錢啊，我媽有病，錢都花在她身上了，我都快念不起書了。」伊瑪黯然神傷。

我一時不知怎麼安慰她，默默地走到河岸，再沿一條人工挖開的小溝路一直走到河邊。伊瑪是我們班上的模範學生，又是一位俏姑娘，她寫的作文拿過全縣的獎，家裡要是供得起，她能讀到大學甚至當博士。可是命運已經早就安排她操持家務，幫助她爹務農種地了。她要是生在大禿胡喇嘛家就好了。世道真不公平，家境好的學生年年蹲級，讀不起書的窮人家孩子學習又數一數二。我突然想起前些日子二禿對我的警告。

「伊瑪，妳當心點二禿那小子。」

「別提那小無賴了，放學回家時老盯著我。聽說他放狗咬傷了你的……屁股？咯咯咯……」伊瑪捂著嘴樂起來。

「我早晚廢了那條惡狗，妳瞧著吧。」我暗暗握緊手中的黑犄角。

伊瑪蹲在河邊，拿葫蘆瓢舀子往桶裡舀水。

河邊有一片稀疏的柳條叢。我無意中發現，那裡邊有兩點綠油油的東西在發亮，最初以爲是什麼花色玻璃或誰丟棄的珍貴東西，在晚霞餘暉中反射出光，我就傻乎乎地走過去想撿起來看看。反正沒事，伊瑪舀水還得等一會兒。那距離也就是二三十米，我吹著口哨若無其事地走著。突然，那兩個綠光一閃即沒，隨著一聲吼叫，從那塊草叢中躍出一隻四條腿的野獸，向我撲來。

「是狼！伊瑪快跑！」我失聲大叫。

我來不及抽身，也一時嚇呆了，眼睁睁地瞅著那隻眼射綠光、張牙舞爪的大狼撲到了我身上。

這一下完了，我想。

我閉上了雙眼，只聽見伊瑪尖利的哭叫聲從後邊傳來。怪事發生了。我摔倒在地，那狼的毛茸茸的嘴臉也已經貼近了我臉。可不知爲何，那狼突然「嗚——」一聲嗥叫，便放開了我，並且踩住我胸膛的兩隻前爪子也挪開了。牠伸出紅紅的舌頭舔了一下我的臉，就如粗刷子刷過一般，我臉上生疼、發涼，一會兒又火辣辣。我被弄得莫名其妙。然後，那狼轉過身就走開了，緩緩地跑著，很快就消逝在河上游的黑暗中。

「是那隻母狼！」我驚魂未定地喊起來。

「天啊！」伊瑪跑過來扶住我。

「牠認出了我，我和老叔給牠包紮過傷……」我喃喃低語。

匆匆走離河岸時，我頻頻回望母狼消失的方向。牠沒有像村人所說那樣遠遁，牠還在村莊周圍活動。牠沒有放棄復仇，牠的下次反擊可能更可怕。想起剛才，我不寒而慄。伊瑪說這母狼還真通人性。我嘆氣，心說可人已經不通人性了。這世界一切都正在顛倒，有時人不如獸呢。

二

那是一個秋高氣爽的日子。

我去上學，我爸去修水庫。我媽揹著小龍弟弟去割豆子。母狼看著我媽給小龍餵奶，簡直看呆了。

小龍的臉蛋又紅又胖，叼住媽媽大紫奶頭吃得吧唧吧唧發響。一隻手還很有占有欲地抓揉著媽媽的那隻空閒的乳房。媽媽是坐在地頭割倒的豆捆上，餵小龍吃奶。

母狼躲在離此不遠的樹叢後頭，看了很久。

那是野外。草上有蟈蟈叫，樹頂有烏鴉飛。

我媽很能幹。爸爸被攤派去修水庫，地裡的活兒只好她一個人幹，還帶著小弟小龍。由於跟爺爺奶奶的上房分開單過，一到秋忙，誰也顧不上誰。好在我媽是一位吃苦耐勞型的家婦，幹農活一般男人都頂不過她。半人高長得極旺的黃豆棵子，她割下了一大片，再幹一個半天，這塊黃豆地就清了。

那母狼，胸上也有三隻往下耷拉的大奶子。那是牠的三個娃兒——三隻狼崽裹大的。如今，狼崽已不在，空閒下三隻奶子，鼓脹得要裂。那黑而尖的奶頭子細孔處，正在滲滴著白色的奶汁。狼奶也是白的，與人沒有兩樣。

那母狼的眼神很奇特。盯得這麼久，始終沒有移開，也不眨一下，還充滿了柔情和慈意，雌性的哺乳期的慈意。牠微有些不安，有些騷動，那是三隻發脹得要命的奶子給鬧的。當初，三隻狼崽每天風捲殘雲般地同時吸吮，那是個何等愜意而痛快的感覺喲。母狼微瞇上眼睛，似乎想從回憶中尋找往日餵自己狼崽的那種幸福感。這三隻愈發沈重的奶子，已脹疼很多天了。弄得牠六神無主，難受至極，時時發出哀號。牠甚至抬起後腳爪，使勁撓抓前胸的奶頭，拉出道道血跡也無法甩乾那脹滿的奶汁。

我媽望不到那隻受脹奶之苦焦灼不安的母狼。她只顧低著頭餵自己的小龍，把鼓脹的雙乳輪著

塞進娃兒的嘴裡，以傾洩發脹的沈重，換得滿臉的輕鬆，然後好再去割那片剩下的黃豆。娃兒當然丟在地頭由他自個兒玩。抓蟲抓草吃土，啃啃把他裝在裡邊的柳筐邊兒。反正小龍經折騰，掉茅坑啃過屎都沒事。農家娃兒不需嬌貴，吃啥都長肉。

媽媽餵夠了小龍，拿起鐮刀又去割黃豆了，嘴裡咂咂地誇著兒子：「俺的小龍真乖，坐在筐裡別動啊，媽給你抓個蟈蟈回來。」

吃飽了奶，小龍打著奶嗝兒又去啃柳筐邊兒了，他正在出牙。磨牙的樂趣比顧及媽媽的去向更誘人，反正她一會兒會回來，不會丟下他的。媽媽呢，一步一個回頭割起豆子，嘴裡不停地時不時地招呼著：「小龍老實點啊，媽媽在這兒，媽媽這就來了。」割著割著走遠了，幾乎看不見人影了。

小龍當然依舊沈浸在磨牙的樂趣中。

當那母狼出現在柳筐邊兒，輕輕舔小龍小手時，他呵呵樂了。家裡也曾有過這樣大的黑灰狗，常舔他的手，更主要是舔他的屁股，在拉完屎之後。農家沒有那麼多衛生紙給孩子擦屁股，喊狗子們過來舔舔就乾淨了。可這會兒自己沒拉屎，這大狗還來幹啥呢？不過小龍沒在意這些，有狗陪他玩，可比啃筐邊兒有趣多了。他伸出小手摩挲大狗的脖子和嘴鼻，那大狗也伸出紅紅的長舌舔他的臉，舔他吐出的奶汁，舔他露肉的雙腳，還有開襠褲後露出的光屁股。舔得他好癢癢，他又咯咯咯樂起來，樂得很開心。

「小龍！你樂啥呢？」

「咯咯咯……咯咯咯……」

「小龍！」

媽媽聽到兒子脆生生的樂，也笑著支起腰來，搭手遙望一眼娃兒到底樂啥呢。於是她就發現了那隻逗娃兒樂的「大狗」。

誰家的狗竄到野地來了？媽媽起初沒想到那是一條狼，心不在焉地看了那麼一眼，說了那麼一句，爾後又去低頭割黃豆了。想著割到地頭兒，再回頭割到娃兒跟前時好好認認那條狗，究竟是村裡誰家的狗呢？可又突覺不對勁兒，抬頭回身看了一眼。這時她看見，那條「大狗」嘴巴上叼著柳筐，正往旁邊的樹叢裡走。娃兒依舊咯咯樂著。

「放下我的娃兒！大狗！放下我的娃兒！」

媽媽丟下手裡抓著的一把黃豆棵子，心慌慌地揮舞著鐮刀，向那條「大狗」喊著追過去。

「大狗」聽到她喊叫，由悄悄潛行變成小跑。可是柳筐絆著前腿，牠也跑不快，跑不起來。

「該死的狗！快放下娃兒！放下我的娃兒！」

媽媽有些急了，大聲呼喝。可那條「大狗」依舊小跑，快進樹林子了。媽媽跑得更急了，上氣不接下氣，從橫裡截住「大狗」的路，終於在那片小樹林前，擋住了那條盜娃兒的「大狗」。那「大狗」仍叼著柳筐不放，衝她呼兒呼兒地低狺吠哮了兩聲，眼神在變。媽媽不認得這「大狗」，村裡沒有這樣的「大狗」，體魄大得如狼般雄猛，毛色黑灰得也如狼……

「狼！」我媽終於叫出口。

同時臉也唰地蒼白如紙，不由地握緊了手裡的鐮刀。

「大狗」身上激顫了一下，隨之那眼神就變了，變得綠綠的，野性而血性的綠光。

「放下我的娃兒！」

媽媽舉起鐮刀，提著心，猛力喝了一聲。

那母狼的綠眼盯著我媽，對峙片刻，沒有放下娃兒的意思。兇狠的目光，是心神和膽識的較量，若逼退對方對牠更有利，此時此刻，牠還沒有茹毛飲血的心態，牠現在只想哺乳。哪怕一次，哪怕是人孩兒！

「那是我的娃兒！快放下來！」

媽媽救娃兒、救自己骨肉於狼口的急切心情和憤怒，終於戰勝了最初的膽怯，大喝著揮起鐮刀向母狼逼近了一步。

母狼這回放下柳筐和小龍了。但牠沒有轉身逃走，牠不想放棄。牠在暗中追蹤盯視了這哺乳期的母子，已有幾天了，不能輕易放棄。村民殺了牠的公狼，殺了牠的兩個狼崽，另一隻狼崽在誘殺公狼後也不知去向。牠一直在伺機報復。可是哺乳的母子和自個兒脹疼的三隻奶子，使牠改變了最初的血腥復仇的本意。牠要找回一個自己能哺乳的崽娃。

母狼迅疾無比地撲過去，撞倒了我媽。我媽的鐮刀也砍在母狼的後背上，只傷了皮毛。

母狼叼起柳筐和小龍，轉身接著逃。我媽從地上翻身爬起，揮著鐮刀追上母狼。

母狼放下柳筐，回轉身，又撲向追上來的我媽，這回，母狼的尖牙咬破了我媽的肩頭，衣服被撕開，露出白的肩頭和流的紅血。我媽的鐮刀也砍在了母狼的腿根，比第一次稍稍深了些，也湧出些許血水。

狼和我媽翻滾起來。狼咬人砍。

母狼一躍而起，丟下受傷的媽，又叼起柳筐和娃兒固執地奔向那片樹林。小龍見大狗與媽媽打架，初是咯咯咯笑，接著便哇地哭開了。「狗狗不咬、不咬媽媽……」他剛會說話，但意思明顯地袒護起自己的媽媽，責備「大狗」。

這時的我媽完全瘋了，不顧流血和疼痛，依然勇敢地操起鐮刀追擊母狼。她唯一的念頭就是救回娃兒，自己的生死置之度外。母愛喲，人類的母愛。狼類的母愛呢，也差不多如此吧，同樣是雌性哺乳生命體，喪子也會同樣發瘋。

母狼見我媽又追上來揮刀砍下，丟下嘴叼的柳筐和哭泣的小龍，翻身一滾躲過刀，再次躍起撲向我媽。於是，狼和人又近體肉搏起來。都流著血，異常慘烈，我媽的鐮刀被狼咬掉，可她的嘴牙也咬著狼的腿部，滿嘴的毛和血。母狼更兇了，咬得我媽遍體是傷，血肉模糊，大腿露出耷拉著的肉塊，臉和脖子被抓得血跡斑斑。但我媽毫不氣餒地搏鬥著。手抓腳踢，摸索著鐮刀，從健壯如牛犢的母狼身上掙扎著爬起，鐮刀砍進母狼的後腿，鐮刀把斷了。

母狼「嗅兒」一聲嗥叫，紅了眼，咧到耳根的大嘴一下子咬住我媽的肩頭，撕下一塊肉，並把她甩在地上。母狼接著要撲上去咬斷我媽的脖子。

「別……狗狗，別咬……」

小龍大聲哭叫起來，傷心的稚嫩乞求聲終使母狼回過頭來，望了望小龍。隨之，那母狼放下我媽，又奔回柳筐和小龍旁，重新叼起，後腿嵌著鐮刀片，一瘸一拐大步逃向樹林中。

媽媽已經昏迷，嘴中喃喃低語：「放下我的娃兒。」

她流血過多，精疲力竭，加上急火攻心，奄奄一息昏過去了。

不知多久，村裡放羊的丁老漢路經這裡，把我媽救回村中施救。也許小龍牽著她的心，她居然奇蹟般地活過來，開口頭一句就是：「母狼叼走了我的娃兒！快救救我的兒子！」

這消息如炸雷般，一下子震驚了全村。

三

爺爺和叔叔們從地裡趕回來，馬上去追蹤母狼。

媽媽送進鄉衛生院搶救，由奶奶和二嬸陪著。

爸爸得到信兒，也從水庫工地火速趕來，跟爺爺他們一起追蹤母狼。我們這一大家族，完全亂了套，我和老叔也不上學了，手拿大棒子加入了追尋的行列，還有村裡好多鄉親。

那片小林子沒有母狼與小龍的影子。草叢中有一灘血跡，還有被丟棄的柳筐和從狼身上掉出的鐮刀片。爺爺和爸爸他們循著依稀血跡和狼腳印，追出小樹林。母狼叼著小龍走走停停，一般都選一些草深或溝窪處掩藏著行跡，向西北的大沙坨挺進。

天黑了，追蹤的人們看不見狼腳印了。有些鄉親怕黑暗中遭受母狼襲擊，踟躕不前。心急如火的爸爸和爺爺他們不顧那麼多，幾個人騎著馬，打著手電，舉著火把，追向大沙漠方向。

「小龍——小龍——我的兒子，你在哪裡！」

「老狼！你快出來！老狼！我殺了你！」

我爸發瘋般地呼喊，他的聲音在黑茫茫的沙坨子裡迴蕩。

可黑夜沈沈，大漠無際，除了他的呼喊聲，荒漠中沒有任何動靜。夜鳥兒從樹上驚醒，啁啾地飛起。他們鳴槍，朝空空的夜天和空空的大漠開槍，以洩憤怒和仇恨。

追蹤和搜捕連續進行了三天。

似用篦子梳頭般細細搜索了西北的幾十里沙坨子，可母狼與小龍如石沈大海般失去了蹤跡。尤其第二天的一場秋雨，沖洗了所有的痕跡，爸爸他們完全失去了追蹤的方向。

我爸在馬背上淚流滿面。

我媽在醫院幾次昏厥過去。

哀傷和悲痛籠罩著我們家族。全村也沈浸在不祥和不安的氣氛中，各種流言在村民的舌尖上傳送。唯恐母狼又來叼走了誰家的娃兒，家家戶戶關門閉戶，看緊了自個兒的娃兒，連出去拉屎撒尿也大人跟著，村裡的孩童們受到了從未曾享受過的特殊待遇。

我爸仍然不甘心地遠近追尋著。

第五天頭上，他從一個外村放牛人的嘴上，聽到了母狼腳印出現在大西北七十里外的塔民查干沙漠深處地帶。於是他和爺爺他們七八個人，騎馬追進號稱「死亡之漠」的塔民查干沙漠深處。

第七天早上，日出時分，他們遠遠瞧見一座高沙丘上，赫然佇立著那隻野獸——母狼。緋紅的晨霞中，牠安詳而立，而在牠肚臍下跪蹲著一個兩條腿的人娃，正仰著頭兒吸吮母狼的奶！那母狼微閉雙眼，神態慈祥，無比的滿足和愜意，任由那人娃貪婪地輪流吸吮三隻奶頭，一動不動。

我爸他們驚呆了。那吸吮狼奶的小孩兒正是小龍！

我爸無法相信眼前的奇景，無法相信自己的眼睛。小龍，他的兒子在吃狼奶！而且心甘情願地吃狼奶，以狼爲母！

小龍幾乎是赤裸著，身上只剩下一件紅兜兜裹在肚子上，在燦爛的朝霞中更是鮮豔奪目。身上沒有傷痕，沾滿泥沙，灰不溜秋的臉，髒兮兮的手腳，全然是個野孩子的模樣。唯有吃飽狼奶之後發出咯咯咯的脆生生的笑聲，使得這邊偷窺的爸爸他們毛骨悚然。有奶便是娘，不管是人或獸，只要是有奶。這句話如今應驗了。怎辦？

爸爸把困惑的目光移向爺爺那張凝重的臉上。

「包抄上去，不要開槍。母狼沒傷龍娃，咱們想法奪下孩子！」爺爺佈置。

於是七八個人悄悄包抄過去，個個貓著腰，保持著高度機敏，緊張得握槍的手沁出冷汗，心都提到嗓子眼上。

那母狼伸了個懶腰。前腿伸出趴地，腰身在下塌陷，然後挺起身軀，渾身使勁晃了晃，那骨節劈啪亂響。

「嗷兒！」牠嗥了一聲，然後輕輕叼起小龍的紅兜兜，似乎不屑一顧正在靠近的追蹤者們，邁開矯健的四腿，拖帶著小龍飛速跑下沙丘，向遠處的大漠遁去。牠眼觀六路耳聽八方，動物的本能使牠早已察覺到了這邊人群的動靜，身後的沙丘上只留下了牠那聲長嗥，在灰色天空中久久迴蕩。

「追！」

爺爺爸爸他們騎上馬奮力追過去時，那母狼早已消失在莽莽起伏的沙坨中，不見了。我爸急得嗷嗷叫，把牙咬得嘎崩嘎崩響，鞭子抽打得馬直噴白沫，可大漠中馬怎能跑得過狼？四蹄陷沙，沒跑出幾里都趴窩兒了，鼻子噴著熱氣，怎麼打也起不來了。

我爸他們再次失去了母狼與小龍的蹤跡。

「天啊！」我爸大叫一聲，吐血昏倒了。

爺爺一邊施救，一邊教訓爸爸：「急管什麼用！好在小龍兒還活著！母狼沒有吃掉他，而是把他當成了自己的小崽來餵養著，只要小龍還活著，我們就有辦法找回來！」

爺爺神色莊重，語氣堅定，遠視大漠的目光中蘊含著不可動搖的意志。絕望的爸爸於是重新燃起了希望之火，翻身而起，衝那茫茫大漠深處發誓賭咒地喊：「母狼！我會找到妳的，我一定要找回我的兒子！妳等著！」

大人們這次還是無功而返。在大漠中險些迷路倒斃，幾天之後回到家裡，只好做長遠的尋找打算。

四

小龍變成狼孩的消息，不脛而走。

荒野中出現一隻狼孩，這種過去只在傳說中聽說的事情，現正在身邊發生，人們紛紛議論時都不寒而慄，都拿怪異的目光窺視我們家。

不幸幾乎擊垮了我們全家。

媽媽瘋瘋癲癲，幾次從醫院跑向荒野，嘴裡念叨著小龍。她悔恨自己不該把小龍帶到野外，悔恨自己沒能殺死母狼，悔恨和痛苦中她變得魔魔怔怔，完全失去正常的心態，見人就問，你看見了我兒子小龍嗎?我兒子小龍出去玩了，不知在哪裡?然後是一陣兒哭一陣兒笑。

奶奶往北牆的佛龕燒香磕頭更勤了。早中晚一日三次跪拜禮，每次數一百零八顆念珠的次數，

一點兒不錯過，萬一這天做活兒耽誤了時辰，她肯定夜裡全補上。她虔誠地禱告佛爺，禱告上蒼，把小龍還給我們。堅信善有善報，惡有惡報的奶奶始終不明白，誘殺公狼挑死狼崽的胡喇嘛他們，爲何沒遭報應，而噩運卻降臨在我們這戶善良人家身上。

爺爺和爸爸帶上乾糧，再次走進西北大漠，尋找了半個多月，小龍依舊沒有音訊。那隻母狼攜著小龍好像從塔民查干沙漠裡消失了，這回連個腳印都瞅不見了。

爺爺的臉愈來愈凝重。他對爸爸說：「先顧活著的人吧，不能爲了一個小龍，全家人都這樣不死不活地過日子了。」

「小龍還活著，我一定找他回來。」爸爸固執地說。

「現在只好聽天由命，看小龍自己的造化了。漫無目的瞎找也不是辦法，一切聽憑長生天的安排吧。」

爸爸不聽爺爺的勸告，又獨自闖進塔民查干沙漠裡繼續尋找，結果迷路差點又埋在那裡，被爺爺他們找回來之後大病了一場。

家人中，其實我的負罪感最重。

我突然意識到，也許我害了小龍弟弟。是我偷偷飼養著那隻小狼崽，母狼可能聞到了氣息，在無法救出狼崽的情況下，銜恨襲擊了我媽和小龍。何況小龍總跟白耳一起廝耍，身上沾染了狼崽的氣味，誘發了母狼的哺乳欲念。想到此，我更加忐忑不安。一切禍事皆因我引起，也皆因白耳狼崽引起，我漸漸又移恨起白耳狼崽來。

這一天，我磨亮了我那把蒙古刀，走下地窖。我要殺了這隻不祥之物，爲小弟報仇，爲媽媽報仇。

白耳認出我，親熱地哼叫著，濕濕的嘴拱著我的手掌，還伸出紅紅的舌頭舔我的臉，跟牠的媽媽母狼一樣。我的心一陣震顫。牠何罪之有？牠好端端地生活在野外，被人追殺，父亡兄死，自己又歷盡苦難，如今仍舊囚養在地窖中，失去自由。牠是無辜的。

我的手顫抖著，實在下不了手給牠一刀。

「宰了牠！」

一聲冷冰冰的話語響在地窖口。我爸不知何時出現在那裡，嘴裡咳嗽著，也下到地窖來。

「全是牠招來的禍，招來的母狼！宰了牠！」

我爸再次發出詛咒，仇恨的目光死死盯著在我臂彎裡拱耍的白耳狼崽。

我猶豫著，看看爸爸的臉又看看鬧個不停的白耳，心在矛盾中抽搐，疼痛。

「你下不了手，讓我來！」說著，爸爸就走過來。

「不！牠是無辜的，不能殺牠！」我終於喊出聲，緊緊抱住白耳。

「你這孩子怎麼了？到了這個時候還護牠！快給我！」

「不！我不能讓你殺牠！」我抱著白耳，一步步退到地窖角落，衝我爸爸嚷嚷起來，「罪魁禍首是胡喇嘛他們！他們殺了公狼挑了狼崽引起的禍根！是胡喇嘛攤派你去修水庫不能收秋，媽媽才帶著弟弟下地割豆子的！有能耐你找他們算帳去！拿一個小狼崽出氣，算哪門子好漢！」

爸爸一下子愣住了，如挨了當頭一棒似的站在那裡，傻傻地看著我，半天一動不動，喃喃自語：「說的是啊，這事是全由胡喇嘛他們引起的……可今天，我要先殺了這狼崽，我不能再養狼爲患！」

「爸爸，別忘了，那母狼可是還餵養著小龍弟弟！你宰了這狼崽合適嗎？再說，我們也可以養著這狼崽，將來跟母狼交換啊！」我急中生智，提醒爸爸。

「交換？」爸爸的眼睛一亮。

「對。我們養活小狼崽，有朝一日可以跟母狼交換的，要是殺了，那就跟母狼結的仇更深了，小龍弟弟一點希望沒有了。」

「好主意！」爸爸走過來驚喜地抱住我，親了親，「我們馬上就可以進行交換！我拿狼崽去引母狼出來，好主意啊！你弟弟有救了，好聰明的阿木！」

爸爸說辦就辦，不由分說從我懷裡搶走白耳，騎上馬，帶著狼崽又走進了西北沙漠。

他把白耳狼崽拴在牠原狼洞附近的沙坨頂上，守候起來。等了三天三夜，母狼和小龍沒有出現。他又換地方往深處沙漠等候，還是不見蹤影。他索性把狼崽拴在馬背上，騎著馬，讓狼崽呻吟尖叫著，走過了一座又一座沙漠，挨過一個又一個的白天黑夜。母狼和小龍依舊沒有出現。爸爸的嗓子喊啞，兩眼充血，人也快發瘋了。還是爺爺出面，制止了瘋狂中的爸爸，這樣下去，爸爸非毀了不可。

爸爸在馬背上，抱著白耳狼崽默默流淚。

我深切地感受到爸爸是多麼愛小龍弟弟。我突然有了某種預感，只要白耳狼崽活著，小龍弟弟就能活著，他們倆的命好像是相連的。

我對爸爸說：「你就把白耳當小龍弟弟吧，牠要是好好的，小龍弟弟也會好好的。」

爸爸點了點頭。

從此，白耳狼崽在我家的地位，突然發生了根本性的變化。爸爸允許我把牠堂而皇之地養在家裡，養在我家的土炕上，我們吃什麼牠吃什麼，我們睡炕上，牠也睡炕上，真正做到了同吃同住同睡。白耳享受到了人的待遇，於是牠很快茁壯成長起來。由於沒有我們人的學習和生活壓力，牠身心健康，活蹦亂跳，有時調皮到夜裡鑽進爸爸的被窩裡不出來，還撒了一泡尿。爸爸多少天來頭一次發出笑聲。籠罩在家中的陰霾之氣，漸漸被小白耳不斷弄出的事情所沖淡了。

媽媽也出院了，基本恢復了正常，除了偶爾弄錯把白耳叫成小龍之外，沒有再出現異常情況。謝天謝地。

我也去上學了，伊瑪幫我補習功課。

這一天，放學回家時，二禿在路上帶幾個小孩起鬨，齊聲高呼：「狼孩！狼孩！」

我不理睬，繼續和伊瑪商量著晚上幫我補課的事。

「拿弟弟換了狼崽，合算喲！」

「人窩成狼窩，還拍了一個『狼婆子』！」

這一下我忍不住了，把書包交給伊瑪，從路旁撿兩塊石頭，衝他們走過去，喊：「爺劈了你們！」

一看我要拼命，二禿一夥兒鳥獸散。

正這時，大禿胡喇嘛村長從鄉政府那邊回來，滿嘴酒氣。「鄉里開會，酒先喝醉；舞場轉轉，摟個女睡。」這順口溜編得很實在。

我噔噔走到胡喇嘛前邊站住。

「走開，你這臭屁孩兒，別擋路！」胡喇嘛喝叫。

「我有話跟你說。」我大膽地盯著他。

「你？你有話跟我說？哈哈哈……」胡喇嘛似乎聽錯了，大笑起來，不屑地拿眼角看著我。

「對，我在這兒等你半天了。」

「噢？有屁快放，臭小子！別耽誤我回家喝茶！」

「你是大村長，先管教好你的兒子！」

「我兒子，他怎的了？」

「他罵我，還放狗咬我！」

「哈哈哈……我當是啥大事呢，他罵你、放狗咬你，有啥證據？」胡喇嘛擺出一副難為我的耍賴樣子，輕蔑地瞅著我。

我「噌」地脫掉褲子，把屁股對準了胡喇嘛。

「這就是證據，你好好看吧！」

「一張癩疤疤的屁股，這是我們家花子咬的嗎？哈哈哈……，我不信，我不信，怪你娘沒生好你呀！下出了一個花屁股小崽！哈哈哈……」胡喇嘛開心地大笑，搖晃著頭挖苦我。

「你是個大無賴！」我氣憤之極，冷冷地對他說，「我告訴你胡大禿子，今天我這疤痢屁股不是白給你看的，早晚我也會扯掉你的褲子，讓你的屁股也變成這種疤瘌屁股！讓我們校裡馬老師去後林子跟你約會時，笑掉大牙！」

「兔崽子，我打死你！」胡喇嘛被我捅到腰眼上，一下子急了。

「來呀，你大村長碰我試試，我爸正找碴跟你算帳呢！」

胡喇嘛舉起的拳頭停在半空中，終未能落在我頭上。他怔怔地盯著我。我也翻著眼皮，冷冰冰地盯著他，毫不畏懼。

「你這兔崽子盯人像狼似的，長了一雙狼眼睛……好，好，你有種！」胡喇嘛閃避開我的眼睛，耀武揚威慣了的他，也許頭一次遇到像我這樣勇敢的挑戰，再加上我點破那次被我撞見的那一幕，他軟下來。

「你給我滾！」他衝我吼了一句。

「你等著吧，今天我的話絕不是白說！小心你的屁股吧！」

我轉身就走。

我能感覺到他那雙黃鼠狼眼睛，毒辣辣地盯著我後背，一雙拳頭捏得嘎巴嘎巴響，但他終未追來踢趴下我。那邊等著我的伊瑪問我，跟二禿他爹說了些啥，我說沒說啥，只告訴他小心自己的屁股。伊瑪又問，那你爲啥脫掉自己的褲子，說這話時她臉微紅。我說，這妳也看到了？不好，我將來的媳婦提前看到老公的屁股了。

伊瑪罵一句不要臉，誰給你做媳婦呀，滿臉通紅地哧哧笑著跑走了。回過頭又補一句說，晚飯後我才不給你補課呢。我心說，不補才怪呢。

我舒心地朗朗笑出口，驚飛了路邊的小鳥。

今天好開心。突然想起家裡的白耳，我加快腳步跑了起來，未來咬爛大禿屁股的事，還全靠牠呢，趕緊回去餵牠，別虧待了牠。

第四章　胡喇嘛

白耳已長成半大狼狗。黑灰雜毛長而發亮，雙耳聳立，兩眼透光，撲咬東西又兇又狠，已頗具狼風。只是受家人的調教管束，牠還規矩，不敢胡來，很有靈氣，習慣了人類生活的習俗，成為我們家一個不可缺少的好幫手，家裡一天到晚呼喝白耳的聲音不絕於耳。

一

那頭沙豹伸出紅紅的舌頭，舔了一下嘴邊的血沫。

狼孩驚恐地盯著那頭豹子。只見豹子撕開那隻野兔兒的肚腸，一口一口極有滋味地咀嚼那血淋淋的五臟六腑。那兔子是狼媽媽逮給牠吃的。狼孩縮在山崖下的一角，嚇傻了，渾身篩糠般地顫抖，忘了逃跑。事情全怪牠自己，不好好待在山崖下的洞裡，跑到洞外逗玩那隻還有活氣的野兔子，結果被這隻惡豹撞見，招致大禍。

狼孩哀傷地哼叫起來。

這時，那頭花魔沙豹懶散地轉過身子，伸伸腰，晃晃頭，猛哮一聲，眼睛貪婪地盯視著可憐巴巴的他。顯然，一隻兔子未能填飽牠的肚子。牠拖著鐵鞭似的長條尾巴，緩緩向狼孩走來，儼然似赴宴。

狼孩一動不動。當沙豹旋風般地撲來的一剎那，狼孩的雙臂便抱住了旁邊一棵胡楊樹，「蹭蹭」地攀援而上。那頭惡豹沒料到這一手，惱怒了，長尾巴凶猛地掃向狼孩的腿部。狼孩痛叫一聲，差點被那根鐵尾掃打下來。狼孩的雙臂死死抱住胡楊樹不鬆開。

沙豹的鐵尾再次掃向狼孩，帶著一股寒風。突然，一聲淒厲的嗥叫，只見一團灰色的影子，如閃電般射向惡豹的咽喉，並牢牢地攀黏在那裡。

沙豹一聲驚吼，收回尾巴，猛烈地甩動起頭顱，前兩爪同時擊向那灰物。「嗷兒」一聲吼叫，那團灰物被擊落，就地一滾，躥出十多米遠，拉開距離站在那裡。

這是那隻母狼，依舊體魄健壯，性情兇殘，眼見自己的狼孩要被惡豹吃掉，牠紅眼了。牠的偷襲初步得逞，豹子的脖子被撕去一塊皮肉，淌出鮮紅的血。不過牠自己也受傷了，豹子拍傷了牠一條腿。母狼齜牙咧嘴，頭昂起，「嘶嘶」低哮著伺機進攻。豹子被激怒了，捲起一股風，橫空一躍，撲向母狼。狡猾的母狼不跟牠決戰，向一側飛速閃開。豹子一連幾次兇猛的撲躍進攻都被躲開，氣得惡豹「嗷兒、嗷兒」狂嘯，旁邊的樹枝枯草被擊打得亂飛四揚。

然而，母狼再沒有機會進攻沙豹了。一條腿受傷，只靠三條腿閃避惡豹迅猛異常的攻擊，已經十分吃力了。牠消耗著豹子的氣力，騰躍閃躍中連連後退，沒有多久，牠被逼到崖下死角，再無退路。

母狼發出絕望的哀嚎，齜著牙等候最後的決戰，儘管明知會被豹子咬斷喉嚨。惡豹一步步逼向母狼。

驀地，有個黑影從上邊飛落，那是狼孩。他從旁邊的胡楊樹上跳下來，擊向惡豹，不偏不倚正

好騎落在豹子脖頸上。他兇狠地咬著，抓著，擊打豹子的鼻子眼睛。

那豹子連甩幾次也未能擺脫。牠惱怒地咆哮著，倏地往地上一滾一壓。狼孩機靈地跳離豹脖，往旁一閃，躲開豹子滾壓。於是，狂怒的惡豹丟開母狼，追擊這狼孩。

那狼孩倒聰明，四肢著地跑離這片狹窄的山崖下的角落，三跳兩躥，引誘著豹子跑上了那座山崖。沙豹幾個騰躍，尾隨追擊狼孩。

崖上地窄，狼孩跑到山崖邊上，往下一看是幾十丈深的山谷，他嚇呆在原地。後有惡豹，前橫絕谷，他可真是一點兒活路都沒有了。

沙豹從幾米遠處凌空躍起撲向狼孩，張著血盆大口，恨不得一口吞了他。

千鈞一髮之際，狼孩不顧死活順崖壁往下一出溜。他瞄好的幾根藤蔓，迅疾被他抓到，兩隻爪子緊緊攥住。這時，惡豹從空中落下來了，可是前身撲空，收不住衝力，一個倒栽蔥一頭扎進那百丈深谷。無聲無息，無痕無跡，深谷裡萬籟俱寂，唯有冷雲青嵐升騰飛繞。

半天，那狼孩才順藤爬上來。儘管逃命成功，依舊驚魂未定，渾身打顫。母狼瘸著腿跑上來了。牠驚喜之極，尖嘴觸碰著狼孩的嘴鼻，伸出舌頭舔舐狼孩的頭脖，以表示關愛和喜悅。

狼孩緊緊依偎在母狼脖下，身子抖顫著，嘴裡不停地「嗚哇」哼叫，吠哮，表達對母狼的親暱和相依為命的情感。

片刻後，母狼攜領狼孩走下山崖，回到山崖下的狼洞。沒有多久，牠們又出來了。顯然，汗騰格爾山深處的這處巢穴，不能繼續居住了，已被其他惡獸發現，不得不再轉移。牠們曾無數次地尋覓新居，為了躲避人類、躲避大獸，最後逃進這遠離塔民查干沙漠的汗騰格爾山深處。如今，不得不又要捨棄這人跡罕至的安寧洞穴了。

母狼仰起嘴，衝天長長嚎一聲，群山爲之震盪迴響。

牠們迅疾向西方向的莽古斯大漠奔去。

從此，連接塔民查干沙漠的西北方莽古斯大漠的野坨中，出現了兩隻狼獸。牠們很奇特：一隻是瘸腿的老母狼，一隻崽狼，身上卻無毛，處處結著甲殼般的硬痂，蹭磨樹油等膠脂物，牠的脊梁和腿臂處都油光發亮，牠時而四腿著地迅跑，時而直立在後兩腿上歪歪扭扭走路，如同怪獸或野人，在西方大漠中神出鬼沒。當獵人發現追捕時，牠們又逃得無影無蹤，使那一帶本來蠻荒的古老野坨子，更顯得野性神秘和恐怖了。

那邊的人們，都開始談論這對突現荒漠中的神獸或鬼物，有人甚至向那荒野頂禮膜拜，燒香磕頭，誰也不敢輕易踏進那片大漠一步了。

二

今天是星期天，我約伊瑪到西北林子裡挖野菜。

她很高興，欣然跟來。自從老叔輟學跟爺爺務農之後，沒空跟我一起玩耍，我只好總拉伊瑪跟我作伴幹些事。可自打那次我跟她開玩笑說要娶她當老婆之後，她的態度顯然變得有些忸怩。有時無緣無故地偷看我半天。我心裡說，這丫頭可千萬別把玩笑話當真，我可要把書讀下去，離娶媳婦可早著呢。

走進那片林子裡，我不挖野菜，撿起乾樹枝。

「嘿嘿，菜還沒挖就想做菜了？撿樹枝幹啥？」伊瑪不解地看著我。

「快幫我再撿點，一會兒妳就明白了。」我神秘一笑。

把乾樹枝堆成一堆，我掏出打火機點燃。

「你想烤火？」伊瑪問。

「不。」我把原先和好的一塊蕎麵團從兜裡掏出來。遞給伊瑪，「幫忙，妳把這麵團埋在火堆裡，烤成六分熟拿出來。」

「怎，沒幹活呢先餓了？」伊瑪愈加奇怪。

「不是我吃。」

「給誰吃？」

「給妳吃，哈哈哈……」

「我？吃你這髒麵團？快告訴我，你葫蘆裡到底賣的啥藥？」伊瑪心急地催問。

「餵給二禿家大花狗的……」我悄悄告訴她我的陰謀。

「你這壞蛋！」她的拳頭砸在我的肩頭，挺舒服。

我從兜裡又掏出那根毛爺爺給的黑犄角，放進火堆裡烤起來。沒有多久，蕎麵團烤熟的香氣和牛犄角烤焦的糊味兒撲鼻而來。我從火裡夾出牛犄角，又拿出蒙古刀，把牛犄角趁烤軟趕緊削成一條條的。

「伊瑪，快把麵團餑餑拿出來。」

我手忙腳亂地把長條小塊兒牛犄角片，一一塞進尚軟的麵團中，又把它揉得更緊些，重新扔進火堆裡埋起來。

「管用嗎？」

「成了。」我拍拍手，吹了吹被燙紅的手指頭。

「毛哈林爺爺的招兒，肯定靈。」

「你真是個大陰謀家。」伊瑪又怪怪地盯起我來。

「我不算，毛爺爺才是大大陰謀家。」

「那你是個具體謀殺者。」伊瑪咯咯咯笑。

「我謀殺的只是一條狗。」我謙虛地告訴她。

「將來長大了，你會謀殺人的。」伊瑪很肯定地下結論。

「謀殺誰呢？」我琢磨未來的謀殺對象。

「謀殺親婦唄。」伊瑪挑逗說。

「謀殺妳？」我又拿她開心。

「你！」伊瑪的臉頓時飛紅，秋陽下更顯紅亮紅亮，挺美。

「我不會謀殺親婦的，可能妳也許會謀殺親夫吧？」

「我……要是我嫁的丈夫對我不好，那還真備不住呢。咯咯咯……」伊瑪若有所思地看著我，又敞懷笑起來，腦後的馬尾巴一抖一抖的。我突然意識到伊瑪比我大一歲，姑娘家據說都比男孩成熟早，這丫頭想事肯定挺多，挺複雜，往後說話我真得小心點，不能這樣胡謅八咧了。

「好了好了，不鬧扯了，咱們先謀殺了花狗報仇再說。」我趕緊扯開話題，從火堆裡扒拉出那塊已經完全熟透噴香的蕎麵餑餑。

「走！」我站起來說。

「不挖野菜這就走哇？」伊瑪噘起嘴，責怪地說，「我回家怎麼交代呀？」

「大姐哎，現在可是秋天，哪兒來的野菜可挖，妳也不是不明白，裝什麼糊塗。好啦，把這剩下的乾柴抱回去向妳媽交差吧，就說野外沒有野菜只有乾柴。」

「好哇，阿木，今天又逗悶子涮我，早晚我會謀殺了你！」伊瑪抱起那捆柴，從我身後笑罵著跟過來。

一句玩笑，但聽得我毛骨悚然。這丫頭是不是心裡頭真把我當成了她未來的老公了，那可就麻煩了。我心裡頭有些熱乎乎，又有些不安。我想她未來「謀殺」的「親夫」，肯定不是我。

快到二禿家門口了，我叫伊瑪在後邊走得遠點。不是怕二禿看見，而是怕大花狗撲過來時保護不了她。

我決定今天採取行動，是有緣故的。

早晨，我看見胡喇嘛和二禿進縣城了，是給二禿的那位羅鍋哥哥看病。二禿的大哥十八歲，幾乎九十度的羅鍋，還有羊癇瘋，好像又犯病了。請廟上的主持和村裡的那位土大夫吉亞太都看過，說給他找個女人沖沖，可能會好。可誰家好姑娘會嫁給一個羅鍋加羊癇瘋呢，胡喇嘛就是村長，也不能搶來一個給兒子當媳婦吧。

我得利用這天賜良機，大搖大擺走過胡家門口，並吹起口哨。當然握緊了手裡的長樹條。

果然，狗仗人勢咬慣了路經門口人的花狗，「呼兒呼兒」地從院子裡躥出來，衝我吠叫起來。院內屋門口那兒，又閃動著那一雙陰森的眼睛。那肯定是老禿子胡嘎達在偷窺。

我挑逗著花狗且戰且退，又裝出一副很膽怯的樣子。欺軟怕硬的花狗變得更兇狂了，我乾脆轉身逃跑，花狗追過來了。我引著花狗走出老禿胡嘎達的視線之後，趕緊從兜裡掏出那塊熱乎乎噴香的蕎麵餑餑，扔給了花狗。

狗類畢竟是狗類。牠搖起了尾巴，並放棄追蹤，很客氣地走過去聞了聞。辨認出不是土塊，而是噴香的食物之後，花狗一口咬住了那餑餑。牠的上下牙床猛地張合幾下，咽喉那兒咕咚一聲，蕎麵餑餑便被牠吞下去了。

我拍了拍手，走人。花狗見我不是敵人而是送食物的友人，牠也很禮貌地搖搖尾巴，「汪汪」叫了兩聲，以示送客。

走出老遠，我和伊瑪躲在牆角，回頭觀望起動靜來。

吞吃了美食，花狗搖頭晃腦回到自家門口。牠覺得今天很合算，張大嘴伸開四肢，舒了懶腰。然而，沒有多久便哼叫呻吟起來，接著就是往地上打滾。

呻吟聲很尖利，打滾也較劇烈，引來了老主人胡嘎達。

「這狗怎的了？」胡嘎達疑惑地盯著那狗。

花狗痛苦不堪狀，尖叫變成哀號，兩個後爪子一個勁兒抓撓著胸肚，顯然那裡邊正在絞腸斷肚。

胡嘎達溫柔地摩挲著狗的頭脖，想讓牠安靜下來。嘴裡喚著：「噢呀，噢呀，花子花子……」

我對伊瑪說：「好啦，大功告成，咱們走。」

伊瑪說：「謀殺者，別急，那狗還沒挺腿兒呢。」

我笑說：「妳更狠，非要死見屍、活見鬼。用不了多久了，妳就等著晚上二禿家裡飄出狗肉香吧。」

我怕老禿發現後起疑，拉著伊瑪走了。嘴裡吹起口哨，一副得勝而歸的樣子。這兩年受盡這惡狗欺凌，如今出了這口惡氣，並爲全村所有挨咬過的行路人除了大害，我心中有一股說不出的舒坦感。

「別得意過早，還沒死見屍呢。」伊瑪分手時仍這麼說。這丫頭，啥意思。

「應該先給妳吃一口試試就好了。」我不無惡毒地逗她。

「你這挨刀的，沒娶到家就想先謀殺！」

我當做沒聽見，趕緊鼠竄回家。

實踐證明，伊瑪的疑心是何等正確！

花狗果然沒死。胡家沒有飄出那誘人的狗肉香。

原來，老奸巨滑的胡嘎達及時採取措施，給花狗灌了一肚子麻籽兒油，讓狗上吐下泄，排掉了大部分犄角條。那狗好像大病了一場，瘦了一圈兒，萎縮了許多。

我沮喪之極。該死的狗命真硬。

當晚，我又去了毛哈林爺爺家。

「氣數未盡啊，孩子。」聽了我的陳述之後，毛爺爺望著天說，「狗隨主命，胡喇嘛現在當村長當得挺歡實，流年運還很旺，那狗也不會差到哪裡，他們是一榮俱榮，一損俱損。」

我嘟囔說：「白忙活了。」

「不是這樣，你做得很不賴了，那狗已經傷了，氣勢已受損。」毛爺爺突然盯住我，「聽說你養了一隻狼崽？」

「是啊。」

「等你的狼崽長大了，該有結果了。此消彼長。回去吧，孩子，好好侍弄你的狼崽。不會太長久了。」

毛爺爺送我出來時，已是滿天星空。他顫巍巍地手指著上空，神神道道地說：「你看那三狗星，已呈出暗暈呢，再看西北天狼星，正在南侵。」

我聽得稀里糊塗。同時也感到此位毛爺爺真神，不愧是大陰謀家，還會觀天象算氣運呢。可他自個兒的命怎這麼背、這麼霉呢。我想不透。

三

「白耳，把帽子撿回來！」

白耳「騰騰」幾下，就趕上被風刮跑的我的帽子，咬住後跑回來遞給我。

「白耳，院子裡進別人家豬了，趕出去！」

白耳「蹭」地從炕上跳下去，按我媽的命令，去趕那隻吱哇亂叫的豬。

「白耳，把這舔了！」

白耳伸嘴伸舌便舔吸爸爸灑在桌邊兒上的一盅酒，很受刺激地巴嗒巴嗒嘴，像狗似地搖搖尾巴，只是絕不像狗似地往上翹捲起尾巴尖兒，而是總半拖著牠的長尾巴。

白耳已長成半大狼狗。黑灰雜毛長而發亮，雙耳聳立，兩眼透光，撲咬東西又兇又狠，已頗具狼風。只是受家人的調教管束，牠還規矩，不敢胡來，很有靈氣，習慣了人類生活的習俗，成為我們家一個不可缺少的好幫手，家裡一天到晚呼喝白耳的聲音不絕於耳。有一次，奶奶的寶貝念珠不見了，做不成佛事急得奶奶七上八下，翻箱倒櫃，沒心思做活兒了，本想牽毛驢進磨房卻牽進了家門，整個人似乎一下子失去了心理支撐，惶惶不可終日。

我就領著白耳出馬了。

「奶奶，把妳另一串念珠借我用用。」

我把奶奶遞給我的念珠，叫白耳認了認，又把念珠放在白耳鼻前聞了聞，然後我拍了拍白耳腦袋說：「去吧，把那串丟的念珠找出來！」

白耳心領神會地去了。

裡屋聞聞，外屋轉轉，牆角櫃底院裡院外白耳都尋遍，依舊無結果。白耳不好意思地圍著我轉悠，顯出無奈的樣子。

我詢問了奶奶這幾天的家務活動情況。

我一拍腿，喊：「碾房！」

領著白耳直奔碾房，奶奶從我後邊叨咕：「我都找過了。」

果然，一間碾房，地上乾淨得掉一根針都能發現。

「白耳，找找。」我不服氣地命令。

白耳這會兒顯出本領了。跳上跳下，左聞右嗅，最後，卻放棄尋找，忽然對牆角一個不顯眼的耗子洞感興趣了。我們家的耗子個個膘肥肉厚，白耳顯然對肉類動物更有興趣。

「白耳，別抓耗子了，快找！」我吆喝。

白耳依舊不離開耗子洞，尖嘴伸進洞口，呼兒呼兒地叫。那耗子洞窄小，牠又用前爪子扒刨那洞口，很快弄大了，牠的尖長嘴伸進得更深了些，幾乎塞進去了半個腦袋。

沒有多久，白耳的腦袋從那耗子洞裡拔出來了。

牠的嘴裡，咬著一隻肥碩如小豬崽的大耗子。

奇蹟出現了。那耗子的脖子上，竟然套著奶奶那串珍貴的白色小念珠！

「阿彌陀佛！」奶奶在碾房門口驚叫。

我們都驚訝得目瞪口呆。

耗子偷念珠戴念珠，簡直聞所未聞。

我說，奶奶在碾稻壓麵時，無意間掉落了套在手腕上的小念珠，被偷米的大耗子也無意間弄進了脖子，卡住了。

奶奶卻說，哪有那麼巧，是這隻大耗子跟我佛有緣，這隻耗子大有靈性。

我從耗子脖胸上很費勁地解下那念珠，肥嘟嘟的肉塊幾乎撐斷了套念珠的絲繩子，謝天謝地，要是斷了，再有靈性的白耳也找不回散落的一百零八顆珠子了。我把念珠送還奶奶，把耗子丟給白

耳。

「別！別！」奶奶尖叫一聲，去搶那隻肥耗子。

「我說奶奶，白耳賣了半天力氣了，該慰勞慰勞牠了。」

「這耗子不能餵牠吃！牠有佛根，我要拿出去好好安葬了牠，還要給牠念一段超渡經。」奶奶說得很嚴肅正經。

我怕笑出來，捂上嘴。

奶奶的老身畢竟遲了一步，那肥耗子被白耳幾下咬碎，吞咽了一半，紅紅的血順白耳的嘴邊流淌，耗子的骨頭在白耳的嘴裡嘎嘣嘎嘣碎裂。

「罪孽！罪孽！佛爺饒恕我……」奶奶原地呆站，閉上雙眼，兩手胸前合十，嘴裡念起不知什麼經來，一臉惶恐模樣。

白耳轉瞬間完成了美餐，圍著我和奶奶轉悠搖尾巴。

奶奶嘆口氣，說：「這孽障，雖然跟我佛有點緣找回念珠，可牠殺孽太重，跟佛旨相去甚遠。孩子，你還是早早把牠送走吧。」

「奶奶，把牠送走了，下次誰給妳再找念珠呀！」

我領著白耳回東院時，奶奶一直站在碾房門口出神，她肯定為我這孫子和白耳的孽緣深重而擔心。

從此，我們的白耳也名聲大振。左鄰右舍也不像過去那樣惡言相向，開口就罵野狼崽，狼子野心等等了，漸漸拿牠當成家狗，孩童們也白耳白耳地叫個不停了。甚至附近村子的人也好奇來看一看，省得去城裡公園看狼。

這一天中午，胡喇嘛村長突然到我家來找我爸爸。

原來，我們郭姓家族有一位姑娘早年嫁給了胡姓人家，是胡喇嘛的奶奶輩人物，現在過世了，留下遺囑要葬在媽媽身邊，也就是說，要回埋到我們郭姓家族的墳地裡。在習俗裡，這可是大事。再說，我聽爺爺講過，咱們家族的這塊墳地是三百多年的老墳地，當初開墳時，請陰陽先生測看過，說近百年必出人物，家族興旺，是個極有風水的上好陰宅。故而，多年來家族人員拿這墳地視若眼珠，極盡保護和關心，連裡邊的一草一木都不輕易動。儘管家族人員因生活、脾氣和社會環境而無法地避免產生矛盾和隔閡，可在共同的墳地問題上，想法和態度是高度的一致。

我爸想也沒想就說這事他做不了主，找老爺子說去。老爺子是郭姓家族中最年長者，他說了算。

胡喇嘛的臉上這回堆滿笑容，堅持讓爸先同意了，再一塊兒去找我爺爺。我爸說他得聽爺爺的，不能先同意先表態。胡喇嘛最後央求我爸，陪他一塊兒去見我爺爺。

我心想，平時那麼威風的他，這會兒怎這麼害怕見我爺爺呢？

我爸想了一下，就陪他一塊兒去了上房。好熱鬧的我也悄悄跟了去，想看看事態的發展。

當胡喇嘛支支吾吾終於說清了來意之後，爺爺的長煙袋鍋往炕沿上一磕，揮了揮說：「你回去吧。」

「她可是你們郭家的閨女呀，想睡在媽媽身邊，老人的一個臨終遺願啊。」胡喇嘛解釋。

「我知道，她是我的一個窮姑姑，堂親，被你們胡家一位有錢先人花錢買的童養媳。」爺爺的眼睛突然亮起來，盯住胡喇嘛，「可是，嫁雞隨雞，嫁狗隨狗，她早已是胡姓人家的人了，這是不

能更改的老禮兒。她回埋郭姓墳地，那就是亂了墳，亂了姓，破了禮，我怎麼對得起郭姓祖宗和後人？這是萬萬不能的。胡村長，你回去吧。」

爺爺再次下了逐客令。

「老爺子，不要這麼無情嘛，都一個村子住著，抬頭不見低頭見，又是郭家的閨女，哪兒來的那麼多說道兒，都這個年代了。」胡喇嘛的口氣開始變。

「胡大村長，是不是又有高人給你出點子？先以郭家閨女名義擠進來一位，往後再以兒子的名義葬媽媽身邊爲由，爭取在我們墳地裡，擠占出一塊兒你們胡姓墳地？你們這套把戲，聽說一百年前你們先人也演過一回呢。」

「老爺子，這是啥意思，別扯那麼遠嘛。」

「無非你們胡家早就看中了我們墳地的風水罷了，可這行不通。天下風水好的地方多的是，你們幹嘛老盯著我們郭姓墳地，啊？」爺爺有些生氣地質問胡喇嘛。

「沒那麼複雜，沒那麼複雜。老爺子，你再考慮考慮，人家的後人提出來了，實在商量不通，我們村委會也可以做出決定嘛。」胡喇嘛終於擺出了村長架子，打起不大不小的官腔，如果村長這級別在中國還算是官兒的話。

爺爺霍地站了起來，手往門外一指：「出去！」

胡喇嘛愣住了。

爺爺的手一直舉著，不再說二話。一直到胡喇嘛無趣地溜下炕沿，尷尬地走出門口爲止。

爺爺一臉怒氣的樣子真有些嚇人。

「變著法兒想霸占別人家的墳地，天底下還有沒有公理了？」爺爺喘著粗氣，坐在炕沿上，餘怒未消。

、這時，從院子裡傳出「哎喲媽呀」一聲尖叫。

我跑出去一看，樂了。白耳咬住了胡喇嘛的腳後跟。胡喇嘛痛得哇哇亂叫，白耳兇狠地咬著，「呼兒呼兒」不鬆口。我暗暗奇怪，這白耳從來不咬人，如果主人不說，牠連個雞狗都不追，今天真的奇了，難道牠的腦海裡還記著滅牠一家的這位大仇人嗎？

胡喇嘛揮拳擊打白耳的頭，腿腳拼命掙甩，可白耳就是不鬆開。牠那尖利的牙齒已經咬透了胡喇嘛的鞋跟，咬進他的肉裡。白耳的眼珠在變，漸漸變綠。我可是從來沒見過牠這種神態。

「白耳，快鬆開！」爸爸大聲喝叫。

「白耳，別咬了，快鬆口！」我媽也拍拍白耳的脖子。

可白耳依然不聽。低著頭，前腳挺，後腿弓，緊緊咬著胡喇嘛往後拉扯。

「你們倒是快拉開牠呀！疼死我了！」

胡喇嘛痛得殺豬般號叫。

爸爸和媽媽乾脆伸手，硬掰那白耳的上下嘴巴。

胡喇嘛終於得脫，瘸著腿，一拐一顛地逃出院子而去。

「你們縱狗……縱狼咬人！我要殺了你們這狗這狼！」院外留下胡喇嘛這句威脅的怒喊。

「我早跟你說過，胡大村長！早晚也要讓狗咬爛你的屁股！今天可是小試一把，你等著吧，胡大禿！」我從他後邊喊，爸爸卻把我拽了回來。

「往後你可小心你的白耳吧。」爸爸說。

第二天開始，我又把白耳關進地窖裡拴了起來。地窖上又加了一把鐵鎖。臨出來時，我撫摸著白耳的頭說：「好樣的白耳，先委屈幾天。記住，那人就是你的仇人，殺父仇人，走到天涯海角也記住他，咬爛他的屁股！千萬不要留面子！」

其實，白耳根本不用我教牠。

動物也有牠的一本兒帳，只是人類不懂罷了。

四

三天後的早晨，我們家院裡有一些異常氣氛。

先是胡老禿胡嘎達爲首的胡姓老輩人物出面，帶著豬頭羊腿、果品布匹，來見我爺爺。談判耗時頗久。最終，胡老禿等一干人滿臉喪氣和惱怒，抬著帶來的那些豐禮，原路回去了。

後來，來了一位鄉派出所的楊姓副所長。

又後來，來了幾位死者的郭姓這邊的親戚。

這些人在爺爺屋裡一直待著不出來，間或傳出哭泣聲、哀求聲。爺爺抽著煙袋鍋，一言不發，鐵了心腸就是不鬆口。我進去一看，滿屋煙氣騰騰，爺爺臉色凝重，雙眼微閉，對那些遊說者、哭訴者和求情者視若無睹。爸爸和二叔以及郭家幾位老者也在屋裡，陪著爺爺。媽媽和嬸嬸忙裡忙外，給來者們倒水、拿煙。

那位楊副所長是胡喇嘛請出來的，說是來調解民事糾紛，其實是來給爺爺施加壓力的。

臨近中午，這夥人軟磨硬泡還沒有撤走的意思。

這時，老叔突然從外邊風風火火跑進來，大喊：「不好啦，胡家人抬著棺材快進咱們郭家墳地了！」

爺爺霍地站起，說：「好一個老狐狸胡老禿！派人在這兒拖住我，想暗渡陳倉！走，截住他們！」

頓時屋裡亂了套，爸爸和郭姓幾位老者們紛紛起身，吵嚷著隨爺爺往外走。老叔滿達又被派去招呼其他村裡郭姓人家，其實他一早就被爺爺派出去觀察動靜的，因爲胡家今天出殯，怕其玩花樣。果然沒有出爺爺所料。

我從地窖裡放出白耳，牽著牠，也直奔村北五里外的郭家墳地。

當我趕到時，爺爺他們已經在墳地外邊截住了送葬隊伍。十多人抬著褐紅大棺材，胡家多人披麻戴孝跟隨其後，幾個喇叭匠漲紅臉吹奏著八大悲調，嘰嘰哇哇，悲悲切切，悠悠揚揚，場面挺熱鬧。蒙古人出殯本沒有這些禮俗，可科爾沁沙地位臨東北，蒙漢雜居，而且胡姓血統混雜，於是有了如今這種不南不北不蒙不漢的場面。

爺爺對領頭帶隊的胡喇嘛說：「胡大村長，真有你的，想著硬搶我們家墳地，是吧？」

胡喇嘛嘿嘿笑說：「別這麼說，你老高抬貴手，我們就過去了。」

「沒那麼容易！」爺爺厲聲回答。

「那你是想讓我們把人埋在這半路上啊？」

「你愛埋哪兒就埋哪兒，跟我們沒關係，想埋在郭家墳地，那可不成！」

雙方僵持在那裡。胡喇嘛的送葬隊伍也不撤走，郭姓人家一大幫人陸陸續續也都聚集起來，橫擋在前邊，不讓其通過，氣氛漸漸有些緊張。

這時老禿胡嘎達走到前邊，「撲通」一聲給爺爺他們跪下了。嘴裡哀哀切切地求說：「請你們高抬貴手，老人屍骨未寒，都是不遠的親戚，不能眼瞅著這棺材不進不退停在這裡，讓已故老人靈魂不安，丟人現眼，請你們接收她這回家來的郭家閨女吧……」

接著，一大幫死者的後人和親戚，也齊刷刷地跪在胡老禿的後邊，黑壓壓一片，哭泣哀訴聲陣陣飄蕩。

這一招兒很厲害，爺爺他們沒料到，一時有些慌亂。有些心軟的郭姓人開始動搖，產生起同情心，相互看看搖搖頭，搓搓手，都轉向爺爺臉上望去。

爺爺依舊繃著臉，如一尊鐵塔般站在那裡毫不動搖。他衝下跪的胡嘎達冷冷說道：「老胡頭，硬闖不成，來這軟手，是不是？告訴你，你們還是早早把人抬回你們自己胡家墳地去吧，別浪費功夫！要是今天我放行，對不起郭家祖先，對不起郭家後人！你們這麼做，也對不起胡家先人和後人，這等於說，你們從胡氏宗譜中剔除了這位女人，甘願趕走她，讓她變成孤魂野鬼！你們這是對得起誰！爲了不可告人的目的，玩這種把戲，簡直是笑話！胡鬧！」

一番話說得胡嘎達面紅耳赤，郭家眾人也一時頓悟，振作起來，重新硬起心腸。

僵持這麼半天，後邊抬棺材的十幾人受不住了。四六八寸標準的厚重松木棺材，壓得他們喘不上氣，再耗下去，人非得壓趴下了不可，那可就麻煩大了。按理，棺材沒抬到埋葬地入土之前，是不能再落地的。他們在後邊催促起來，咿咿呀呀地喊叫：「快溜點哎，我們可受不住了！」

這時，胡老禿霍地從地上站起來，咬牙切齒地衝我爺爺嚷嚷：「今天，讓過也得過，不讓過也得過！你們郭家墳地也不是皇陵王墳，御賜禁地，今天我老頭子豁出我這一條爛命了！」

說著，老禿胡嘎達低著頭，像一頭牛般衝前邊的爺爺身上撞過去。爺爺沒想到胡嘎達來這手無賴手段，趕緊閃身一邊，只見胡嘎達收不住衝力，一下子趺趴在地上，哭嚷起來：「打人了！殺人了！老天虎殺人了！」又是打滾，又是哭罵。

胡喇嘛衝過來指著爺爺的鼻子，氣勢洶洶地質問：「你爲什麼打人？爲什麼打人？我們家老爺子出了啥事，你負全部責任！」

「哈哈哈，哈哈哈……」爺爺一下子大笑出聲，那聲音洪亮、渾厚、威嚴，一時間震懾住了虛張聲勢的胡喇嘛。

「朗朗乾坤，光天化日，眾目睽睽之下，你胡大村長還真想跟我老頭子賴一條人命嗎？軟硬兼施不行，又想拿出這撒潑無賴的辦法唬人？你老爹解放前賭輸了倒經常用這辦法賴帳，沒想到今天用在我這『蒼狼老孛』身上，好啊！」爺爺雙眼如鋒利的刀尖，盯住胡喇嘛，厲聲喝道，「不用廢話，快抬著你的爹抬著你的棺材，滾出我們墳地邊界！別玷污了我們郭家先人的乾淨聖地！」

胡喇嘛「噔噔噔」跑到他們送葬隊伍後邊，請出一個人來。

「楊副所長，你給評評理，郭天虎他們聚眾鬧事，不讓我們埋葬死人，還打傷了我老爹！」

鄉派出所副所長楊哈爾背著手，踱到爺爺跟前，慢慢悠悠地開口：「怎麼啦，郭老爺子，打起來了？」

「打沒打，你也在後邊，沒瞅見嗎？你這大所長，想一屁股坐在胡喇嘛一邊拉偏架？」爺爺反問楊哈爾。

「我們人民警察的責任就是爲民秉公辦事，合理解決民事糾紛。人家求也求了，跪也跪了，你們爲啥不給人家一條路呢？不就是一塊兒巴掌大的地嗎，讓他們埋了又能怎麼樣呢？這土地也不是你們郭姓一家的，全是國家的土地嘛。」楊哈爾仍然不慌不忙地明顯爲胡喇嘛說起話來。

「你老楊能代表這『國家』嗎？說得輕巧，我問你，你們楊家墳地裡埋進一個外姓人家的死人，你幹嗎？我們這墳地已經有三百年的歷史了，哪朝哪代都沒人收過，人民公社、『文革』年代都沒人破壞過，到了你這兒，一句話變成國家的了，真是笑話！」我爺爺越說越氣憤，指著楊哈爾斥責道，「你這號警察，我見得多了，戴了大蓋帽兒以爲自己就是『八王』（王八），吃了誰家拿了誰家就替誰家辦事，跟胡喇嘛家養的花狗有啥區別？」

楊哈爾被罵得狗血噴頭，面紅耳赤，轉即惱羞成怒。在鄉里作威作福橫強慣了的他，哪兒受得了這頓臭罵，「噌」地衝到爺爺跟前喝道：「你這大膽刁民，污辱我人民警察，膽敢辱罵我老楊，還在這兒聚眾鬧事，阻礙他人辦喪事，今天我先銬了你！」

說著，楊哈爾嘩地掏出了晶亮的手銬。

「你想銬我？好哇，上來吧，看咱倆誰把誰銬上！」爺爺說著擺出他當年「薩滿孛師」的架勢，向楊哈爾招招手。

楊哈爾愣住了。他光聽人家說過這老漢當年是有名的「孛」師，踩火炭，舔燒紅的鐵鉗，走鋒利的鍘刀等，功夫驚人，今天真的擺開架勢了，他一時心怯不敢上前銬他了，又不甘就此罷手，於是那手就摸出了腰上別的槍，伸手對準了前邊的我爺爺。

當場眾人一時嘩然。

「郭老漢，今天你聚眾鬧事，辱罵民警，擾亂治安，不與民警合作，我先拘捕你帶回所裡問話，你老實點！」楊哈爾口氣變硬，舉著槍命令道。

爺爺不為所動，臉不變，眼不眨，依然擺著架勢一動不動，運著氣等候楊哈爾走過來銬自己。可是楊哈爾光揮槍比劃，也不敢真的上去銬，一時僵在那裡。

我附在白耳的耳邊嘀咕幾句，放開牽繩。

白耳如一條黑色閃電一躍而上，霎時到了楊哈爾前邊，一口咬住了他的手槍和手指。楊哈爾嚇了一跳，手疼得鑽心，「哎喲」一聲，便鬆開了他那把吃飯的傢伙。

手槍到了白耳的嘴裡，又「騰騰」幾下，跑回來把手槍交給了我。

「好樣的，白耳！」我手裡掂了掂烏黑晶亮的手槍，心有些跳，有些興奮，「哈！大所長，連手槍都看不住，還想抓人，丟人喲！」

胡喇嘛一見狀，大喊：「有人搶警察的槍了，大家上啊！」

送葬隊伍中一下子衝出來十來個人，氣勢洶洶地向我們這邊跑來。我爸他們也帶著十幾個人迎上去。一場群毆群架就要打起來。

我一急，拍拍白耳：「快上，白耳！讓他們上來！」

白耳「呼」地一聲，撲過去了。牠直奔為首的胡喇嘛，「嗚嗚」狂嗥，狼般齜牙咧嘴，兇猛地張牙舞爪，嚇得胡喇嘛扭頭就跑。他知道白耳的厲害。白耳幾個飛躍就趕上他，狠狠下嘴，「哧

啦」一下，胡喇嘛屁股上出了一個洞，褲子撕開一塊兒連著皮肉，血赤呼啦。

「好哇，好哇！真的咬爛你屁股了！」我衝胡喇嘛拍手歡叫。

衝上來的十幾個人一下子亂了，群鼠無首，又見這隻狼狗如此凶狠，都個個抱頭鼠竄，做鳥獸散。

白耳也奇怪，咬幾下之後，就放棄地上爬滾哭叫的胡喇嘛，轉身去追咬另一人。我一看，樂了，原來是娘娘腔金寶。他本不姓胡，可爲了拍村長馬屁，也加入了胡家隊伍，被白耳認了出來。靈性神奇的白耳，轉眼趕上娘娘腔，往他小腿處狠狠咬上一口。娘娘腔金寶喊爹喊娘地跌倒了。

白耳撕扯幾下金寶之後，又跳起來追蹤另一人，也是參加挑殺狼崽圍斃公狼的主要獵手之一。白耳神了，一一辨認著仇人，去追去咬，這一下完全衝亂了整個送葬隊伍，抬棺材的那十幾人本不堪重負，放也不是抬也不是，一見這隻狼狗橫衝直撞，瘋狂追咬，嚇得他們「哎喲媽呀」喊著，放下木槓，丟下棺材，四散逃跑。

這一下麻煩了。披麻戴孝的死者嫡親和幾個女人小孩，一下子撲在棺材上哭號得死去活來。他們本死了老人，傷心悲痛，又被胡喇嘛等加以利用，死者變成挾持的工具，無法入土爲安，丟在這野外半路，按規矩，棺材落哪兒就埋哪兒，這可怎辦哪！

「白耳，回來！」我趕緊喚回白耳。白耳跑來餘興未盡地在我胸前又跳又躥，「呼兒呼兒」直吼。

我爸把我手裡的槍拿過去，在手裡把玩幾下，掂了掂，對楊哈爾說：「楊所長，你無緣無故蹚這趟渾水，還拿槍對準無辜百姓，結果連自己槍都保不住，叫一條狗給下了，你回去怎麼交代呀？」

「把槍還給我！」楊哈爾衝我爸嚷。

「槍肯定還給你，我也不想當強盜，留它何用，但等明白人來了再還你也不遲。」我爸冷笑著劈叭幾下，把手槍子彈很熟練地退下來。

「明白人？誰？」楊哈爾心虛地問。

「我照著老爺子的意思，派二弟去請了兩個人。一個是劉鄉長，另一個是你們派出所的正所長鄂林太。他們應該快到了。」我爸告訴他，並一二三地數著手槍子彈。

果然，有輛草綠色吉普車像兔子般向這邊奔來，揚起的沙土掩沒了後邊追逐的幾個村童。從車上下來的是鄂林太所長，劉鄉長有事沒來。

「呵，這裡還真快成了戰場了！」鄂所長觀察周圍態勢，一邊走向爺爺和爸爸他們。

我爸向前走上一步，把手槍遞給他說：「我還有戰利品，繳獲了一支手槍，現在上交。」

鄂林太稍有吃驚，看一眼一旁尷尬的楊哈爾，接過槍查看一下，說：「怎回事，這槍也不是燒火棍笤帚疙瘩，怎到了你手裡？」

「有人拿它對無辜百姓瞎比劃，叫我孩子喚狗給下了這燒火棍。」我爸微笑著告訴他。

「哈哈哈……，」鄂所長笑得前仰後合，「狗下人槍，奇事，奇事！是哪隻狗啊？讓咱開開眼！」

「白耳，過來！」我爸呼喝了一聲，白耳就「噌」地躍到爸爸身邊，立著後腿，前兩爪放在我爸伸出的手掌上，「就是牠，叫白耳，是我兒子養的狼崽。」

「是牠呀，聽人說過，你們家養了一隻狼崽。嘿，還真有一股狼的樣子！」

「牠的媽媽母狼叼走了我小兒子，我們留這狼崽養在家裡，這事說起來，我自個兒都不相

信。」

「這事我也聽說過。不過，你不能教唆你的狼狗下警察的槍，咬傷他人呀！」鄂所長似批評似逗說，衝我爸伸出手，「子彈呢！交槍不交子彈，啥意思？騎兵同志！」

我爸呵呵笑著，把攥在手裡的子彈如數放進鄂所長掌心裡，兩個人的手同時握了握，挺緊的。哈，他倆關係不錯，我心裡高興起來。

「我調來你們鄉有兩個月了，你也不來看我一下，也不請我到你們家炕頭喝二兩酒，今天有事了，才派人找我，你好大的譜兒喲，還像當騎兵那會兒那麼倔！」鄂所長狠狠捶了一拳我爸的肩頭。哦，他原來是我爸過去的騎兵戰友。

「嘿嘿嘿，」我爸撓撓頭，憨笑說：「你是官兒，咱是百姓嘛。再說，我家出了丟孩子這檔事，哪有閒心找你喝酒呀。」

「今天可不饒你。」鄂所長回身把手槍扔給楊哈爾，揶揄道，「老楊，快帶著你這燒飯傢伙回去吧，這事我來處理。所裡有個剛抓到的扒竊賊，你審審，別讓他跑了啊！」

楊哈爾欲言又止，看一眼那邊摸著屁股的胡喇嘛，啥也不說悻悻而走。

「蘇克，你這狼崽是送城裡公園呢，還是讓我一槍崩了呢？」鄂林太的臉變得一本正經。

「這兩者都不行，你除非也把我崩了。牠是我的兒子，我拿牠當兒子養著呢，誰也別想碰牠！」我爸有些慌了，趕緊抱住白耳，又解釋說，「幸虧牠剛才咬怕了胡喇嘛等幾個人，避免了一場打群架，要不有可能出人命呢！你看看老胡他們的架勢，哪兒是在辦喪事，分明想武力強占！」

「好吧，先留命察看，再出咬人的事，我肯定解決了牠！」鄂所長又走到胡喇嘛跟前，詢問道，「胡村長，怎樣，叫人家的狼崽咬著屁股了？」

「鄂所長，請你爲民做主，還給咱一個公道！」胡喇嘛哭喪著臉，滿腹委屈，捂著屁股很是狼狽。

「老胡啊，帶著你們胡家的人回去吧，你什麼也不用再講了，聽我的，帶著你的人走吧，這裡可糟透了！」鄂林太語氣溫和，但意思明確而堅定。

「這、這，我們的死者……那葬哪兒，啊？」胡喇嘛還支支吾吾爭辯，「我們這一場……那白白、鬧了？」

「可不嘛，你明白人老辦糊塗事。這分明是人家的墳地，你瞎摻和啥呀？快回去吧，再鬧出個打架鬥毆，出了傷亡事故，別說你的村長當不上，還可能坐牢呢。快帶著人回去吧！」鄂所長依舊用溫和的口氣哄勸般地說，還拍了拍胡喇嘛的肩膀，可他的口氣中透出一股不容置疑的不可違抗的命令意味。「別再耽擱安葬死人吧，抬到該埋的地方去，你也該回去往你屁股上上一上藥了，別讓它發炎，鬧出個狂犬病啥的。」

一場禍事就這樣被鄂林太所長三言兩語消弭無跡了。他的口氣一直未提高過，矮矮墩墩的身材看著也那麼不顯眼，一身略顯小的舊警服有些裹不住他開始發胖的身體，鼓鼓囊囊的。

胡喇嘛一干人走了。荒野上又響起喇叭匠們吹奏的八大悲調之一《蘇武牧羊》，淒淒慘慘，悠悠揚揚。本來死者後人因落棺爲由不肯再動，但埋在這路上又不是地方，無奈只好破了規矩，重新起動棺材，抬往胡家墳地，他們哭得更傷心了，嚎啕而去。

鄂所長在他們後邊一個勁兒搖頭苦笑。

我爸剛想走過去對他說些感謝之類的話，鄂所長一揮手，就匆匆上了吉普車，回頭喊：「改日再喝你的酒，我的事堆成了山！看好你的狼崽，別再給我惹事，下人家的槍，再出事我可絕不輕饒！」

我抱著白耳的脖子，親暱地說：「白耳，記住，這個人不好惹，以後見他遠著點兒！今天你可真過癮，該咬的都咬了，好樣的！」

白耳搖頭晃尾地舔起我的臉，冰涼冰涼，那舌尖粗礪的像鐵刷子似的，讓我頓時想起了牠的媽媽老母狼，想起了我的弟弟小龍。

哦，小龍弟弟，你在哪裡？

我遙望著大漠追問。

第五章　狼孩

母狼艱難地拖著昏迷不醒的狼孩。雨水淋濕了老母狼的皮毛，粗尾巴緊緊夾在後腿間，雖然瘸著一條腿，可整個身體矯健有力。那狼孩倒是怪可憐，前胸後背多處受傷，淌出的血跟雨水一起流。他的沒有毛的身體，被大雨澆得濕漉漉，光溜溜，全裸露著，無遮無蓋，在沙地上拖出了一條溝。

一

咔嚓嚓！

一聲炸雷，劈開了大漠的天。那游蛇般的閃電，劈開了一道彎曲的裂縫，銅錢大的雨點從這裂縫裡傾潑出來，擊打著沙漠的脊背，冒出陣陣白煙。由於乾渴一直狂風怒號的大漠，這回滿足了，安靜了，像一個溫順的乖孩子，安逸地躺在那裡，盡情地吮吸著上天的甘露。它最愜意的時刻來臨了。

憑著黑夜的屏幕，暴雨滂沱的大漠上，潛行著一隻老狼。牠用尖尖的嘴，叼拖著另一隻半大的狼，非常艱難地一步步靠近前邊那座黑黝黝的物體群。

這是那對驚世駭俗的狼獸。

母狼艱難地拖著昏迷不醒的狼孩。雨水淋濕了老母狼的皮毛，粗尾巴緊緊夾在後腿間，雖然瘸著一條腿，可整個身體矯健有力。那狼孩倒是怪可憐，前胸後背多處受傷，淌出的血跟雨水一起流。他的沒有毛的身體，被大雨澆得濕漉漉，光溜溜，全裸露著，無遮無蓋，在沙地上拖出了一條溝。

傍晚時分，母狼遠出覓食未歸。無聊的狼孩就在附近沙灣裡轉悠。一處長著雞爪蘆葦的窪灘，他意外發現了美食。好多好多的鳥蛋，有些個蛋裡還拱動著剛孵活的小鳥。餓急的狼孩就狂吃起來。稚嫩的小鳥，美味的鳥蛋，吃的吃踩的踩，一片狼藉。

突然，一聲「嘎嘎」鳴叫，空中出現了一群沙斑雞，盤旋片刻陡地俯衝下來攻擊狼孩，狠狠叼啄狼孩的頭背。沒有準備，猛不防挨啄，狼孩嚇了一跳，左閃右躲，舉臂遮擋。可是沙斑雞們瘋狂了。有一首領般的碩大的沙斑雞，發出一聲尖利的長啼，天空中猛然間又出現了黑壓壓一大片沙斑雞，像雨點般傾潑下來，輪番攻擊狼孩。

這一下狼孩慘了，剛開始還能躲閃遮擋，擊打或抓幾隻惡鳥。可面對如此之多的密密麻麻的萬千之眾，他毫無抵擋能力了，加上他沒有尖利的獠牙，沒有護身厚毛，也沒有硬爪，很快，他渾身上下被啄得鮮血淋漓，傷痕斑斑，痛得他「嗚嗚」亂嚎起來。他只好拔腿逃竄。可那些紅了眼，一心想復仇的惡鳥豈能放走他，呼嘯著追擊而去，如一支支黑色利箭，拍翅飛衝，很快趕上，重新兇猛地叼啄、拍打、抓撓可憐的狼孩。

狼孩在地上打滾，發出陣陣哀號。

惡鳥沙斑雞又名叫「傻半斤」，學名雷鳥，因生性傻憨、暴戾，出淨肉，又正好不多不少半斤重而得此名。其實這群在大漠中安居的沙斑雞，個個體肥膘壯，羽翼豐滿，每隻都足有二三斤重。牠們天性的兇狠加上卵巢覆滅，不整死狼孩是不罷休的了。

可憐的狼孩已奄奄一息。

「嗚——」一聲怒嘯，母狼出現了。

牠兇猛地加入戰陣，跑到狼孩身邊保護著他，迎擊惡鳥。牠可不是狼孩，皮硬毛厚，惡鳥輕易傷不到牠，加上狡詐兇猛，連連張開大嘴咬死了幾隻沙斑雞。

空中的那隻首領沙斑雞，重新發出尖利的啼鳴，黑壓壓的鳥們再集結起來，向下發動一波一波的攻擊。

這真是一場罕見的鳥與狼的惡鬥。

母狼圍著昏迷的狼孩戰鬥。牠一會兒跳起來咬，一會兒仰起來四爪兇狠地抓撕，沙地上到處飛飄鳥毛鳥翅，血肉橫飛。然而惡鳥成群結隊，萬千之多，母狼有些招架不住了。如此惡鬥下去，牠非力竭而斃不可，牠的嘴邊眼眶已經開始受傷流血了。

母狼不敢戀戰，叼拖起狼孩撤退。群鳥從後邊呼嘯而追。母狼放下狼孩再拼鬥一氣，等鳥群飛上天空再拖著狼孩跑。這樣邊鬥邊跑，天色漸漸黑下來。這時，天空烏雲密布，一場暴雨不期而至，恰好挽救了精疲力盡岌岌可危的母狼和狼孩。

一聲呼嘯，沙斑雞們轉眼消失在黑色的雨幕裡，不知影蹤。

母狼艱難地叼拖著狼孩，冒雨行進在大漠中，直奔前邊那片黑乎乎的廢墟，牠們的老窩就在那裡。

二

我們家跟胡喇嘛家的仇，算是結深了。

其實郭胡兩家的爭鬥已上百年了，爺爺甚至說，三百年前建村起就開始了。本村叫錫伯・艾里（村），過去曾住著幾十戶錫伯族人，三百多年前清朝政府一聲令下，將居住東北的驍勇善戰的所有錫伯人大遷徙至西北新疆戍邊，抵禦沙俄入侵，居住錫伯・艾里的錫伯人也隨族群遷走了，留下空址。

那時，庫倫旗正大興土木建喇嘛廟興黃教，從內地和內蒙古西部調集眾多建築手藝人，郭姓祖先也是被徵調來的畫匠，建完廟，手藝人和民工們都就地落戶，成爲廟上屬民，庫倫旗也變成清政府唯一的政教合一的旗制，旗王爺就是廟上的大喇嘛。

郭姓祖先和另一位毛姓人氏，一同來錫伯・艾里空址上造屋居住，不久又來了一位胡姓人家，他原本是廟上伙房廚師，偷吃了王爺點心被鞭笞後罰下來的。就這樣三戶開村，起初還算和睦，每戶房後都種了一棵榆樹，以示三家心心相通如樹繁茂。後來胡家惡習不改，挑撥郭毛兩家關係，三戶開始不和，各家關起門過自個兒日子不甚往來。再後來，胡家又看上郭家墳地，糾紛愈加擴大，時而爭鬥時而求和，時而郭連毛，時而毛連胡，二百年來，三姓爭鬥沒有消停過，三戶村的錫伯・艾里也發展成如今上百戶的大村莊。

有一次，看著胡喇嘛房後那棵至今枝葉繁茂的老榆樹，我問過奶奶，爲啥我們家和毛爺爺他們

家的老榆樹都沒有了。

奶說：「毛家老樹，雷劈著火死了。」

我問：「那我們家的呢？」

奶奶遲疑了一下：「土改時，叫胡嘎達他們砍倒了。」

我又問：「爲啥呢？」

奶奶無意間摸了摸右手的大拇指。那大拇指根骨節又粗又歪，皮包著一塊大疙瘩。奶奶嘆了口氣，說：「都是往年舊帳了，還提它幹啥？」

接著奶奶不再吱聲，默默地數起她的念珠，似乎把所有舊事或恩仇都化入那幾聲「唵嘛呢叭咪吽」之中。

後來爸爸告訴了我真相，「土改」時，我們家被劃爲富農，挨過鬥，不過，那是另一部小說的故事了。反正，我大致搞清胡毛郭三姓之間的複雜脈絡，恩怨情仇，如今已經相鬥到我和二禿這輩人身上，真有些可悲可嘆。一幫窮農民，大楂子飯都吃不飽，還鬥個啥勁兒呃。我可一定要好好讀書，永遠離開這無聊的村莊。

有一天，從城裡來了一輛小車，把毛哈林爺爺接走了。

臨走時，毛爺爺把我叫到他的家說話。

他換了一身新衣服，臉色放光，手也不怎麼抖了，人精神了許多，似乎重新鼓滿了生活的勁頭。我十分納悶。他衝我眨眨眼，指著一位坐土炕上喝酒的大官模樣的人說，那人是他過去當鬍子時的一位拜把子，他對這人有救命之恩，後來這人參加了八路，當了官兒，現在城裡什麼院當院長，院裡下屬一個研究所，要考查大西北莽古斯大漠中的一座古城遺址，苦於找不著嚮導，於是這位院長就想到了毛爺爺。當年他們倆當鬍子時，就是在那莽古斯大漠中的古城遺址裡做的老巢，那裡地勢神秘複雜，大漠風雲變幻無常，不知地形的人進去會屍骨無存。

我看著毛爺爺那搖搖晃晃的身板兒，問：「你行嗎？」

毛爺爺摸著我頭，「嘎嘎嘎」樂了，說：「小嘎子心不賴，放心，不是走著進去，說是坐飛機呢。」停了一會兒，他又盯著我說，「你倒要注意呢，尤其你那狼狗，牠可成了胡喇嘛的眼中釘，肉中刺，第一個要除掉的對象，你可千萬小心喲！」

「毛爺爺，有什麼辦法嗎？」

「走投無路時，你就找那位鄂林太所長，但別告訴你爸爸。」毛爺爺沈吟片刻，又輕聲告訴我，「最近胡喇嘛家後邊的那棵老榆樹，正鬧鬼呢，你沒聽說嗎？」

「我知道，一到夜裡，那老樹上邊的樹洞裡冒藍光，還有鬼叫聲，村裡好幾個人夜裡撞見嚇出病了呢。」

「對嘍，你瞅著吧，熱鬧還在後頭呢。」毛爺爺又「嘎嘎嘎」開心地笑起來。我心想，這毛爺爺別看成天病歪歪的，村裡發生啥事可全逃不過他的眼睛。

「還有啥熱鬧呢？」我追問。

「時候不到，天機不能洩漏，你就等著吧，那棵老樹快了。」毛爺爺又神秘地衝我眨眨眼。

然後，他把他家門鑰匙拿出來交給我，他不在家的這些日子，讓我照看一下他的家，還囑咐說千萬別讓小偷進來呀。

我差點笑出來，他家還有啥可偷的東西呢。村裡有個笑話，有天夜裡，一個外來的小偷摸進了毛爺爺家，翻箱倒櫃弄醒了毛爺爺，他告訴小偷，自己找了三天沒找到一個銅子兒，你就別瞎耽誤工夫了，乾脆陪我睡一夜走吧。那小偷果然睡了一覺，臨走想喝口水，可水缸也是空的，氣得他罵一句倒了八輩子邪楣了，往他水缸裡尿了一泡尿走了。

毛爺爺瞅著我抿嘴樂，說：「你可看好了，我家藏的寶貝丟了，我可衝你要。」

毛爺爺自個兒也樂了。

三

村裡相繼出現了丟雞丟豬丟羊羔事件。

村民議論，又出狼害了。可是，村外沒有狼的腳印，也沒聽見狼叫。人們開始瞎猜。出賊了，狗咬了，狐狸吃了，等等。

胡喇嘛村長揹著槍帶人巡邏，村裡村外，溝溝坎坎，細細搜索，如臨大敵。有一次我上學時撞見他們，胡喇嘛陰冷地衝我「嘿嘿」笑兩聲，一雙黃鼠狼眼睛死死盯在跟我一塊兒走的伊瑪臉上，把人家伊瑪嚇得趕緊扭頭走開。

我想起毛爺爺的話，心中升起一股不祥的預感。

這天一早，我正準備去上學。

我家門口來了一幫人。爲首的是胡喇嘛，揹槍提棍，殺氣騰騰。

「蘇克，出來！」胡喇嘛衝院裡喊。

我爸正在吃飯，放下筷子出來，一頭霧水地問：「出啥事了？你們要幹啥？」

「把你們家狼狗交出來！」胡喇嘛喊。

「憑啥交給你？」我爸問。

「憑啥？村裡丟的豬羊，全是你們家狼狗吃的！」

「胡說八道！我家白耳一直拴養在地窖裡，你有啥證據？」

「你出來看看這證據！」胡喇嘛嘿嘿冷笑說。

我爸出院去看。有一行血跡，一直從院外村路上延伸到我家院口，而那鮮紅的血跡是隨著一行狼或狗的爪印灑滴過來的。

「夜裡金寶家的羊羔被狼叼了，我們巡邏隊一直延著血跡追到你們家門口！」胡喇嘛拉著金寶，言之鑿鑿。

「不可能！我不信！」爸爸說。

「那好，讓我們去看看你們家狼狗！」

胡喇嘛說著走進院子來，那條血跡果然一直延伸到地窖口。我爸打開地窖門，往下一看，登時傻眼了。那裡，我們的白耳正撕啃著一隻小羊羔！

「蘇克，你還有啥說的？鐵證如山！」胡喇嘛冷冷地質問。

「這、這……不可能、我不相信……」爸爸慌亂了，沿臺階走到白耳身邊，搶過那血肉模糊肚腸流淌的小羊羔查看，又看看拴住白耳的鐵鏈和柱子。

「白耳的鐵鏈沒鬆開過！不對，這裡邊有問題！」我爸警覺起來，大聲衝胡喇嘛們喊。

「好哇！蘇克，你縱狼咬人不算，還放牠出去偷吃村裡大夥兒的豬羊！現在鐵證如山，人贓俱獲，你還要抵賴！讓大家說說！」胡喇嘛衝身後的金寶等人揮揮手，「你們大家也看見了，吃的是你們大夥兒的豬羊，你們說吧！」

「把白耳交出來！」

「宰了這惡狼！」

「你蘇克賠我們家的豬羊！」

胡喇嘛帶來的這些人吵嚷起來，罵罵咧咧，指手畫腳。

我爸一見這情形，有些不妙，「喀嚓」關上地窨的門，身體擋在門口，對那些人說：「你們聽我說，我懷疑有人做手腳誣陷白耳！牠的鐵鏈都沒有打開，怎能出去吃羊羔啊！」

「哈，這還不容易，夜裡放牠出去，回來後，你再把牠拴上就行了唄！」胡喇嘛十分惡毒地把我爸也扯進來。

「你！」我爸氣得臉發青，指著胡喇嘛的鼻子，「都是你！肯定是你在設計陷害！告訴你，胡喇嘛，你別想一手遮天，在村裡想整誰就整誰！這事兒咱們到鄉里說去，讓鄉派出所調查個水落石出！」

「呵！又想找你那位戰友保護你？」胡喇嘛冷笑。

「派出所也不是鄂林太一個人開的！你不放心，那好，咱們到旗公安局說去！只要技術鑑定是白耳幹的，別說你們，就是我自個兒也不饒牠！」我爸義正辭嚴地說。

胡喇嘛一見他身後的那些人一時不說話了，而且真的讓公安部門出面調查進行技術鑑定，那一切都白費心機了。他轉動著眼珠，又說：「到哪兒都可以，但你得先把這隻惡狼交給我們看管，萬一你把牠放跑了，我們上哪兒找牠去！」

「對！先把狼交出來！」

「是啊，別讓牠跑了，這畜生可長著四條腿呢！」

娘娘腔金寶他們又嚷嚷起來，往前擁擠過來。

「不行！這絕對不行！事情沒搞清之前，誰也別想把白耳帶走！」我爸雙臂伸開，橫擋在地窖前。

「大家上啊，先把那惡狼弄死了再說！」胡喇嘛鼓動著大喊。

這些人正要一擁而上，突然「砰」的一聲槍響。

人們嚇得一哆嗦，回頭一看，我爺爺端著獵槍威風凜凜地站在後邊，獵槍口上冒著一股淡淡的青煙，顯然是他剛才朝天放的槍。

「光天化日之下，你們想入戶搶劫嗎？真是反了天了，你們再不走開無理取鬧，別怪我『老孛』獵槍走火啊！」爺爺的眼睛冷冷地盯住胡喇嘛，「胡家大小子，你可真是不到黃河不死心啊！你敢說白耳吃的那羊羔，就是娘娘腔金寶那小子的嗎？天下羊羔多的是！我告訴你，那羊羔是我家自己的羊羔，我宰殺後餵給白耳的！」

「你、你胡編……那外邊的血跡呢？」胡喇嘛質問。

「那血跡是我殺羊羔時叫牠跑出去了，我就放白耳追回來的！怎麼著，白耳吃自家羊羔還犯法

嗎？哈哈哈……」爺爺爽朗地大笑。

「那我家的羊羔呢？白白丟了？」金寶哭喪起臉。

「你問你的胡村長吧！這村裡能吃豬羔羊羔的畜生多的是，你們胡村長家還有個大花狗呢，牠也不是吃素的！」

「胡說，我們家花狗從來不幹那事！」胡喇嘛趕緊辯白。

「那可說不準，也許兩條腿的狼先逮別人家的羊羔豬羔餵牠呢？這些日子，我一直在暗中查找那隻真正偷吃豬羊的狼！」爺爺把槍往下一蹲，目光炯炯，掃視眾人。

「怎樣？有沒有結果？」有人問。

「快了，啥事也別想逃過我『老字』天虎的眼睛！早晚叫我逮住牠狐狸尾巴的！」爺爺盯住胡喇嘛一字一句地說。「怎麼樣，胡村長，你還是想在這兒聚眾鬧事嗎？你再不走人，我可不客氣了，我這是正當自衛，你要搞清楚，你當村長，可不代表法律，我家門口出啥傷亡事故，你這村長負全部責任！」

胡喇嘛開始有些心虛，看出今天討不到便宜，只好強作精神說：「好，我們先走，但這事沒完！我們要告到派出所公安局出面解決！不殺了你們這條惡狼，我對不起全村百姓！你可別放走了你們家的這條狼！」

說完，胡喇嘛一揮手，帶著一干人匆匆走出我們家院。

「胡家侄子，我等著你！白耳也會等著你！」

爺爺「呵呵」笑著從他們後邊喊。我們家院落又重新安靜下來。

我興奮異常地說：「爺爺，你真偉大！啥難事也難不倒你！爺爺，我問你，那個小羊羔真是你餵給白耳的嗎？」

爺爺悄悄附我耳邊說：「不是。」

我也悄悄問：「那……是誰家的羊羔啊？」

爺爺又小聲說：「我也不知道。但有一點我敢肯定，牠不是咱們家白耳偷來的！」

「可是怎麼會到了白耳嘴邊的呢？」

「很簡單，是有人宰了羊羔，讓血一路滴血到我們家門口，再把羊羔扔到地窖裡的白耳嘴邊！這是個陰謀！」

「他們真壞！肯定又是胡家老禿子出的鬼點子！」

「不管怎麼說，你的白耳可白撿了一隻小羊羔吃，開了大葷！他們可真是啞巴吃黃連，賠了夫人又折兵，哈哈哈……」爺爺開心地笑著，摸了摸我頭，回他的上屋喝奶茶去了。

爸爸重新給地窖上了鎖，對我說：「孩子，往後別忘了給地窖上鎖，小心再讓他們鑽空子！」

我分辯說：「爸爸，昨晚我是給地窖上了鎖的，我沒忘！」

「那就奇怪了。」爸爸拽了一下那舊鎖，「嘎噔」一下，那鎖頭沒用鑰匙就打開了，「媽的，龜孫子們原來把鎖頭弄壞了！」

爸爸回屋再找出一把大鎖，重新給地窖上了鎖。

我心裡不免擔心起來，這鎖頭能鎖住白耳嗎？能保證我不失去牠嗎？我隱隱有個感覺，白耳面臨的危險越來越大了，毛爺爺臨走時說的話正在應驗。

我對一直等著我一起上學的伊瑪說：「妳都看見了，他們盯上我的白耳了，伊瑪。」「叫你的白耳再咬爛他們的屁股，叫他們爬不起來！」伊瑪燦爛地一笑，如此說。

「好主意！就這麼辦！」我也笑了。

四

村裡丟豬丟羊的事突然消停下來，好多天很安靜，顯然爺爺的那番話起了震懾作用。胡喇嘛他們也沒再來搗亂，糾纏白耳。村裡，農民們忙著春季播種，閒逛惹事者也少了許多。

我就讀的鄉中學突然抓升學率，課業變得很緊張。爸爸媽媽忙著農活兒，不像以前天天叨咕幾遍小龍弟弟唉聲嘆氣，可是隔三差五到沙坨子裡轉轉找找是免不了的。

我也時常遙望大漠出神，小龍弟弟現在在哪裡？他怎麼樣了？一想到他，心裏揪作一團，不敢再想。

這天下午，我放學回來時，有一輛警車開進村裡來。沒有刺耳鳴叫，也沒有橫衝直闖，揚著一道塵土黃煙，直奔村部方向而去。村裡出啥事了？誰家打架鬥毆出了人命了？或者前些日子偷豬羊搗亂的那隻「狼」被抓住了？我胡亂想著加快了腳步。

沒有多久，我發現那輛警車從村部開出來，又奔我家而去。

「不好！」我拔腿就往家跑。

我家門口圍起了一大堆人。縣裡來的警察，由鄉派出所的鄂林太陪著，正跟我爺爺和爸爸談話。

「你們家養著一條狼，是吧？」一個中年警察問。

「只是……只是個狼狗，小狼狗。」我爸說。

「那也是由野狼崽養大的呀。是不是咬過人啊？」警察又問。

「那只是……墳地打架時，胡喇嘛他們搶墳地……平時像狗一樣溫順。」

「不要說那麼多，是不是咬過人吧？」警察打斷爸的解釋。

「要是那麼說，爲了自衛，咬過。」

「咬過幾個人？」

「那不清楚了。」

「不是一個人，是吧？」

「可能吧。」

「我是縣公安局治安科的。有人舉報了你們，也取了證，你剛才也承認過，你們家的確養著一條狼，還咬傷過他人。根據國家治安條例，你們不能私自家裡養狼，還咬傷他人給社會造成危害。今天我們要帶走你們家的狼，進行處理。」那中年警察一字一句很嚴肅地宣布。

「進行處理？怎處理？」我爸問。

「進行鑑定，如果的確是狼，就送進縣城公園飼養管理，草原灰狼也屬於受國家保護動物。這一點你們放心，牠不會受到傷害。」

接著，那警察拿出一張什麼令什麼文件遞給爸爸看了看。面對這種局面，爺爺和爸爸無話可說

了。人家有備而來，胡喇嘛他們已經把文章做足了。

我爸看了看鄂林太。

鄂林太無奈地攤了攤手，說：「你們村胡村長到縣公安局治安科報的案，也找了李科長，還帶去了好幾個證人，現在大家是按章辦事。」鄂林太停了一會兒，像是解釋勸慰，「不過嘛，這狼狗養在家裡畢竟不是個事，牠是隻野獸，已長成大狼，萬一看不住闖出大禍，那後悔也來不及嘍。現在把牠送進城裡公園，這對牠對大家，都是一個不錯的結果。」

我想起毛哈林爺爺的話，可這位鄂林太所長也在打官腔，我的白耳已經走投無路了，送進公園，還不是讓白耳離開我們，把牠帶走？

我傷心至極，誰也幫不上白耳了。

事到如今，我爸也不想費什麼口舌了，默默地走過去，準備打開地窨的門。

「不！不許你們帶走白耳！」

我大聲喊著衝過去，擋在地窨的前邊。

「兒子，快離開，咱們已經沒辦法了。人家是公安局來的！」

「不！胡大禿他們家花狗咬的人比白耳多多了，爲啥不去抓牠？你們偏心眼！那天白耳是爲自衛才咬人的，他們把我們逼急了，要不是白耳，還出人命呢！」我叫嚷著。

「怎回事？」那個中年警察問。

鄂林太低聲向他嘀咕了幾句。

「墳地之爭，鄉派出所已經處理，不管怎麼說，你們家的這條半大狼咬過人是事實，牠是一條狼也是事實，我們按治安條例辦事，今天要帶走這條狼。」中年警察又對我說，「你剛才說的胡村長家花狗咬人的事，你也可以向鄉派出所反映解決，但牠是一條狗，不是狼。孩子，快離開這兒，別耽誤我們執行公務！」

我還是不走。爸爸過來把我拉走。爸爸都不爭執不說話了，我心裡涼透了。可憐的白耳。

地窖的門一打開，白耳「呼兒呼兒」低哮起來。

牠的目光盯著一下子湧進來的陌生人，顯得警惕和不安。爸爸輕聲喚著「白耳白耳」走過去。

「白耳，他們是來抓你走的！白耳，別跟他們走！」我在人群後邊大聲喊。

白耳見我急喊，立刻咆哮起來，拽著鐵鏈又縱又嗥，不讓爸爸和警察們靠近。牠獠牙突露，張開大嘴，兩眼射出兇狠的光束，那個狂暴氣勢，誰要是靠近牠，就把誰撕成粉碎。動物的本能，已聞出了來者的敵意。連爸爸也無法靠近牠一步了。

「對了，白耳，誰也別讓靠近！別讓他們逮住你！」

我繼續在後邊喊叫。

「這孩子，瞎搗亂！把他弄走！」中年警察回頭喊。

有個警察過來要抓我。我一閃滑過，繞開眾人，急匆匆幾個腳步竄到白耳身邊，跟白耳站到一起。白耳有了我的支持，更有了倚仗，變得愈加兇狂起來，又躥又跳，又吼又撲，令那些人無可奈何，一步也靠不上來。

我知道這種僵持等不了多久，趁機鬆開白耳脖套上的鏈子，拍牠一下喊：「衝出去！白耳，快衝出去！」

白耳獲得自由，一下子釋放出渾身的野性和衝力，牠毫不猶豫地向地窖的門和圍堵的人群衝過去。

「攔住牠！別讓牠跑了！」中年警察急喊。

可面對張牙舞爪撲躍而來的紅眼的狼，誰還有膽量以血肉之軀迎擊牠？就是他自己——中年警察也下意識地閃開了。

白耳勇猛無比，在人們慌亂中衝過地窖的門。這時，一個守護在外邊的警察，掄起手裡的棍子，向白耳身上砸過來。白耳的動作比人更敏捷，閃電般撲過去，咬住了那警察的手腕。

就這一下，白耳過於戀戰，耽誤了時機。

從地窖追出來的中年警察，已經掏出手槍瞄準白耳。

「你躲開！」中年警察衝那位跟白耳廝打的警察喊。

「不要開槍！不要打死牠！」我急喊著衝中年警察撲過去。

不過已經遲了，我的速度沒趕上那顆子彈。

「砰！」一聲不大的悶響，子彈已經射中白耳，打得牠趔趄了一下，搖搖晃晃仍跑出幾米遠後癱軟倒下了。

「白耳！」我瘋了般跑過去。

白耳在沙地上抽搐，一雙眼睛顯得無力睜開，似乎疲倦了般地慢慢閉上，四肢也漸漸停止抖動。

「你打死了牠！你打死了牠！你這壞警察！」我發瘋般地哭叫著，揪打那個得意微笑的中年警察。

「哈哈哈……」中年警察突然大笑起來，同時揪住我的雙手，大聲說，「你這孩子瞎鬧騰啥！你的狼沒死！你清醒清醒！你的狼沒死！」

「沒死？可牠一動不動！」我疑惑地看著地上死一樣安靜的白耳。

「我射了一支麻醉彈，牠當然動彈不得！」中年警察依舊開心地笑著，用挖苦的目光看我。

難怪白耳身上沒流血，也沒有傷口。這個壞警察，真狡猾，差點急死我了。我趕緊擦掉眼淚。

「快把狼抬到車上去！小孩兒，你還真行。爲了這狼還真不顧死活！好吧，以後你想牠，星期天你就去縣公園看望牠吧！」

中年警察指揮著手下，迅速把狼抬進車裡。

「把白耳還給我！你們不能帶走牠！」我向警車跑過去。

警車已啓動，車輪彈射出的塵土一下嗆住了我。

「別走！把白耳還給我！還給我！」

我繼續追趕那輛可惡的警車，拚命地跑著，喊著，跌倒了爬起來再追，冰涼的眼淚流過我的臉頰，嗓子喊啞了。我終於跑不動摔倒了。彌漫的塵土中，我無力地哭泣。

我依舊爬著，嘴裡呼喚：「白耳——」

可天地間，誰也聽不見我這稚嫩的呼喚。

我的嗚咽變成微弱的抽泣和哽咽，料峭的寒風吹亂我落土的頭髮，流進嘴裡的淚水鹹而苦澀，心中只留下一種無法撫平的仇痛，詛咒那卑鄙的胡喇嘛等人，詛咒奪走白耳自由，不容牠生存於地球上的人！

第六章　狗連環

當太陽西斜，我正要起身回家時，從那路的盡頭出現了一個黑影。那不是白耳，而是一輛小車，車上坐的是穿戴闊綽的毛哈林爺爺。

哦，毛哈林爺爺回來了。

他帶回來了一個驚人的消息。

關於狼孩。

一

閃電撕開黑色高空，灑下藍幽幽的夢幻般的光焰，頓時照亮了天和地，也照出了前邊矗立的那片黑色物體群。原來那是一座古城廢墟，被大漠無情地掩埋多少歲月之後，如今又被歲月的風給吹露出來，暴風驟雨之夜，在電光石火的藍幕中，看上去更如群魔鬼獸奔舞。

母狼潛進這片廢墟之後，又轉了幾個圈，這才走到一堵風化坍塌的半截土牆下，停住了。那土牆下邊，有一個黑乎乎的洞口。母狼向四周機警地看了看，漆黑的夜晚裡，牠那雙綠幽幽的眼睛兇狠而警惕地閃動著，又傾聽片刻，這才掉過屁股，倒退著潛進洞裡邊，嘴裡仍然叼拖著狼孩，轉眼消失在那個黑森森的洞裡不見了。

這裡是牠們的新窩。

遠離人類和其他動物生活的坨包平原地區，躲在大漠深處的遠古遺址裡邊，築挖起一座深深的老洞。這是狡猾而老練的母狼的傑作。這裡別說人，連沙漠老鷹也很少飛臨這裡。除了死靜——亙古的死靜之外，沒有其他東西可作伴。然而，這裡安全又溫暖，遠古燦爛文明的殘跡，是牠們的天然屏障，而牠們則是這片古遺址的發現者和占有者。當然，牠們出去覓食是稍遠了點，沙漠深處沒有什麼小動物供牠們捕獵。然而，足智多謀的老母狼有辦法克服困難。一到夏秋季節，草木長高，野物長肥之後，牠就走出大漠狩獵。拖來一隻又一隻的野兔、山雞、地鼠，甚至家豬家羊，把牠們一一埋進洞口附近的流沙深層。沙漠是最有效的防止肉食腐爛的「萬能冰箱」。

母狼拖著狼孩，一步一步後退著走進洞的深處。越往裡走，洞越變得寬敞，大約走了二十米，到頭了。這最深處的洞窩，大得像間房子，看來老狼把洞窩挖到古城廢墟的老房間裡來了。地上鋪著厚厚一層乾草，十分舒適。

母狼把狼孩拖放在乾草上，用尖嘴拱了拱他的頭臉。狼孩一動不動，老母狼哀傷地低嗥了幾聲。血仍從狼孩的胸前背後滲淌，母狼伸出舌頭頻頻舔著那些傷口。粗糙而長有針刺的舌頭，一下一下舔著傷口，發了唰唰的聲響。舔過前胸再舔後背，一直舔到那血不流為止。可是狼孩仍然沒有知覺，渾身縮成一團，顫抖不已。

不一會兒，老母狼站起來，仰脖發出一聲長長的嗥叫，那尖利刺耳的聲音，淒楚哀婉，如怨如訴，像冰冷的金屬劃破洞壁，又從洞口傳蕩開去，迴響在整個古城廢墟和這片大漠中。一切都被這淒厲恐怖的嗥叫聲擊中，沈寂了，膽怯了，更加寧謐了。

狼孩被這刺人心臟的尖嗥聲驚動，一陣顫慄，終於從那死亡的黑暗中回過頭，微微睜一下閉的雙眼。兩滴淚般的水，從他那積滿髒垢的眼角滲出來。老母狼的舌尖舔了舔那水。狼孩掙扎著，想伸出爪子撫摸一下母狼，但沒有成功，只是孱弱地哼叫兩下，又昏過去了。

母狼焦灼萬分，伸出紅紅的舌頭，在洞裡來回疾走，又圍著狼孩一遍一遍轉圈，頻頻發出恐怖駭人的嗥叫。然而，牠的召喚，牠的尖嗥，始終未能把可憐的狼孩從死一樣的昏迷中喚醒過來。

母狼伸出鼻子嗅嗅狼孩那發燙的短嘴，發出一聲急促而尖利的吠叫，猛地向洞口躥去。三跳兩躥跑出洞，猶如一支黑色的利箭，向東方的茫茫黑夜射去。

大漠仍在暴雨中沈默。那如注的雨線好比無數條皮鞭，抽打著大漠裸露的軀體，這頭巨獸好像被馴服了。偶爾，閃出藍色的電光，勾勒出大漠那安詳的猙獰時，才使人猛地感覺到那可怖的輪廓。峭峰般的尖頂沙，懸崖般的風旋沙，還有那臥虎沙，盤蛇丘，陷阱灘……都在那駭人的藍光中屏聲斂息，靜等著吸足雨水，待大風起後，重新抖落出千百萬黃龍黑沙，遮天蔽日地撲向東方的綠色世界。征服，永遠是它的天職，它永遠沒有滿足的時候，也許達到吞沒整個地球的目的之後才罷休吧。

天亮了。黑洞洞的天，從東邊裂開了縫，逐漸擴大，密不透風的帷幕終於四分五裂，紛紛解體了。臨了，刮過來一陣微微清風，便把它們統統捲走，了無痕跡。天一下子像是被狗舔過的孩子屁股般乾淨。這會兒，趁黎明的曙色還未來臨，老母狼從東方飛躍而來。牠緊閉雙唇，四肢交梭如飛，身後的那根長而密厚的大尾巴像根旗幟般張揚，又活像一把拖地的掃帚，一邊跑一邊掃平了自己留下的腳印。看上去，就像是一叢乾枯的沙蓬子從此捲過。老母狼全靠這狡猾的伎倆，掩蓋了蹤跡，躲過了多少次可怕的獵人的追蹤，蒙蔽住人類的眼睛，同時保住了古城廢墟洞穴老巢的秘密，跟牠的狼孩平安無事地生活著。

老母狼照舊倒退著進洞。

牠急切地撲向仍處在昏迷中的狼孩，拱了拱他，並張開自己始終緊閉的嘴唇，把含在嘴裡的又濃又黏的稠液物塗抹在狼孩前胸後背的傷口上。那是些黑綠的黏狀汁液和半嚼爛的草根等物。然後，母狼呆呆看著狼孩，用鼻子嗅了嗅他。歇了一會兒，這隻老母狼又躥出洞，向傍晚激戰過的那片沙窪奔去。

回來時，牠嘴裡叼著三五隻沙斑雞。牠走進洞時，那狼孩正翻動身體，發出微弱的呻吟。母狼欣喜地「嗚——」一聲長嗥，嘴裡的沙斑雞掉落下來，有一隻還活著的「撲啦啦」拍翅而飛，撞在洞壁上又摔昏在地上。

母狼顧不上牠，直撲心愛的狼孩而去。

二

白耳走了已經一個月了。

幾次，我從夢裡驚醒，白耳關在公園的鐵籠子裡被打得遍體鱗傷。淚水沾濕了我的枕頭。長夜難眠，沒有了小龍弟弟的替身，我們全家人都感到空落落的，爸爸的酒喝得更狠，煙抽得更兇了，媽媽去坨子裡轉悠的次數愈加頻繁了。

這個星期天，我去村東五里外的公路邊等長途班車。我決定去縣城公園看望白耳。跟我同行的

還有伊瑪，她去城裡給她媽抓藥。半路上碰見早晨放牛回來的老叔滿達，他怪怪地看著我和伊瑪，悄悄拉我一邊，笑說：「你老跟她出雙入對，是不是那個了？」

「老叔你胡說啥呀？將來我還進城讀大書呢。」

「讀大書不影響跟她搞對象呀！」老叔繼續逗我，比我大兩歲的他已經是正在發育的青年人，看來滿腦子幻想。

「搞個屁！」我憤憤起來，「我要永遠離開這農村，到看不見胡喇嘛這幫孫子的城裡去，也不娶農村媳婦！」

「嘖嘖嘖，我侄兒行，有骨氣，可是人家伊瑪姑娘多好，人又標緻，還能幹……」我推了一下老叔：「哈，是不是你看上人家了？那正好，留給你吧，她將來也不念書，正好跟你配對！哈哈哈……」

「你們笑啥呢？快溜點啊！」前邊等我的伊瑪問。

「沒笑啥，我老叔想媳婦嘍！」我躲過老叔的擂拳，迅速向伊瑪這邊跑來。

伊瑪聽了「咯咯」笑起來，說：「你老叔真逗，才多大呀？」

說完伊瑪的臉微紅，在東邊初升的太陽照射下，顯得楚楚動人。我怦然心動，伊瑪確實越長越漂亮了，將來娶她當媳婦真不賴。可我要去讀書，要遠離這鬼農村。我收回自己的胡思亂想。

「你在想啥呢？」伊瑪看著我。

「啥也沒想。」我閃避她的目光。

「是不是也想……媳婦了？」伊瑪用手指頭刮臉。

「我才不想呢！我要進城讀大書！」我幾乎喊了起來。

伊瑪不笑了。一路上話也變得少，沈默不語地擠上長途汽車，始終未曾在臉上展露笑意。

到了城裡，她去給她媽抓藥時，我問她怎麼了，她只說一句，恨自己生在窮家無法讀書，便扭頭跑走了。

我心裡有些惆悵。不能繼續跟伊瑪一起去讀書，我也深深爲她、爲自己感到遺憾。她是我的好鄰居，好同學，青梅竹馬兩小無猜的好夥伴。可我們生活的路，這麼早就鐵定分岔，各奔東西了。

走了好多路才找到那個公園。我心中的有關伊瑪的不快，很快被就要見到白耳的急切心情所代替了。公園裏冷冷清清，不收門票，可門口仍然坐著兩個打毛衣的中年婦女和三個帶紅袖箍的老頭兒在閒聊。

縣城公園就是不收票也沒幾人光顧，人們逛菜市，家裡兩口吵架、打罵孩子或養個豬拌飼料，都沒空到這公園裡消磨時間。公園裡也找不到「文化」，水泥搭的滑梯中間有窟窿，成了漏斗，下邊還汪著水；一片片荒草沒人高，黃鼠狼和花蛇當著人出沒，真成了「動物園」，只是不在籠子裡；出鹼土的那塊窪地，公園職工脫的土坯摞得一行又一行，看樣子準蓋房壘牆；有兩個賊目鼠眼的狗男女鑽進那片荒草不見了，要跟那蛇鼠一窩幹他們的好事；在一角小片林子裡，有幾位中老年男女在轉磨磨練功，有一個小女孩向他們兜售瓜子兒和油條。這些人圍一棵老樹或小樹由著身子隨意轉動的形態，就如碾道的驢被蒙上眼睛圍著磨隨便轉一樣滑稽、荒唐。

我直奔狼籠而去。

有一溜鐵籠鐵棚鐵房子，幾隻掉了毛兒的錦雞縮在籠子一角，連眼睛也不睜，脖子縮在翅膀裡，紅冠子耷拉著；一隻正換皮的狐狸灰不灰黃不黃，眼睛賊亮，沿著洞外的陽台般的籠子來回躥

跑，消耗著胃裡的食物；還有些盤羊啊駱駝之類的也圈在欄裡，沒幾個像樣的珍奇動物。我終於找到寫有狼牌的鐵籠子。可裡邊空著，供睡的洞穴有兩個，一個是空的，一個似臥有一物，看不太清楚。

我著急地衝那有物的窩喝叫，後用土塊石子投打，半天才爬出來了隻老態龍鍾的狼，懶懶地打了個哈欠，伸展了一下腰身，看都沒看我一眼，爾後又邁著無精打采的步子，後臀上積著一塊厚厚的未脫的茸毛，前腿跟長有狼瘡露肉地紅著一塊，上邊追逐著蚊蠅，令睹者鬧胃。老狼轉一圈未見可食之物，又爬進那處淺穴打起盹來。對世界對生活，牠已完全沒有了興趣和新鮮感，剩下的就是唯有等待，漫長的等待，耗盡牠生命的等待。

我的白耳呢？我的白耳在哪裡？

我跑遍公園，再沒有其他動物區，狼籠也就只有這一個。可不見我的白耳，牠不在這公園裡。

我去問門口打毛衣的兩個婦女。

「俺們這兒沒養狼崽。」

說完這句，兩個婦女再也不理我，頭也不抬。

我去問帶紅袖章巡邏的三個老漢，他們像看一頭狼般的盯著我，反問：「你打聽這幹啥？」在他們極高的警惕性目光的盯視下，我好像是一個刺探軍事機密的間諜般無地自容，語無倫次，最後惶恐地逃走，頭也不敢回。

我茫然了。我的白耳送到哪裡去了？

我想到了公安局，也只有到他們那兒查問。

在那森嚴的縣公安局門口，我徘徊了好久。門崗也幾次來轟我走開，當我是竊賊或流浪兒要圖謀不軌。

正巧撞見了從裡邊出來的鄂林太所長。他聽了我的來意，哈哈笑起來，拍了一下我的頭說，你這小嘎子真有股子勁頭。接著，他拉我站到路邊樹下，講起白耳的情況。

原來，縣公安局治安科李科長收養了白耳，壓根兒就沒送到公園去。李科長把牠關在鐵籠子裡，變成向人炫耀和擺譜兒的資本。後來，李科長七歲的兒子拿骨頭逗白耳，又不餵牠，老拿棍子捅牠。這一下激怒了白耳，從籠子裡伸出尖嘴咬住了那孩子的手指，嘎嘣一下咬斷了。氣壞了的李科長要燒死白耳。

「啊？白耳被他燒死了?!」我急問。

「聽我說嘛。」鄂林太按住我的肩，接著說了下邊發生的事情，我的心提到嗓子眼上。

那位養狼爲患氣急敗壞的李科長，往鐵籠子裡澆了一桶汽油，正準備點燃，白耳一聲怒嗥，撞斷了拴籠門的鐵絲，逃脫出來，狂奔而去，李科長拿槍追了半天也沒追上。

「謝天謝地！」我長舒一口氣。

「這兩天，我正準備去找你和你爸呢。」鄂林太說。

「找我們幹嘛？」

「那狼崽有可能回你們家，要是回去了，告訴我一聲。」

「爲啥要告訴你？」

「李科長向我交代了，叫我一看見那狼崽，立即就地正法，打死牠。」鄂林太又拍了拍我的頭，向我擠了擠眼。

「我會告訴你的。」我也向他擠擠眼，又輕聲補一句，「除非我是二傻子。」

「告訴你爸，哪天到你們家喝酒。」鄂林太叔叔把我送到長途車站，又去辦事了。

我在車站左等右等，說好一起回去的伊瑪不見了，只好一人上車回村。伊瑪這丫頭不知道是賭氣還是先回了村，不過我心裡敞亮了許多，我的白耳終於獲得自由，我由衷為牠擺脫噩運而高興。

不過牠現在哪裡？牠為啥不回我們家找我呢？

牠不會又遇到什麼麻煩吧？

我又為白耳擔心起來。

三

是誰攪得自己不得安睡？什麼聲音如此嘈雜如此轟鳴，連深洞裡也感到震天動地？

驚醒的狼孩向洞口爬去，動作敏捷，顯然已康復。

母狼還在休憩。夜裡出去遠征覓食，白天牠必須養足了精神，一般動靜牠不會在乎，何況這古城地穴固若金湯秘若天藏。

狼孩趴在洞口，悄悄伸出頭窺視。強烈的陽光刺得他雙眼半天睜不開。大漠裡酷熱，一陣陣熱浪往地穴洞口湧來。牠尋找那發出轟鳴聲的地方。

聲音來自上邊。

狼孩仰脖兒抬頭。於是牠看見了那個烏黑的傢伙。像老鷹般在天空飛翔，投在地上的影子比房子還大，發出震耳欲聾的震盪聲，在這塊古城廢墟的上空飛來飛去，低飛時，捲得地面上飛沙走石，呼天嘯地，恐怖至極。

狼孩嚇得魂不附體，縮回頭脖，連滾帶爬地回到洞內母狼旁又推又拱，「嗚哇」吠叫。母狼也已意識到有強敵入侵古城廢墟。牠「呼兒」地站起來，向洞口奔去。

牠潛伏在洞口沙蓬下，悄悄觀望。那隻龐然怪物還在空中飛旋，後來降落在離牠們洞口較遠的平坦沙梁上。由於沙地軟，怪物的支架深陷在沙裡，身子也傾斜了不少，不過，牠上邊的翅膀一直在旋轉著。

一見從怪物的肚子裡走下來的是幾個兩條腿的人，母狼就不感到恐怖了，原來又是人類。牠的腦子裡如此意識，隨他們去吧，母狼又轉回洞內睡覺去了。牠「呼兒呼兒」地低聲嘶哮，示意狼孩不可出洞玩耍，然後重新安然入睡。

到了黑夜，母狼悄悄出洞而去。牠機警而敏捷。牠去探那隻大怪物，還有那些兩條腿的人的情況。可是不見了那怪物，沙梁上卻架起了一座帳篷。裡邊有三人酣然入睡，點著一盞昏暗的馬燈，門口掛著牠最忌諱的獵槍。人類靠這火筒子滅了牠們多少狼類！

牠沒有驚動人，原路退走，依然甩尾巴掃平自己的足跡，不留任何痕跡。不過，回洞之後，牠顯然有些焦躁不安。牠擔心這些人長期居住這裡，影響了牠和狼孩的生存。牠們的正常生活倘若遭到破壞，被新來者占領了此地，牠們還得被迫遷徙，重新去尋覓新的巢穴，那是個很麻煩的事情。牠企盼著入侵者早早離開此處。

這三人在這兒整整活動了半個月。

母狼都認識了這三人。有一個拄拐杖的老頭兒給後兩人帶路，成天出沒於那古城廢墟之間，不

時傳出他劇烈的「喀兒喀兒」咳嗽聲，風沙中搖搖欲墜的樣子，總覺得他就要趴下了。後兩個是戴眼鏡的一老一少，時而撿到些古陶瓦片哇啦哇啦喊叫，時而挖出些磚頭石塊呵呵哈哈大笑，似若一對瘋子般在沙地上又是跳又是唱，好像發現了什麼寶藏。

有一次，那位拄杖老者對著牠母狼尾巴掃過的足跡出神良久，他那雙疑惑的目光，說明他沒有相信那痕跡是沙地沙蓬草捲過後留下的。他一步步追蹤而來，一直走到牠們洞穴的口子。在這裡，他又發現了狼孩留下的似人似獸的痕跡。他「哦」一聲驚叫。他叫來了另兩個人，比比畫畫說了半天。年輕的戴眼鏡者拿著槍，想走進洞裡來，被那位老眼鏡攔住了。老者說，探尋沙漠怪獸不是此行的目的。

三人衝那深不可測的洞穴端詳許久，然後悄悄離開。往後的日子裡，他們再沒靠近過牠們的洞穴。母狼挺感激那位老眼鏡，不然又是一場血腥廝殺。

只是那位拄杖老者，仍舊暗暗窺視著牠們洞穴這邊的動靜，等候著看到有何物出沒此洞。其實老母狼可以幾步撲過去，一口咬斷此老漢的喉嚨，但牠沒那麼做。牠也暗暗觀察著此人的一舉一動。

白天裡，人觀察狼洞；黑夜裡，狼窺視人的帳篷。好在沒有幾天，那隻會飛的大怪物又飛來把三人接走了。臨走時，那老漢衝狼洞這邊呼喊了幾嗓子，不知是啥內容，又端著槍朝狼洞上空放了一槍。這一下明白，那是告別，或是警示。

母狼激怒了。牠最討厭的就是人類的這火槍。人類拿它不僅殺害同胞，而且更殺害了牠們多少荒野的動物獸類？

牠躥出洞口，衝飛走的怪物後邊狂嗥了良久，以示抗議。可是那怪物上的人已經聽不見了，遠遠飛走了。

四

乾旱的春季，在北方沙地是災難性的。

陽春三月，南方花香襲人鳥鳴催眠之時，北方沙地卻遍地捲著白毛沙，迷你雙眼，灌你脖頸，髒你華衣，吹得你昏天黑地找不著南北，甚至遇上個什麼沙暴會把你甩上樹梢或扔進枯井，死活由風沙定奪。

而且，這樣的春季會引發各種疾病。聽奶奶講，「光復」後第二年春天，也是個大旱天，到處刮著白毛風，那年在靠近東北的科爾沁沙地流傳了「黑死病」，也就是鼠疫，是日本鬼子走時遺留下的病菌。那可真是村村死人，莊莊抬屍，有一個百十來戶的村莊甚至全村覆沒，只活下來一個五歲男娃，那也是被當做死人扔到亂墳崗，一場大雨澆活後爬回來的。除了人，還有家畜也在這季節流行各種疫病，如牛羊口蹄疫，馬群「三號病」，豬狗狂犬病，以及雞瘟等等。

五歲那年我患感冒，媽媽揹著我去土大夫吉亞太家，那天風沙瀰漫，村路上不見一人，突然媽媽停住了腳步不再往前走。我正要說話，媽媽「噓」聲示意，悄悄躲在一棵樹後邊。我從媽媽脖後伸過頭偷窺，只見路口上迎風站著一隻狗，伸出的紅紅長舌滴著口水，雙耳聳立，長尾撅著，一雙眼睛更是血紅血紅，樣子十分可怕。我初以爲是狼進村了，媽媽告訴我，那是一條瘋狗。

不一會兒，那隻迎風流口水的瘋狗被另一隻狗引走了，媽媽這才小跑著離開。媽媽說，被瘋

狗咬傷後，人也會變成瘋狗一樣見人就咬，還咬自己的肩頭，血淋淋地咬出骨頭爲止，比瘋狗還可怕。從那次開始我一聽瘋狗心就哆嗦。

今年開春後一直無雨，沙地村莊成天在迷迷茫茫的風沙中呻吟，農民們日夜翹首企盼著甘雨，等待播種。這時村裡出現了一隻瘋狗。那是娘娘腔金寶家的黑狗，不吃食，老伸出舌頭流口水，紅腫的舌頭上還有水泡，甚至躥上倉房頂上迎風站立。這是典型的狂犬病特徵。

娘娘腔是個有經驗的獵手，不懂他老婆可懂他的狗，他捨不得殺這隻跟老婆一樣陪伴他的愛犬，想把牠綁捆起後灌藥。可是病魔入體的黑狗已經不認主人了。一日咬傷了金寶的手腕，掙脫開繩索，狂吠著竄出院去，消失在村外的荒野裡。

娘娘腔罵罵咧咧地往自己淌血的手腕上壓了壓熱灰止血，然後就蒙頭睡覺了，既沒去追殺那隻瘋狗，也沒去村上說一聲。他沒在乎這是個多大的事，等黑子回來再處理就是。

這一夜，村裡的狗們鬧開了。

先是幾隻大狗像狼一樣吠叫，攪起全村的狗呼應，接著，狗們來回竄著活動開了。正好是春季狗類交配鬧狗時節，趁著月夜風狂，狗們三五成群地「狗連環」，整個是一個「性解放」，亂配亂交媾，把村街穀場攪得天翻地覆，雲遮霧蓋。當然，這裡邊娘娘腔金寶的黑狗最起勁，最瘋狂，把自己舌頭溢出的黏液體塗遍了全村的母狗嘴上。狗們尋覓交配對象時，首先是用鼻嘴相互觸碰親吻，這一點跟人差不多。

村民都以爲狗鬧春沒什麼。有些好受啓發的，也受感染在自己土炕上狠狠鬧了一下老婆，然後昏然入睡，不再去理會狗們鬧得兇，鬧得過頭。

第二天一早，村民們也沒發現什麼異狀。等早飯後，婦女們餵豬時，發現不見平常老來搶食的狗們。狗們哪裡去了？幾乎全村的狗們都沒來吃食。

狗們都在村外荒野上。

人們見了這情景，肯定會嚇一跳。三五成群的狗在荒野上奔走，或迎風挺立，或流口水追逐，再或光天化日下當著人交媾。那瘋狂和自由奔放的樣子，一時會把牠們錯當徹底擺脫人類主宰，丟棄奴性而獲得自由，回歸荒野的獸類。這些狗裡，爲首的就是大禿胡喇嘛家的花狗，還有那隻娘娘腔金寶家的黑子脅從。

人們初見狗們的瘋態時，驚奇和納悶。後有好事光棍，追逐著觀賞「狗打連環」的交媾，以解乾癮，發出陣陣淫邪的浪笑。到最後，當狗們開始追咬圍觀者時，大家開始驚慌了。尤其娘娘腔金寶光著膀子也跑到野外，迎風流口水，接著把自己肩頭咬得血肉模糊時，有人驚呼出聲：「瘋狗病！」

於是，全村籠罩起恐怖的氣氛。跟當初鬧狼一樣，家家戶戶關門閉窗，足不出屋，見狗就躲。鄉和縣裡派來衛生隊，穿白大褂的漢子們逮著人就注射，不管是野外還是屋裡，見到沒登記的逃脫者按倒了就打針，唯恐狂犬病大範圍擴散傳染。

村外拉起隔離帶，只進不出，白色藥粉撒得全村哪兒都是，隨著春季風沙四處飛揚，嗆得人無法呼吸空氣。就連家豬家雞家貓也受到了牽連，不是打針就是宰殺，真正的雞犬不寧天下不太平。

接著就是屠狗運動。

胡村長組織了打狗隊，村裡村外見著狗就打。有些狗偶爾清醒，入家門找食吃，主人則拎棒揮刀打將出來，滿街追逐。那可憐的狗「汪汪」哀鳴著，不明白主人爲何如此無情。也有憐犬的，將

狗藏匿起，把狗嘴用鐵絲拴住，或乾脆給牠套上鐵籠頭使其張不開嘴。但這也不允許，胡村長帶打狗隊聞訊而至，就像當年鬼子進村般找狗打，弄得雞飛狗跳，村民們一怕狗咬二怕胡大禿查戶。有人也敢頂撞胡村長，說你們家花狗為啥不去打，胡喇嘛支吾說，花狗竄到野外找不到。那人又揭露說，花狗被你兒子二禿養在地窖裡，誰不知道。胡喇嘛無言以對，吐一句胡扯揚長而去。

當夜，有人帶著衛生隊的人摸進了胡喇嘛的地窖。

撲空。原先拴狗處扔著那根解開的鐵鏈，盆裡的食也是溫的，地窖口站著淚眼汪汪的二禿。胡喇嘛告訴來人，他兒子二禿瞞著他偷偷拴養了花狗，叫他發現後要宰殺時，二禿失手跑掉了花狗。並說那花狗嘴上有鐵絲罩，不會咬人或咬狗，安全得很，不會有事。

衛生隊的人衝胡村長搖了搖頭，但面色嚴峻地勒令他，第二天起，帶他的打狗隊必須去追殺了花狗。那狗是病源，再讓牠竄到野外，把病菌傳給其他村的狗引出後患，那就拿他是問，依法處理。

這一下胡喇嘛傻了眼。在村裡他可以飛揚跋扈，說一不二，但在上邊來人面前他可是孫子，尤其這非常時期的衛生隊人員，他可不敢惹。人家是代表政府執行衛生防疫法令，不是簡單的過去那種計劃生育結紮隊，專找婦女子宮下手的「宮作隊」。

第二天，胡喇嘛帶領他的打狗隊出發了。

村邊樹林，西北沙坨，村南河溝，哪兒都沒發現花狗的影子。有人來報，村北郭家墳地一帶花狗出沒，胡喇嘛飛速趕至，可只發現了一堆狗屎，不見狗影。不過，他們有了意外的收穫。在墳地北邊的沙坨子根，有個獸類般的黑影子蜷曲在那裡，一動不動。

有人眼疾手快，喊一聲有瘋狗，便舉槍就打。「砰」的一聲，鐵砂飛散。槍是打中了，可那物一下子給打精神了，槍砂在牠身上似興奮劑一樣刺激了牠，撲稜一下翻身而起，「哇」一聲狂嘯著衝人們瘋撲過來。

這一下，胡喇嘛他們看清楚了。

那不是瘋狗，而是失蹤多日的患狂犬病的娘娘腔金寶。口吐白沫，兩眼血紅，赤裸的上身處處傷痕，雙肩頭被自個兒咬爛後露出白骨，後臀上流著血，那是剛才被砂槍子兒打爛的。蓬頭垢面，牙口沾血，張牙舞爪地撲過來的樣子，實在令人感到恐怖，不寒而慄。

「金寶！娘娘腔！是我們！是我們！」胡喇嘛大聲喝叫。

娘娘腔金寶渾然不覺，依舊瘋叫狂呼著橫衝直撞，張著大嘴哧哧做咬人狀。有兩人嚇得撒腿就逃，這一下更引發了金寶追咬的欲望，從這兩人後邊瘋追過去。

「金寶！你他媽停下！你醒醒！」

胡喇嘛怒喝著從金寶後邊追，回頭又喊：「大家快上！把他抓回來！別叫他咬著人！」前邊嚇跑的兩人當中，有一個被樹根絆倒了。娘娘腔金寶幾步趕上，撲過來就想咬這位嚇破了膽的喊爹叫娘的人。正在這時，胡喇嘛也趕到，一槍托把他擊昏過去了。

當胡喇嘛他們抬著五花大綁的娘娘腔金寶走過村街時，人們像參觀動物園珍奇野獸般尾隨追看，搖頭感嘆，撫額慶幸。這一天村街上很熱鬧。

衛生隊給金寶先打了些針，又灌些藥，然後用專車把他送到地區傳染病醫院繼續治療。

我目睹了村裡發生的這一切，心裡更爲白耳擔心了。牠從縣公安局那兒逃出來已經有些日子了，牠此刻在哪裡呢？爲什麼不回我家？難道牠真的找不到這裡的窩，或忘記了我們嗎？

我不相信。白耳不會笨到如此地步，也不會薄情寡義到連回來看一次都不肯。縱然牠回歸荒野，也不會這樣的。

牠肯定遇到什麼麻煩了。尤其本村和外村都在鬧瘋狗，都在搞屠狗運動，牠可千萬別叫人當瘋狗打了。我不時地抽空到村外野地轉轉，當然手裡拎著鐮刀或棍棒，想碰碰運氣。反正我們村孩子不能去鄉中學上學了，被隔離起來，我們都一時失學，閒著也閒著。

今天，我又瞞著家人去村外野地。

走之前去找伊瑪，想拉她一塊兒去挖野菜。可她正在餵豬，也沒什麼熱情去野外。自打上次去縣城回來後，她沒有像以前那樣對我有求必應了。我隱隱感覺到她對我有些冷淡，有些迴避，眼神幽幽的，嘴巴噘噘的。

我顧不上這早熟的怪丫頭，一人去了野外。

風沙中轉了半天，毫無所穫，站在坨頂一聲聲呼叫白耳，可茫茫大地空空蕩蕩，聽不見白耳那熟悉的吠哮回聲。失望中，我坐在通往縣城的路口高崗上，遙望著遠方。我幻想著白耳從那迷茫的極目處飛躍而出，伸展四肢，投入我的懷抱。

當太陽西斜，我正要起身回家時，從那路的盡頭出現了一個黑影。那不是白耳，而是一輛小車，車上坐的是穿戴闊綽的毛哈林爺爺。

哦，毛哈林爺爺回來了。

他帶回來了一個驚人的消息。

關於狼孩。

第七章　荒野的召喚

最高興的還是狼狗白耳。牠終於擺脫地牢鐵鏈緊鎖之苦，鬆動一下自由之身，駝前駝後地撒歡跳躍，又銜茫茫的荒野嗥叫兩聲。牠已經覺察到要隨主人在荒野上遠行，這是牠十分願意做的事情。那神秘的荒野一直使牠困惑和神往。很多時候，牠銜那迷茫的原野出神，儘管在人的呵護中長大，可牠一跑進荒野中，便有一股抑制不住的衝動和狂喜，不由得長嗥兩聲。

一

狼孩又跟隨母狼出征覓食了。

自打那隻「巨鷹」飛走之後，牠們的老巢古城廢墟，再沒有受到人類的侵擾，又恢復了往日的寧靜。風，和緩地吹著細沙；太陽，辣辣地曬著大漠；偶爾飄灑而下的細雨，在窪地也能積汪出一片水來，培植出些許綠色藻類或青灰苔蘚。

耐不住寂寞的狼孩，不願意獨自留在這死靜的古城廢墟中，等候母狼回歸。母狼也從上次惡鬥沙斑雞之後，不敢再把狼孩單獨留在大漠裡了，牠走到哪兒都帶著狼孩。

熬過了漫長的冬天，沙漠地帶正沈浸在春日的生命復甦中，又遇上了難得的一場大雨，胡楊抽出嫩綠嫩綠的細芽。沙巴嘎蒿從地裡拱出綠苗，邊緣沙地上處處奔跑竄動著剛從地穴冬眠中甦醒出洞的黃鼠和跳兔。牠們忙著築新巢和春天的交配，繁殖這一年的新後代。

每當到達這片大漠邊緣地帶，狼孩就不願離開。他扒挖沙坡上的酸不溜草根吸吮，酸甜的汁液嗆得他齜牙咧嘴。兩眼冒水。他變得也很好奇，瞪大眼睛，盯著那些一蹦一跳著走走跑跑的跳兔出神。跳兔是沙地特有的鼠類，又不同於一般的鼠類。牠前兩腿短，後兩腿長，尾巴黑白相間，一尺多長，形象雖然小卻像澳洲袋鼠，跑起來飛快，全靠後兩條腿彈跳著跑，一跳幾尺遠，像人類武林輕功高手。人是追不上的，狗或狼類一追急，牠就哧溜一下鑽進沙地洞穴中找不見。

狼孩追過幾次跳兔，那是一個非常令他興奮而狂熱的追逐。一個小動物，一蹦一跳地跑在前邊，快要趕上一撲，牠卻長尾一甩，極敏捷地閃過追逐者的撲咬，弄得你一點辦法沒有，只好重新再追逐。如果趕進了牠的洞裡，狼孩更不知道怎麼辦了。這時候母狼出現，牠把尖嘴伸進洞裡嗅一嗅，便知此洞深淺，新洞還是舊穴。如果是較淺的新洞，母狼立即用前兩爪扒挖那淺洞，不用多久就挖開幾尺深，尖嘴一伸進去，便咬出一隻跳兔來，活蹦亂跳，肉鮮血紅，扔給狼孩吃。

後來狼孩也學會了，趕進洞裡後，不再抓耳撓腮等狼媽媽來了，他自己扒挖那沙地上的洞口。而且他還有優勢，手臂比母狼爪長，手爪還能攥握東西，挖開一尺左右，他便伸進手臂從洞裡直接拽拎出那可憐的跳兔。他興奮地嗚哇亂叫嘎嘎大樂。狼媽媽在一旁，慈祥地觀看著會捕獵的他，高興地呼兒哈幾地拿尖嘴拱他舔他。

母狼帶著狼孩，不再往遠處人類出沒的地帶去，儘管那邊草木農田茂盛，獵物極多，但牠不敢帶著狼孩貿然前去，牠是瞭解狡猾的人類的。當年公狼和三隻狼崽慘死，至今令牠渾身顫慄，憤怒

不已。

今天，狼孩隨狼媽媽逮吃夠了跳兔地鼠之類，暖暖地躺臥在沙地上曬太陽，伸爪子隨便薅了一根酸不溜草，放進嘴裡吮嚼著。他仰臥著，雙眼盯著那藍天白雲出神。那白雲不停地變幻著，一會兒像虎豹狼狐，一會兒又像樹林山河，沒一會兒又匆匆忙忙遷移，隨著風消逝得一乾二淨。他一直在琢磨那白色的會動的雲是什麼。他也奇怪旁邊的狼媽媽為什麼只會趴臥，從來不像他那樣仰臥著伸直了腰休息，仰躺是多麼愜意的方式啊。

有時他也像狼狗般蹲坐，前兩肢著地，仰著脖頸向天空嚎嘯。他的嚎叫雖然沒有狼媽媽那般粗獷、高亢、恐怖而遠揚，但也稚嫩中透著尖利，如一把鋒利的刀子冷冰冰地刺進聞者的心臟，充滿一種自由的野性的任意的呼喚。尤其在黑夜，如一種鬼孩攝魂般地尖長哭叫，令人毛骨悚然，而老練的獵人也分不清這聲音是狐狼叫還是鬼魂嘯。

此刻，他還在向著東方的遠處凝視。那遙遠的地方有什麼？他早已什麼也不知道，可他為什麼時時衝那遙遠的東方出神呢？而且眼角也掛著淚珠。他的模糊的大腦記憶中還殘存著什麼呢？人母的乳汁甘味？兄長的撕碎的課本？嚴父的揮動的巴掌？抑或是那次掉進廁所撿出的那根胡蘿蔔？可這些都很遙遠遙遠，殘片般零亂，模糊不清，唯有在這大漠邊緣向著東方遙望時，他的大腦中閃過一些遠古般的記憶。

他不時地哀鳴般地呼號。那聲音似乎在問那長天，我是誰？我來自何方？我為何如此不人不鬼不獸？

他有時孤獨地徘徊在這片離人類較近的大漠邊緣，不願再跟隨母狼回那寂寞難耐的大漠中去。

然而，他身上出現的這些現象畢竟是很短暫的。當狼媽媽出現在他身邊，那親熱的濕乎乎的尖嘴一拱一舔他的身上，狼孩立刻忘卻一切憶念，又變得活蹦亂跳地歡快起來，在軟綿的沙地上打滾撒歡，忘情地追逐跳兔或蝗蟲。

這時，在這荒涼的邊緣地帶出現了一位落拓的騎手。他騎著一匹癩巴巴的瘦馬，穿著豁口子的皮襖，腰裡別著一根「布魯」，這是一種帶銅頭的投擲器，胳肢窩裡挾著一根拖地的套馬桿，歪坐在馬背上左右搖晃，顯然醉酒未醒。

那匹瘦馬突然支起雙耳，「咴兒咴兒」地噴響鼻。

騎士醒來，醉眼乜斜。旋即，他的手飛速摸下腰上的「布魯」，又順手飛投而出，一切做得轉瞬之間。那根「布魯」呼嘯而至，不偏不移正好擊中追逐野兔的狼孩身上，打得他一下滾出老遠，「嗷兒」一聲慘叫。

那位騎手哈哈狂笑，夾動瘦馬，揮動起套馬桿急追爬起來逃跑的狼孩，嘴裡大喊：「怪獸！怪獸！叫我終於逮著這怪獸了！」

他從馬背上向前甩出套馬桿，身姿矯健，手法俐索，只是那匹癩巴巴瘦馬不得勁，不堪重負地在沙地上扭扭歪歪地跑，四蹄又陷沙跑不快。不過，套馬桿上的套繩仍然準確地套住了受傷的狼孩，然後那位醉騎手掉轉馬頭，拽著狼孩就往回跑。

狼孩拖在沙地上，唰唰發響，留下一條溝痕，冒出一溜白煙。狼孩拼命掙脫，嘴裡尖叫狂嚎，可無濟於事。

母狼在不遠處沙窪地飲水，聽見狼孩的急嗥，扭過頭飛速趕來。牠一見這狀況，怒嗥一聲，便

不顧一切地追蹤那瘦馬。久經沙場的牠，並沒有進攻馬背上的人，而是很狡猾地尾追馬屁股後頭，很快趕上，一口咬住了馬尾巴。然後，母狼便使出渾身的力氣往後拖拉那匹瘦馬，毫不鬆口。

這是奇特的一幕。

馬背上的騎手雙手攥緊套馬桿拖著狼孩，而母狼咬住馬尾巴也拼命往後拖拉。瘦馬受驚了，往後揚蹄尥蹶子，母狼敏捷地躲閃那踢出的馬蹄子，仍舊咬緊馬尾不鬆口。可馬背上的騎手有些穩不住了，被顛得前仰後合，搖搖晃晃，險些摔下馬背來。

那位騎手還算老道，緊蹬著馬鐙，穩住身子，也仍不鬆開手中的套馬桿。母狼咬住馬尾巴拼命拽拉著，突然，牠鬆開了馬尾巴。這是牠最終的用意。這一突變，使得那匹瘦弱的馬一下收不住身子，向前倒栽蔥地跌了下去，那位騎手也摔出老遠。瘦馬的脖子已扭斷，四蹄在亂踢亂抽，身子顫抖個不停。

老狼這是對付牛的招數，用在馬身上照樣管用。

狼孩從套繩中掙脫出來，母狼迎著他跑過去，親熱地低哮著，然後迅速帶領狼孩向大漠深處逃離而去。牠們四肢伸展，踏沙無痕，腳爪在沙上飛點著，優美而矯健，踏沙無痕。

在牠們的身後，傳出那位醉騎手受傷後一邊呻吟一邊絕望的怒罵：「我宰了你們！我一定宰了你們——」

可茫茫沙漠沈默著，毫不理會騎手的咆哮。

廣袤無垠的天和地之間，他的無奈而失敗的惱怒以及他整個的人顯得那麼渺小，那麼虛弱，甚至那麼可憐。很多時候，人的確面對這無窮神秘的大自然毫無辦法，總以為有了思維便可征服一切的狂妄，害得他們往往忘卻了自己在宇宙自然中應處的位置。

二

「快回家告訴你爸爸，我這次出門聽到了狼孩——哦，可能是你弟弟的消息！」毛爺爺把我接上他乘坐的小吉普車時如此說。

我差點叫出來。

我再追問詳情時，他不再告訴我，只是笑著叫我晚上讓我爸帶上好酒去找他。

毛爺爺這回神氣了。小車接小車送的，穿著一身好看的城裡制服，臉也白了許多，胖了許多，臉頰的一道道深褶也舒展開來，整個一副城裡老爺子派頭。我生來頭一次坐小汽車，更感覺新鮮，軟軟的車座，收音機放著歌，在鄉村路上兔子一樣顛盪著迅跑。可比騎驢騎馬舒服多了，就是胃裡有些翻騰，中午吃的菜餡窩窩頭總想拱出來。

村子被隔離，斷了來往人員和車輛小販，一直像個沒有生氣的死莊子，這回「嗚嗚」開進來一輛小汽車，引起了不小的騷動。衛生隊和村裡人都以爲是上邊來視察疫情的大幹部，當毛爺爺大搖大擺走下車時，人們「哄」的笑了。從車裡再走出一個中年胖子時，人們笑不出來了。只見衛生隊的白隊長口稱包縣長，誠惶誠恐地又是握手又是擠笑臉時，那位包縣長早已向毛爺爺的兩間破土房而去。

我吐了吐舌頭，顧不上那熱鬧場面，下車就往家跑去。

聽了我傳達的消息，爸爸先是一愣，後是大叫一聲，拔腿跑向毛爺爺家。我從後邊喊，毛爺爺說帶瓶好酒，爸爸回頭說，以後再補吧，現在劣等「地瓜燒」都買不到。我這才想起村子現在是被隔離狀態。

我按捺不住興致，也跟隨爸爸去了毛爺爺家。

這回毛爺爺家可不同往常了。那個貓不踏狗不進、麻雀不搭窩的冷清門院，現在是人聲鼎沸，賓客如雲，熱鬧非常了。歪倒的土牆院口有人把門，轟散看熱鬧的閒人和村童，衛生隊的醫務人員正在院裡院外撒藥粉消毒，白一道黃一道，有些嗆嗓子，已經有幾隻老鼠被熏出來後倒斃在庭院裡。

爸爸和我當然被攔在門外，不得入內。

恰好毛爺爺出來上茅房，我喊了一嗓子。他呵呵笑著，衝門口把門的村幹部和衛生隊人員說，他倆是我請來的，把門的才放我們進去。

我向毛爺爺眨眨眼笑說：「好傢伙，毛爺爺，見你比朝拜班禪活佛還要難哩！」

「小鬼頭，我這叫狗屎苔登上金鑾殿！小心你的舌頭！」毛爺爺笑瞇瞇地拍了一下我的頭。

兩間土房內也客滿爲患。外屋已有鄉廚在準備菜餚，胡喇嘛村長正跑進跑出地忙活，鄉政府那邊也來了幹部。屋裡衛生隊長正動員說服那位包縣長打狂犬疫苗，而那位脾氣挺大的包縣長很固執，就不肯打針，嘴裡說，我是來送毛老爺子回家的，不是來挨你們一針的。看著那位衛生隊長一臉苦笑，又討好不成的尷尬樣子，我心裡有些可憐他。

毛爺爺拉著我爸爸走到包縣長面前說：「他就是我給你講過的那個郭蘇克，當年被咱們土改幹部三鞭打下來的娃子，當過解放軍騎兵班長！」

胖乎乎的包縣長握著我爸瘦瘦的乾巴手，上下打量著，笑哈哈說：「你應該感謝當時那些極『左』派土改幹部，讓你早出世個把月，提前享受人間快樂！哈哈哈……」

我爸拘束地苦笑著，不知說什麼好，心只在毛爺爺身上想早點打探消息。可那位包縣長好像終於等到了老朋友，仍舊不鬆開爸爸的手，繼續說：「我可是跟你同歲，也屬老鼠，四八年出生！」

「同歲不同命啊……」我爸擠出一句，「你肯定是秋天的老鼠，不缺吃不缺喝富得流油；我可是春天的老鼠，草沒長糧沒成，成天忙著打洞忙著找吃。」

「你怎知道的？我就是十月初生的，是秋天好季節，哈哈哈。不過命這玩意兒很難說的，其實命就握在你手裡喲！」包縣長似乎話裡有話地晃了晃爸爸的手，終於鬆開了。

爸爸如釋重負尷尬地笑一笑，轉向毛爺爺剛要張口詢問，毛爺爺卻打斷他說：「別急，別急，酒桌上說，到酒桌上聊！」

「酒桌上？」爸爸茫然。

「對呀，我請你來，不只是告訴你話，還有個重要任務哩！」

「重要任務？」爸爸更是一頭霧水。

「對呀，陪酒！哈哈哈……」毛爺爺拍拍爸爸的肩頭。

「陪……陪酒？」爸爸舌頭打結，看看包縣長又看看毛爺爺，那神情完全變傻，顯得可笑至極，「叫我陪酒？我？」

「是啊，陪酒，陪包縣長，陪我，好好喝一通，你也是見過世面的。」毛爺爺又附在爸爸耳旁悄聲說：「是我重點推薦的，我看的人錯不了！」

「有村長，有鄉里幹部，還有衛生隊隊長他們，毛叔你拉我陪這麼大幹部喝酒，你這不是寒傖我嗎。」我爸終於真誠地埋怨起來。

「別著急，別著急，一會兒他們都走人，就我和你陪包縣長喝酒，這是我的家宴，誰陪誰走，我說了算。」毛爺爺依舊笑呵呵，真真假假，神秘兮兮，回過頭衝我眨一下眼，又對爸爸說，「你要是不答應，我可不告訴你那狼孩的消息！」

我爸這回沒輒了，毛爺爺的要挾很有效果。

包縣長也很隨和地說道：「留下吧，一塊兒喝兩盅聊一聊。你當兵那會兒，我也在呼市上學，你們部隊在『文革』中，還到我校『支左』過呢。」

「要是再有二兩狼肉，這酒更好，喝更有味道了，哈哈哈……」毛爺爺突然爆發出朗朗大笑，把屋外忙活的胡村長他們嚇了一跳。我卻會意地笑了起來。

毛爺爺送了我一堆故事書，又拿出一瓶好酒，讓我帶給我爺爺，說：「回去告訴你爺爺，明天我這老不死的專門找他老『孛』喝酒去！」

我知道毛爺爺安排我爸陪包縣長喝酒，肯定有別的內容，我始終猜不透。我也不想費心思了，便早早離開毛爺爺那亂哄哄的家。

爸爸深更半夜才回來，醉醺醺的。

我醒來後，便聽到爸爸在向媽媽說事。

原來，毛爺爺當嚮導，考察西北莽古斯大漠中的遼代古城時，發現了狼孩的蹤跡，當地有些人的確遇見過，一隻母狼領著一個似人似獸的狼孩，在那一帶出沒。另外，毛爺爺留爸爸陪酒的真正用意是，他已向包縣長推薦爸爸出任我們村的村長，今夏開始，村裡要調整班子，改選村幹部。

這事卻被我爸堅決拒絕了。爸爸說，他現在一心一意想把失散好幾年的兒子小龍找回來，其他一概不考慮，自己也沒那個本事。這很出毛爺爺意料，也很讓毛爺爺失望。包縣長是他的那位老朋友的學生，受他的委託照料毛爺爺晚年生活，本打算接到縣城住，可毛爺爺不願意，於是縣和鄉決定出資出人，給毛爺爺重新蓋兩間新房，定期發放生活費。毛爺爺又把村長胡喇嘛他們的情況說給包縣長，想結合今年改選村民委員會的機會，換村班子，沒想到叫我爸給打亂了他們擬定好的計劃。

爸爸連夜做起去西北莽古斯大漠尋找小龍的準備，又和爺爺他們商量他走後的家裡生活問題，天亮後，他騎著家裡唯一的那匹黑馬，就要出村去。

他在村口隔離帶被防疫人員攔住了。現在是防疫隔離時期，只進不出。我爸怎說也不行。那幾個穿白大褂帶大口罩的白衣戰士鐵面無情，說這是紀律，放他出去他們擔當不起責任。我爸急了，嚷嚷說那包縣長也在村裡，一會兒他走你們也攔嗎?白衣戰士說當然不攔。我爸說，那你們這隔離是瞎扯的事。白衣戰士說包縣長有要事在身，又有特殊通行證，你一個平頭百姓能比嗎。我爸啞口，乖乖地回家。

明著走不行，只好暗行。我爸鐵定要走，而且一天也不想多等。白天在家睡足了覺，又把家裡事安頓一下，囑咐我幫著媽媽多幹點事，然後在後半夜選擇村北大漠和墳地方向「突圍」而去。

其實，防疫隊也只在村口要道等地方設卡，限制來往人員，至於其他地方，一個村子四面八方哪兒都可以進進出出，只不過沒有道兒而已，也不是山寨要塞，一夫當關萬夫莫開，所以隔離什麼的，都是唬弄別人也唬弄自己的事兒。

趁著夜黑星稀，我和媽媽村北送走了爸爸，心中祈禱著他早些找到小龍平安歸來。墳地樹上有貓頭鷹叫，遠處野外有狗吠，我和媽媽心中都不安起來。

果然，爸爸一個月沒回來，三個月沒回來，半年沒回來……

後來，寄來一封信告知平安，說還在尋找小龍弟弟。我們這才稍稍心安，可爸爸何時才找回弟弟，結束他那流浪漢般的生活呢？

我和媽媽在企盼和祈禱中熬著日子。

三

白耳逃出去已有一個星期。

牠還是沒來找我們。不過眼下村裡又是屠狗運動，又是防疫隔離，牠想回來也不敢進村。

村裡現在聽不見雞犬之聲，看不見牛羊之影；狗絕種，雞空窩，牛羊送到野外窩棚看管；人也如籠中之物，惶惶不可終日，臉無二兩肉，眼缺三分神，整個村子在窒息般的氣氛中熬著日子。奶奶說，這跟那會兒土改運動搞過頭時候差不多。不知啥原因，咱們這裡搞啥都能搞過頭，連這小小的屠狗也搞成個運動，殃及人自己都失去了正常的生活，唉，人啊，老折騰自個兒。

爸爸走後，我的家務活重了。地由爺爺和叔叔他們代種，可燒柴、挖菜、看地等等說不清的農家院事兒，還都得由自個兒去做。

今天我又上坨子上挖豬菜。沙坨子上春季長一種大葉子苣苣菜，要是運氣好，一個沙坡下便發現一大片，夠裝一大口袋，扛回來熬豬食。奶奶說三年大災那會兒，人天天熬吃這種野菜，臉浮腫後都發綠，手指摁下去就一個大坑，坑裡可裝一盅水。後來這種野菜也挖淨了，就啃樹皮草根河泥。從奶奶說的頻率來看，「土改」和「三年大災」是她一生經歷的兩次大事，每每說起時閉上眼睛，手掌立在雙眉中間念一聲阿彌陀佛。

我如獨狼，在沙坨子裡尋尋覓覓。一半兒是挖野菜，另一半是企盼著碰上讓我牽腸掛肚的白耳。

放牛的丁老漢見了我吐舌頭，這娃子膽兒大，敢一個人進坨子挖菜。他從野外窩棚回村取東西，聽我說村裡還在隔離，他罵了一句，這不是狗鬧的是人鬧的。

我在遠處坨子根發現了一大片大葉苣苣，我罵了一句狗日的便撲過去。驀然，「汪」一聲吠叫，隨聲從那片野菜叢中躥出一隻大狗來。發紅的雙眼露著凶光，張著尖利的排牙，嘴邊飄滴著黏液體，立耳挺尾，正好咫尺之遙地面對了我。

大花狗！

這是二禿家的大花狗，我一眼認出了牠。這畜生發瘋後逃竄野外，一直沒露面，村裡打狗隊也沒找到牠，大家幾乎都忘掉了牠。有人說牠被外村人打死，結果牠還活著。

真是冤家路窄。牠也在這裡啃嚼著野菜。

大花狗毫不含糊地向我撲過來。

我一時嚇呆。手裡只有挖野菜的小鏟子，本能地舉起來。我心中很恐怖，但也清楚，千萬不能轉身逃跑，一跑牠更兇狂地追過來咬你，只有鼓足勇氣面對牠。

大花狗凌空一躍，我揮動小鏟子擊打，同時身體閃開牠的攻擊。花狗撲空，我的鏟子也沒打著牠。我心裡打定主意，不跟牠硬拼，只跟牠周旋，不能讓牠咬著自己。娘娘腔金寶咬自己肩頭的可怕樣子，此時映現在腦子裡，更使我咬緊牙關，鼓起勇氣，勇敢地拼鬥起來。

花狗狂態畢露，張牙舞爪，顯然仍處在發病期，完全不認識人。一般家狗野外遇人，都不會主動攻擊人，甚至夾尾巴逃得遠遠的，除非有主人喚狗咬人。狂犬花狗此刻如狼般兇狂，血紅的眼睛刀子般盯著你，淌著滿嘴哈拉子，翻動上下嘴皮露出獠牙，再次「呼兒」一聲狂吼著向我撲來。

我一邊躲閃，一邊揮打，小鏟子恰好擊中花狗的腦袋，「咚」的一聲，小鏟子斷了，我手裡只剩下一尺多長的木把。挨了一鏟子，花狗更被激怒了，迅疾側轉身子，一下子撲在我身上，張開了血盆大口。

「來人啊！救命啊——」我恐懼之極，聲嘶力竭地呼喊，可這荒沙野外，天空空，地空空，哪有人來相救呢。

那嚇人的狗嘴離我脖子只有半尺遠，性急之下，我將手中的鏟柄一下子塞進了狗嘴裡，並且使勁別牠的雙排利牙。

牠的黏黏的哈拉子淌灑在我手上，濕漉漉而黏滑，又癢又麻。我一邊後退一邊跟花狗對峙，可腳下被草根一絆摔倒了，花狗一下子占上風，前爪踩在我身上。幸好我塞進牠嘴裡的鏟柄始終沒撒手，依舊別著牠的嘴巴。可是因爲害怕，加上力薄，我漸漸抵禦不住了。

我心想，這一下完啦。

「嗚——」突然傳出一聲狼般長嗥，一個黑影從旁邊箭般飛射而出，直撲過來，一張口就咬住了大花狗的後腿。

「白耳！」我驚喜地大叫。

大花狗一聲痛叫，放開了我，迅速地轉過身子，跟白耳撕咬起來。

「白耳，咬死牠！咬死牠！」我翻身而起，揮動鏟柄，給我的從天而降的白耳壯膽鼓氣，圍著糾纏在一起的牠倆又喊又叫。

白耳已長成半大狼狗，那兇狠勁兒和力道比起大花狗有過之而無不及。

白耳和大花狗鬥得昏天黑地。一會兒這個在上邊，一會兒那個在上邊，狗毛兒一團團掉落，白耳和花狗牙齒上都沾著血，沙地上捲起一團煙塵。

我瞅準機會就拿鏟柄狠狠敲擊花狗。花狗顧不上我，負痛鬥白耳。我心裡開心極了，終於等到了今天這報仇雪恨的機會。該死的花狗，幾年來狗仗人勢欺負我，你也有今天，非整死你不可！

「白耳，咬牠脖子！咬死牠！」

其實，優秀狼種的白耳不用我教牠。作爲野獸的進攻和自衛的本能，牠知道往哪兒下嘴，哪兒是致命要害。

白耳漸漸占了上風。花狗開始膽怯了，脫出身子，轉身就要逃跑，可鬥紅了眼的白耳豈能放走牠。幾個跳躍就趕上牠，撲上去就咬住了花狗的咽喉，再也沒鬆開。「咬死牠！咬死牠！」我趕上來喊，衝著被壓在下邊的花狗腦袋又踢又打，發洩幾年來的積忿。

白耳的尖牙咬透了花狗的咽喉，鮮紅的血，如水一般順白耳的牙邊流淌出來，染紅了沙地和綠草。

力竭的花狗漸漸放棄掙扎，癱軟在地上，四肢抽搐個不停。又過了一會兒，嚥氣了。

白耳仍然咬著牠的咽喉，來回晃動牠軟軟耷拉下的頭。

「鬆開吧，白耳，牠死了。」我踢了一腳花狗說。

我蹲在地上撫摸白耳的頭。白耳終於放開花狗，轉過頭，親暱地往我懷裡拱著，又舔起我的手。我抱住白耳的頭，嗚嗚哭將起來，心裡的苦辣甜酸全哭出來了。感謝蒼天又把白耳還給了我。

白耳的腿上也被花狗咬傷，滲出的血洇濕了牠的毛。我撕開衣襟，給牠包紮。白耳毛色發灰，髒兮兮的，肚子癟癟的，顯然這些日子牠受了不少苦，而且腳爪上釘著一個寸長的鐵釘子，走起來一瘸一拐的。我趕緊給牠拔出那釘子。這釘子肯定是李科長防牠逃跑而釘上的，真他媽的狠。我又給白耳的爪子包紮上。

我帶著白耳往家走。突然想起村裡防狂犬病，見狗就打，這樣帶牠進村豈不是送死。我躊躇著。

我想等天黑以後再悄悄帶牠進村。這次絕不再讓白耳離開我。我和白耳在沙窪地裡等天黑。拿出口袋裡的野菜給白耳吃。白耳剛才想撕吃花狗，我沒讓，擔心傳染上狂犬病。可白耳對野菜不感興趣，聞了聞就走開了。

這時，正好有一隻跳兔蹦蹦跳跳地跑過沙灣子，於是我就帶領白耳捕獵起跳兔來。白耳可是追捕能手，我負責把洞裡的跳兔轟出來，白耳負責追擊。

白耳很快填飽了肚子，對逃出的跳兔沒興趣再追了。這時天也漸漸黑了下來。我們走回村邊，等到天完全變黑，伸手不見五指，我這才悄悄潛回家裡，又把白耳關進地窖裡，用鐵鏈子拴起來。我決定偷偷拴養牠，夜裡再牽牠出來溜溜。

媽媽數落我一通，嫌我這麼晚回來。當我帶她下地窖看白耳時，她也驚呼起來。她又拌了一盆豐美的狗食餵牠。怕牠染上狂犬病，媽媽又把村上防疫隊發的預防藥預防針劑統統餵給白耳吃。不知是藥起了作用，還是狼跟狗不同，白耳身上絲毫沒出現狂犬病症狀，一切正常，活蹦亂跳。

第二天，我遇見二禿時，說你們家那條瘋狗死了。

他不相信，晃著油光油光的禿頭說：「你瞎扯！」

「不信你去黑沙灣那兒看看吧，屍體快臭了！」

「你怎知道的？」

「挖野菜時看見的。」

「不會的，花狗怎麼會死呢……」

「作孽多，天打雷劈的唄！」

說完，我揚長而去。

傍晚，二禿和他爸爸從野外回來了。扛著鐵鍬，哭得眼睛紅紅的，耷拉著腦袋，如喪考妣。顯然，他們把花狗埋在野外，沒敢抬進村裡來，連狗皮也沒有扒。

胡喇嘛對村人說又出現狼了，花狗是被狼咬死的。

我聽後啞然失笑。

四

終於熬過了狂犬病隔離期，村裡解禁了。

爸爸還是沒有消息。

他走了快兩年了，人在哪裡，情況如何，都已斷了音訊，家裡人都十分擔心。

我決心去尋找爸爸。我已是男子漢，我不能沒有爸爸。晚上去毛爺爺家，詢問那個莽古斯大漠中古城廢墟的詳細地址。毛爺爺一聽，嗓眼裡抽了一聲說，你找死呀。我說自己已經是男子漢了，我不能沒有了弟弟再沒有了爸爸。毛爺爺說，半道野狼會咬你，壞人會打你。我悄悄告訴他我有白耳保護。毛爺爺一聽搖頭樂了，那畢竟是一條狼啊，荒野上會遇上想像不到的各種困難的。他不贊成我貿然出行。

可我也鐵定了決心，不能這樣乾熬著等。每天看到媽媽那張愁苦的臉，我心就疼。我暗暗做起準備。河邊碰到伊瑪時，我也忍不住把想法告訴了她。她默默地看著我，突然說我陪你去。這可嚇了我一跳，也被她的情誼所感動。

我說算了吧，這也不是去挖野菜，也不是去野遊，一兩天又不能回來，妳走了，妳媽你們家生活怎辦？她幽怨地說，反正你不想讓我沾你身邊。我說別說沒用的，把你們家的炒米借我一口袋吧，我家的不夠路上吃。她高興了，這丫頭，她心裡難道真的那麼喜歡我？我心裡也突然一熱，趕緊離開河邊回家。

三天後，我走時也沒跟上房爺爺奶奶他們說。我中斷學習，獨自一人遠赴他鄉尋父，這事不用說，肯定遭反對，通不過。我讓伊瑪第二天才告訴家裡人，可這丫頭，我走後不到一個時辰就報告了。

我還沒走出二十里，爺爺騎馬追上了我。他硬把我馱上了馬背，不由分說帶回家，還拿鞭子抽了我幾下。我後背和屁股上烙上了一條條紅印子。我罵偷窺的伊瑪，罵她是叛徒、告密者、出賣朋友的小人。見她哭著說怕狼咬死了你，怕你埋在大漠裡出不來，我也就原諒了她。

我對爺爺說，哪天我還會跑出去找爸爸。爺爺又抽了我幾鞭。我說，你擔心我，那你陪我去找，人家伊瑪都說過陪我去。爸爸也是你兒子呀。爺爺一時啞口。

第二天，他把大煙袋鍋一磕，說一聲：「好，我陪你去。」

我掩飾著內心的高興，又給爺爺裝了一鍋煙點上，說：「半道走不動了，我會揹你走的。」

爺爺的煙袋鍋敲了敲我腦袋：「你當是真的走著去呀？」

「不走著去，飛著去呀？也沒有毛爺爺那派頭，坐飛機。」

「咱們也不坐飛機，也不走著去。這你不用操心了。」

兩天後，爺爺不知從哪兒借來了兩匹駱駝。他開始做起充分而細緻的準備。毛爺爺被請來喝酒，他向爺爺詳告地點時自告奮勇當嚮導帶路。爺爺說歇歇吧，你那老氣管兒炎外加肺氣腫，我可負不起你這大人物的責任。兩個老人連罵帶笑，喝到酒酣星斜時才散。

媽媽一直很支持我去尋找爸爸。其實我在暗中做準備單獨上路時，她也有所發覺。她認爲我應該是個有主見敢作敢爲的男人，從小婆婆媽媽、畏首畏尾還成什麼大器。儘管她從伊瑪嘴裡知道了我的行蹤，就立即通報上房爺爺奶奶並把我追了回來。但她對現在的這種結局很滿意，好像這是她

意料之中的事。由爺爺領著我去尋找爸爸和小龍，她很放心。

她狡黠地衝我笑，臉上泛著紅光，不停地往口袋裡塞著乾肉、奶豆腐乾、炒米等食物，足夠我們吃一兩個月的。這些食物的好處就是隨時可吃，不用起火再煮。當年蒙古人祖先成吉思汗，就是馬背上攜帶著這種簡便食物，如狂飆一般席捲了歐亞兩洲，法寶就是一匹馬，一口袋炒米，乾肉，外加兩把彎刀，這比起那兵馬未動，糧草先行的過於文明的陣仗，可迅捷而有效得多。

拂曉時我們出發了。奶奶在佛龕前點了三炷香，又合掌念佛繞著我們駱駝走了三圈兒，然後往前行的路上扔撒了些白米，說是吉祥。媽媽親了又親我額頭，弄得我額頭上潮乎乎的，又隨駱駝後頭走了好長一段路。鄰居的柴門口的暗影中，佇立著一個單薄的人影，眼睛晶亮而幽深，無言中透著有聲，我的心口又是一熱。讓青春撞了一下腰，撞了一下胸口透不上氣。

最高興的還是狼狗白耳。牠終於擺脫地牢鐵鏈緊鎖之苦，鬆動一下自由之身，駝前駝後地撒歡跳躍，又衝茫茫的荒野嗥叫兩聲。牠已經覺察到要隨主人在荒野上遠行，這是牠十分願意做的事情。那神秘的荒野一直使牠困惑和神往。很多時候，牠衝那迷茫的原野出神，儘管在人的呵護中長大，可牠一跑進荒野中，便有一股抑制不住的衝動和狂喜，不由得長嗥兩聲。

其實牠近來始終在荒野和人宅之間，矛盾著，困惑著，如果上次沒碰上正遇花狗進攻的小主人，牠也許就此留在荒野上。然而，荒野也讓牠十分畏懼，因爲牠從小沒學會在荒野裡生存的本領，很難應付那充滿險惡、廝殺、角鬥的野性世界。可憐的白耳，在村狗中牠可是佼佼者，可在荒野上，牠還是個弱者，尚不具備防惡豹、鬥狡狐、捕獾熊的本事，尤其防人的槍口追殺。

白耳「呼兒」地一聲，衝前邊路口的一個黑影撲過去。

「白耳，回來！」我趕緊吆喝，我認出那黑影是毛哈林爺爺。

「哇哇！好厲害！」毛爺爺揮動著手裡的拐杖，衝我叫罵，「你這小兔崽子，拿狼當狗養，小心牠再過兩年連你也不認了！」

「不會的，其實白耳最懂得好賴。白耳，去親一下毛爺爺！」

白耳果然前爪搭在毛爺爺肩頭，伸出紅紅舌頭，唰唰舔了兩下毛爺爺的臉頰。眨眼之間，弄得毛爺爺又連聲嚷嚷：「夠了夠了，再舔兩下，我的老臉皮非刮下去一層不可！好傢伙，多粗硬的舌頭，整個臉火辣辣的！」

「哈哈哈……」

爺爺和我忍不住大笑起來。不明所以的白耳還圍著毛爺爺轉，搖頭擺尾的，嚇得毛爺爺一個勁兒罵我：「兔崽子，還不叫牠閃一邊去，我有話跟你們講！哪有這樣對待好心來送行的人的！你們這一老一少都昏了頭了！」

爺爺笑呵呵地下了駱駝，裝了一袋煙遞過去。這是個老禮兒，表示對客人的尊重和歉意。

兩個老人蹲在路邊說起話來。

毛爺爺對我們此行始終放不下心，來送行的同時又提供一個線索。莽古斯大漠的邊緣地帶有個號稱「醉獵手」烏太的人，他常出入莽古斯大漠，熟悉地形，如能找到此人當嚮導最好不過，上次他們考察古城廢墟時也曾找過此人，可惜他正好販獸皮，下朝陽，沒找到他。

「你這老『鬍子』不早點說，差點耽誤大事！」爺爺又給毛爺爺裝一鍋煙，高興地拍著他肩頭說。

「誰叫你上次把我灌醉了，腦子不靈光了。這回看你這老巫『孛』的了，你可把蘇克那小子找

回來啊，他可是包縣長看中的村長人選，咱錫伯村發家致富的希望哩！」

「你還惦記著那事哪？老琢磨著讓咱們老郭家鬥他們老胡家，你們老毛家在後頭看熱鬧，是不是？你這老狐狸！」

「哈哈哈……」毛爺爺爆發出大笑，「江山輪流坐嘛，他們老胡家也該歇歇了，啥事都講個氣數兒，錫伯村也不是他們一姓之村，還有郭毛兩個大家族哩！」

「那你自個兒出來當這村長算了，朝中也有人。」爺爺逗說。

「我？呵呵呵，可饒了吧，這是年輕後生的時代，我還是享我的清福吧。我不跟你閒扯了，你們上路吧，我也該回去了。」

毛爺爺拄著他的拐杖，腳步蹣跚地走了。晨風中，他那孑然獨行的身影，儘管顯得瘦小而弱不禁風，但頑強地透露出一股不服歲月風塵、不服人間萬事的倔強堅韌的精神頭兒，令人不勝感慨。

「這老漢，真是個人物啊。」爺爺不由得吐露一句，不知是讚嘆還是輕慢。他們之間的幾十年的恩恩怨怨，我是搞不懂。

樹上有小鳥叫，東方正紅霞飛，清晨萬物復甦。

我們重新上路了。

第八章　母狼鬥蛇王

母狼趁大蛇分神纏繞狼孩之際，如閃電般地撲過去。牠的尖利如刀的獠牙，一下子咬住了大蛇的脖頸處，並使勁往地上按壓下去。負痛的大蛇身子拱著又甩打著頭部，想把母狼甩出去。可母狼畢竟比牠壯碩，比牠狡猾，又瞅準機會咬住了牠的致命之處，只見母狼猶如黏在大蛇脖頸上，尖牙也毫不鬆開。

一

爸爸當時直接穿過村西北塔民查干沙漠，一直向西北朝那遙遠的莽古斯大漠尋去。他騎著或牽著黑馬，穿越著一座座沙坨，一片片草地，見村鎮就進去打聽，遇狼洞就摸過去探尋，可走了幾個月壓根兒沒有發現過狼跡。

有一天，野外遇見了一位扛槍的獵人。兩人點上煙，就坐在沙包上拉呱。

狼?那物兒可是好多年沒見著了，那獵人說。一聽攜帶狼孩的母狼，那獵人比見著狼還奇怪地盯起爸爸，以爲此人在荒坨子裡轉遊出了魔怔說胡話。然後那獵人轉過話頭哀嘆，草場沙化得厲害啦，人活著都困難了，都搬遷了。獵物嘛，天上只剩下烏鴉，地上只剩下耗子了。我這是年輕時養下的毛病，不扛著槍野外轉轉，心裡憋得慌。唉，衰敗喲，土地在無法阻擋地衰敗。

告別了獵人，爸爸繼續向西北進發。他一定要走到那遙遠的人跡罕至的漠北莽古斯大漠。莽古斯，意即魔鬼之域，他一定要走進那魔鬼生活的地方，找回兒子小龍。爸爸的臉呈鋼鐵般的意志，眼含寒冰般的光束。

三天後，他看見了那條沙溪。

流水似蛤蟆尿，可憐巴巴，曲曲彎彎，由上頭不遠處的一座高沙丘下受迫壓而擠出。一路又受太陽酷曬蒸發，還有兩邊沙岸吮吸，所剩無幾的水量依然不屈不撓地尋覓著出路向東南流去。它還要去匯合更大的河，再去奔向大海，那是最後的歸宿。因爲有了目標，清風吹來它還能翻出漣漪，還能發出嘻笑般的嘩嘩響聲。

那獵人說得沒錯，還真有這麼一條沙溪。爸爸自語著下馬。馬和人的頭，都迫不及待地伸進了小溪中。水淺，爸爸一口吸進了底沙，嗆得他咳嗽起來。黑馬的蹄子刨出了坑，然後再伸嘴飲。爸爸樂了，說你倒比我精明。

溪水照出爸爸的頭臉。他叫起來，拔出蒙古刀割起長髮，還有又粗又硬的長鬍子。然後再捧起水，沖洗滿臉的污垢汗泥。他重新精神煥發起來，然後他再去梳理黑馬。

這一晚，爸爸就睡在沙溪邊。在水一方，他要養足了精神。按那位獵人說法，過了這條溪，就進入無人區的沙化地，那裡根本找不到水，甚至活物。

夜裡，有幾隻旱獺咬他腳趾頭，成了爸爸棒下物。受此啓發，爸爸乾脆不睡覺，在溪邊狩獵。趁夜色來飲水的旱獺們，成了爸爸的戰利品。第二天出發時，他的馬鞍上掛起十幾隻旱獺，每隻足有二斤肉。另外，他的所有容器皮囊、塑膠桶等全裝足了溪水，他和馬又往自己肚皮中盛飽了水，

直哐噹哐噹響。

然後，他和他的黑馬大無畏地走進了那片茫茫無際的沙化地域。

其實，原先這裡是平平展展的大草地，後被人們開荒墾耕之後，失去原先的植被，裸露出下邊的黃沙，被季風無情地沖刷後，始形成了如今這固定或半固定的沙丘沙原。怪態百出，猶如群獸奔舞，又似靜止凝固的波谷浪峰，怪異詭譎，危機四伏。

黑色的枯根枯藤在沙坡上半露半隱，不見一棵綠草。一處沙崗下，矗著幾十棵老榆樹，全部乾死，枯枝幹杈七曲八拐地扭結伸展，一個個張牙舞爪，猶如鬼樹，神態各異。似乎是正當這些樹正隨意生長時，一場大自然的突變刹那間把它們統統乾死枯僵在原地，脫落去所有裝飾的綠葉青皮，唯保留或凝固住了這一個個怪態百出的死枝枯幹。像鬼妖，像魔影，令人生出恐怖。

這是被稱爲黃色惡魔的大漠熱沙暴造就的傑作，是一種百年不遇的奇異的氣象現象。只要經它沖捲過的地方，所有植物轉眼間全部蒸乾水分，曬焦了綠葉，枯乾了枝幹。就是百年大樹也很快乾枯而死，無一倖免。它是所有生命的死神。就是人在沙漠裡遇到這種乾熱沙暴，也無法逃脫死難，很快變成一具木乃伊。這是可怕而殘忍的大自然的懲戒手段。只有大面積沙化地帶才招致這種懲戒，招來這大地的死神。

恐怖之餘，爸爸想快快走出這塊死神降臨過的地方。可越走越深了。前邊的沙地上又出現了一個奇特的景象。有好多頹敗倒塌的土房土牆，有的埋進沙子裡，有的凸現著破舊牆頭，有的在沙地上只留下一行行一片片黑色的房基印痕，顯示著這裡曾是人類生活居住過的地方。一個寬敞沙地上孤零零立著一個用泥澆鑄出來的牆牌，還沒倒塌損壞，上邊殘留著幾行刻字：XXX建設兵團

XXX幣XXXX團XXX連部等。

爸爸恍然大悟。原來這裡是當年知識青年上山下鄉時代，成千上萬的知青生活戰鬥過的地方。他們一批一批被時代的風雲捲到草原上，開墾了一片一片大好草原成爲農場，後來，他們又被時代的風雲捲離了這裡回城去了。於是，被他們遺棄的農場，無可挽回地沙漠化了。他們哪裡知道，草原植被也就半尺多厚，下邊全是沙質土，翻耕之後，正好把下邊的黃沙解放出來，猶如被打開的潘朵拉盒子，頭幾年還能長糧食，往後就只剩下沙化了。在十年九旱少雨枯水的草原，失去了植被，無法保護地下濕氣水分，荒漠化後，變成寸草不長的死漠，這是必然結局。

草原只是「草」的原，並非「農」的原，大自然亙古形成草原，定有它的不可違背的法則，自然的法則，以愚昧而狂妄的「人定勝天」囈語，想征服和改變自然法則，那才是搬起石頭砸自己的腳。萬千知青用青春和熱血澆出了這一片片死漠，這是當初誰也沒想到的事情。從西邊的巴盟、阿拉善到這邊的錫盟、昭盟、伊盟，以及呼倫貝爾盟，處處留有這種被遺棄的沙化地帶，而由這些沙化地帶捲起的沙塵暴，源源不斷地往北京，往內地輸送著萬千噸的黃沙黑塵，懲戒著總不長記性的人們。

爸爸發現，這片遺棄的沙地上的某些角落還長著一種植物，那就是鹼兒蒿，也稱黑蒿子。這黑蒿子牲口不吃，一點兒用處沒有，它還蔓延極快，一片片地生長，它一長，別的植物都無法生長，都被它侵滅，一眼望去，滿目都是一片片的鹼兒蒿覆蓋著沙化地，黑壓壓的，令人生畏。只有沙化和鹼化的草地才長這種毫無用處的黑蒿子，象徵著死亡，象徵著永遠的死亡。有人形象地比喻過，開墾後的草地就如失去貞操的處女，一旦失貞，永遠不會再變成處女了。那黑蒿就是草原流出的初血，只是黑色的。

再過些歲月，沙化地連黑蒿子也長不出了，唯剩下茫茫無際的大沙漠，連著天連著地，消逝了所有生命的痕跡。

爸爸感嘆著人類的愚昧所創造的這片沙原，接著繼續頑強地穿越這片死亡地帶，向西北挺進。

二

母狼好多天不出去覓食了。

大漠外邊的世界在鬧饑荒。大饑荒。

將近一年的時間，老天沒下一滴雨，河水斷流，深井乾裂。別說莊稼不長，連原先茂盛的胡楊樹都一棵棵枯死，天上的鳥雀都飛著飛著便一頭扎下來渴死，那血也是乾的。惶恐的人們一批批逃難遷徙，走不動的老人和孩子跟走不動的老弱牲畜一起，倒斃在荒野上乾河灘上，不說哀鴻遍野，餓殍滿地也差不多了。

越是沙漠化越容易乾旱，饑荒鬧得越兇。

開始時，母狼每次出大漠拖來一具具乾屍，有牛羊，有雞狗，後來牠懶得弄了。由於缺水，大漠古城和大漠外邊的所有出水的地方都龜裂了，焦渴的牠和狼孩胸肺裡都燃著火團，乾屍啃得越多，焦渴得越厲害，牠們再也不敢碰乾屍了。

母狼天天衝天上那輪火紅的太陽哀鳴。牠幾次想攜領狼孩走出大漠，尾隨人類大遷徙。可牠知道方圓幾百里都是這樣乾透燃燒的大地，牠自己或許還能挺過去，可日益虛弱的狼孩有可能還未走出大漠就倒斃。牠們只好龜縮在洞穴深處，那裡至少還算陰涼。

母狼和狼孩緊緊依偎一起，奄奄一息地等待和企盼著天上電閃雷鳴暴雨驟下。當然是空等。冥冥中，出於生命的本能，母狼一躍而起。牠發現洞穴內角，似有東西在蠕動。

母狼撲過去，頃刻間嘴上叼起一物，那是一條小黑蛇。腦袋早被老練的母狼咬斷，一尺多長的身體還在牠嘴下動彈著。母狼把蛇丟給狼孩。恍惚中，狼孩終於飲到蛇血，吃到濕潤的蛇肉，牠又有了活氣兒。

母狼在那鑽出小蛇的洞角尋覓嗅聞起來。那裡有個小蛇洞，斜著通向地下深處。母狼在那裡嗅了半天，然後趴臥在小蛇洞旁等候。牠要守洞待蛇。既然有小蛇崽，肯定還有大蛇在裡邊。牠耐心地等候著。

可是那蛇洞裡靜悄悄，再沒有其他的蛇鑽出來。

母狼不甘心，牠相信自己的嗅覺，從那小蛇洞裡依然還傳遞著生血氣息。牠知道，蛇洞中還有活的生命體存在。於是，母狼開始用前爪子扒挖那蛇洞。

沙質土層被牠挖開一大片，又往下挖進幾尺深，突傳「撲通」一聲，那塊土便往下塌陷下去了。母狼嚇了一跳。牠探進頭一看，原來地下深層又出現了一個小洞穴。那裡大概是古城某人的墓穴或地室。令母狼吃驚的是，那下層洞穴裡蠕動和盤臥著無數條蛇！中間盤著一條茶杯粗的大蛇，其他的小蛇都圍著牠盤繞蠕動，顯然那是蛇王。

母狼高興了，嘴裡發出「嗚嗚」的長嗥。狼孩也爬過來瞅見蛇，高興的他立即想跳下去捕吃，

被母狼馬上咬了回來。

此時，那蛇王發現入侵者後，立即從睡眠中醒來，高昂起三角頭，發出嗞嗞的聲響，衝母狼這邊吐著閃電般的蛇信子。顯然，這是一條凶猛狂暴的大蛇，不是好惹的。以往遇到這種情況，母狼一般是不去招惹，遠遠避之。如今卻不同了，爲了狼孩和自己活下去，牠要把這些活蛇一條一條地變成牠們的食物。

母狼和那蛇王遠遠對峙著，一個在上面，一個在下面。奇怪的是，那蛇王只是發出威脅的聲響，並不爬離原地進攻母狼。只見母狼伸出嘴，叼咬起一條無意中靠近過來的小蛇，然後跟狼孩分享著吞嚼起來。

那蛇王仍然未動。

母狼奇怪，爲了抓蛇方便，牠乾脆接著擴大通到下洞的口子，不久，牠徹底打通上下兩洞穴，牠和狼孩可以自由出入下邊的洞穴了。至此，那蛇王依舊沒有離開原先盤臥之處的意思，只是眼睛始終緊盯著母狼的一舉一動，不時吞吐著紅紅的蛇信子。

顯然，那蛇王是輕易不動窩了，即便犧牲著不少的小蛇。狡猾的母狼更是放心大膽起來，牠也不去招惹大蛇，帶領著狼孩專門對付那些游離大蛇控制範圍的小蛇們。一條一條地撿吃著，吃夠了，牠們就跳上上邊的洞穴歇睡。幾天下來，牠們的身體又恢復了往日的健壯，而且比以前更加精力旺盛，體能充沛了。顯然這些地下深處的蛇肉，有著豐富的營養和滋補功能。

瞅著自己周圍的小蛇日益減少，那蛇王幾次憤怒之餘，想衝過來與母狼拼命，可最終還是縮回了頭脖，死死盤臥著原地未動。

母狼是有耐心的。蛇不攻，牠也不動。只是每天逮吃著幾條小蛇，熬著這無水的日子，解決焦渴問題。

小蛇終於被牠們逮吃光了。洞裡只剩下那條大蛇，依舊是巍然不動的樣子怒視著母狼。

過了幾天，焦渴難忍的母狼和狼孩開始琢磨起大蛇來。母狼多次挑逗，蛇王仍舊不出來進攻，牠又不敢貿然撲上去咬，一旦被蛇身纏住，那可不是鬧著玩的事。

這時，狼孩的會抓會伸的上肢起了作用了。只見他撿起石塊，往蛇王身上擲打起來。有幾次正好擊中蛇頭，惱怒萬分的大蛇終於出動了！

大蛇的前身移動著，「噝」的一聲，張著嘴咬向母狼。母狼趕緊閃避，但那是閃電般的一擊，還是咬著了母狼的脖毛，幸虧毛厚不礙事。同時蛇尾如一根長鞭般掃向狼孩，一下子擊中他，狼孩如一隻皮球般滾向一邊，真是力道千鈞。

母狼有些驚懼了。那狼孩更是面如土色，渾身發抖。

母狼的眼睛掃向那蛇王盤臥的地方。啊，那裡有個盤子大的淺坑，裡邊汪著一片水！

原來，全世界鬧饑荒乾渴缺水，牠在這兒卻獨自享用著一片水，甚至不顧小蛇們的滅亡。這傢伙夠毒的。

這時，那大蛇又游動著長身子，突然間，那尾巴尖如閃電般地纏住了狼孩，而且越纏越緊，蛇的長身也隨著緊縮起來。狼孩拚命掙脫著，發出「嗚哇」慘叫，可由於蛇的半個下身全纏住了他，狼孩根本無法掙脫，呼吸變得緊促，聲音也嘶啞起來。

母狼趁大蛇分神纏繞狼孩之際，如閃電般地撲過去。牠的尖利如刀的獠牙，一下子咬住了大蛇

的脖頸處，並使勁往地上按壓下去。負痛的大蛇身子拱著又甩打著頭部，想把母狼甩出去。可母狼畢竟比牠壯碩，比牠狡猾，又瞅準機會咬住了牠的致命之處，只見母狼猶如黏在大蛇脖頸上，尖牙也毫不鬆開。

大蛇的力道漸漸在鬆懈，尾巴處開始發軟，那狼孩終於掙脫而出。見母狼咬住了大蛇的要害處，狼孩的膽子也大起來，騎坐在蛇身上又是咬又是抓，接著又抓過一塊尖石，又狠又猛地砍擊大蛇的眼睛和頭部。這招兒真靈，瞎了眼睛，碎了頭骨，咬斷了七寸處，這條大蛇王終於徹底軟癱下來，死了。

母狼和狼孩發出一陣嗥叫。然後，牠們走向那個大蛇始終不願離開的水坑。這是個如盤子般淺的石凹處，裡邊有個細細的縫隙，那水就從那細縫中一滴滴滲出來，雖然不多，可也足夠母狼和狼孩享用，度過這大饑荒了。

這是神奇的大自然所賜。

三

爸爸牽著黑馬。黑馬實在馱不動他了，他只好牽著牠走。

漠北沙原在他眼前伸展開去，無邊無際，蒼蒼莽莽，幾乎是沒有曲線地平闊，拓遠。站在這樣的茫茫大地，人頓時會感到自卑起來，強烈的弱小無助和孤獨感油然而生。

這裡就是各類史書描述的苦寒之地——漠北荒原。天上幾乎沒有飛鳥，地上草木凋零，滿目不是沙地就是丘陵，幾乎是斷絕了人和獸的蹤跡。

那長滿石礫子的平闊地，堅硬得如石夯砸過一樣，挖個灰棘根吮吸都困難。平展展望不到邊的莽原，蒼涼得令你生畏，隱隱生出一股這輩子走不出這荒原的恐懼。灰色的天，灰色的大地，靜謐得又如臨死界，讓人滿胸的惆悵和悲涼起來。

爸爸吹出一聲口哨想排解，結果吹出的口哨聲，刹那間被周圍的空氣吸收消化得無聲無息，乾乾淨淨，弄得爸爸懷疑自己剛才是不是吹出過那口哨聲。

爸爸再也不敢吹口哨。兩腿如灌了鉛般的沈重，蹣跚的步履有些難以支撐疲憊的身軀，搖搖晃晃，眼前的景物也變得有些模糊。他已有幾天沒吃到一塊食物了。馬鞍上的所有盛器全部變空，乾糧袋空了，塑膠桶空了，天又無雨，地上又無水，饑餓的他恨不得往自己大腿上咬上一口。

那該死的莽古斯大漠在哪裡呢？何時才能走到那裡？

爸爸問那蒼茫大地。蒼茫大地沈默不語。

足有一個多月，爸爸沒見到活人了。其實，他已經迷路，走不出這漠北的苦寒之地了，四面都是一個顏色，一種地形，太陽有時在北邊有時在南邊，有時從西邊升起東邊落下，迷濛中，他完全辨不清方向。

可爸爸腦海中只有一個信念：走下去，千萬別停下。不管東南西北，認準一個方向堅決走下去。一旦停下腳步坐下來，那就別想再站起來了。

這時，爸爸想起三年自然災害那會兒吃澱粉的事，那是把燒火的包米棒子碾碎成粉末和水而成的，吃下去後拉不出屎，媽媽回回用頭上的銅簪子爲他摳出那棒棒硬的屎球球。哦，現在要是有一

口那包米棒子碾成的澱粉餅子，該多好哇，爸爸這樣想。

他身後傳出「吧嗒」一聲響。被他牽著的黑馬，終於挺不住，倒地不起了。馬腦袋貼在地面上，無力抬起，瘦癟的馬肚子半天才鼓上氣，呼吸似有似無。四隻蹄子全掉了硬蓋兒，尖沙石嵌進露肉的蹄掌裡，滲淌著膿血。

爸爸幾次往上提拉韁繩，黑馬的長嘴巴微微抬起，又垂下去。爸爸走到黑馬的屁股後頭，使了使勁兒，想把牠抬起來。那馬也理解主人的意思，掙扎著想站起來，可實在無力支撐，又「吧唧」一聲趴在地上了。黑馬抱歉地拿無神的眼睛看著主人。爸爸知道，這一路牠的消耗和付出比自己大得多，只要是有一點力氣，他的黑馬不會是這樣的。

於是爸爸哀傷地想，愛騎的路走到頭了。

黑馬的眼睛始終望著他，嘴巴輕微地發出了一聲「噴兒噴兒」的聲響。爸爸知道黑馬在表達著一個意思，他明白那意思。他必須在牠還有一口活氣兒的時候動手，那血才是活的。

爸爸的手哆嗦著，輕輕撫摸馬的臉、馬的鼻子、馬的脖子，最後撫摸那雙眼睛，想讓牠闔上。可等他的手一離開，那雙眼睛復又睜開，默默地矚望起他，似乎催促著他。

爸爸的雙眼湧滿熱淚。他「撲通」一聲給黑馬跪下了。嘴裡喃喃低語，多謝你，我的好夥伴，下輩子咱們還一起生活，那會兒你當人我當馬，我也這樣馱著你滿世界找兒子。到時候，你也這樣給我一刀——「撲哧」！說著，爸爸手裡的蒙古刀迅疾地切進黑馬的咽喉。熱而紅的血隨刀口噴射出來，那咽喉處如解脫了般地發出「咕兒」地一聲響，接著，馬的雙眼終於闔閉，同時擠落出兩顆大的淚珠，滴在爸爸握刀的手上。爸爸抱起馬頭痛哭。

爸爸大口大口飲著熱的馬血，他又往塑膠桶裡灌滿馬血。接著就是切割，把剔好的馬肉一條一條地切割，攤在乾地上曬肉乾。最後點上火，烤熟帶不走的馬骨頭，還有雜碎等。就這樣，剛才還活著的黑馬，沒一會兒被他分解乾淨，化整爲零。

這回真的只剩下自己了，爸爸望著那張空空的馬皮想。

身上恢復了力氣，他站起來，撿起自己啃過的馬骨頭，放進那張空空的馬皮裡包裹起來，然後選個地方挖起坑。可地很堅硬，就用蒙古刀一點一點地摳挖，很費勁。他不停地挖著，過了很久終於挖成個淺坑，就把馬皮連骨頭埋在裡邊。然後又搬來好多石頭蓋壓在上邊。

做完了這一切，他跪在馬塚前磕了三個頭，又守著馬塚過了一宿，腦子裡回想著黑馬從小馬駒長成大馬，與他們一起熬過的往日歲月。黑馬爲自己家貢獻了一切，最後包括自己的血肉。他覺著自己欠了黑馬許多，毫不計報酬，辛辛苦苦任勞任怨爲主人付出一切，黑馬比自己比人類可高尙了許多。

第二天出發前，爸爸把東西歸整了一下。乾肉條、馬血、獵槍之類是必須帶的，還有那副馬鞍子。按說沒有了馬，馬鞍子已成多餘，可那是祖傳的雕花馬鞍子，上邊鑲嵌著銀環和白銅圓釘，是蒙古男人最稀罕的東西，他捨不得丟下。於是，他又扛起了那副空馬鞍子。

爸爸又上路了。這回精神氣兒充沛了許多，肚裡有了馬肉馬血，連眼神也變得明亮許多，已辨清了要走的方向。

回過頭看一眼馬塚時，有一隻禿鷹不知何時從哪兒出現的，落在馬塚上正用爪子撥拉著蓋壓的石頭。顯然，嗅覺敏銳的牠聞到了血腥。爸爸生氣了，回過身拿獵槍瞄準牠，「砰」地放了一槍，

禿鷹振翅高飛，逃得無影無蹤。爸爸有些惋惜，要是再靠近點打，或許能打著牠解決了幾頓食用。

漫漫的荒野，依然無窮無盡地延伸到天際線。

爸爸義無反顧地邁開大步。他曾見識過這種地形，那是當年當兵在大北疆，有一次迷路走進了也是這樣的大荒野，整整走了七天七夜。此時此景，跟那回差不多，同樣是朝哪兒看都是一樣單調的灰濛濛，令人發愁又洩氣的荒野。即便是遇上些小山也是低低的平緩的，上邊沒有樹，沒有灌木叢，更沒有兔鼠之類的可獵物。此時若是膽怯和恐懼，孤獨的心靈會滋生出一種莫明的壓抑感，覺得空曠的四周緊緊地擠迫著你，勇氣一點點地被蠶食乾淨，那麼人就離發瘋不遠了。

爸爸緊了緊後背上的物品，邁動起堅實的步伐。

他經歷過，什麼都不懼，心中只有一個信念：找回兒子，沒有別的，他早已無暇恐懼。

他走著，不停地走著。

四

第五天頭上，爸爸遇見了那位驏騎馬背的瘦子。

在這樣的荒野上遇見個人，尤其對於多日沒有見到過人的爸爸來說，這感到很親切。

從說話中知道，那瘦子是販獸皮的，在北海子那邊盤了不少貨，可路上遇到劫匪搶了貨，同伴也被打死，他是夜裡偷騎光馬逃出來的。爸爸同情他，遞給他一塊乾肉條吃，他像狼般地撕扯著那塊生肉。

那人從鞋殼子裡掏出幾張十元票子，遞給爸爸說，再給他一塊乾肉吃。爸爸說不收他的錢，可以再給他一塊乾肉，但他得告訴去莽古斯大漠的準確方向和距離。

那瘦子怪怪地盯了一眼爸爸，說去那裡找死呀，那邊正鬧大饑荒，那邊的人都往外跑呢。

爸爸告訴了理由。

瘦子就沈默了，半天才說，你這當爸的不賴。然後又低頭想著心事，一邊告訴從這兒一直往西，再走個兩三個月就能走進莽古斯大漠的邊緣地帶了。

爸爸又給了他一塊乾肉。

瘦子說，其實你不用太著急，那母狼會對你兒子很好的。

爸爸說，看來你對狼類很瞭解。

於是瘦子講了一個故事。小時瘦子隨其父到北海子那邊販獸皮，冬天吃的東西少，其父在冰湖上鑿個洞釣魚，岸邊樹叢中，有一隻老弱的狼始終盯著他釣魚。其父每次釣完魚回去時，從筐裡撿一條魚扔給老狼那邊的樹叢中，天天如此。有一次，父親釣魚不小心，腳下一滑就掉進了冰窟窿裡。這一下壞了，冰湖幾米深，父親幾次掙扎著想爬上來，可冰窟窿邊又光又滑，使不上勁兒，又是大冬天的冰天雪地。父親凍得已渾身沒了力氣，根本爬不上來。正當這危急關頭，那隻老狼從岸邊樹叢中躥過來，一口咬住了他的父親伸出的手和袖子，並拼命往上拉。那老狼可是使了吃奶的力氣，咬拉著他的父親毫不鬆口。父親有了著力點，終於被老狼拉出了冰窟窿，撿回了一條命。從此，父親再也不幹販獸皮這行當了。

瘦子最後說，大家都說狼殘忍，其實狼比人可靠，這是我爸告訴我的。

爸爸琢磨著這故事，半天無語。

過了一會兒，那瘦子盯著爸爸的馬鞍子說，「你就別再揹空馬鞍了，賣給我，光騎馬背磨得我屁股都腫了。」

「你有多少錢？」爸爸問他。

瘦子看著爸爸，琢磨他話的含義。

「我的馬鞍無價，要買你肯定買不起。這樣吧，我先借給你用，找到兒子後，哪一天我再去找你要回馬鞍子。」爸爸這麼說時，那瘦子臉色分明有不相信狀。

「祖傳的寶物，我不會白送給你的，你可要保存好嘍。」爸爸鄭重地說。

瘦子相信了，又面有愧色地說，「我只好先走了，怕劫匪從後邊追過來，不好繼續和你作伴了。其實，我也是急著趕回家見我老父親，他病得很重。」

走出一段路，瘦子又驅馬跑回來告訴爸爸，自己是哪鄉哪村叫什麼名字，到時一定來，他弄一大缸好酒等他。爸爸笑了，說一定去。瘦子又詳細告訴了一遍爸爸要走的路途情況，離去時有些戀戀不捨的樣子。

爸爸望著他絕塵而去的影子，心說這瘦子臉上冰冷，心裡倒挺熱腸子，可交，沒有白送他一副好鞍子。但願他能躲開那些劫匪。

爸爸繼續趕路，背上沒有了馬鞍就輕鬆了許多。

又走了幾日，他的雙腳如針扎般疼痛。他坐下來查看，腳板上起滿了血泡，有的已被擠爛流著膿血。布襪子也磨爛，靴子底乾硬乾硬，一碰腳板就煞疼。他從背囊中抽出毯子，扯下一角，小心翼翼地包裹上雙腳，然後輕輕塞進靴子裡。

他只好睡一夜才能走了，讓雙腳緩緩勁兒。

後半夜，他被一陣急促的馬蹄聲吵醒了。

他坐起來，往毯子放著的獵槍裝上子彈時，就來了三位騎者圍住了他，手電筒往他臉上照來照去。三個人向爸爸詢問瘦子的去向。爸爸說不知道，口氣不軟不硬。

有一騎者罵，不說宰了你。可他的話音未落，「砰」一聲槍響，他的氈帽子離開他的腦頂而飛走。

爸爸說，你們別惹我，我當過五年騎兵，你們這幾個蹩腳劫匪還不是對手。井水不犯河水，你們走吧。

三個劫匪面面相覷。可走又不甘心，被一個一直坐著未動的夜宿者就這麼打發走了，未免太沒有面子了。其中一個悄悄挪動槍。可是爸爸懷裡的槍又響了，那人的座騎前腿中彈，受傷的馬一驚一尥蹶子，就把他掀下馬背。可他的腳還套在馬蹬裡沒拔出來，於是受驚受傷的馬拖著他脫韁飛奔而去。餘下的兩個人見狀魂飛魄散，掉轉馬頭追蹤同伴去了。

爸爸重新躺下睡覺，可擔心著瘦子，又睡不成覺了。

天亮後，他趕緊上路。

兩天後，他發現瘦子的屍體，被丟棄在一座山包下。死得挺慘，挖去了雙眼，剁了十指，肚腸都流出來了，死前受了不少罪。自己雕花的馬鞍子和瘦子裝錢的鞋都不見了。這幫沒有人性的劫匪。爸爸罵。

爸爸後悔不迭，如果知道事情有這麼嚴重的話，自己死活也勸瘦子跟自己一起走，儘管會有些麻煩和誤事，但絕不至於讓他丟了性命。唉，現在的人爲了錢財都瘋了。

爸爸挖坑安葬了瘦子。

他接著踏上征程。茫茫荒野上，又行進著他那孤獨而不屈的身影，他那昂然奮進的勁頭，好像在說不管發生什麼事，即便是天崩地陷、刀山火海，也無法阻擋他前行的步伐。

爸爸就這麼走著，走著。

蒼涼壯闊的荒原，用沈默來迎接他。

第九章　白耳的困惑

一片白白軟軟的沙灘上，玩耍著兩條狼。一隻大狼，一會兒打滾，一會兒躲藏，蹦蹦跳跳，跑來跑去，逗得那隻小狼嗚哇亂叫，四肢亂顫。尤為令人心驚的是，那小狼像狼又不像狼，前肢短後肢長，一頭灰黑長毛搭在後肩，黝黑的身體上裹滿硬繭，似獸似人，似鬼似怪，一會兒四肢著地跑，一會兒還站立後腿走，難道他就是我那位狼孩弟弟小龍嗎？我的心撲騰撲騰亂跳起來。

一

終於熬過了大饑荒，第二年起，大漠地帶有了些雨水，生命又呈現出復甦跡象。到了秋天，對人和獸都是個大忙季節。熬苦寒少物的大漠冬季，需儲備大量食物。母狼近來天天早出晚歸，遠征近襲，連叼帶拖地弄來一隻山兔野雞，還有些豬崽羊羔，甚至還有蘿蔔白菜包穀黍子。自打上次遭獵人襲擊之後，母狼也不敢再帶狼孩出獵了，都是獨出獨歸，神出鬼沒。沒有了狼孩拖累，牠更是行動自如迅捷，大漠邊緣的村民拿這隻狡猾的老母狼毫無辦法。

獨守空巢的狼孩好無聊。不能遠征，他就在近處遊逛。

古城廢墟在沙地裡半露半埋如迷魂陣，他就在這迷魂陣裡穿梭溜躂，時而追逐飛蟲，時而跟蹤沙斑雞，玩得倒很開心，反正這裡無人無獸，不用擔心遭遇襲擊。

這一天太陽很曬，大漠中如蒸鍋般窒悶，狼孩呼哧帶喘地追一隻跳兔，尋覓一處牆根陰涼地正要趴臥休憩，突然，他發現牆根那頭也趴著一隻狼獸。他嚇了一跳，轉身就要逃。可那隻大狼獸一動未動，只是嘴裡發出「嗚嗚」的微弱呻吟。顯然這是一隻受傷或患病的狼獸。好奇的狼孩站在原地觀望了一陣兒，又慢慢地跑過來，靠近這隻毫無攻擊性的需要幫助的同類。

那隻大狼，毛色灰白，毫無生氣，身體虛弱，似乎爬都爬不起來。尤其令狼孩吃驚的是，這隻大狼的樣子跟自己差不多，扁平的嘴臉，稍短的前兩肢，黑白相間的眼睛，還有長長的亂髮，只是他身上多了一張真正的狼皮，更顯得不倫不類。

狼孩「嗷嗷」低哮著，圍大狼嗅嗅聞聞，學著母狼的樣子分辨敵友。大狼毫無敵意，隨他觸摸嗅聞。狼孩接近這隻大狼時，也有一種奇怪的感覺，身上發生一種不由自主的顫慄，渾身的血液似乎也沸騰起來。他恐懼身上出現的這種奇特感覺，立刻跳開到一邊。

那隻大狼又呻吟起來，「嗷嗷」地低聲狺嗥。這是狼類相互求助的信號。那狼孩想離去的腳步又止住了。他磨磨蹭蹭又慢慢接近過來，伸嘴拱一拱大狼的頭部。那隻大狼仍是一動不動，不知是真的動不了還是唯恐驚走了狼孩。

見大狼一點沒有惡意，狼孩也在一旁趴臥下來。反正太陽下很曬，這牆根又很陰涼，回去也沒意思，空空的地穴中更無聊，還不如陪這病大狼多待一會兒，閒著也是閒著。

不一會兒，病大狼的前爪攥著一塊硬食物啃起來。

好香啊！狼孩敏感的嗅覺，一下子被刺激起來，一雙眼睛直勾勾地死盯病大狼手中的那塊食

物。狼孩隨母狼出征時，也曾從獵人燒過火的地方，撿吃過這種火烤熟的肉塊和麵餅，那可是令他流口水的最美最香甜最好吃的食物。

他的眼睛簡直流血流水般地盯著。他的整個胃腸都攪動起來，不由得「嗷——嗷——」地發出哀求般的嗚嘯。

此時，那隻病大狼把烤餅掰下一半兒，輕輕遞放到狼孩的前邊。狼孩流著口水，看一看病大狼，又貪婪地盯著那塊餅，見病狼一臉的慈意，又不再瞧他一眼，只顧啃著自己那份烤餅，他便迅捷無比地伸爪就撿起那塊餅，放進嘴裡嚼啃起來。一雙亮幽幽的眼睛，還不時賊溜溜地瞅一下病大狼，唯恐對方改主意重新搶回那塊香入骨髓的烤餅。他多疑地挪開去，貪婪地咀嚼著餅，不時發出「嗷、嗷」的呼叫。

那隻病大狼的一雙微閉的眼角，這時慢慢流淌出兩行淚水，乾裂的嘴唇也微微顫抖著，似乎強忍著內心的強烈感情。

狼孩見狀覺得奇怪，他怎麼跟自己一樣眼睛也會流水呢？母狼就從來不從眼睛流水。他又好奇地挨過去，伸爪子抹沾了一下病狼眼角的淚水，放進嘴裡嘗了嘗，很快歪咧了嘴巴，顯然那淚水跟自己的一樣鹹。

病大狼的一隻爪子慢慢抬起來，舉到狼孩的腦後，很想輕輕撫摸一下那亂糟糟的頭部，可又顧慮什麼悄悄收回了爪子。然而這一小小舉動引起狼孩警覺，倏地閃到一邊去，回過頭奇怪地看著病狼。

狼孩的那雙眼睛，又貪婪地盯視起病狼爪中還沒吃完的那半塊餅。病大狼儘管此時還沒睜開雙眼正面盯看狼孩，可似乎知道他的一舉一動。他緩緩地把剩下的半塊餅，又放到狼孩的前邊，然後再沒有去注意他，仍舊微閉著雙眼休憩養神。

狼孩感到，這隻病大狼跟自己狼媽媽一樣，什麼都讓著自己，尤其好吃的。他猶豫了一下，禁不住誘惑，還是撿過那塊餅啃起來，同時，他那雙警惕的眼神也徹底安定下來。他「嗷、嗷」地哼哼著，表達對病狼的謝意或友好。

爾後，那狼孩挨著病大狼趴臥下來，半瞌睡半養神地靜靜待在那裡，偶爾有隻毛蟲或飛蚊叮咬眼角時才動彈一下。他們倆一直這麼躺臥著相安無事，十分愜意地躺臥在大漠古城的牆陰下。

太陽偏西了。他們還是這麼躺臥著。病大狼不時用眼角悄悄偷窺那狼孩，他的眼角不由自主地冒淌出些許鹹水，靜靜往下流。

太陽要落了。從古城東北處，狼穴那邊傳出母狼的長嗥。

狼孩翻身而起。出獵的狼媽媽回窩了，正在召喚自己，他要回去了。狼孩「嗚嗚」哼吟著，走近病大狼，用嘴拱了拱他的嘴臉。他感覺病狼的皮膚滾燙滾燙，就像當初他遭沙斑雞襲擊後發燒一樣。他低嚎兩聲，病大狼也「嗚嗚」回應著。

母狼的長嗥再次響起。狼孩依依惜別地離開病大狼和涼爽的牆陰，嘴裡發出回應的尖嚎，爾後向東北狼穴方向飛跑而去。

病大狼始終目不轉睛，盯送著狼孩消失在遠處。

過了一會兒，他也慢慢地艱難爬行著離開那牆角，向西南方向而去。顯然，他的確病得不輕。

曉行夜宿。

駝背是我們的家。

二

半年之後，我們終於到達莽古斯大漠邊緣的庫拉善境內，暫時住宿在庫拉善鎮上，打探爸爸的消息，還有那個毛爺爺介紹的「醉獵手」烏太。

有人告訴我們，曾有個尋找狼孩的男子來過這裡，但不知其下落。

一提到「醉獵手」烏太，似乎每個人都說，知道知道，那「忽魯蓋」（賊小子）肯定在鎮西醉不死酒樓泡酒缸呢。

我和爺爺就趕到那個名字嚇人的醉不死酒樓。

說是酒樓，其實是幾間木結構人字架房立在沙地上，門口高桿上紅豔豔的酒幌隨風飄揚，寬敞的窗戶玻璃被煙燻火燎，變成了花玻璃，但上邊貼出的一條條菜價和新推出的特色小吃都是新鮮的，如橫寫：牛奶一碗五角、包子兩個六角。可偏偏有人豎著念，就成了「牛包」、「奶子」，吵吵著跟老闆娘買兩個「奶子」，引出陣陣吵罵笑鬧。

有人在牆角吐，也有人在牆角尿，還有些野狗在爭搶垃圾堆上的棄骨，齜牙咧嘴地相互威脅或追逐。

顯然，這是鎮邊上的一個下等酒店，專供鄉下人或閒漢們喝廉價酒吃便宜菜。屋裡烏煙瘴氣，汗味酒味菜飯味刺鼻嗆人，酒徒們划拳行令的喊叫聲震天動地。肥肥胖胖的老闆娘是麻臉，站在櫃檯後邊，滿面紅光地吆喝著兩個骨瘦如柴的服務小姐端這端那。

我和爺爺揀一無人的桌子坐下，爺爺要了二兩酒，一盤沒什麼肉的燉大骨頭，我吃著一碗牛肉拉麵。結帳時，爺爺向老闆娘詢問起「醉獵手」烏太是哪位，是不是在屋裡這些喝酒的人當中。老闆娘一聽火了，別提那個賊王八蛋了，欠我三頓酒錢快有一個月了還不還，誰知他死哪兒去了。有人說，他販牛下朝陽被人劫了，興許狗屁著涼了吧，媽的，半個月沒見他影了。

爺爺有些掃興，接著打聽爸爸的消息。

老闆娘奇怪地打量著問：「你們是他啥人？那個人才可憐啊，像個乞丐似的，見人就問狼孩的消息，簡直有些魔怔了。後來他在鎮上打工，找活兒幹，攢了些錢，之後他突然從鎮上消失了。他總是隔三差五地上我這兒來喝個二兩，再向那些南來北往的人打聽狼孩的消息。」

「那你們這一帶真出現過那個狼孩嗎？」爺爺問。

「當然，有人親眼見過！那賊小子烏太還差點套住他呢！」老闆娘一說起狼孩傳聞興奮起來，一五一十地倒給我們聽。別看她一臉麻坑說話挺橫，可對人倒挺熱心直爽。「你們祖孫倆到底是什麼人？打聽這些幹啥呀？」

「嗨，不瞞妳老闆娘說呀，我就是那個狼孩的爺爺，那個找狼孩的男人是我兒子。老闆娘，謝謝妳告訴了我們這些。」

爺爺一說出身分，引起周圍一片議論和目光。

老闆娘嚷嚷起來：「諸位，諸位，請安靜！這位老人就是那個大漠狼孩的親爺爺，千里迢迢來咱這兒尋找兒子和孫子狼孩，大家誰知道那狼孩的最新消息快告訴這位老人，多不容易啊！」

酒館裡倒是安靜了，可是誰也不知道狼孩的最新消息。有人喊，這事就得找「醉獵手」烏太問，他準知道，而且先前來找狼孩的你兒子，離開鎮子之前，就跟烏太接觸過。

於是，爺爺就把先找到「醉獵手」烏太當成首要大事，天天在鎮子上東問西問，大海裡撈針般尋找那位怪人「醉獵手」烏太。幾天下來毫無收穫，那個該死的「忽魯蓋」——按本地人說法的賊小子，好像真的從地球上消失了一樣，沒有一點確切消息。

也去他居住的鎮南一個小窮「艾里」（村），守著他那兩間東倒西歪的破土房，除了燕子麻雀自由出入他家之外，屋裡沒有活口，門上掛著一把一拽就開的壞鎖，那可真是防小人不防君子。其實即便進了屋，也沒什麼可拿的，家徒四壁，水缸是裂口的，炕上是缺席的，米箱是空蕩的，一床被還是沒有裡子的，唯有的是空酒瓶，門口堆了一大堆，成了蟑螂螞蟻的巢穴。

「這傢伙可真是喝敗家了。」爺爺搖頭嘆息。

「爺爺，就是找到這『忽魯蓋』也不一定管用！」我踢了踢那些空酒瓶，驚出一條蛇，從瓶堆底向屋角游移而去。

「這小子，要不真出事了，要不就迴避著我們，有意不見。」爺爺走出那破院時這麼說。

沮喪和失望攫住了我們，回到鎮子邊上的車馬店，躺倒在那通鋪土炕上不起來，飯都不想吃了。這是一家專門為來往車馬行者開的店，還負責照料你的牲口。可不知為什麼，住店的人沒幾個，這兩天幾乎只有我和爺爺，在那面大通鋪上隨便打滾。

老闆倒是一位和善的老頭兒，臉上總堆著笑容說生意不好，前兩年鬧饑荒，這地方窮得叮噹響，農田和牧場全叫沙子淹沒，沒有活路等。

這倒是實話。這小鎮子三面環沙，有綠地的南部甸子也快被沙子侵了。可也奇怪，鎮上的那些酒館飯店還總是那麼多人，喝酒行樂醉生夢死。好一點的上等娛樂宮什麼的，出入者更是些衣冠楚楚的官員或當地權貴名流，三面環沙四面楚歌的境況好像跟他們沒多大關係。

這天晚上，爺爺和那位和善的店老闆對酒痛飲，不知是心中鬱悶還是酒勁太大，爺爺酒後昏然睡去，連茶也沒有喝。我躺在大土炕上，卻翻來覆去睡不著，想著爸爸沒下落，又找不到「醉獵手」，困在這破店，何時是個頭？煩躁中好不容易入睡，突然，外邊傳出一聲尖利的長嗥把我驚醒了。

是白耳！牠拴在牲口棚旁邊樁子上的，出啥事了？我一骨碌爬起，推一推爺爺，他酣睡不醒。我急忙跑出去，到牲口棚察看，只見白耳瘋了般又撲又嗥，眼睛發綠，憤怒無比，掙扎著要往外衝出去，只是鐵鏈拴死了牠，一次次被拉回來，發出一聲聲怒嚎。

「白耳，安靜點，出啥事了？」我吆喝著白耳，走進牲口棚，一看便傻了，我們的兩匹駱駝不見了。難怪白耳瘋叫，顯然是被人盜走了。

我轉身衝進屋裡，猛推爺爺還不醒。往他臉上噴了一口涼水，爺爺這才哼哼著醒來，直說這酒真有勁兒，睡得真香。我趕緊把情況告訴他，爺爺一下子清醒，伸手抓起身邊的獵槍便去找老闆。

可屋裡沒有人，老闆好像今天沒睡在這裡。

爺爺的臉上有些疑惑，說我們住的可能是黑店，難怪這兒沒有人投宿。我也想起當初醉不死酒樓老闆娘聽我們說住這裡後，說過一句，你們怎麼住那兒啊。

「追！狗日的，不會走遠的，駱駝不像馬那麼快！」爺爺進牲口棚察看後說，然後放開了白耳

的鐵鏈，拍了拍牠的腦袋，「白耳，先去追，截住他們，我們馬上趕到！」

黑夜裡，白耳如一支利箭般飛射出去。我和爺爺迅速跟著跑過去。

白耳知道盜駝賊逃走的方向，直奔北方沙坨子地帶，嘴裡不停地發出嗥叫，引領著我們。

後半夜的天空，掛著下弦月，又佈滿一天星斗，白色的沙地上倒不怎麼顯得黑暗，影影綽綽能辨認方向。大約追了一個多小時，前邊傳出白耳急促的嗥哮，同時「砰」地響了一聲槍響。

「不好，狗日的開槍了！」爺爺急呼。我的心提到嗓子眼上。接著，又傳出白耳更瘋狂的吠嗥，顯然白耳還沒事，我們放下心來，加快腳步趕過去。

一座沙丘下，白耳截住了盜駝賊。

兩個人。有一個手腕被白耳咬傷，獵槍掉在地上，顯然他開槍時受到白耳攻擊。有一個大腿被咬爛，扯開了褲子，月光下光著屁股。爺爺拿手電一照，哈哈大樂。原來，此人就是那位灌醉爺爺的面容和善的店老闆。

「你開的果然是黑店！伊昆老闆，你可真是面善心不善啊！」

「大爺饒命……大爺饒命……」伊昆老闆跪地求饒。

「那位是誰？」爺爺問伊昆老闆。

「他……他……」伊昆老闆支支吾吾。

「不許說！說出去，我宰了你！」那個年輕一點的賊大聲喊。

「白耳！咬他！」爺爺指著地上的伊昆，「不說就咬死他！」

白耳「呼兒」地一聲，撲上來就要咬。

「我說，我說，他就是、他就是……」

「你奶奶的！」那個賊一哈腰，動作麻俐地撿起地上的獵槍。

可是爺爺的槍已瞄準了他，冷冷地說：「扔下你的槍，你一點機會都沒有！我老『孛』縱橫大漠草原幾十年，開槍還從來沒有失過手。扔下你的槍！要不我一槍斃了你！」

那賊懾於爺爺的威嚴和黑洞洞的槍口，丟下了槍。

「說！他是誰？」爺爺又喝問伊昆。

「他、他就是你們找的『醉獵手』烏太！這事兒都是他逼我幹的！」伊昆帶著哭腔哆嗦著說出來。

賊烏太轉身就往沙漠裡跑去。

「白耳，去把他追回來！」爺爺喊。

白耳風般捲過去，幾步趕上，咬住了烏太的小腿。烏太疼得嗷兒嗷兒地嚎起來，乖乖地退回來。

「其實，我已經想到是你了。」爺爺用槍口敲著烏太的腦門兒，從後腰上摸出煙袋鍋，一邊裝煙一邊說，「我們進鎮子那天，你的賊眼就盯上我們了，一直跟我們捉迷藏。我在想，你躲著我們，不光是惦記著我們的兩匹駱駝，還有其他的原因。」

「沒有，你胡說。」烏太嘴硬地嚷嚷。

「快老實告訴我，我兒子在哪兒？你把他怎麼樣了？」爺爺突然喝問。

「誰是你兒子？我不知道！你胡說啥！」烏太有些緊張地狡辯。

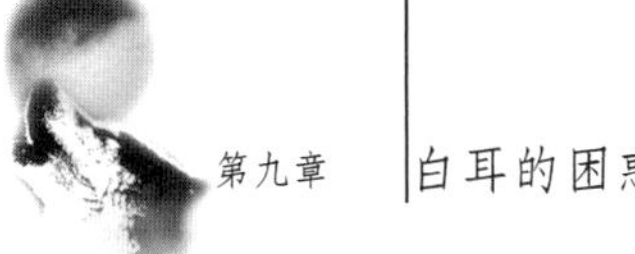

「白耳！咬死他！」爺爺的煙袋鍋一敲烏太的腦袋，「到這會兒了還裝蒜！今天我非讓白耳咬死你不可！告訴你，這白耳是個狼崽，今晚你們輸就輸在沒先殺了牠！可白耳也不會讓你們得逞的！白耳，上！咬死他！反正他們是賊！」

白耳狂呼著撲上去，瘋咬「醉獵手」烏太。

在沙地上打滾的烏太最後撐不下去了，嘴裡求饒起來：「我說我說，別再咬了，我說……」

爺爺喝住白耳。

「是你兒子雇我當嚮導進了莽古斯大漠，尋找狼孩……」

「後來呢？」

「後來，後來……」烏太支吾。

「快說，後來怎麼樣了？」

「後來，到了古城廢墟，我偷了他的駱駝離開了那裡。」

「沒那麼簡單吧？你到底把他怎麼樣了？快說！」

「我、我把他打傷了……趁他睡覺的時候……」

「他是不是死了？」

「沒有、沒有，我只是打昏了他……」

「可沒吃沒喝，困在大漠裡，他能不死嗎？你這混蛋！」爺爺一腳踢過去，烏太在地上打了兩滾。

「我給他留下了些吃喝的……」

「夠吃多少天？」

「個把月吧。」

「你離開多久了？」

「快半年了……」

「混蛋！你害死了我兒子！」爺爺又是一腳。

「你這壞蛋！還我爸爸！」我哭叫著撲上去掐烏太。

接著，爺爺詳細詢問古城廢墟的地理環境，對我說：「別急，孩子，我想你爸不會那麼輕易困死在那裡，我們去找他！」

「對、對，他那個人膽大心細，野外生存本事挺強，他不會死的……」烏太趕緊附和道。

「那好，伊昆老闆，你也過來，跟烏太這混球一塊兒聽著。」爺爺深思熟慮後說出他的方案，「你們倆今天當賊栽在我的手裡，也不知多少好人住你的黑店被你們搶了的，今天本應把你們送到派出所法辦，可我想跟你們私了，你們同意不同意？」

「好好，私了好，私了好。」兩個賊都點頭。

「烏太，你帶我們去大漠古城，尋找我兒子和當狼孩的孫子。你，伊昆老闆，給我們準備足夠的乾糧、鹽、水等食物，再準備三匹駱駝。」

「好，好，只要不送我們進局子，啥都好說。」兩個人馬上表態。

「那好，咱們回店裡具體商量。你烏太也別想逃跑，我們家白耳已經知道了你的氣味兒，你逃到天涯海角牠也會把你找出來的。」

「我不跑，我不跑，我一定幫你找到你的兒子和孫子。」烏太斜眼瞅一眼伸出紅紅舌頭守著他的白耳，趕緊說。這回他徹底老實了。

我牽來兩匹駱駝，爺爺帶著他們倆，當我們走回車馬店時，天快亮了。白耳似乎還未盡興，在旁邊樹林裡竄來竄去。

這一夜儘管驚心動魄，但很有收穫。不過我十分擔心爸爸，他如今情況怎麼樣呢？可千萬別出事啊。我心裡虔誠地爲他祈禱，著急地盼著快點出發。

三

狼孩不寂寞了。

他有了好去處。每天母狼出去覓食後，他就活蹦亂跳地直奔那堵土牆根，找那隻病大狼戲耍。病大狼的身體也好了許多，每次給他吃烤熟的噴香食物，尤其烤熟的跳兔肉和沙斑雞，那簡直香得使他幾天吧嗒著嘴。大狼還跟他玩捉迷藏，一起追逐跳兔和沙斑雞。

他逮沙斑雞有奇招，用很細的一根絲繩設套捕捉。有一次偷捉沙斑雞小雛，也遭到群鳥攻擊，可大狼並不怕，手裡點燃一把蒿草揮擊那些傻鳥，結果滿天飛舞起燃著的火鳥，不一會兒就紛紛掉落地上，他們就「嗚啊」狂叫著撿抓那些半死或受傷亂竄的傻鳥。那可真是令狼孩興奮而狂熱的遊戲，他從未經歷過如此歡快！而且又是開大葷，每天吃得滿嘴流油，傍晚回洞後，對母狼叼來的食物都不屑一顧。

病大狼那兒還隨時可以飲到水。

古城廢墟西南角一個極低窪的凹坑，病大狼在那兒挖出了一個淺淺的沙井，裡邊汪著清涼透心的水，他隨時都能跑過去，趴在那兒吧嗒吧嗒痛飲。這可比跟隨母狼，有時幾天幾夜都喝不著水強多了。原來大蛇盤過的那點石縫水，後來也乾了，再不滲出一點水，似乎那兒一直是被大蛇盤吸出來的，大蛇一死，水也不見了。母狼只好每次都帶他在沙漠裡轉悠，或走出沙漠找條河才能飲到水。有一個夜裡，母狼還想帶他遠走找水時，他就把母狼帶到這裡，狂喜的母狼連嚎了幾聲，逗咬狼孩，差點掉進沙井裡。

不過，狼孩的舉動漸漸引起了母狼的警覺。

有一天，早歸的母狼尋狼孩而來，遠遠在沙井邊發現了狼孩正跟一隻大獸戲耍。母狼怒嗥一聲便撲過來，到跟前一看，見是一隻四肢著地狼頭狼尾的同類，牠才放棄拼殺，護著狼孩跟那大狼保持一定距離，對峙起來。母狼本能地感覺到那隻大狼有些怪異，儘管狼皮狼身狼外型都屬同類，可就是有些令牠生疑不放心。他的神態、舉止、嗥叫的聲音，都有些像狼類又不同於狼類的差異，連狡猾老練的老母狼都大惑不解。牠幾次想接近過去，嗅一嗅氣味，可那大狼「呼兒呼兒」低哮著，機敏地轉著圈不讓其靠近，擺出一副死拼的架勢。

狼孩也叫著，不讓母狼與那大狼拼殺。

母狼見那大狼對狼孩並無惡意，也沒有傷害，而且那沙井水顯然也屬那大狼領地範圍，母狼的敵意漸漸消失。

母狼仰起尖嘴衝天長嗥兩聲。那大狼也仰起嘴巴衝天長嗥兩聲。狼孩也學著牠們衝天嗥叫，聲

音尖尖的卻充滿和緩的意味。大漠古城傳蕩著三隻怪狼的嗥叫，並為之震顫。

然後，母狼放棄把大狼趕出古城廢墟的打算，暫時消除敵意，轉過身攜領著狼孩緩緩走離。片刻後，那大狼也有些氣喘噓噓，甚至有些搖搖晃晃地向不遠處的洞穴走去，顯然他剛才是萬分緊張。

母狼幾天沒有遠走覓食，牠天天帶領狼孩在自己洞穴附近戲耍、轉遊，偶爾也到西南角沙井處飲水。大狼孤零零地佇立在西南廢墟中，遠遠望著母狼與狼孩一起嬉戲，眼神中流露出掩飾不住的惆悵和哀傷。但他始終忍耐著，等待著，從不主動去靠近牠們，以免引起不必要的敵意。

他的這些舉動，倒使母狼的警惕少了不少，尤其當母狼和狼孩來飲水時，那大狼遠遠躲到一邊，隨牠們來去自如。母狼漸漸相信了這隻似同類又不似同類的怪獸確實比較友好，也沒有搶奪牠狼孩或進攻自己的意思。

就這樣，母狼和大狼在古城廢墟中，一個東北一個西南，各居一方，相安無事地生活下來。而那隻狼孩則一有機會就跑過來與大狼戲耍，兩邊來回跑動竄玩，母狼即便發現了也不以為意。不過狼孩與大狼一起待的時間稍為一長，那母狼便長嗥著召喚狼孩回去，或者自己跑過來帶走。

那大狼做得也很小心很謹慎，而且也極有耐心，他從不激怒母狼，也從不踏進母狼洞穴附近。狼類是極講究領地範圍的。他也從不阻撓母狼帶走狼孩。他只是十分安分地閃躲在一邊站立著，嘴裡發出表示友好的「嗷——嗷」的嗥叫。

直到有一天發生了一件事，徹底改變了牠們之間這種不敵不友的狀況。

大狼三天沒見到狼孩過來戲耍，也沒見母狼和牠過來在沙井處飲水。他有些焦急了，他擔心母狼帶著狼孩離開了這裡，或出了什麼意外，便壯著膽子悄悄靠近母狼的洞穴附近。於是，他聽見了小狼孩的啼哭。

不一會兒，那狼孩跑到洞口向西南方向長嗥不止，顯然這是向大狼報信或求救。大狼知道母狼出事了，同時他也稍稍安心，狼孩無礙。他「噌」地躥出去，跑到母狼洞穴口。只見母狼受重傷，昏倒在洞口，小狼孩萬分焦急地圍著母狼轉圈嗥嗚，時而進洞時而跑出，時而又向西南長嗥。

狼孩一見大狼，狂喜地揪咬著他，走近母狼。

大狼發現母狼受傷不輕，兩處刀傷差點要了牠的命。此時，大狼的眼神中閃過一絲兇光，他覺得這是消滅對手的千載難逢的好機會，同時他的右爪中，攥出一柄寒光閃閃的利刃。

他就要動手了。

可狼孩趴在昏迷不醒的母狼身上，又是嚎哭又是親吻，那個肝腸碎裂的樣子，又使他一時無法下手。他知道，當著狼孩面殺了母狼，那將是永遠與狼孩爲敵，而且可能會永遠失去狼孩。

大狼下不去手。他躊躇著，不用自己動手，那母狼活過來也難。

大狼拿定了主意，轉身就要走離此處。可是那狼孩卻跑過來揪咬住了他，死扯硬拽著他不讓離開，而且一聲聲哀鳴著，雙眼裡淌滿淚水。狼孩那一張髒兮兮皸裂的臉，顯得那麼可憐而絕望，身上滾燙又顫抖個不停。倘若他真的狠下心走了，母狼一死，這狼孩也會活不下去。

大狼又陷入了矛盾心態中。

不過這是頃刻間的事。面對狼孩那絕望而傷心的樣子，他絕不會袖手而去。只見他迅速回到母狼身邊，掀開自己的狼皮，從裡邊扯下一片布條，給母狼的傷口包紮起來，止住那要命的黑血。接

著他急速跑回沙井邊，用一破罐兒裝滿水，又走回母狼那兒，掰開狼嘴往裡灌水。

母狼的生命是頑強的，經大狼的施救，牠漸漸又恢復了活氣兒，甦醒過來。大狼施救還很徹底，接著從瓦片中攪拌好稀稀的食物，給母狼餵灌。

幾天後，母狼徹底活過來了。狼孩高興得狂呼瘋嚎，對大狼又是咬又是親，更有了幾分敬畏。

當母狼能起來走動時，大狼便悄然離開了母狼的領地。

母狼在他身後盯視了許久許久，眼睛幽幽的。

四

我們的駝隊，行進在茫茫的莽古斯大漠中。

這裡可真是寸草不長，一望無際的真正死漠，死亡之海。其實過去這裡是遼代腹地，幾百年前還是萬頃草原，後來契丹族放棄游牧，開發農業，草場變農田。於是經幾個世紀的演變，滄海桑田，成了如今這個樣子，變成了後人憑弔的悲劇歷史，契丹族也成了北方游牧民族中全部消亡的一個大民族。有時，不當的經濟發展，隱藏著覆國覆族的大禍根大隱患，這是最初人們始料不及的事。可後人往往又記不住這些教訓，塵封的歷史被人修改了又修改，到後來只保留下了光榮和輝煌。健忘的民族總是重犯同樣的錯誤。

我們艱難而曲曲折折地行進在大漠中，爭取儘早趕到「魔鬼之沙」莽古斯大漠腹地的那座古城之中。

當嚮導的「醉獵手」烏太，這回充分顯示了他的才華。他不愧是闖蕩大漠的獵手，沙形地貌記得清，儘管大漠無路，可憑藉高沙峰、陡坡沙、彎月坨等等特殊的地理特色，準確無誤地把我們帶進了大漠腹地的古城廢墟。而且，面對老練的爺爺那雙時刻警惕的眼睛和白耳狼子不時張開的獠牙血口，他也完全放棄了施計逃走的打算，變得一心一意，唯有期盼著快點完成這次使命。好在我們帶足了酒，每天有他喝的，樂得其所，比他平時過得還美，只是怕誤事，爺爺限制他的酒量而已。

烏太在駝背上喝了一大口酒，駝鞭一指：「看，前邊就是大漠古城。」

他的那個樣子，儼然像一個驕傲的騎駝醉將軍。

「爸爸，我們來啦！」我高聲歡呼。

爺爺瞇縫著眼睛，久久凝視著那片神秘的廢墟，什麼也沒有說。他的腦海裡想著什麼，誰也猜不透。

大漠中的一片開闊沙窪地，呈露出東西縱橫的褐黑色長條斷垣殘壁。古城廢墟在秋末的溫和陽光下，顯得死靜，一點聲響都沒有，無風無雨無聲無息。這裡更像是一片死亡的世界，寂靜得令人窒息。

爺爺奪下烏太手中的酒瓶，說：「不要再灌了，也不要出聲！阿木，你給白耳套上鏈子牽住牠，別讓牠瞎跑，沒有我的話，誰也不許亂說亂動！」

我們一下子緊張起來。我這才想起這片廢墟中，除了爸爸以外，還有那條兇殘的母狼和當狼孩的小龍弟弟，誰知還有沒有其他沙豹之類的野獸呢。

我們悄悄潛入廢墟南部，尋一處隱蔽的舊牆安頓下來。爺爺讓五匹駱駝全部臥好，給牠們餵鹽

巴和豆料，又和烏太一起搭起簡易帳篷。我埋好一根樁子，把白耳拴在上邊。

爺爺獵槍上了子彈，趴在舊牆上邊，久久諦聽和觀察周圍。過了片刻，他滑下舊牆，說天黑以前我們搜索一下周圍，從西邊開始，烏太跟他去，叫我留守駐地。

我不大情願，但也沒辦法，爺爺的指令是不能違抗的。可他們走了很久不見回來，我又有些害怕。眼瞅著太陽要西落，我實在沈不住氣了，解開白耳牽著，就沿著爺爺他們留下的腳印追尋過去。即便挨爺爺一頓罵，我也不想坐以待斃。

沙地上清晰的腳印七繞八拐，停停走走，有時還有趴臥的痕跡，終於把我帶進了古城西南的一片古土牆中。

矮牆下角，有個地窨子，就是一半兒在地下，一半兒在地上的窩棚。爺爺他們的腳印走進地窨子，又出來了。我好奇，也哈著腰走進那間狹小的地窨子看了看。

我驚奇地發現，裡邊儘管只有狗窩那麼大，不能站只能臥和坐，可這是個活人居住的地方！肯定是爸爸！我差點叫起來。

地上扔有土盆瓦罐，地炕上堆著破舊的毯子被子，還有張老羊皮，炕灶裡還有慢燃的糞煤火。這糞煤是沙漠地區的特產，由泥土和草混合沈澱多年後形成，相傳沙漠在亙古時代是湖泊或海洋，這才形成泥土和草沈澱的可以燃用的糞煤。當然不是每塊沙漠都有。

爸爸果然還活著，爸爸真厲害，在如此惡劣的荒漠中還能生存下來。可人在哪裡？爺爺他們又去了哪裡？我急忙走出地窨子，仔細辨認爺爺他們的腳印，繼續向西北方向追蹤而去。沒有多久，我便發現了爺爺和烏太趴在一堵牆後頭，從豁口子偷偷觀看前邊。

我走到跟前剛要說話，爺爺瞪了我一眼，向我「噓」了一聲，我便緘口，趕緊也趴到一邊向前看。

於是，我看見了終身難忘的一幕。

一片白白軟軟的沙灘上，玩耍著兩條狼。一隻大狼，一會兒打滾，一會兒躲藏，蹦蹦跳跳，跑來跑去，逗得那隻小狼嗚哇亂叫，四肢亂顫。尤爲令人心驚的是，那小狼像狼又不像狼，前肢短後肢長，一頭灰黑長毛搭在後肩，黝黑的身體上裹滿硬繭，似獸似人，似鬼似怪，一會兒四肢著地跑，一會兒還站立後腿走，難道他就是我那位狼孩弟弟小龍嗎？我的心撲騰撲騰亂跳起來。

這時，那隻大狼蹲立在地上，掀開了身上的狼皮。天啊，他的狼皮是披在身上的，他的手裡拿著一塊烤肉，逗那隻小狼。他張嘴教那小狼學他說話：「爸——」小狼開始不肯，後來爲討得那誘人的烤肉塊，也艱難地吐出那個字：「爸——」「好，說媽——」大狼的訓練繼續。

「媽——」

「天——」大狼往上指。

「天——」小狼也往上指。

「地——」大狼往下指。

「地——」小狼也往下指。

「好兒子！真聰明！」大狼終於把手裡的烤肉給小狼吃。

大狼也累了，掀開套在頭上的狼皮，喘口氣。這時我們終於看清楚了。我幾乎叫出聲「爸爸」，一下被爺爺的大手捂住了嘴。「不許出聲！你想嚇跑小龍嗎？」爺爺低聲訓我。

這時，從東北面傳出一聲長長的狼嗥聲。這邊的小狼孩也發出嗥叫回應。大狼——我爸爸一聽狼嗥，趕緊套上狼頭皮，然後又披上狼皮，四肢著地，似狼獸般在沙地上轉悠起來，嘴裡也不時發出「嗷——嗷」的狼獸叫聲。

「快趴下，別伸頭！」爺爺也衝我們命令。「阿木，看好白耳，給牠套上嘴籠頭！」

我照做，自從看見前邊的兩隻怪狼後，白耳一直煩躁不安，幾次想衝出去。我拍著牠頭趴在地上，攥緊了拴牠的皮繩，然後我躲在短牆後頭，正好有個小洞，就從那裡偷窺前邊。

轉眼間，一隻老狼從東北方向似風似箭飛射而出。後腿有些瘸，暗灰色的長毛，拖著毛茸茸的大尾巴，雙耳陡立，雙眼含綠光，體態依然矯健而優美，四肢在沙面上如蜻蜓點水般輕飄而迅捷，簡直是一隻神獸。

我心裡暗叫：老母狼，是妳嗎？妳還是這樣勇猛矯健，妳可把我們家害得好苦啊！妳還記得當年給妳包傷的那個小孩兒嗎？妳把小龍弟弟快還給我們吧——

白耳聽到那聲狼嗥後，身上明顯地驚顫了一下。牠的爪子一會兒刨地，一會兒直立，眼睛裡也流露出一種怪異的光束，躁動個不停，幾次想掙脫我的手跳出牆去。

「爺爺，白耳有些怪！」我輕聲說。

「給我，我看著牠！」爺爺貓著腰走過來，接過拴白耳的皮繩。

這時，那隻母狼已經來到狼孩跟前，那狼孩也親暱地和母狼倚偎著。而那隻大狼——我爸爸悄悄地站在一邊，呆呆地看著狼孩和母狼親熱，目光顯得無奈而又透出十分的嫉妒和憤怒。但他始終克制著自己，裝出不太理會牠們的樣子，在沙地上尋尋覓覓，停停走走，接著有意無意地把一塊烤肉丟給母狼。

那母狼倒對爸爸絲毫沒有惡意，友好地衝爸爸「嗚、嗚」哼哼了兩聲，顯然牠們很熟，然後牠慢悠悠地走過來，叼走了爸爸丟給牠的肉塊。爾後，母狼領著狼孩就要離開那裡。

可我們這邊發生了意想不到的事情。

白耳似乎預感到了什麼，始終不停地掙動著，想嗥叫，嘴又被籠頭套著張不開嘴，十分惱怒。只見牠猛烈一躥，終於從爺爺手裡掙脫而出，並且從短牆上頭一躍而過，直奔那邊的母狼而去！

「不好！媽的！」爺爺失聲叫，可又按住了想追出去的我和烏太，「我們不能出去，一見人又嚇走那母狼，帶著小龍不知又躲哪兒去！不能叫你爸前功盡棄！等一下看看。」

我們只好萬分焦灼地繼續躲在短牆後頭，觀察事態的發展。

白耳奔跑當中，用前爪子抓撓掉了套嘴的籠頭，衝母狼那邊狼般長嗥起來。那聲音我從未聽到過，十分哀傷和狂烈，含著一種遊子歸來，與親人相聚的婉轉哀傷的嗚嘯。

可母狼並不領情。突然衝出來這麼一隻似狼似狗的獸類，母狼變得十分警惕，只見牠圍著白耳轉了幾圈，聞了聞嗅了嗅，突然衝白耳十分兇殘地吼咬起來。顯然牠從白耳身上聞出了人類的氣味，完全不同於野外狼獸的氣味。

白耳哀憐地狺嗥著，還想靠近，可母狼變得更兇狂，牠知道這類獵狗的後邊肯定跟著帶槍的獵人，於是母狼毫不留情地狠狠地追咬起白耳。可憐的白耳，被牠親生母親追咬著，哀叫著躲閃。牠不是母狼的對手，很快牠便狼狽地逃竄而走。

母狼顧忌著身後的狼孩和有可能出現的獵人，發出長長的兩聲狂嗥後，帶領狼孩迅速地向東北

方向飛躥而去。

十分沮喪的白耳呆呆地站在原地，哀傷地目送著母狼遠去。牠的困惑、牠的哀傷也令我有些傷心，我深爲我的白耳不平，要是我的親生母親不認我還打我的話，我肯定很傷心很絕望。

這一切是誰造成的呢？是我嗎？我可是一直在盡力幫著牠們。可我也一直徒勞無功，反而又累及牠們和我們。現在，我那位狼孩弟弟，就在我眼皮底下心甘情願地隨母狼走了，我還不能出去相認。這世界，好像一切都顛倒了，什麼地方全不對頭了，似乎被一隻居心險惡的黑手把程序都弄擰對接錯了。

我那位裝狼的爸爸，披著他的狼皮站在原地，也一時傻了。他被眼前的這一突如其來的變故弄懵了，不過他很快認出了白耳。

「白耳、白耳！」他呼叫白耳。

白耳卻衝他這披狼皮的怪獸吼叫起來，十分衝動。

爸爸趕緊脫下狼裝，恢復人形。

「白耳，是我，你怎麼不認識我了？白耳，我是你主人啊！」爸爸十分親熱地呼叫著白耳。

白耳疑惑，對眼前的這位似曾相識又野人般的怪異的人，想認又不敢認，一時處於矛盾狀態中不知所措。

「白耳，你怎麼跑到這兒來了？誰帶你來的？」

「是我們，孩子！」爺爺從短牆後頭站起來喊。

「爸爸！」爸爸在那邊驚叫。

「爸爸——」我在這邊站起來也衝他喊。

於是，我們祖孫三代相逢在這大漠古城中，相擁而泣，又相喜而笑。然後，爸爸衝一旁尷尬而站的「醉獵手」烏太走過去，嚇得烏太直往後躲，可爸爸抓住了他手一個勁兒搖晃著，說：「謝謝你帶他們到這裡來，要不我永遠走不出這裡了！」說完，他又一拳打倒了烏太，說，「這是還你擊昏我的那一棒子，你差點讓我死在這裡！哈哈哈……」

爸爸又把烏太拉了起來，拍了拍他的肩膀。

烏太只是撓著頭，呵呵呵傻笑。

第十章　大沙暴

「爸，這母狼不能殺，小龍跟牠有著生死感情。牠這幾年待小龍如同親子，我們殺了牠，小龍也一時活不下去，更不會原諒我們。唉，說起來，造成這一切，也不能全怪這老母狼啊。牠更不容易，死了公狼和幼狼，唯一剩下這白耳狼子，牠也認不出來了，也不認了，因為牠被我們收養後，身上有了人氣，母狼不敢認。其實牠比我們還苦啊……」

一

「老母狼可能有警覺了。」爸爸說。

「都怪白耳。」我輕拍白耳頭。

「怪我沒看住牠。」爺爺自責。

「不能怪你，爸，也不能怪白耳，牠也是爲了相認親生狼媽媽。事已到這份上，咱們加快行動，多虧你們找到這兒來。」爸爸有些激動起來，撫摸著我的頭脖，「不過，我始終相信有一天你們會找到這兒來的。」

爸爸瘦了許多，灰白的頭髮又長又髒，身上只穿著一條撕裂成條狀的短褲，裸露的前胸後背都留有累累傷痕，乾裂的嘴唇滲著血絲。由於長期沒吃鹽，身上都長出毛，身體也很虛弱，唯有一雙眼睛透著冷峻的光，整個像野人。他是全靠狩獵——主要是捕獲沙漠地鼠、跳兔、沙斑雞，甚至蟲蛇維生，幸虧在窪處挖出了一眼淺沙井，解決了飲水問題。由於這裡畢竟是後沙化的草原，每年有不錯的雨水，地下水位也較高。

我們圍坐在地窨子外邊，爺爺在現搭的小灶上熬著肉粥。

「兒子，你剛才說加快行動，是否有了打算？」爺爺問。

「是的，我當初來這裡時就有個方案，後來烏太盜走了駱駝，即便是我的計劃成功，也無法走出這大漠，所以只好等待時機。」

「看你這賊『忽魯蓋』害得我兒子在這兒受苦！」爺爺的煙袋又敲擊烏太腦袋說。烏太趕緊做出低頭認罪的樣子，辯解說都是酒害了他，拿駱駝去換酒喝。接著又咕嘟咕嘟灌了幾大口酒，說是罰自己三杯。他的荒唐樣子，逗得爺爺也笑了起來。

爸爸說：「不過我獨自留在這兒，倒給我提供了機會，有時間多接觸我兒子小龍，慢慢建立了一些感情，混熟了。」

「是啊，壞事變好事嘛。」烏太說。

「我也感謝你送我一張完整的狼皮，才得以第一次接近我兒子時就成功。」爸爸拍了拍烏太的肩頭，嘆了口氣。「不過，現在不能再等了，誰知引起警覺的母狼會幹什麼，我們今晚就採取行動。」爸爸走進地窨子，拿出一包東西，又讓烏太搭灶燉一鍋我們帶來的羊肉，接著把那一包東西倒進鍋裡。爸爸說那是他當初帶來的麻醉藥。

後半夜，我們行動起來。

爺爺和烏太按著爸爸的吩咐，把駱駝餵得飽飽的，並往駝背上裝好所有東西，做好了出發的準備。爸爸和爺爺提著那一盆燉爛的羊肉，直奔東北方向而去，叫我和烏太原地等候。

我心裡癢癢，不想放過目睹爸爸他們捕我弟弟的機會，央求烏太自己一人留此看守。他勉強同意又逗我說不怕他逃走啊，我一笑拍拍白耳頭，說白耳放屁工夫就會抓到你。他也笑說，放心去吧，往後我做好人。

我帶著白耳從爸爸他們身後悄悄跟進。

迷魂陣似的古城廢墟中，左拐右繞，多虧白耳天生是一個覓蹤跟追好手，分毫不差地把我帶到爸爸他們潛伏的地方。黑暗中，爺爺爸爸見我都吃了一驚。爸爸彈了我腦門說，你這小鬼頭，什麼也不想落下，爺爺瞪我一眼小聲說，烏太要是跑了找你算帳。爸爸說這回打死他也不敢跑，有白耳怕什麼。

「爸爸，母狼沒跑吧？」我擔心地問。

「還沒有，牠剛才出洞來轉了轉，嗥兩聲又進洞去了。天亮後就不好說了。」他又把拴白耳的皮繩抓在自己手裡，緊了緊牠的嘴籠頭，「這回你可別再壞我的事。」

我伸頭悄悄往前看。朦朧的月光下，四五十米開外一截古牆下，有個黑乎乎的洞口，在洞口一旁置放著那盆爸爸帶來的燉爛的羊肉，飄出的香味在這邊都能聞得到。爸爸不知往羊肉裡都加了什麼調料，攪得我胃腸裡的饞蟲上下翻動，嘴邊不由得流出口水，恨不得我也上去大嚼一通。

可是洞穴裡的母狼和狼孩，依舊沒有動靜。

沈沈黑夜格外寧靜，天上月朗星稀。月光在大漠上如水銀傾瀉，皓白得無邊無際。古城廢墟蒙著一層明月清光，如同白晝。那些千年的殘垣斷壁枯樹空亭，盡顯出怪影奇姿，令人幻覺群魔弄影，魑魅亂舞，亙古的死靜中透出一股令人心顫的恐怖。我不由得挨緊了爸爸的身體。爸爸輕撫一下我的頭。

「爸，母狼怎麼還不出來吃你的羊肉啊？」我問。

「看來牠們的洞穴不是一般的深，可能連著下邊的什麼地窨啥的，又沒有風，香氣飄不進洞裡去。耐心點，牠們總會出來的。」爸爸沈穩而胸有成竹。

這真是令人心焦的等待。

古城的寂靜，更增添了幾分壓抑。我的眼睛盯得那可恨的狼洞，都酸漲了，可爸爸和爺爺趴在那裡一動不動，如兩尊凝固的臥石，如同古牆的一部分，完全融入這片地貌。我都以爲那是臥石。連旁邊的白耳也在爸爸大手安撫下，進入睡眠狀態，一動不動。

我們的耐心等候，終於有了結果。

或許羊肉香氣終於飄進了洞內，或許習慣性的出洞巡夜和偵看洞口附近有無危險存在，母狼出洞後，機警地圍著洞口附近轉了轉。牠又衝高天皓月尖利地嗥了兩聲，大漠爲之震顫，爾後牠才接近那盆羊肉，嗅了又嗅，聞了又聞，又圍著羊肉轉了又轉。牠蹲在羊肉旁，衝西南方向長嗥了起來。

於是，爸爸蹲在矮牆後頭，也扯開嗓子喊出了兩聲長長的狼叫。顯然，他們在用嗥叫交流，一種友好的信息交流。

母狼聽到爸爸的回應，復而轉身進洞，不一會兒帶領狼孩出來，牠們終於禁不住噴香羊肉的誘

惑，一同分享起來，大口大口地撕扯著爛糊糊的羊肉，不時發出「呼兒呼兒」的貪婪而滿足的低哮聲。

爺爺低聲說一聲：「著！」爸爸則大出了一口氣。

我感到提在嗓眼上的心撲通回到原位。我爲爸爸爲人類的智慧而感到驕傲，同時也爲母狼感到一絲的悲哀，畢竟是四條腿的獸，鬥不過少兩條腿但多一份思維的人。這獸，儘管牠已經很努力，十分狡猾奸詐，在四條腿獸類裡已算是翹楚、佼佼者，但到頭來，肯定都敗在兩條腿的人類手裡。人類是爲消滅所有動物，包括地球，而被一隻不可知的神秘之手捏造出來的破壞者，其實也是不斷被這隻手鞭打轉動的可憐的陀螺。他們的任務就是不停地轉動而已。

轉眼間，那盆羊肉被母狼和狼孩一掃而光。

只見母狼張嘴打了個哈欠，站起來伸展一下腰，然後身體搖搖晃晃起來。牠哀叫兩聲，似乎有些奇怪身上發生的變化，原地轉了幾圈，最終像個醉漢不勝酒力般癱倒了下來。而那狼孩——我弟弟小龍則更慘，吃完羊肉，站都沒有站起來，挨著肉盆一頭栽在那裡，昏迷不醒。可見爸爸帶來的麻藥的藥力，何等強大而有效。

「上！」爸爸一聲輕呼，從矮牆後飛躍而出。

爺爺和我緊跟而上。

先到的爸爸抱起狼孩就又親又摸，聲聲呼叫個不停，我也手哆嗦著撫摸他那粗糙如老樹皮的皮膚，眼淚嘩嘩往下淌。

爺爺狠狠踢一腳母狼身軀，舉起手中的槍瞄準母狼的頭部。

「爸，不能殺牠！」爸爸驚呼。

「牠害我們成這樣，你還可憐牠？」爺爺壓不住怒火，推上子彈就要勾動扳機。

「不——」爸爸丟下小龍向爺爺撲過去。

可白耳比爸爸更快，如一條黑色閃電劃過，眨眼間一躍咬住爺爺的手臂，並撞倒了爺爺。

「砰！」槍口朝天巨響一聲。

爸爸也趕到，喝住白耳，扶起爺爺。

「爸，這母狼不能殺，小龍跟牠有著生死感情。牠這幾年待小龍如同親子，我們殺了牠，小龍也一時活不下去，更不會原諒我們。唉，說起來，造成這一切，也不能全怪這老母狼啊。牠更不容易，死了公狼和幼狼，唯一剩下這白耳狼子，牠也認不出來了，也不認了，因爲牠被我們收養後，身上有了人氣，母狼不敢認。其實牠比我們還苦啊……」

爸爸說著潸然淚下，輕輕撫摸地上的老母狼，幾分敬畏幾分哀憐，感情甚爲複雜。然後，他輕輕托抱起昏迷不醒的老母狼，走到狼洞處，把牠放進洞穴裡去。接著，他從口袋裡又拿出些沒有藥浸的好羊肉，放進洞裡。

爺爺說：「好吧，兒子，你說的也有道理，牠是夠可憐的，可牠畢竟是狼啊……算啦，算啦，兒子你說了算，我們快離開這裡吧。」

於是，爸爸從袋裡拿出原先準備好的牛皮繩，把小龍弟弟五花大綁，結結實實。我問幹嘛綁他時，爸爸嘆口氣說：「他現在還是狼孩，一會兒醒來後，不會情願跟我們走的。讓他變成人，可不是一天兩天的事。」

旁邊的白耳，衝那邊的狼洞哀嗥個不停。

爸爸看著牠搖了搖頭，轉過頭跟我說：「兒子，爸跟你商量個事怎麼樣？」

「說吧。」我幾乎猜到了爸爸要說什麼。

「咱們已經找回了小龍，老母狼也怪可憐的，咱們就把白耳留給牠吧，讓牠們也母子相認。你看白耳，多可憐，牠可是已經認出了親娘。」爸爸說。

「………」我明知道爸爸會這麼說，可心裡極為難受，一時無語。天啊，這次我真的要失去我的白耳嗎？

「你不同意嗎，兒子？」

爸爸掀開我緊捂住臉的雙手，於是，他看見了我滿臉流淌的熱淚。他說：「你哭了，孩子，你真是個好孩子，爸很理解你的感情。那這事你自己決定吧，你是個懂事的孩子。」

爸爸搖搖頭走開了。

那邊，白耳依舊守著狼洞哀鳴。

我跑過去，抱住白耳的頭痛哭起來，喃喃低語：「可憐的白耳，你就留在這裡吧，守候你的媽媽。牠一會兒就會醒來的，牠沒事，牠沒死，你放心吧。」我親了又親白耳的頭臉，我的滾燙的臉貼著牠冰涼濕潤的嘴巴，輕輕解開白耳的皮繩和銅環，心中肝腸寸斷地對牠說，「白耳，再見了，你可好好跟你媽一起過，千萬別靠近人類啊——千萬！再見，白耳——」

我哭出聲來，扭頭就往西南方向的住地跑去。

爸爸和爺爺抱起狼孩弟弟，從我後邊追過來。

那白耳見我們走了，一時有些慌張，一會兒隨我們後頭跑一陣，一會兒又回去守那狼洞，但最終還是留在那狼洞旁了。

黑夜的古城中，傳蕩起白耳長長的淒楚傷婉的哀嚎，一聲又一聲……

二

「醉獵手」烏太這次真的忠於職守。

他一見我們都回來，咧開嘴樂了，說聽到槍聲，他嚇壞了，以爲出了啥事，正準備去找我們。

爸爸逗他，我們不回來，你不更高興嗎。

烏太說，他拿這麼多駱駝沒辦法，怕換的酒太多淹死了自己。

大家一樂。

不見了白耳，他有些奇怪，聽爸爸說白耳就是那母狼的狼崽時，他唏噓個不停，稱這是人獸奇蹟，大漠奇聞。

我警告他說：「以後你碰見白耳，不許打牠啊，儘量保護牠們母子倆！」

烏太說：「我可哪有膽子打牠們呀？牠們可是狼精啊，誰敢碰牠們！」

我們收拾好東西，匆匆上路。

爸爸點把火，燃著了他的地窨子，熊熊火光中，我看見爸爸的眼裡淚光閃動。火光映紅了大漠古城的天空。

我騎的駱駝上，架上了柳條筐，裡邊裝著捆綁的狼孩弟弟。爺爺和烏太走前邊，爸爸走後邊壓陣。爸爸手裡端著上膛的獵槍，時刻警惕地觀察著後邊和周圍的動靜。

我們星夜兼程。當紅紅的旭日從東方沙線上升起時，我們已走離古城廢墟幾十里地。萬里明沙浩瀚無窮，壯闊而亮麗。

突然，我右腳側挎架上的柳筐晃動起來。狼孩弟弟小龍醒過來了，藥勁兒散失。

「嗷——嗚——」他狼般嗥叫開了，不停地掙動繩索。整個柳筐晃動起來，劈啪踢打著駱駝側肚。

「嗷——嗚——」狼孩弟弟又吼又鬧。

駱駝受驚了，後背上又是狼叫，又是擊打牠，牠哪兒承受得了這種驚嚇。只見駱駝「嗷兒」一聲大叫，尥起蹶子上下蹦跳，想把後背上的可怕東西摔下去，接著往前又蹦又跳地奔跑起來。

「爸爸！駱駝受驚了！小龍醒了！」我在駝背上，如漂在狂濤上的輕舟，顛盪得頭暈腦脹，終於經不住駱駝瘋狂的暴跳怒奔，我跟駝架上的東西一起劈里啪啦全掉落下來。

摔在軟沙上儘管不疼，可我一嘴一臉的沙子，狼狽不堪。

變得輕鬆的駱駝，很歡快地向一側奔逃而去。

狼孩弟弟也如願地滾出柳筐，無奈手腳被捆綁，但他雙腳一起蹦著，如袋鼠般一跳一躍，回頭向古城方向逃去。

「快抓住你弟弟！」從後邊趕來的爸爸喊。

我醒過神，爬起來就追趕正往前蹦跳著跑的狼孩弟弟。畢竟四肢自由活動，我奔跑得快，急趕二三十米便追上了弟弟，從後邊一下子抱住他，一起滾倒在沙地上。

「嗚哇——嗚哇！」小龍狂叫怒嚷著，掙扎著又踢又打。

我死死抱住他不放。可他的蠻勁兒非常大，幾下把我甩開，又往前蹦去，我又爬起來伸手拽住他的腿，一下子拉倒了他。我上去就騎在他身上，兩手摁住他的脖子。小龍「嗷兒嗷兒」叫著，回過頭便狠狠咬住了我的手。

他那尖利的牙齒，咬透了我手腕肉，鮮紅的血冒出來。我咬著牙忍著疼痛，雙手依舊沒有鬆開。

這時，爸爸趕到，把我拉開。我發現爸爸又披上了他那張狼皮，嘴裡「嗚嗚」學著狼叫，出現在狼孩弟弟面前。

突然見到大狼，狼孩弟弟立刻高興地呼叫起來，暴怒的心態逐漸平和，哼哼猖哮。看看爸爸，又眼神轉向大漠古城方向，那意思很明顯，一起逃回古城老巢。

爸爸指著自己對他說：「我是你爸爸——今天，帶你回家——回真正的家——」

「爸——」狼孩弟弟雖然也學叫一聲爸，但顯然聽得一頭霧水，嘴巴和頭固執地甩向古城方向。

「爸爸今天再也不能讓你回那兒去了，你是人，人的孩子，不能這樣不人不獸，在荒漠中當狼孩了。」

爸爸伸手抱起狼孩弟弟，嘴裡「嗚嗚」地安撫他，重新走回駝隊旁。

這時，爺爺已經追回那匹逃走的駱駝，重新整理和綁牢了駝架。

狼孩弟弟一見大狼爸爸又把他放進柳筐，又「嗚哇」地狂叫起來，又踢又鬧。爸爸說一聲，委屈你了兒子，便把一塊毛巾塞進他的嘴裡，又用皮繩把他牢牢地跟柳筐和駝架綁在一起，再也無法

掙脫和摔落。

「孩子，爸爸帶你回家！」爸爸跟我換騎了駱駝，自己照料小龍弟弟，依舊穿著那張狼皮，讓小龍有個起碼的安全感和親切之意。

小龍鼓突了雙眼，惱怒和忿怨全表現在那雙佈滿紅血絲發綠光的眼睛裡，可也無奈，全身動彈不得，嘴巴也無法張開呼嗥，那雙眼睛滾落出兩行委屈的淚水，吧嗒吧嗒往下掉。

過了一會兒，他漸漸平和了，顯出一副聽之任之的神態，好在駝背上還有那位大狼爸爸作伴，他也就閉上雙目隨遇而安了。

這回烏太和爸爸走前邊，我隨後，爺爺揹槍殿後。

我們的駝隊重新上路了。

三

第二天上午。

我們的駝隊依然跋涉在茫茫瀚海中。

我催駱駝趕上爸爸的駱駝，呵，我那位狼孩弟弟正在酣睡。駝背上長時間的搖晃，又舒服地臥在柳筐裡，的確催人入眠。

披著狼皮的爸爸，傲然穩坐駝背，顯得知足而冷峻。他歪過臉衝我眨眨眼睛，又低頭看一眼重獲的小兒子，嘴角流露出一絲知足的微笑，輕輕說：「以後好好待他。」

我感到爸爸很了不起。他的父愛如海般深。他那野人般的灰白長髮在腦後隨風飄逸著，黑灰色狼皮披在他身上更顯野性和雄猛，更有些不人不獸，偶爾風掀開他胸前，裸露出條條傷疤，還有雄健的肌肉，才使人感到他是一個了不起的人中豪傑。他爲小龍弟弟的確做了很多。

我從內心裡佩服爸爸。

這時，從後邊傳來爺爺的喊叫：「你們快看！有東西跟來了！」

我和爸爸趕緊回頭。一個獸影從我們後邊飛速趕來。牠在沙梁上起伏跳躍，一會兒又沒入沙灣子，時隱時現，伸展四肢迅疾地奔跑著，眼瞅著就要趕上我們。

「不好，那母狼追來了！」烏太緊張地說。

「別緊張，我來對付牠。」爸爸從駝背上拿下橫插的獵槍，跳下駝背，把駝韁交給我說，「看好你弟弟。」

「爸，你別打死牠……」我看著小龍，低聲對爸說。

「放心吧。」

爸爸往回走到爺爺那兒，兩個人都端著槍，遠遠觀看那隻正一步步追近的獸。爸爸不知跟爺爺嘀咕了些什麼，接著兩個人舉槍朝天放了兩槍。

「砰！砰！」槍聲在大漠上空迴蕩，傳得很遠，整個萬里大漠都迴響著震耳欲聾的槍響。

那獸聽到槍聲遲疑了一下，昂起頭向我們這邊吠嚎兩聲，接著毅然決然地繼續追蹤而來。

「白耳！爸爸，那是白耳！」我聽出那熟悉的聲音，衝爸爸大喊一聲，滑下駝背，驚喜得我不顧一切向後跑去。

果然是白耳。雪白的耳尖，黑灰色的皮毛，年輕而碩長的身軀，躍邁著輕快而靈敏的步子，轉眼間跑到我們跟前。

我一下子抱住白耳親熱起來。嘴裡不停地說，白耳你可回來了，回來得好，咱們一起回家，一起回家，這兩天真想你呀。白耳也叫著，伸出濕漉漉的舌頭舔起我的臉頰來，又圍著爸爸和爺爺撒歡跳躍。

「這畜生，還真有點通人性了，不跟親母親，願意隨我們走。」爺爺撫鬚大樂。

「等等，你們看！」爸爸抱住白耳，翻開牠的毛，看見牠的大腿和後背上顯露出斑斑傷痕，凝結著血塊。

「母狼還是不認牠，而且把失掉狼孩的憤怒全撒在白耳身上了，可憐的白耳。」爸爸輕輕撫摸著白耳頭說。

「該死的母狼，真狠！」我憤憤起來。

爺爺從駝背上拿出藥粉，往白耳身上的傷處塗灑，又扯出些布條給牠包紮。

白耳卻毫不在乎身上的傷痛，搖頭晃腦地在我們中間穿梭，又蹦又跳，十分歡快，好像久別的遊子回到親人中間一樣。

「也好，既然狼媽媽不認牠，還是我這人爸爸領牠走，牠可是我的乾兒子。」爸爸呵呵笑著，拍了拍白耳頭，「我們接著上路吧！大家警惕著點，母狼可能隨時會出現！爸，別打死牠，嚇跑就行了。」

「好吧，我心裡有數。」爺爺說，他依舊後邊壓陣。

爸爸騎上他的駱駝，見柳筐中的小龍已醒來，而且鼓突著眼睛似有事的樣子。他抽出他嘴裡的毛巾，狼孩弟弟就「嗚哇嗚哇」叫個不停。爸爸覺得奇怪，抱起他一看，哈，從柳筐中衝出一股腥臭的氣味，原來這小子憋出了一泡臭屎！

「哈哈哈……」爸爸大樂，趕緊下駝清理，怕他再憋出屎尿，往柳筐底墊了厚厚一層軟沙。爸爸輕輕拍了拍他的腦袋，笑說，你小子往後拉屎撒尿先告訴我一聲。可小龍弟弟並不在乎拉屎的事，嘴巴一張一合地又嗚哇嗚哇亂叫起來。

「這小子要吃東西，哈哈哈，剛拉完就要吃，你還真忙活！」爸爸笑著，從駝背上拿出一塊烤熟的羊肉塊餵給他吃。這一下狼孩弟弟高興了，大門大口咀嚼著，吞咽著，而他那雙賊溜溜轉動的眼睛，總是不時地往後觀看，顯然他一直在等待和期盼著母狼來相救。

我們又開始了漫漫征程。

爲了甩脫母狼追蹤，我們日夜兼程。三天後的傍晚，「醉獵手」烏太引領駝隊走進了一面水泡子旁邊。這叫月亮泡子，我們來時曾經過這裡。爸爸和爺爺商量，決定在水泡子旁邊住宿一夜，人乏駝累的，該好好休息休息，再補充些用水。

我拿木碗端來清涼的湖水餵給小龍弟弟喝。

他奇怪地盯著我。那目光野性而渾噩。

我指著自己的胸口，對他說：「哥哥……」

他依舊怪怪地盯著我，不叫。

「你小時，我揹你上學，你掉進廁所，手裡還攥著胡蘿蔔，胡蘿蔔……」我耐心地說給他聽。

他似懂非懂地盯著我，眼皮往上翻，嘴裡無意間喃喃吐出：「胡…胡…蘿……蘿……蔔……」「對，對！胡蘿蔔！胡蘿蔔！」顯然，他的腦海中始終牢記著那根胡蘿蔔。他終於從遙遠的遺忘的腦海中，追回這點關於胡蘿蔔的意識，可他依然對這一切渾然不覺。恢復他的記憶以及人性，看來真要經歷艱難而漫長的過程。

我把他的一頭亂髮束在腦後，用水擦洗他那張皺皺巴巴的長了毛的臉。

他感到了快意，嗚哇嚷叫。

我又餵給他熱乎乎的香美的肉粥。他吃得又香又甜，又饞又貪，總盯著我手裡的木碗，唯恐我偷吃他的肉粥。

爸爸他們喝起了酒，圍著篝火聊天，爺爺高興之餘，唱起一首古老的民歌《騰格林・薩力哈》。

天上的風喲
——無常無序；
娘生的我喲
——無法永恆；
趁生命還健在——
讓我們吟唱吧……

我在旁邊陪著弟弟，陶醉在爺爺渾厚的歌聲中，小龍也變得安靜了許多。

爸爸沒忘了四周巡看。他提著槍轉一圈回來，說：「奇怪，我那老夥計到現在沒露面，真是怪事。」

「牠找不到咱們了，也可能不來找了，知道來也白搭，喝酒喝酒，放心喝你的酒。」烏太舉著木碗，勸著爸爸喝酒。

「不，我知道牠始終在我們周圍，只不過不讓我們發現牠，牠可不會輕易放棄的。這麼多年了，我瞭解牠的脾氣，咱們可別掉以輕心。」爸爸說著，乾了一木碗酒。他可是好久沒有喝著酒了，尤其心態如此輕鬆和歡快地喝酒。

夜裡，爺爺和爸爸輪流放哨。後來爸爸也讓年邁的爺爺睡覺了，自己一人守夜。

我和烏太安穩地睡覺。快天亮時，起來撒尿的烏太見爸爸還在抱槍巡邏，突然良心發現，要替換爸爸站崗，讓爸爸睡一會兒覺。一看天快亮，也沒啥動靜，爸爸就答應他了，倒在一邊闔眼。可這烏太又貪杯，耐不住寂寞，一邊坐守，一邊灌酒，不一會兒也昏然睡去了。

我在睡夢中，似乎聽見細微的「嘎吱嘎吱」聲響。我當是在夢中，沒有理會，繼續酣睡。可那聲音愈來愈急促而變大，還帶有一種呼哧呼哧的聲響。我感到這不是做夢。

我翻身而起。於是，看見了那母狼。牠已經咬斷狼孩弟弟和柳筐連綁的繩索，接著又在嘎吱嘎吱咬啃綁住弟弟手腳的繩索。

「母狼！爸爸，母狼！」我急呼起來。

母狼一見被發現，叼拖著小龍就往外逃去。

爸爸和爺爺都驚醒，紛紛拿槍，唯有放哨的烏太還在昏睡。還有奇怪的就是，一向機靈的白耳目睹著母狼偷小龍，也一聲沒吭。

「放下我的兒子！母狼，放下我的兒子！」爸爸大聲喊著，光著腳追過去。爺爺尾隨其後。

母狼拼著老命逃。可是小龍弟弟畢竟已不是嬰兒，而且手腳被綁不能自如，只能在母狼叼扶下蹦跳著走，速度不快。

爸爸很快趕上了母狼和小龍。

爸爸的槍對準了母狼，厲聲地喝叫：「放下我的兒子，他是我的兒子！不是你的！」

母狼「呼兒——呼兒——」低哮著，依舊不鬆開小龍。

爸爸朝天「砰」的放了一槍。

母狼這一下懼怕了，身上明顯顫抖了一下，終於鬆開了小龍，可依然不走開，眼睛憤怒地盯著爸爸。

「妳走吧！我不打死妳！咱們以後井水不犯河水，不許妳再來騷擾我們！」爸爸說著，又朝天放了一槍。

懾於火槍的威力，母狼冒血的眼睛死死盯視片刻，長嗥一聲，終於無奈地掉頭，向大漠深處飛跑而去。

狼孩弟弟小龍「嗚——嗚」嚎著，還想跟著母狼身後而去，結果被爸爸幾步趕上抱住他，慢慢走回駐地。

「孩子，你不能跟牠走，我才是你爸爸，真正的爸爸、爸爸——」爸爸對小龍耐心而溫柔地訴說著。

被槍聲驚醒的烏太揉著眼睛，迷茫地問：「出什麼事了？」

爸爸一腳踢過去，罵道：「你這孫子，又差點壞了我的事！狗改不了吃屎！」烏太明白發生的事，慚愧地低下頭。

收拾好東西，騎上駱駝，我們又出發了。

但願往後的路程，一切順利。

四

從此，我們甩不掉母狼了。

白天根本看不見牠的影子。可一到夜晚，我們駝隊後邊不遠處，便閃動起兩點綠光。我們停，綠光停，我們動走，綠光走，遠遠尾隨著，簡直像兩點鬼火般纏住我們不放。

爺爺惱怒地衝綠光放槍，可在射程之外，綠光一閃而沒。我們一走，牠又即時出現，頑固地跟隨而來。

「不用管牠，夜裡別讓牠靠近過來就成。」爸爸說。

於是，三個大人每到夜晚住宿時輪流放哨，也不再喝酒貪杯。尤其是烏太，為彌補上次的失誤，變得很積極和熱心，再也沒有出現問題，人也變好了許多。我爸許諾他，出了大漠好好答謝他，留兩匹駱駝送給他，他更是樂得合不攏嘴。爺爺勸他從此改邪歸正，娶妻生子，過正常人的生

活，戒掉酗酒惡習。他滿口答應。

我們在大漠中已經走了二十多天。而那對綠光始終尾隨著我們。

有一次，我們在白天看到了牠的身影。沙梁上，牠走得搖搖晃晃，已沒有了往日矯健的雄姿。顯然，長途奔襲，大漠中又找不到足夠的獵物和飲水，牠漸漸支持不住了。

「哈，這畜生快完蛋了！」烏太指著孱弱不堪的母狼，幸災樂禍地喊。

「牠可真頑強，令人佩服，人有時對自己孩子也沒牠這樣愛至骨子裡。」爺爺也不禁感嘆。

「回去吧，別再跟隨了，妳會倒斃的……」爸爸衝那母狼揮手喊，他眼裡充滿同情和愛憐。白耳也有時衝母狼「嗚——嗚」地嚎叫兩聲，但牠不再敢回牠那兒了。

由於小龍變老實了許多，爸爸又把他交給我照顧，他好騰出手來對付母狼的襲擊。

不過，我漸漸地發現了一個秘密。

我每次餵小龍弟弟肉塊或者烤餅，他很快就吃完，「嗚哇」叫著還要。一開始我不以爲意，以爲他肚量大能吃。後來我突然發現，他趁我不注意，把塞進嘴裡的肉塊又悄悄吐出來，壓在屁股下邊。我暗暗納悶，他這是幹什麼？野外生活的習慣，怕不夠總要積攢點？我裝做不知不去管也不看他，這時候，他把屁股下邊的食物，從柳條筐底邊的一個小洞悄悄撥拉出去！好傢伙！原來，他不知何時在柳筐底邊摳出了一個小洞，從那小洞往外丟送著食物。顯然，那是留給母狼吃的！

真有你的，狼孩弟弟！

難怪那母狼這麼多天在沒有食物的大漠中，一直尾隨著我們，原來你在做內線，搞裡應外合。真是聰明至極。

我甚至有點爲小龍的舉動感動。我決定保留住他這一秘密，不揭破他，也不告訴大人。反正那母狼體弱不堪，也無法靠近我們，構不成什麼危險。繼續讓小龍弟弟盡他的孝心，悄悄餵他的狼媽媽吧。

後來我們又走了幾日，遇上了沙暴。

一早，看著東南的那輪帶黃暈的太陽，烏太有些緊張，說今天可能起風，早點找一個安全地帶宿營。我們就緊催駱駝趕路。

到中午時，大風追上了我們，遮天蔽日，飛沙走石，天和地渾黃一片。呼嘯狂捲的風，把一座座沙丘拋上天空，又在一片片窪地上堆起沙山，風捲沙，沙助風，轉眼間改變大漠中的地形地貌。風沙擊打著駱駝，讓人睜不開眼睛。

「不好，咱們不能趕路了，會迷路的。我知道附近有個沙山洞，咱們去那兒躲一躲吧。」烏太用手把著風鏡，對爸爸他們說。由於張口說話，他灌了一嘴沙子，「噗噗」地吐起來。

「好，那咱們快去，避過這大沙暴再走。」爸爸和爺爺都同意。

我們費了很大勁，在風沙中搏鬥到傍晚，才找到那個山洞。這是一座離地面才幾十米高的沙岩山，周圍也有些從沙地上露出尖峰的沙岩沙山，可山的大部分都埋在黃沙下面。山洞裡還寬敞，洞壁全是風化風蝕的岩石。爸爸他們把駱駝上的東西全卸下來，搬進洞裡，駱駝無法進洞，就把牠們拴在避風的岩洞附近的枯樹上，在風沙中，極艱難地餵給牠們豆糧和鹽巴吃。

沙岩洞裡很舒服。風沙在洞外肆虐，如千軍萬馬奔馳沙場；洞內卻安寧而溫暖，心中的惶恐和身上的疲倦都一掃而光。爸爸拍著烏太的肩膀說，你真是個好嚮導，大漠中的活地圖，今晚咱們不趕路了，好好喝幾盅。一聽喝酒，烏太高興了，跑出去抱進來一捆枯樹枝，點火弄吃的。

外邊的風沙依舊怒吼著。

大人們嚼著烤肉喝酒聊天，唯有狼孩弟弟小龍情緒抑鬱，悶悶不樂，我餵他東西，他也似乎一下子沒有了食欲，不理不睬，目光始終盯著洞外。這麼大的風沙，那母狼可不好熬啊！我也不由得擔心起來。白耳則守在洞口，牠不知何因不願靠近狼孩弟弟。牠呆呆地望著洞外，眼神怪怪的，吐著舌頭趴在那裡一動不動。

酒足飯飽，大家要歇息。爸爸出洞察看了駱駝，回洞後，又搬些石塊半堵了岩洞，然後把小龍弟弟抱出柳筐，放在地上睡得舒服些，但把他的腿和自己的腿綁在一起。

我們就這樣很安穩而放心地睡過去了。

不知睡了多久，按我的計算應該是天亮了，我被尿憋醒，而且旁邊的小龍弟弟也不知何時醒來的，「呼兒呼兒」叫個不停。洞口那兒，白耳也哽哽地呻吟。大人們過分疲倦再加上喝酒，依舊鼾聲如雷。

洞裡此刻聽不到外邊的風沙呼嘯了。我奇怪，難道風停了，我迷迷糊糊地走向洞口，想出去撒尿，可我找不到洞口了，摸摸索索到原先洞口位置，一摸一看，頓時嚇出一身冷汗。原來，洞口被流沙堵死了！

「爸爸！爺爺！」

我趕緊跑回去，推醒爸爸和爺爺他們。

大人們跑到洞口一看也嚇呆了，動手搬開原先堵的石塊，流沙嘩嘩往裡流進來。爸爸他們拚命挖沙，可挖多少流進來多少，洞口外頭不知堆積了多少噸流沙，有可能塡滿山洞還是打不通。

洞內空氣漸漸變得稀薄了。大家都感到呼吸困難，胸口窒悶。

挖沙子的爸爸不敢再挖下去了，一是呼吸不暢渾身乏力，二是再挖下去，非把自己埋葬在沙裡不可。

「天啊！爲什麼這樣？這是老天絕我們活路啊！」爸爸拍打著沙子，又爬回洞裡，抱住我和小龍絕望地喊叫，「孩子，爸爸對不起你們，爸爸把你們帶進了這絕境！」

烏太也在一旁，喘不上氣地自責：「都怪我，都怪我……」

爺爺盤腿坐在原地，好像在調勻呼吸，可又像處在昏迷狀態。白耳狂吠著，也拼命往外扒沙子，可滑流而入的沙子差點把牠埋住，牠恐懼地退回來，原地打轉，哀叫呻吟。

爸爸張著嘴，呼吸困難地伸手解開小龍的綁繩，一邊低語：「孩子，爸爸給你鬆綁，這會兒了，應該還你自由了……」

小龍一獲自由也撲向洞口，扒起沙子來。可很快跟白耳一樣被流沙沖回來不敢再碰沙子，呆呆地蹲在原地，向外哀嚎起來，尖利而長長的刺人心肺的嚎聲，在山洞內綿綿不絕的迴蕩，也透過流沙和洞壁向外傳揚出去。

我依偎在爸爸胸口，困難地一字一句說：「爸爸，不管怎麼樣，我們找回來了弟弟，我們死在一起，也挺好……」

爸爸仍擺不脫痛苦和自責，撫摸旁邊的昏迷中的老父親，看看洞口哀嚎的小龍，擊打起自己的頭自語：「我千辛萬苦，九死一生，誰想到結局會是這樣，害了小龍，害了你，也害了老父親，害

了大家，我是個罪人！嗚嗚……」爸爸傷心地嚎啕。

「爸爸不要這樣，我挺佩服你……你是我和小龍的好爸爸……你已經盡了力，盡了做爸爸的責任……」

我喃喃自語著，漸漸失去了感覺，眼前一片黑暗，那個大腦裡脹裂般的疼痛，和胸口上壓著塊石頭般的沈重窒息，一時全部消失，我如一隻飛騰的蝴蝶般輕鬆……

是的，一切都結束了。

時間這會兒是停止的。也許過了千年，也許是轉瞬之後。突然，我的鼻孔和胸肺之間有一絲清涼的感覺，是空氣！我大口大口呼吸起來，啊，新鮮而充足的空氣正源源不斷地流進洞裡來。我活動著四肢，坐起來。旁邊的爸爸也正在甦醒。有一道亮光，刺得我睜不開眼睛。

是洞口那兒。我終於看清楚，堵死的洞口那兒，從外邊挖出了一個洞，空氣是從那兒流進來的。同時，我也看見了一個黑影，正叼著狼孩弟弟小龍往那打開的洞口爬去。是老母狼！啊，這個不屈的精靈。

我推了推爸爸，輕聲說：「爸爸，你快看，是牠，是老母狼救了我們……哦，牠又要帶走弟弟了……」

「別走……放下我的兒子……放下……」爸爸還很虛弱，有氣無力地喊著，衝母狼爬過去。

「爸爸，要不算啦……小龍屬於牠的，讓牠帶走吧……小龍跟我們在一塊兒多痛苦……就讓牠們回歸荒野吧……」我不知是被母狼的這種不屈不撓的精神所感動，還是為了報答牠的救命之恩，不知不覺地如此說道。

「混帳！小龍是我兒子！不能讓牠帶走！不！母狼妳站住，快放下我兒子！」爸爸怒叫著，還不能站起來的他，情急之下就一邊爬著跟出去。

可是已晚。母狼叼拖著開始甦醒的狼孩，已從那亮晃晃的洞口爬出去，在洞外發出了一聲長長的歡快自由的嗥叫。可轉瞬間，牠那嗥叫聲，變成了一陣短促的狺狺吠哮。

我們都奇怪。出了什麼事？

爸爸第一個爬出那洞口，我和已醒的爺爺、烏太隨後。於是，我們看見了奇特的一幕。

我們的五匹駱駝圍住了母狼。駝繩都斷了，拴牠們的枯樹已埋進沙子裡，顯然牠們早已掙斷拴繩，躲開了風沙。母狼左衝右突，可五匹駱駝就是不讓牠走。母狼怒極，進攻一隻老駱駝，張開大嘴咬過去。可老駱駝更有經驗，抬腳便踢翻了母狼，另一匹駱駝也踢了一腳。幾個回合，那母狼便被踢昏過去，倒地不起了。而可憐的狼孩弟弟小龍，趴在母狼身上嗥哭起來。這時白耳也躥過去，圍著母狼來回亂轉，狂哮不停。

傳說家畜中，牛馬驢騾都怕狼，唯有駱駝不怕狼，這回我真信了。五匹駱駝齊心協力，輕而易舉地制服了這頭難纏的老母狼。

爸爸跑過去，抱住了痛哭不止的狼孩弟弟。

爺爺仔細檢查了母狼的傷勢，只是踢斷了腿骨，頭部也有些傷，生命無礙。此時的爺爺變得非常心善，扯下衣襟紮好母狼的斷腿，又包好流血的頭部，然後往牠嘴裡灌起水來。

這對於一直仇恨這隻母狼的爺爺來說，真不容易。連狼孩弟弟小龍，也感激地瞅著爺爺的一舉一動。

烏太把駱駝們都牽到一處，又從山洞裡搬出駝架等物品。爸爸也重新綁好小龍弟弟，放進柳筐中。大難不死的我們，再次準備上路。

爺爺默默地拖著那老母狼，走進山洞裡安置好，又從駝架上拿下足夠的生肉還有一桶水，放進洞裡去。

「牠一會兒就會醒過來的……」爺爺低語，輕輕摸了摸狼孩弟弟的頭。然後，爺爺騎上駱駝。

這會兒，晴空萬里，陽光明媚，昨夜肆虐猖狂的風沙都已銷聲匿跡，茫茫大漠寧靜得如熟睡的嬰兒，經大風一天一夜的梳理，那沙線更顯舒展優美，那沙峰沙丘變得更爲清麗而莊嚴肅穆，倘若沒有經歷昨夜的瘋狂和死難，人們真以爲這大漠從未發生過什麼，一直這樣亙古的寧靜。

哦，大自然，如此的神秘而偉大。

第十一章　永恆的母愛

我是誰？來自何方？妳是誰？妳的淚水為何跟那大狼爸爸的淚水一樣是鹹的，我的眼淚也是鹹的，為什麼？妳為何用臉蹭我？也是一隻用臉的蹭動來表示親熱的母狼嗎？他接著伸舌尖舔舐那手腕上滲出的血跡。

一

一年之後，我們終於回到家鄉。

找回來當狼孩的兒子，爸爸成了英雄。而且狼孩弟弟小龍也成了人們奔相走告的奇聞，成了新聞人物。縣市來了一批又一批的記者，上電視上報紙，一時間，狼孩成了全地區的熱門話題。我們家的門檻被踏破，家裡人嘴皮說破，還收到了沒完沒了無休無止的慰問信、慰問品。

更糟糕的是，縣裡還派來了一個醫療小組，說是給狼孩弟弟全面診治檢查，其實是來做實驗和搞研究，搶占寶貴而千載難逢的論文原始資料，好使他們功成名就。後來，他們甚至想把小龍送到省和大城市的研究機關觀察研究，還說提供給我們家一筆可觀的經濟補助。

爸爸拿出獵槍趕走了這些醫生、專家或動物學家，再或人獸學家們。如蒼蠅般追逐的記者們，也挨了爸爸的砂槍子兒，此時此刻，我非常理解「狗仔記者」的確很是討厭。

狼孩弟弟小龍，更是一直在反抗。

自打把母狼放進山洞離開後，他就變得沈默，再也不吭聲。回到家後，面對攝影機的閃動，他幾次衝上去抓碎了機器，有一次，甚至咬住了一個女記者的咽喉。他不信任任何人，包括披著狼皮來照料他的爸爸。

媽媽自打見到小龍後就哭，高興也哭，傷心也哭。有時被小龍咬傷後哭，我真不敢相信媽媽怎麼具備了那麼多的眼淚。

奶奶就不一樣，她不哭。先也擠了擠皺皺乾巴的一雙老眼，是乾的，沒有淚水，就說，唉，這輩子眼淚都哭乾了。她放棄哭，就爲小龍念經做法事。

她先做的是爲小龍招魂。

清晨，我見奶奶鄭重地捧著一個木碗，裡邊盛滿清水。我納悶，問：「奶奶，這是啥水，這麼珍貴？」

「聖水，孩子。一半是草尖上的露水，一半是今天第一碗沙井水，珍貴著哪。」

「幹啥用？」

「招魂，給小龍招魂。」

「招魂？」我一笑。奶奶的迷信最多，老傳統也最多，爲看個究竟，也跟著她進了東下屋。

狼孩在酣睡。趴臥在讓他暫時棲身的鐵籠子一角，像一條狼，前兩肢向前伸著，頭和嘴貼在上邊，後腿和腰身蜷曲著。雖然在靜睡，一雙眼睛卻半睜半閉，好像偷看著你，那飄出來的餘光是寒冷的，使人不禁驚懼。

鐵籠子旁，媽媽正襟危坐。屋裡瀰漫著一股又香又苦的奇異嗆鼻的味兒，也飄蕩著一層淡淡的青煙。我看見，青煙起自放在鐵籠門前的一個洋鐵盆子裡，那裡邊燒著一堆穀糠，旁邊還插著三炷香。穀糠慢慢引燃，不起火苗，一縷青煙冉冉上升，散發出濃烈的悶香。

奶奶把那碗「聖水」遞給媽媽拿著，自己從一邊又拿起一個木碗，上邊罩著一層黃色窗戶紙。奶奶讓媽媽往那黃紙中間的低凹處灑了一些「聖水」。然後，奶奶把手裡的木碗輕輕搖動起來。她一邊順時針有規律地緩緩搖動，一邊繞著鐵籠子轉圈，同時嘴裡低聲哼唱起一首招魂歌，那旋律幽遠而感傷。

歸來吧——
你迷途的靈魂，
啊哈呵咿，啊哈呵咿——
從那茫茫的漠野，
從那黑黑的森林，
歸來吧，歸來吧——
你那無主的靈魂！

天上有風雨雷電，
地上有牛頭馬面；
快回到陽光的人間吧——

你這無依無靠的孤獨的靈魂！
倘若有蟒蛇纏住你，
我去斬斷；
倘若有虎豹攔住你，
我去驅趕。
你的親娘在聲聲呼喚，
你的親爸在聲聲呼喚，
歸來吧，小龍的靈魂！
你的親人們在呼喚，
歸來吧，小龍的靈魂！
啊哈呵咿，啊哈呵咿……
啊哈呵咿，啊哈呵咿……

奶奶哀婉而悠揚地吟唱著，手裡捧著的木碗也不停地搖動著，每轉完一圈，都停在守護者媽媽身邊，莊重地問一聲：「小龍娃，歸來了嗎？」

媽媽也莊重地回答：「歸來了。」

轉了三圈，奶奶手上捧的木碗搖動得更加緩慢了。那滴灑在黃色罩紙上面的「聖水」，這會兒被搖晃後漸漸積在中間的凹坑裡，形成一大顆水珠，晶瑩明亮，好像一顆透明的珍珠在那裡滾動。

這顆晶瑩的水珠便是被招回來的「靈魂」。如果形不成這樣一顆晶瑩滾動的水珠，說明那魂還在外邊遊蕩，招魂者務須不懈地一邊唱歌一邊搖動下去。

這是個古老的風俗，咱們這一帶人人都信，據說靈驗。我小時被嚇著了發燒了，也曾被招過魂，挺靈的，當時心裡感到很神聖。我站在一邊，聽著那哀婉如泣的歌，心裡直想哭，似乎有一種什麼東西直撞著直瞅著我的心。

奶奶目不轉睛地看著那顆水珠，感動得一雙渾濁的老眼都要滾出淚水。媽媽更是上牙咬著下唇，硬是控制著自己不再哽咽出聲，以免破壞了如此莊嚴的場面，但那如斷線珍珠般的淚水，已沾濕了衣襟。我這時也受了感染，嗓子眼哽哽的，鼻子尖酸酸的，真誠地祈禱著那顆水珠果真是小龍的靈魂，趕快歸位，結束我們家的不幸，結束小龍遭遇的悲慘的不人不獸的命運。

這時，奶奶從那燃燒的穀糠裡抓一把火灰，撒在木碗上面，然後把那顆晶瑩透明的水珠，滴灑在狼孩小龍弟弟的嘴唇上。

這樣招了三次魂。低沈、幽遠的招魂歌在小屋裡迴蕩著，那緩慢、哀婉、充滿人情的旋律，久久在人的心頭激盪。我感到，這確實是一首征服人靈魂的古歌，倘若那迷途的靈魂還不歸來，那肯定不是人的靈魂了。

二

我離村尋父的這一年，村裡發生了不少事。

擺脫狂犬病隔離，村民剛喘口氣，村裡又「鬧鬼」，弄得人心惶惶。起因是大禿胡喇嘛家的老樹。一到夜深人靜時，那棵老樹上就冒藍光，還傳出嬰兒啼哭般的叫聲。有人說那是燐火，老樹下邊埋著死人骨頭或牛羊牲口骨；也有人說，老樹有黃鼠狼棲身，出怪聲。

一個大霧的傍晚，有位披頭散髮的女子跑出那老樹的洞，瘋瘋癲癲地狂笑著，老樹洞中又跳出一男人追趕那女人。房後解手的毛哈林爺爺認出了那女人是村小學的馬老師，追她的人是胡喇嘛村長。第二天，有人看見馬老師家的人把馬老師送往縣城精神病醫院。後來，不少不小心挨近那老樹的村裡女人，都像馬老師那樣傳上歇斯底里症，又哭又笑，村人說那叫「魔怔」。而且怪就怪在傳女不傳男。老人們斷言，那是鬧黃鼠狼，專門迷女人。

胡喇嘛家的老樹，成了不潔和鬼怪的象徵。老禿胡嘎達承受不住了，大罵兒子混帳，在老樹洞裡淫亂，污辱了祖宗栽下的神樹，引來禍災。無奈之下，他帶人伐樹，可沒想到電鋸引出的火星弄著了老樹棉花般的糟樹心起火，頓時那棵老樹成了火樹，在黃昏的夜空中熊熊燃燒，幾十里外都能看得見。

從老樹頂飛出了數千隻蝙蝠。有的也在燃燒，成了火蝙蝠滿天空亂竄。

樹下洞內，果真躥出十幾隻黃黃的長條鼠類，吱兒哇兒亂叫。人們驚懼地看著這些會迷人的黃鼠狼，誰也不敢碰牠們。

看著那棵老樹漸漸燒成黑乎乎的焦炭，毛哈林爺爺在自家房頂上拍手大樂，口稱氣數盡了，氣數盡了。旁人看著他在房頂上手舞足蹈的樣子，都捂嘴樂，稱這老漢也被迷著魔怔了。

胡老禿又命人徹底砍倒了老樹殘留的黑樹樁。

怪事接著發生。

十天後，胡嘎達進縣城回村時，搭坐在村供銷社拉貨的三輪拖車後貨箱頂上，過橋拐彎時，拖車甩尾，把貨箱頂上的人也甩出去了。

按理來說，下邊都是軟軟的沙地，甩下去也沒事，有個抱嬰兒的婦女掉下去後，還哈哈笑著坐在沙地上依舊餵奶。可咱們的胡老爺子卻倒楣了，他摔下去後偏偏打了個滾，腦袋正好撞在路邊水泥路標上。其實那一公里埋一個的小牌牌路標，被村童們敲掉的也差不多了，剩下的那塊偏偏那麼寸勁兒，撞破了胡老爺子的天靈蓋，一命嗚呼，奪走了咱們村的一代風雲人物。

伊瑪把這些說給我聽時，笑得渾身亂顫，雙頰飛紅。停學在家幹活兒，這丫頭發育得更快了。胸挺得老高，辮子梳得黑亮，眼睛看人時也勾勾的亮亮的。

「快嫁漢子了吧？」我逗她。

「嫁你個頭啊，我們家你管啊？」她還是那樣風風火火。

我要上縣城高中接著讀書，她十分羨慕。

「你好福氣喲，家裡供得起，不像我。」

「我們家也夠倒楣的，你看我弟弟，人不人獸不獸的。」

「他現在怎麼樣？回來後還習慣嗎？」

「難啊。我看得出，我弟弟現在很痛苦，根本不接受我們的照料和愛護。唉，不知要過多久，他才能有個人樣。」

「是啊，說起來，他可是最不幸的。」

各想著心事，我和她坐在河邊土坎上，一時無語。

「最近，胡喇嘛村長老到我家來串門兒。」伊瑪突然說。

「噢？幹啥？」

「他說俺們家困難，照顧我爹看林子每月還給現金補助，還答應明年開春土地重分時，再給我們家分幾畝河灘好地。」

「那可是旱澇保收的黑土地，一畝能打上七八百斤包米，那你們可脫貧了。他做這些幹啥？黃鼠狼給雞拜年，沒安好心。」

「當然了。」

「他心懷啥鬼胎？」

「你猜猜。」

「我可猜不著。」

「他們家要沖喜。」伊瑪眼睛望著天邊。

「沖喜？」

「說他們家老出倒楣事，老爺子又死，不知往後又發生啥事，所以要沖沖喜。」

「他家沖喜跟你們家啥關係？」

「你這傻瓜蛋。」伊瑪罵我一句，低下頭去，幽幽地說道，「他要給他大兒子說媳婦。」

「他那羊癇瘋的羅鍋兒子？說媳婦？誰家姑娘這麼倒楣？」我依舊傻呵呵地詢問。

「就是我。」

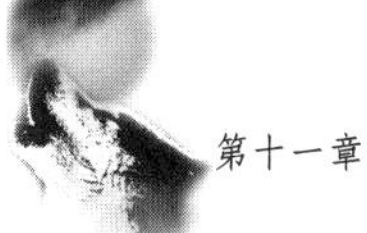

「妳？天啊——」我這才恍然大悟，拍打腦袋，「妳周歲才十七！不夠法定年齡哎！」

「他說先定親喝喜酒沖喜。」

「那妳、妳——同意嗎？」

「同意個頭啊！我把他罵出去了！咯咯咯……」伊瑪又爆發出爽快的笑聲，踢一腳土塊四散，「姑奶奶一輩子不嫁，除非、除非你娶我。」

「我？」我嚇一跳，這丫頭越來越口無遮攔。

「哈哈哈……嚇得你！」伊瑪又大笑，笑得眼淚閃動，接著又說，「你是讀大書成大器的人，咱們可不配喲。」

說完，伊瑪挑起水桶，頭也不回地走了。

我愣在原地，一時心裡也酸酸的。

晚上，我去看望毛哈林爺爺。他現在的心情特別好，口稱快了快了，該動員你爸爸坐天下的時候了，機不可失，時不再來。弄得我很無聊，這老頭子成天琢磨事，整個一個名符其實的村裡老政客、老陰謀家，總想把這個百戶人家的村子納入他安排的軌道內運轉，他要當那個太上皇或者垂簾聽政的老太爺。胡家的敗落跡象，更使他按捺不住，躍躍欲試。

我真不明白，一步三晃的他哪兒來的這麼大精神頭。以前他們把我爸提前從娘肚裡打下來，可現在又惦記著把他扶上臺去，變成他們手中的一個工具。世道真滑稽。

回到家時，白耳在地窖裡吠鳴。從大漠回來後，可憐的白耳又被關進地窖拴起來，怕鬆開散放後咬壞來往生人，給家裡添亂。

媽媽又忘了給牠餵食。媽媽和爸爸整個心思都在狼孩弟弟身上，常常忘了這隻狼子白耳——他們的乾兒。而且白耳也怪，一見小龍就吠哮，一點也不喜歡他，好幾次衝上去就咬，如見了仇敵般地狂吼，弄得爸爸很生氣，拿鞭子抽了牠好幾次。

白耳開始受冷落，令我不安。我幾次跟爸爸吵，不能這樣對待白耳，我宣布，往後誰再打白耳就等於打我一樣，我跟他沒完。可爸爸來火了，連我也摁倒了打。我等於沒說。

我一邊給白耳拌食，一邊心想，往後我去縣城上高中不在家，牠可怎麼辦啊？誰照顧牠？我撫摸著餓極後貪婪吃食的白耳，心中哀傷起來。

三

不知是招魂起了作用，或是鐵籠環境使然，狼孩弟弟不像剛開始那樣狂躁瘋鬧了，幾天來始終安靜地盤臥在籠子一角，半睡半醒，對周圍冷漠得令人心寒。

籠子裡擺著豐盛的食物。一角扔著原來給小龍穿上此時已撕成條狀的衣褲。他還是喜歡赤裸著生活。

媽媽在鐵籠旁搭了個地鋪，陪小龍睡。

這一晚，媽媽癡癡盯著縮在籠角假寐的小龍，不禁動了感情，身上微微顫慄。那灰土色披肩長髮，那像胳膊又像腿的粗手臂，那結著硬皮的赤裸結實的身軀，那陰森野性的目光，難道他就是自己幾年來日思夜夢的兒子嗎？是當初自己拼死拼活與母狼搏鬥還是被搶去了的小龍嗎？一股熱潮滾

滾湧上心頭，這深沈而綿長的母愛的衝動，整個地控制了她的情緒。

她一時忘卻了那還是野性未改的半獸，站起來懵懵懂懂地拉開鐵籠子門閂，身子鑽進籠子，嘴裡輕輕呼喚著：「我的兒子！兒子……兒子！」便抱住小龍親吻，淚如湧泉，滴灑在狼孩小龍冰冷的硬臉皮上。她脫下外衣，蓋在小龍那赤裸的身上。

狼孩受驚了。鼻翼翕動，嗓子眼裡發出陣陣「呼兒呼兒」的聲響。那一雙陰冷的眼睛，射出兩道綠幽幽的寒光，只見牠猛地「呼兒」一聲，張口就咬住了媽媽的手腕。

媽媽沒叫也沒抽回手，任狼孩子咬著。儘管那尖利的牙齒深深咬進肉裡，殷紅的血順著他牙齒滲出來，她仍然沒有動，反而伸出另一隻手輕輕地撫摸狼孩的頭和脖子，嘴裡無限溫存地低語：「孩子，你咬吧，媽媽對不起你，媽媽當初沒能保護你，是媽媽害了你……你咬吧，這樣媽的心裡才好受點啊，嗚嗚……」她傷心地抽泣起來。

媽媽的發燙燒紅的臉，緊緊貼在狼孩子的頭上，親切溫柔地蹭動，兩行熱淚「吧嗒吧嗒」往下掉。一道溫柔的清泉水，一絲和緩的春風吹。崇高的母親充滿摯愛的召喚：迷途的孩兒，回來吧！

兩排如刀的尖齒漸漸鬆動，最後從那柔嫩的手腕上移開。也許，母親臉龐的親切蹭動，使他想起了母狼那尖嘴的拱動；也許，親生母親的慈性的召喚，喚起了他遙遠的沈睡已久的幼兒時的憶念。

奇蹟就這樣出現了。他居然抬起臉，獸性的目光變得迷惘，兩個鼻孔一張一翕，伸出舌尖舔舔滴落在他嘴唇上的淚水，那張昂起的癡呆愚魯的尖長臉，就像一個大問號：我是誰？來自何方？妳是誰？妳的淚水爲何跟那大狼爸爸的淚水一樣是鹹的，我的眼淚也是鹹的，爲什麼？妳爲何用臉蹭我？也是一隻用臉的蹭動來表示親熱的母狼嗎？

自從自己的眼裡第一次流出鹹水起，他每每用舌尖去吸吮，獲得一種樂趣。這會兒，他又伸出長長舌尖，舔起這個蹭自己臉的人的淚水，一時間，他那焦躁不安的心靈，得到了某種安撫。不知出於一種什麼情緒驅使，他接著伸舌尖舔舐那手腕上滲出的血跡。

媽媽淚如泉湧，緊緊地抱住他，親吻個不停，嘴裡不停地低語：「孩子，我是你媽媽……我的兒，認出了嗎？我是你媽、媽媽……」

「媽、媽……」狼孩艱難地吐出這字，當初大狼爸爸教的記憶突然恢復。

一直在籠外目睹這一幕的爸爸愣住了。

當媽媽撲進籠子裡時，他失聲叫著不好，心就提到嗓子眼上，尤其媽媽的手腕一挨咬，以為狼孩就要上去咬斷她的脖子，爸爸做好了衝進籠子搶救媽媽的準備。可眼前的事，使他有些不敢相信自己的眼睛。小龍今天不同往常，開始認人了。蒼天在上，這真是個好兆頭。也許，小龍娃真的會很快就恢復人性，回到我們中間了。他的心頓時熱烘烘的，自己幾年來的千辛萬苦的尋覓和受的罪，終於將獲報償，爸爸喜上眉梢。

爸爸拿一塊熟肉，遞給媽媽說：「妳餵餵他，接著教他說話，跟他交流。」

媽媽默默接過熟肉，送到狼孩子嘴邊，親熱地說：「媽媽來餵你吃肉，好香的雞肉哦，小龍來吃哩。你的名字叫小龍，我是媽媽，你是媽媽的小龍……」

狼孩或許真的餓了，咀嚼媽媽塞進他嘴裡的肉，迷迷茫茫地聽著媽媽的嘮叨，似懂非懂，直哼哼。

過了幾天，他又完全不認媽媽了。

媽媽三天後再次鑽進籠子裡，想給他餵東西，誰料，狼孩小龍「呼兒」一聲一下子撞開媽媽，猛地向前一躥，張牙舞爪也跳出了籠門。幸虧，拴他腳腕上的鐵鏈子沒有鬆開，他「叭」地仆倒在籠門外邊。

當時，正好爺爺守在下屋。家裡的男人們都輪流守下屋，爺爺爸爸叔叔們互相替換，也不能耽誤了地裡的農活兒。爺爺怕小龍掙脫鐵鏈逃出去，撲過去從後邊抱住他。狼孩弟弟機敏地一翻身，隨即一隻長臂伸過來，狠狠往爺爺臉上抓去。

爺爺一偏頭，「哧啦」一聲，肩頭被抓，衣服扯破，尖指甲劃破了皮肉，留下幾道血痕。爺爺急忙跳開去，氣喘吁吁。狼孩弟弟在地上暴怒地躥跳，「呼兒、呼兒」地發出吼哮，齜牙咧嘴，一張粗糙的臉變得更加猙獰恐怖。那架勢，好像誰要膽敢接近他，就咬斷誰的喉嚨。媽媽的臉變得蒼白。

「娘的兒，別胡鬧……聽話，媽媽來了，這成啥樣子……」媽媽鑽出鐵籠子，仍想以母性的溫柔來感召他，一步步靠近過去。

「呼兒！」狼孩小龍一聲低吼，紅著眼向媽媽撲來。

我一把拽回了媽媽，就差一瞬間。不然，那張開的大嘴、兩排利齒，定是咬住了她的咽喉。媽媽驚駭了，望著又完全像野獸的兒子，痛苦得咬破了嘴唇，嗚嗚哭將起來。

爺爺從鐵籠掛鉤上拿下那根常掛在那兒的皮鞭，在空中揮動，咻咻作響。

「啪！」一聲脆響，皮鞭抽在狼孩弟弟身上，疼得他「嗷嗷」嗥叫。

「回去！回籠裡去！」爺爺威嚴地指著籠門吆喝，那根黑皮鞭像條蛇在空中舞動，發出「咻咻」的聲響。

「不要打他！不要打他！」媽媽哀叫著撲上來，想奪下爺爺手中的皮鞭子。

爺爺一把推開了她。

「不用皮鞭，不拿住他，他永遠是一條狼！」

爺爺怒吼，把皮鞭飛舞在狼孩頭上，咻咻發響。那狼孩小龍弟弟恐懼地盯著那根可怕的鞭子，兩眼賊溜溜轉動著，一步步後退。當鞭子再次要落下來的一剎那，他一個蹿躍，倉皇逃進籠子裡去了。爺爺跟上兩步，關住了籠門，插上門閂，上了鎖。

狼孩弟弟關進了籠子裡，真成了困獸，吠哮著東撞西碰，尖利的牙齒咬著那腳上的鐵鏈，嘎嘣嘎嘣直響。他狼般蹲坐在後腿上，憤怒地撕扯起裹在身上的衣服。那是媽媽費了半天勁才給他穿上去的，眨眼間，一條條一片片布料扔滿了籠子裡。他已經扯壞了好幾身衣服了。

爺爺看一眼媽媽無血色的臉，向我示意扶她出去。

我攙扶媽媽時，她那瘦弱的身子瑟瑟發抖。善良的母性的感化遭到失敗，對她打擊不小，一時絕望的情緒攫住了她，幾欲倒下。

我安慰她說：「媽媽，這事不能性急，弟弟現在還是半人半獸，獸性多人性少，千萬急不得。他在荒野上跟母狼待了好幾年，又正好是他開始懂事的年齡，天天又吃狼奶長大，哪能一下子變成乖兒子呢，得慢慢來。」

媽媽稍稍心緒好點，說：「還是阿木懂事，幸虧媽還有你這麼一個好兒子在身邊，唉。」媽媽嘆口氣，垂著頭，傷感地回房休息。

爺爺默默觀察片刻，也退出了下屋。沒有了人，狼孩弟弟吠哮了一陣，漸漸安靜下來，臥伏在

籠角。

我也一直關切著狼孩弟弟。這些日子裡，我從縣城圖書館、新華書店找來許多有關動物學、人類學方面的書和資料來讀。資料表明，解放前，我們這一帶出現過兩次狼人蹤跡。五十年代印度原始森林捕獲過一位狼婆婆，四五十歲，幾十年與狼群一起生活，抓回人間後很快就死了。美國和加拿大也發生過多起與狼共度的狼人事件。

可狼人的結局一般都不妙。我真有些暗暗爲弟弟的命運擔心。咱們真能夠完全恢復他的人性，讓他完整地回到人間來嗎？我模模糊糊地感覺到，這不是簡簡單單的人性和獸性的搏鬥問題，小龍弟弟身上體現著一種更深層次的生命意義。我還暫時不能理解，不懂得那意義和道理，但那肯定是一個驚心動魄的人性和獸性哲理。因爲我們人類的原因，導致母狼完成了小龍弟弟的人世道理——以牙咬人，咬這世界，咬這人的世界。

其實，弟弟已經是人類的叛逆者。

他現在拒絕人類文明。

四

爺爺端著他的煙袋，幾次過來催促爸爸，趕緊送我去縣城繼續學業。家族把希望都寄託在我這個還算健全，又夠聰明的後輩身上，盼著我將來光宗耀祖。

我去上學的日子愈來愈臨近。

可有三件事，使我放心不下。一是狼孩弟弟，二是白耳，三嘛，就是那丫頭——伊瑪。不知怎麼，近來不知不覺老惦記她的事，她會不會嫁那胡家羊癎瘋呢？大禿胡喇嘛盯上她了，她真像她所說「嫁他個頭啊」就能完事嗎？

這一天中午，她在門口攔住我說：「我有話跟你說，晚飯後河邊見。」

還沒等我吱聲，她又扭頭走了。

我一頭霧水，這丫頭又有啥事了呢？

黃昏的河邊靜悄悄。我如期來到我們兩家一起挑水吃的河口，找個土坎坐下，秋天的艾蒿散發出一股沁人心脾的清香。夜鳥啁啾，歸人河邊樹林，小河偶爾翻出一兩朵嘩嘩水花，不知是河魚嬉戲還是夜燕掠水。遠處突聞狼嗥，似曾相識，我不禁一抖，不會是那隻老母狼吧？牠應該放棄了。當時牠身受重傷，或許壓根兒就沒能活過來。我兀自笑了。多疑。

這丫頭怎還不來，別是耍我吧，我這哥哥可沒那麼大的耐性，我正想拍屁股走人，只見她沿著小路急急匆匆地趕來了。

我拿根草放進嘴裡咬著，跟電影上的無聊男人們一樣，歪著頭看她，說：「小姐，妳怎麼跟那些電視上的嗲女一樣，考驗起我的耐性啊？」

她看也不看我，坐在土坎上，嘴裡說：「煩死人了，他又來了，還在我家呢。」

「誰煩死妳了？誰來了？」

「你這死腦瓜，一到這時就犯傻。還能是誰，大禿子唄！」

「來了又怎樣，妳一說嫁你個頭哦，就行了唄。」

「可我爹同意！」

「那管啥，讓他嫁去。」

她撲哧一樂：「可他給我下跪，又打我……你看！」

伊瑪擼起衣袖，胳膊上青一道紫一道。

「這一下麻煩了，妳爹還是擋不住糖衣炮彈的進攻，腐敗份子有權有勢，無孔不入。唉，一個小小的普通農民，哪能承擔起這反腐敗的歷史重任呢？」

「你胡扯個頭啊。人家急死了，你還尋開心！真是白當一回好同學了，狼心狗肺。」伊瑪白我一眼，眼淚汪汪。

我這才感到事態嚴重，連聲道歉，聽她詳細訴說。

考慮到一家的生活，伊瑪的爸爸還有媽媽鐵了心，拿女兒的青春和一生，換取家裡的生活奔小康，投靠胡喇嘛這棵大樹。

我跟伊瑪想來想去，想不出一個好主意。出逃，她捨不得病娘；想嫁個理想中的男人，可除了我，她似乎還沒有考慮過其他小夥兒。我當然不能爲了她，把自個兒撂在這沙坨子裡，那爺爺和爸爸不打斷我的腿才怪。其實她都知道我的處境和狀況。

「算啦，不去想它了，我死也不嫁就是了。到時候，真逼我，我就拿刀抹脖子。」伊瑪的手掌往我脖子上劃了一下。

「別、別，這不是妳的脖子。就是妳的脖子也別輕易亂抹，妳如花似玉，多可惜。」

「你這油嘴滑舌的小子，是不是你也覺得我漂亮了？」

說著，大膽的伊瑪一下子抱住我脖子，狠狠地親了我一下臉。頓時，我臉上像烙鐵燙了一樣，火燒火燎，奇妙無比。

「你約我來，就是爲了親我一口啊？」我的心怦怦跳著。

「不只這些，反正我早晚是人家的人，不是嫁大禿，就是二禿三禿，還不如先讓我自己喜歡的人摸我碰我呢……」這個大膽的村姑伊瑪整個地瘋了，愣在我不知所措中拽過我的手，塞進了她那半敞的內衣裡頭。

於是，我的手抓到了兩隻亂跳的小兔，軟軟的，綿綿的。我的手一開始哆嗦著，幾次想抽回來，沒有成功，後來就如被磁鐵吸住的礦石一樣，黏在那兩隻小兔上不動了。

天啊，女人的胸原來這麼軟，這麼燙，這麼……

還沒來得及往下想，我的嘴唇上又貼上了兩片嘴唇，滾燙滾燙，又濕漉漉，這瘋丫頭啥都會，電影電視真沒有白看。我這十六歲的少年就這樣一生頭一次觸摸了女人，嚇得我心撲騰撲騰亂跳，有一種犯錯誤的恐懼感襲上心頭。可我的血液卻是沸騰著，身上有一股奇妙的感覺，簡直萬箭穿身。

伊瑪更是如醉如癡，喃喃低語，不停地催促著：「我的一切都給你，拿去吧，都給你，快點啊……」

我不知道她催促我幹什麼，但我的手被她的手牽著，從她胸上移向小腹，再往下。

正這時，河的上空飛過一隻貓頭鷹。「咕——咿——」兩聲駭人的怪叫，嚇得我一哆嗦，發熱的頭腦一下子清醒過來，我的手也像被蛇咬了一樣，猛地抽回來。

「對不起，伊瑪，咱們不能這樣……對不起……我永遠記住妳對我的這份情……」我慌亂地說

著站起來，如小偷逃離現場一般，拔腿就逃向家裡。

我身後傳出伊瑪抽泣的聲音。我已經沒有勇氣回頭再看她一眼，頭也不回地跑著，如被狼追著屁股一樣。

回到家時，媽媽看見我氣喘吁吁，上氣不接下氣，說：「撞見鬼了，孩子？嚇成這樣，剛天黑啊。」

「撞見了活鬼，女鬼，舌頭又紅又長，差點活吞了我。」我定了定神，走向屋裡。

「那女鬼不會是西院的伊瑪那丫頭吧？」媽媽神秘兮兮地說。

「妳怎知道？」我一哆嗦。

「知子莫若母嘛。你剛去河邊，她也過去了嘛。你可當心點啊，人家可是胡大村長看上的兒媳婦喲，你別蹚這渾水。你的媳婦啊，在大城市樓裡住著呢……」媽媽衝我刮刮臉，逕自進下屋看狼孩弟弟去了。

幾天後，我就離開村莊去了縣城。

一個月後，家裡人來縣城看我時說，伊瑪瘋了。

我的心猛地一抖。唉，伊瑪這丫頭，沒能扛過去，真命苦。我心中幾多悵然，一絲酸澀，還有股說不出的痛。

第十二章　白狼恩怨

白耳自由了，「呼兒呼兒」嘶哮著，圍著那人打轉，爬上爬下，親密無間。那人拍了拍白耳屁股，低語一聲。狼狗白耳舔了一下主人的臉和手，爾後「噌」地一下利箭般射出去了。義無反顧，直奔胡老爺子消失的大漠深處。

一

有個週末，我從縣城回村探家。

剛進院，就聽見從下屋傳出咿咿呀呀的叫聲。推開下屋門，見鐵籠是空的，而狼孩弟弟則站在籠旁一個碩大的塑膠盆裡，爸爸媽媽正忙著給他洗澡。當然腳鐐和鐵鏈還沒鬆開。

「阿木，你回來得正好，快幫我抓著點，這小子調皮，不讓洗小雞雞。」爸爸招呼我。他臉上身上濺滿水，媽媽抓不住弟弟的兩手。也許見水高興，小龍在水盆裡又蹦又跳，又叫又鬧，弄得爹媽狼狽不堪。

「我來啦！我來給他洗雞雞！」

我從帶回的兜裡拿出兩個大紅蘋果，洗了洗，過去塞進小龍弟弟亂抓的手裡，又做出放進嘴裡嘎嘣嘎嘣嚼的樣子，說：「小龍，吃吧，吃吧，好吃著哪。」

或許大漠裡一塊兒生死相依有印象，或許小時揹他上學掉廁所有烙印，小龍見我不怎麼認生和反感，嘎嘎嘎樂著，把手裡蘋果放進嘴裡咬起來。左咬一口，右咬一口，果汁橫流，人也老實多了。於是，我就給他洗起小雞雞和兩個腿根來。

其實，狼孩弟弟身體器官都過於結實而顯得麻木和遲鈍，包括他的小雞雞。我怎麼揉扯伸拉，洗洗涮涮，他似乎渾然不覺，隨我玩弄。那時他的興趣全在兩個蘋果上。

「嘿嘿，他這小雞雞還變硬了嘿！」

我剛叫出口，「哧」的一下，那變硬的小雞雞刺出一股尿水來，正好灌進我張開的嘴裡。

「哇哇！」我大叫著，丟下他逃走。

爸爸媽媽笑得前仰後合。可撒尿的小子似乎全然不覺他的小雞雞在噴射，依舊呑嚼著蘋果。

「真是個大尿仙！」我咯兒咯兒地漱著口，清洗滿嘴的腥臊味兒。

洗完澡，爸媽又給他身上塗起一層層黃油來。

「嗨嗨，家裡都捨不得吃黃油，塗他身上幹啥呀？」我問。

「村裡吉亞太老喇嘛說了，塗黃油能軟化他這一身鎧甲似的硬皮。」爸爸說。

我一想，有道理。老喇嘛行醫半輩，就這次可能說對了。小龍身上處處結著厚厚一層硬繭，有些地方蹭了一層松油桐油，更是刀槍不入，可這些厚甲全封閉了他身上的毛細孔，影響新陳代謝，影響發育，影響血液循環，容易患病，這是從人類學的角度說的。可這些年，弟弟不照樣活得挺好的？

小龍現在渾身油光閃爍，赤裸著身，挺著雞雞，毫不遜色於老在電視上露臉的黑人健美先生。

我拿出向同學借來的相機，「喀嚓」一下，拍下了他的這一絕世尊容，後來真成了絕版珍品。相機的閃光刺激了小龍，「嗷」一聲叫，向我撲來搶相機，我趕緊逃，又從兜裡掏出一個蘋果朝他扔過去，他猴子般靈巧地接住，這才平息了他對相機的追繳。他真愛吃蘋果。

狼孩弟弟顯然正在適應新生活。

也許，他感到這裡不比原來的大漠古穴差，更具有豐富的食物，不再遭受饑腸轆轆之苦。他按照爸爸安排的規律生活，儘管很被動，卻也很愜意。只是被牽出來放風時，他總是跑到牆角或樹根下，抬起一條腿斜裡撒出一汪臊尿，使得爸爸不得不當他面掏出玩意兒，示範一番人類中的男性的文明撒尿方式——手端尿槍，叉開雙腿，向正前方射出一條弧形水線。

狼孩弟弟果真模仿，可把那玩意兒攥得緊緊的，疼得自己嗷嗷叫。爸爸媽媽讓他模仿的項目不止這些，如端碗拿筷子吃喝，穿衣戴帽穿鞋穿襪；如兩條腿走路，恢復上肢、手的功能等等。另外就是，教他咿呀學語。他也能簡單掌握一些單詞，見圓的說「蛋蛋」，見雞便喊「雞雞」。有一次喊完「雞雞」便拔腿追過去，生狠，眼紅紅，爸爸抓得遲了點，他早已逮住那隻倒楣的雞，咬斷雞脖子，生吞活剝。

在家裡，狼孩弟弟跟媽媽比較親近，讓她撓癢，讓她梳頭洗臉，餵飯餵水，較喜歡由媽媽領他出去玩。有時他的性情也變得很溫和，不乏調皮，往往把褲子套在脖子上急叫，或者揪著媽媽的頭髮，比畫自己的光頭，大有驚惑之色。有一次，弟弟趁爸爸不注意，拿過他的酒壺灌了一大口，辣得連連吐舌打滾，逗得爸爸媽媽笑出了眼淚。他的活動範圍一般限制在兩間下屋和院裡，只要到外邊玩，都由大人牽著拴他的鏈子。

有一次，正在院裡散步時，院角的地窨裡傳出白耳長長的狼般嘷叫。弟弟昂起頭來，側耳傾聽。熟悉的嘷叫，親切的呼喚，頓時令狼孩弟弟熱血沸騰。他猛地一躥，拖著媽媽直奔地窨而去，同時他的嘴裡也「嗚嗚」地發出長長狼嘷。頃刻間，狼孩弟弟衝進了地窨。

拴著鐵鏈的白耳也許餓極，也許無法忍受這寂寞難耐的牢籠生活，高揚起尖嘴狼般嘷哮著。狼孩「噢、嗚」親熱地呼應著，又蹦又跳地靠近過去，大有他鄉遇故知，或老鄉見老鄉兩眼淚汪汪的感覺。

可白耳不領情。牠雙耳直立，眼睛變紅，似見了異類或怪物般，「呼兒」地一聲吼，撲上來就咬狼孩弟弟。狼孩弟弟「嗷兒嗷兒」慘叫，在地上打滾。一是沒有防備，二是他還不是白耳的對手，頓時肩頭後背被抓咬得鮮血直流。

「白耳！不許咬！快鬆口！」失魂落魄的媽媽驚叫著撲上去，又踢又打白耳，好不容易把狼孩從白耳爪下拽出去，抱著兒子痛哭起來。

聞聲而至的爸爸，拿鞭子狠狠收拾了一頓白耳。可憐的白耳從此更是每況愈下，在家裡受盡冷落。

聽完這些，我扭頭就跑向地窨。

煢煢孑立，皮包骨頭，毛色髒穢，我已認不出白耳了。我那雄健秀美、毛色亮麗、修長身材的狼子白耳不見了，換成一隻脳脖被鐵鏈磨破滲血，瘦弱不堪的癩皮狗。我抱起白耳熱淚盈眶，嘴裡喃喃自語：「他們不能這樣對待你的，他們爲什麼這樣對待你……」

「孩子，白耳快成大狼了，牠越來越野性了……」爸爸不知何時出現在我的身後。

「不，你們待牠不公！你們心中只有小龍弟弟，欺負我的白耳！」

「孩子，牠畢竟是狼崽，其實就是一條狼了，看不住就會出事的……」

「不，你說過，牠是你的乾兒子！對我也有救命之恩！牠不是狼，牠是在我們家長大的好夥伴兒！」

爸爸搖頭，走出地窖。

我抱著白耳哭夠了，起來給牠拌食。白耳狼吞虎咽，風捲殘雲。看來這麼多天來，牠頭一次吃到這麼豐美的肉骨頭和麵湯。牠不停地「嗚嗚」著拱我的腿和胸口，舔我的臉。

我這回真正的犯愁了。拿白耳可怎辦哦？我還要去上學，不可能老守在家裡保護牠。家裡人又不願管牠，還隨時提防著牠去咬傷狼孩弟弟。他們幾次勸我把白耳送到縣城公園，要不放回荒野。可我知道，這兩條路對白耳都不合適。不過我對家人宣布，不解決好白耳問題，我再也不去上學。

爸媽的眼睛瞪得溜圓溜圓，看狼一樣看著我。

二

「阿木娃，我們沒辦法啊。」伊瑪的爸伊爾根說。

「家裡窮啊，我們兩口又沒本事。」伊瑪的娘薩仁花說。

伊瑪的爸瘦小猥瑣，像個大煙鬼，四十多歲的人像個小老頭兒；伊瑪的媽咳嗽著，雙頰有兩塊粉紅暈，雙眼深陷，眼珠似從腦頂冒出來，肺和氣管兒的毛病害得她不像個活人，像只有一口氣的墳坑邊的癆病鬼。我一向不大喜歡伊瑪的雙親，過去很少到她家串門兒，有事都是隔牆喊伊瑪出來。這次無奈，到她家來看望一下變魔怔的伊瑪。

可伊瑪不在家。

「阿木娃，你可好好勸勸她呀……」伊瑪的爸繼續嘮叨。

「她聽你的話，你給她個痛快話，讓她死心……」伊瑪娘的話刺激得我差點跳起來。他們當是我在勾著他們女兒的「魂」，甚至因爲我而不嫁胡家，以至發瘋。

「大叔大媽，你們胡說啥，我跟伊瑪只是個好同學好鄰居，沒有別的……」我儘量壓著內心的厭惡解釋。

「那更好哇，你就勸勸她……」伊爾根說。

「勸她啥呀？」

「嫁胡家呀！」

「伊瑪不是魔怔了嗎？還嫁啥呀？」我奇怪地問。

「嗨，那是一時的失心瘋，時好時壞，嫁人沒問題，人家胡家也不嫌棄，反正他們的兒子也不是什麼正常人，正好配對。」伊爾根說時歪歪嘴樂了，我真想一巴掌扇向那張猥瑣的臉。這哪兒是一個爲人之父。

「你還說只是個好同學，我女兒可不一定這麼看。」伊瑪的娘瞥我一眼，陰陽怪氣地接著說，

「她得病前，天天跑到河邊哭，就是魔怔了以後，也天天坐在那河邊土坎上發呆，一坐就幾個鐘頭，你說怪不怪？」伊瑪的娘嘿嘿樂了，笑聲像貓頭鷹叫。

敢情這癆病鬼啥都知道。我心中也不禁一顫。

「她現在人在哪兒？我去勸勸她。」我不想再跟他們糾纏了，站起來告辭。

「還能在哪兒？河邊土坎唄。」兩口子同聲說出。

我逃跑般走離伊瑪家，到外邊大口大口喘氣。

我先回家，從地窖牽出白耳，正好帶牠去河邊放放風，又可給我作作伴兒。伊瑪這瘋丫頭，別見我又犯病。

我遠遠看見她呆呆地坐在那土坎上，呆呆地望著秋水出神。

「伊瑪……」

她不看我，依舊呆望涼寒的河水。

「我是他們撿來的養女，養女……」伊瑪兀自叨咕。

「什麼？妳是他們的養女？」我不知道此時的伊瑪正常不正常，觀察她的臉和神態，除了憔悴變瘦外，現在她還算正常，只是眼睛陰冷陰冷。

「是啊，他們去通遼看病，從醫院板凳上撿回來的，我是人家丟棄的私生子。我娘壓根兒就不能生育。他們瞞了我這麼多年……」

「難怪他們對妳這樣狠！妳是怎知道的？」

「我不答應他們，他們就又打又罵，說撿回來妳這野種養了十七八年，該報答他們了……」

「原來真是這樣。唉，伊瑪，妳真命苦……」我不知說啥好，也望著那秋水滿肚酸楚。面對這種命運，她不魘怔也難。

白耳圍著伊瑪轉，嗅嗅聞聞，又拱拱她的膝頭。過去，我常帶白耳約伊瑪一起去野外挖菜打柴，牠跟伊瑪很熟，一點兒不認生。

伊瑪突然抱住白耳的頭，「嗚嗚」痛哭起來。

白耳搖著尾巴，任她摟抱親熱和發洩，顯得很大度和理解。我暗自納悶。不過，白耳在家裡的待遇也跟伊瑪差不多，真是一對苦命人獸。白耳伸出舌頭，舔起伊瑪流淚的臉頰，更令她感動不已，抽泣不止。

「把白耳送給我吧！」伊瑪突然對我說。

「這……」我一時驚愕。

「我想有個伴兒……白耳又理解我。反正你不在家，也不需要牠，你們家人也老打牠，我跟牠同病相憐，在一起還有個照應。連這一點要求你都不能滿足我嗎？」伊瑪站起來，瞪大眼珠面對著我。

「好好，先別急，咱們好商量……」我怕她又犯病，安撫著，「妳這主意，倒不失爲一個兩全其美的辦法，我也正爲白耳的事頭疼呢。可妳那寶貝爹媽同意嗎？」

「會同意的。我就帶著白耳嫁胡家，白耳是我的嫁妝。這是條件。」

「妳還是同意嫁胡家？」

「不同意你讓我嫁誰？守著這對狼心狗肺的爹娘，還真不如嫁出去，找個漢子過自個兒的日

子，嫁誰不嫁呢？咯咯咯……我一個瘋子，還能嫁誰？咯咯咯……」

聽得我倒吸一口冷氣。

我拗不過伊瑪鐵了心的請求，最終咬咬牙決定，暫時把白耳交給伊瑪照料。我擔心不答應她又讓她傷心。我再也不想傷害她那破碎的心了。而且，白耳還真有了個好著落，我不必再牽腸掛肚。一想，這還真不賴。

「好，白耳就送給妳照料。妳好自爲之。」我由衷地說，此時此刻說什麼也多餘，我一個文弱少年也無法改變伊瑪的命運，唯一送給她的就是祝福了，還有白耳。

伊瑪高興之極，抱著白耳滾倒在地上，發出「咯咯咯」的爽朗笑聲。白耳這麼多天頭一次在河灘地上如此自由地跳躍撒歡，似乎聽懂了我們的決定，跟未來的女主人無拘無束親親熱熱地玩鬧著，把歡樂和快意撒滿河邊沙灘。

「伊瑪，將來要是妳真去了胡家，他們誰欺負妳，就叫白耳咬他們！」我說。

「我會的！」伊瑪說得咬牙切齒，兩眼又變得陰冷。

我不寒而慄。

我此時真拿不準我的決定是對還是錯。

第二天返校之前，我好好餵了一頓白耳，再跟家裡人打了招呼，然後就把白耳牽到了伊瑪家，親手交給了伊瑪。奇怪的是，兩邊都沒什麼反應。我們家好像早就等待著我把白耳牽走，管牠是公園、荒野或是別人家；而伊瑪家，也好像早已達成協議，默默地看著伊瑪把白耳牽進一個新搭的狗棚居住。

從此，人們常常看見河邊沙灘上，有個孤女牽著獨狗溜韃，或坐或躺或笑或哭，或瞅著那流逝的河水哼一曲哀傷的歌。人和狗日趨親密無間，形影不離，相互照應。有時人犯病變得瘋瘋癲癲時，狗忠誠地守護著她，不讓頑童或不軌者靠近半步，甚至把他們追得嗷嗷亂叫。

又過了一段時日，這孤女和獨狼的身影從河灘上消失了。唯有那河水日夜奏著哀婉的曲調，嘩嘩啦啦地唱，如泣如訴。

三

伊瑪果真嫁到胡家，帶著白耳。

不久，她和羊癇瘋羅鍋丈夫胡大一起，承包了村裡塔民查干沙坨中的野外窩棚，遠離了村莊，當然也帶著白耳。住進離村二三十里外的窩棚，看管村裡閒散牲口，淡出村中煩人的環境，倒也不失爲一個好出路。

但事情也沒那麼簡單。

下面是伊瑪和白耳後來遭遇的故事。

有一天，他們的爹爹胡喇嘛突然跑到他們搭建在野外的窩棚，躲進了關白耳的狗窩。

可那白耳狼狗盯得他發毛。屁股下的乾草尚軟，胡喇嘛往後蹭了蹭。那白耳狼子依舊盯著他，冷冷地。他真有些發毛。莫非這東西還記得我，記得幾年前的事？那一雙眼白占多又綠光閃閃的圓眼，陰冷陰冷，似是兩條寒極射線，把他釘在冰涼的牆角，不敢動一動。

一條鐵鏈劈里啪啦拴在白耳脖頸套環上，他壯著膽揮了揮手裡抓到的樹枝。嗞——白耳毫不含糊地衝他翻起上嘴唇，白牙利齒連紅紅的牙床一併露出來，發出吠哮。他身上一抖。

他不再惹牠，知趣地遠遠躲到白耳搆不到的牆角。

「胡大！胡大！」他開始喊叫。

長子胡大聞聲出現在低矮的狼狗窩前邊，嘴邊還殘留著白沫。顯然剛犯完病，後背上鼓出的小山包，擠壓著他上身幾乎成九十度地面朝大地，手裡的拐棍是唯一的支撐以防跌落。

「爹又怎了？」

「牽走這狗東西！」胡喇嘛說。

「牠是個好狼狗！」

「牽走！我看著煩！老衝我齜牙，牠肯定還記著以前的事！」

「不會吧，好幾年了，伊瑪現在訓練得牠像個家狗，老實又聽話。」

胡大跨進土坎，摩挲了一下白耳的脖頸。那白耳伸出紅紅的舌頭舔起他的手。「你看沒事吧，白耳老實點啊。」胡大說著緊了緊白耳的皮脖套，還有那鏈子。白耳現在愈發矯健，黑灰雜毛長而硬，尾巴毛茸茸地拖在地上，被伊瑪調理得更具狼風。

「爹，你們到底犯啥事了？」

「你不要管，我肚子餓了，一會兒叫你媳婦送飯來！」

「出去上屋吃吧。」

「不成，那幫『雷子』萬一找到你們這兒怎辦？」

胡大拄著拐棍走了。

隨著一陣大咧咧的腳步聲，胡大的媳婦伊瑪來到狗窩前邊，手裡捧著一缽飯菜。人胖了許多，可魔怔得更厲害，人總處在精神恍惚狀態，似醒非醒，似明不明。她有些膽怯地低著頭，往低矮的狗窩裡瞅。

「爹……吃、吃飯了。」伊瑪說話也變得結結巴巴。

「送進來。」胡喇嘛盯著白耳，不敢動窩。

伊瑪不大情願地貓著腰走進狗窩。這是個由原來的小羊圈改建的，上有籬笆頂，四面是土坯牆，後牆有透風的方口子，下邊還鋪著乾草，有股刺鼻子的腥臊氣。那白耳用頭蹭一蹭伊瑪的大腿，蹭得她好癢，咧開嘴露出已經黃鏽斑斑的大牙，撲哧樂開了。一雙吊吊的大奶，自由地顫動著，隔著單花褂子明顯感覺出那波峰浪谷。老公公胡喇嘛的雙眼如狼眼一樣變綠了幾許，死死盯著伊瑪的豐乳肥胸，燃起火一樣的光芒。他就欣賞兒媳的這堆贅肉，還在她小姑娘剛發育時起就喜歡。

伊瑪放下飯缽子，慌亂地轉身離去。

「等一等。」

「爹。」

「過來。」

「爹……」

伊瑪向外瞅一瞅，眼神中閃過一絲畏懼。像所有魔怔病人一樣，膽兒很小，也許魔怔的病根大多就是恐懼所致。她貓著腰站在原地。那驚恐的眼神期盼著什麼呢？盼羊癇瘋加羅鍋的丈夫及時出現，喊她出去餵羊？其實她什麼也沒有等到，也不會等到。這她心裡清楚，嫁到這一家的第一天就知道。所以，她鼓動胡大承包了村裡野外窩棚，看管村裡放進坨子裡的散牲口，以躲避她所害怕的半年來重複過多次又無法抗拒的那事兒。

「不聽話了是吧？明幾個回村，我就撤了妳爹的護林員，收回河灘地，再把妳送進通遼的瘋人院，讓好多人幹妳。」公爹胡喇嘛說得很平常，像是說著玩，嘴角歪斜著擠出一絲微笑，瞇縫起一雙眼睛。

「別，別，爹……」平常的話在伊瑪聽來卻像驚濤駭浪，前邊的威脅倒無所謂，後邊的送瘋人院這招，可是致命的。伊瑪面如土色，乖乖地，貓著腰湊在公爹胡喇嘛身邊。

胡喇嘛的大手準確地抓揉起伊瑪胸前的乳房，嘴裡發出滿足的嘿嘿嘿的笑聲。

「當初娶妳過來，不是娶給胡大，是娶給我自個兒的。嘎嘎嘎，這妳心裡清楚。」他把她壓在身下時說道。

她當然清楚。入洞房那夜，胡大不知緊張還是興奮，突然犯病，吐著白沫不醒人事。公爹進來說不用管他，過一會兒就好，然後上了她的床。她犯魔怔了，外加害怕去瘋人院，只好隨其擺弄，以後是一發而不可收拾了。

此刻，伊瑪也只有在其龐大的軀體下蠕動的份兒。她閉上雙眼，隨胡喇嘛折騰，臉木木的，被扯開後裸露的乳房也木木的。身下的乾草有些扎屁股，她也沒有感覺。她這會兒只盼著快完事。沒有別的，靈魂都木木的，還能有啥呢。

胡喇嘛沒完沒了地弄著。

此時，有一雙眼睛正從狗窩外邊陰冷地窺視。這是一雙奇特的目光，幽深幽深，陰冷中又透著一股漠然。要是仔細看，尚能發現那隱藏在深處的兩點弱弱的似有似無的火苗子，可又被強大的忍力壓迫著。火苗子稍縱即逝，變得又冷漠的目光，毫無聲息地欣賞著那翻江倒海的一幕。唯雙手攥得生疼，尖指甲掐進手掌心滲出細血。

他何嘗不想像個真正的男人般在女人身上直著腰推波助瀾！可自打第一夜在媳婦身上想辦事結果犯病失敗起，他一碰自己的女人就心顫，產生莫名的恐懼。後來不知啥原因，自己的腰愈加支不起來，後背變得更駝，無法直趴在女人身上。他整個成了廢物，不是男人。不人不鬼，成爲名揚沙鄉的一代羅鍋、羊癇瘋人。

他當初不知老爹爲何給他娶來一個如花似玉的魔怔病人當老婆，還虛報她的歲數辦了登記手續，後來他明白了。他受的折磨不僅是肉體的，而且是靈魂的。他拿自己的身體沒辦法，拿自己後來乾脆挺不起來的「水槍」沒辦法，唯有躲在一旁觀戰。起初還心驚肉跳，後來就麻木了，能夠跳出事外觀賞而不動心。

魔怔女人伊瑪鼓動他躲出村去住窩棚，他著實疑惑了半天，原以爲這傻女人多麼需要那事兒。從此他另眼相看她，兩個人在無人的荒沙坨子中，搭幫過起相對安寧的日子。

白耳狼子卻受刺激了。

「嘶——呼——」牠一口咬住了褪到牠腳邊的胡喇嘛的褲腿兒，往後扯拉。

一邊忙活著，胡喇嘛一邊往上提褲子，想從白耳嘴裡拽出那褲腿兒。受刺激的白耳毫不鬆口，

低著頭咬住褲腿兒使勁往後退。

「哧啦——」胡喇嘛的一隻手沒有抓住褲子，黑瘦黑瘦的屁股便光溜溜地全部裸露出來。白耳有了戰利品，撕扯起來，爪子尖牙將那半條褲子轉瞬間撕個稀巴爛。白耳還不夠，一下子咬住了滑到牠嘴邊的腳後跟。

「哎喲媽呀！」胡喇嘛疼得殺豬般叫了起來，翻身而起，可腳後跟還被白耳嘴裡咬著。

「鬆口！救命啊！胡大！羅鍋兒！快來呀！」

外邊的胡大羅鍋兒漠然，默默地悄然而走，裝作沒看見，也沒聽見。

白耳「呼兒呼兒」地嘶哮著，尖利的牙齒連鞋帶肉咬個透徹，咬個結結實實，毫不鬆開的樣子。胡喇嘛的另一隻腳踹那白耳的頭，踹那鼻子。嘴裡嗷嗷叫著，疼得他鑽心，發顫。

「伊瑪！妳這臭娘們兒，還躺那兒不動，快起來叫牠鬆口啊！疼死我了！快溜兒點呀！」

伊瑪這才懶洋洋爬起來，一手提上褲子，一手拍拍屁股上沾的草，然後才貓著腰走過去拍了拍白耳的鼻子。

「鬆口……白耳。別咬了，你、你咬壞他，他可又咬壞我……」

白耳果然鬆口。

胡喇嘛收回那隻自由了的腳，撫摸那滴出血的腳後跟。

「我宰了你，狗日的！」他惡狠狠地衝白耳叫罵，白耳又帶著鐵鏈撲上來。他慌亂地往後閃，躲回白耳搆不到的遠牆角。

「該死的羅鍋兒，死哪兒去了？胡大！羅鍋兒！」

「爹，在這兒哪。又怎了？」

胡大必恭必敬地站在狗窩口那兒，十分孝順地耷拉著耳朵聽老子教訓。

「快給我打死這畜生！打死牠！」

「不能，爹。牠幫我們看家，看牲口。牠又是伊瑪的命根子。我們都離不開牠。爹，你的褲子怎扯碎了？你的傢伙可全露了……嘿嘿嘿……」

「還不給我拿條褲子去！」

胡喇嘛嘴發紫臉發青，身上狂抖，雙手適時地擋在雙腿前邊。

「伊瑪，妳去拿妳的褲子吧，我的褲子爹沒法穿。」胡大衝從自己身邊匆匆走過的伊瑪說，說得認認真真，平平常常。

伊瑪低著頭去了。羅鍋低著頭去撫摸白耳的脖毛，嘴裡唔唏唔唏地低聲怪叫著，從懷裡掏出一個窩窩頭給牠吃。那白耳吃得很快很乾淨，連他掌心的細屑兒也舔個乾淨。好了，別沒個夠，別貪得無厭，明兒個帶你去追跳兔，也開開葷，別鬧了。胡大如孩子般地哄著那隻白耳狼子。

胡喇嘛的那雙閃著火光的眼睛，如吃人般地盯著胡大和白耳。他有些不認識自己唯唯諾諾的羅鍋兒子了。

「你當真不宰這畜生了？」

「不能。」

「那我連你也一起宰了。」

「你不會的。我是你兒子，你又是村長，不能殺人。再說，還有個更重要的……」

「啥？」

「殺了我，可留不住伊瑪了。除非你娶了她，可你是村長，不會娶自己的兒媳婦的，你不會幹那種不光面的事兒。」

「你！」

胡喇嘛頭一次感到羅鍋兒子確實變了，變得不認識了，這麼多年他養活著他，對自己言聽計從的兒子，怎麼突然變得如此桀驁了呢？這麼多年，他也頭一次正眼死死地盯著如行屍走肉般的羅鍋兒子。

「爹，我吃飯去了，你也吃飯吧。忙活了半天也該餓了。這一夜長著呢，且熬呢！」

嘟、嘟、嘟，羅鍋胡大的拐棍敲著地面走遠了。

胡喇嘛縮在牆角下不寒而慄。要是平時，他肯定追過去一腳踹趴下了他。如今他不敢動窩，倒不是擋路的狼狗白耳，而是那些縣城裡正到處找他和二小子二禿的警察們。他不能走出這隱身的狼狗窩。他扒拉些乾草蓋在身上，只露出腦袋，眼睛賊亮賊亮地盯著外邊，支楞雙耳捕捉著遠處的動靜。

伊瑪扔進一條女人的花褲，又扔進一床破棉被。雖然是初秋，可沙坨子裡的夜晚很涼。一抹晚霞，從西牆通風口子飄進來，落在狼狗窩裡的乾草上，活似跳動的火焰。

那白耳也安靜了，可那雙綠眼始終沒有離開過他的身上，或許牠不高興與別人同宿一窩兒，要不牠瞅準機會想報仇雪恨，一口咬死了他。他心裡有些淒涼。堂堂一村之長，受人尊敬威風八面的土皇上，如今落得如此下場，如此狼狽，同狼狗共宿，受羊癇瘋羅鍋兒子的奚落。他忍不住嘆氣。

拽過被子蒙上頭，伸手抓些乾草胡亂遮在被子上。熬過這一夜，熬過這檔子事再說吧。

趁著變暗的晚霞，散放的大小牲口三三兩兩回到窩棚前邊的土井邊，等著飲水。魔怔女人伊瑪搖動轆轤把，撅著屁股，將提上來的水倒進長長的木槽子裡。牛們羊們驢們搶著伸脖伸嘴，擠到槽子邊嗞嗞痛飲清涼的沙井水。擠不進去的在外邊轉圈，急慌慌地尋縫覓隙，嗷嗷亂叫亂嚷。

胡大揮動棍子嘿哈地吆喝，擊打貪飲者的鼻梁，扶推著弱小者。圍著土沙井飲水的牲口有幾十頭，每月每頭牲口交納兩塊錢的管理費。沙坨子裡種不出莊稼，可以放些牲口，但得有人住窩棚管理，飲水了，下犢了，防狼叼了，生病了，事兒不少又麻煩。村民們一般都不願意離開村莊住進這幾十里外的荒野坨子裡，白天伴牛叫，黑夜聽狼吼。而村子周圍全是莊稼地，無法放牲口，閒散牲口還必須放進遠處沙坨子不可。這活兒很適合伊瑪和胡大，每月百十來塊錢的收入能讓他們維持生活。

伊瑪露出黑紅結實的粗胳膊，晃動著鬆塌的胸，吱扭吱扭地搖轆轤把，眼角偷窺一眼那邊的胡大。

胡大啪嚓啪嚓打牲口，打牲口時咬肌鼓突鼓突的。

「你、你那爹……是一頭狼……」伊瑪說。

胡大羅鍋光顧打著牲口，不看她。

天漸漸黑下來，牲口們在挨打中擠擠攘攘飲完水，啪啦啦晃動一下腦袋，摔落嘴邊臉面上的水珠，然後習慣地懶洋洋走進一旁的木欄圈內。胡大走過去，拴上柵欄門，然後抬頭往遠處眺望了一會兒，那是村子的方向。似有顧盼。他嘟嘟敲著地面走回窩棚。伊瑪提一桶水跟在後面，嘴裡還含混不清地說著，你爹是一頭狼。

進屋前，胡大羅鍋又回頭看一眼遠處村莊的方向，那夜色蒼茫處。

「你，看啥呢？熊、熊樣兒，看啥也沒用。」伊瑪提著水兀自走進窩棚，嘩地把水倒進缸裡。

胡大陰冷地看一眼媳婦的背影，又往遠處巴望。

老頭子到底捅了啥大婁子呢？他這一輩子怕過啥，今天竟躲進狼狗窩兒不敢出來。胡大默默琢磨著心事，回屋上炕，搓搓腳便兀自倒下睡了。

後半夜，他們的窩棚前來了輛警車。倒沒有刺耳的警笛叫，悄悄駛來，從車上下來了兩三個胡喇嘛所說的「雷子」。戴著大蓋帽兒，別著盒子槍，卻笑嘻嘻的，手裡提兩三隻沙斑雞。也沒有張口就罵，動手就推搡。

油燈下，站起了胡大羅鍋，拱著他的山包，後邊是找半天找不著褲子的伊瑪，裹了一條毯子哆嗦著。三個警察一進來，小窩棚就滿了，手電筒刺眼地照來照去。有一個跳上土炕，翻開炕角的被摞兒和板箱子。有一個走到牆角，揭開水缸蓋兒看了看。簡陋的窩棚裡再沒有其他可隱身的地方。

「沒有。」負責搜索的一民警向頭兒說。

領路來的村民兵連長問胡大：「你爹呢？」

「俺爹？我不知道。」胡大想了一下，平靜地回答。

「你老子沒上這兒來嗎？」那頭兒和顏悅色，拉家常似的問，弄得胡大莫名其妙，摸不著頭腦。他的態度怎麼像個來串門兒的人，他們是警察呀，他們應該正言厲色，拍桌斥罵。見他們態度好，胡大打算繼續裝不知道。

「秋收大忙，他跑到俺這個野窩棚裡幹啥？」

「你弟弟二禿說，可能在你這兒躲著呢。」那頭兒仍微笑著。

這該死的混蛋，把自個兒的爹給賣了。爹從小寵那小子可白搭了。胡大想著心事，不搭腔。

「喂，問你話呢！」耐不住的一個警察，終於提高了嗓門。

胡大明顯感覺到，依偎著他後背山包的伊瑪悸顫了一下。他依舊默默地看著那盞如豆油燈，不吱聲。一張始終漠然的臉上，既看不出慌亂，也看不出高興。他思謀著啥，只有天知道。

「你們、找他……幹啥？」伊瑪不知是出於恐懼還是好奇，或者其他，魔魔怔怔地問了一句。

「把藏起來的胡村長交出來，妳就知道了。」那頭兒笑呵呵地側過頭，想瞅清楚躲在胡大羅鍋身後裹著毯子的伊瑪。

魔怔女人伊瑪歪著頭想了想，到底說不說。這些人是來抓公爹的，還是找他去吃席喝酒的？過去在村裡時，常常見有小車接走公爹吃酒。胡大的後山包有意無意拱了一下靠著的伊瑪。於是伊瑪咽了咽口水，沒再吱聲。

那頭兒和他的手下耐心地等待著。

「俺爹沒來過這裡，你們還是上別處去找吧，二禿他胡說。」胡大依舊漠然地說。

警察好像準備要走了。

「嗅——嗚——」此時，窩棚外邊傳出狼狗白耳的嗥聲。那恐怖的狼嗥，令幾個警察嚇得手都摸上了腰間的槍。

「外邊有狼?!」

「嘎嘎嘎……咯咯咯……」伊瑪見警察們的樣子，終於開心地樂了。

「那不是、不是狼，是俺家養的狼狗、狼狗……」

「到外邊去看看！」頭兒若有所悟，立即命令道。

警察呼啦啦跑出去了。狼狗窩那兒，手電筒照出了數條光柱子，狼狗白耳咆哮著衝出來撲過去，不讓警察們靠近自己的窩兒。

「狗窩裡有團黑東西！」一警察向頭兒報告。

「胡大，看住你的狼狗！要不以妨礙公務爲名把你也抓走！」這回頭兒變了臉，嚴厲了許多。

胡大看了看那頭兒，走過去摁住狼狗的頭脖，他身後寸步不離地跟著媳婦伊瑪。伊瑪臉上有些幸災樂禍地朝窩裡那團黑東西看。黑暗中，別人看不見她的表情。可胡大內心中看得見，又用後山包拱了一下伊瑪。

伊瑪不理他，依舊低聲咯咯樂。

幾把手電筒齊照那團黑東西。

「胡大村長，你自個兒走出來吧！」

那東西還是不動。沒有一絲反應。

「進去，請出來。」那頭兒又命令。

一個警察貓著腰走進狼狗窩裡。手裡的電筒照住了那團東西，是一床舊棉被。掀開了棉被，下邊是一堆乾草，不見人影。

「是一床棉被，沒有人！」

那警察的手電筒，照在後牆上那個通風口子。

「這兒有個通風口子，掉了兩塊土坯，好像有人從這口子逃走了！」那警察報告。

警察們都跑到狼狗窩後牆外邊察看。那邊是蒼蒼莽莽的大沙坨子，夜裡黑沈沈迷茫茫。人若走進在那裡，就如石子掉進大海裡一般。

警察頭兒搖了搖頭笑說：「他跑個啥勁兒呃？真逗。算啦，咱們回去吧！」

警車嗚嗚長鳴著，在黑夜的沙坨子裡威風八面地開走了，驚得圈裡的牛羊亂跳，坨子上的野鳥亂飛。那狼狗白耳衝黑茫茫的荒坨子嘷了良久。

胡大和伊瑪又鑽進了土炕上的被窩。涼了半天，被窩裡沒有一點熱呼氣兒。經歷了這陣折騰，這時夫妻倆絲毫沒有了睡意。縈繞在他們腦海中的疑問有許多。老頭子夠精，可人跑到哪裡去了？這麼多警察興師動眾，老爺子究竟幹了啥傻事？

「公爹他、他躲哪裡去了？」伊瑪捅了捅胡大的山包。

「妳擔心他？」

「我擔心他？咯咯咯……俺想看看警察抓走他的樣子……」

「光禿禿的沙坨子裡，白天一隻耗子都藏不住。」胡大自言自語，聽見白耳的磨牙聲和劈哩啪啦拽動鐵鏈聲，又說：「除非他鑽進那個……」

「鑽進啥？啥？」伊瑪急忙問。

「鑽進那個黑沙坨子的狼洞！」

「你、你知道那狼洞、洞？」

「有一次，我找牛遇暴雨，就鑽那狼洞避雨的。那狼洞，聽說就是咱們家狼狗白耳原先的老巢，被咱老爺子挑了，眼下正閒著。嘿嘿嘿。」胡大羅鍋乾笑。

伊瑪聽完無話，黑暗中眼睛有些亮晶晶的。接著，他們不再關心老爹和狼洞，睡意終於襲擊了他們，朦朦朧朧中昏然睡去。

夜還是那麼黑，伸手不見五指。此時，那座荒坨上孤零零立著的窩棚板門，黑暗中被悄然推開，走出一人，輕手輕腳走到狼狗窩邊。這人的手摸索著，摩挲一陣一直不安穩的白耳頭脖，然後哆哆嗦嗦解開了拴住白耳脖頸的鐵鏈。白耳自由了，「呼兒呼兒」嘶哮著，圍著那人打轉，爬上爬下，親密無間。那人拍了拍白耳屁股，低語一聲。

狼狗白耳舔了一下主人的臉和手，爾後「噌」地一下利箭般射出去了。義無反顧，直奔胡老爺子消失的大漠深處。

窩棚窗口那兒，一雙陰冷陰冷的眼睛一直盯著這一切，後背上的山包一聳一聳的。由於牙咬得鐵緊，嘴邊又流出黏液體白沫兒。但他終未出聲。

狼狗窩邊的那人佇立在黑夜中，朝白耳跑走的方向凝視了很久。此人的牙也咬得鐵緊，亮晶晶的眼睛深處似燃著火。又不時地發出一陣陣「咯咯咯」的瘋笑，似哭似泣。隨後步履有些搖晃地走回窩棚裡，一切又歸於沈寂。

第二天清晨，胡大羅鍋照常早起，打開牲口欄的柵欄門，伊瑪也照常撅著屁股，搖轆轤把提水飲牲口。兩個人都默默的，若無其事地幹著日常的活兒，也沒有人往狼狗窩那邊看一眼。雙方也都迴避著對方的目光，似乎都很專心地幹著自己的活兒。

放出牲口，接著弄早飯。至此，誰也沒有開過口，似乎都一下子變成了啞巴，都默默地扒拉著包米楂子飯和鹹菜頭。

中午時分，昨夜的警車又來到他們窩棚口。還是那個警察頭兒，卻只帶著一個手下，自己開車。

「你老子還沒回來？」

「沒有。」

「你知道他躲在哪裡嗎？」

「……」

「不吱聲說明你知道，快帶我們去！」

「你們抓他到底出啥事了？」

「誰告訴你我們要抓他？真是的！」

「不抓還深更半夜來堵他，現在這樣心急火燎的？」

「嗐！沒有他簽字，一個小案子結不了案。告訴你吧，你老子和弟弟二禿昨天在縣城喝醉酒，胡村長騎摩托車後邊帶著你弟弟，撞倒了一個老太太，他倆以爲撞死了老太太便逃之夭夭。其實那老太太被人送醫院的路上就醒過來了，開藥也沒花幾個錢，老太太的家人也沒啥索賠要求。我們找你爹，一是讓他在事故調查報告上簽個字，二是要教育教育他，他們倆撞人後逃離現場，態度有些惡劣，但不至於抓他坐牢呀，他瞎逃啥勁兒呢！瞎耽誤我們的工夫，現在上邊抓辦案效率挺緊的，我們這才急著了結這小案子。」

胡大無言，旁邊的伊瑪也無語。

「怕是……」胡大嘴裡嘟囔，瞅了一眼已空了的狼狗窩那邊。

警察幾乎是半拖半拉著胡大上了警車，伊瑪見狀也擠上了警車，魘魘怔怔地表達著，一定要跟隨丈夫一塊兒去。

越野吉普車在胡大的準確指點下，迅速地接近黑沙窩子地帶。車如奔跳的兔子般顛盪，從未坐過小汽車的伊瑪興奮中眼睛睜得好大，可不一會兒哇哇嘔吐起來。警察趕緊讓她把頭伸出窗外，讓噴湧如注的污穢傾洩在外邊，也有些殘渣濺在警察的衣褲上和汽車上。伊瑪也不想這樣，不好意思地「呵呵」傻笑了一下。爲了結案，警察只好忍著。

黑沙坨子一帶全是硬沙丘組成，長有稀稀拉拉的沙蒿子、酸棗棵子、野山杏之類的耐旱耐沙植物和灌木叢。在一座背陰高沙丘下，他們找到了那個舊狼窩。洞口上方往下垂掛著一叢茂密的沙蒿子，不知地形的人很難發現這裡隱藏的狼洞。洞口外邊沙土上留有人的腳印，還有一行狼狗類進出的爪印子。黑乎乎的大洞，上高約一米多，也較寬敞，人只要貓一下腰便可自由出入。

「就這個狼洞嗎？」

「這沙坨子裡沒有別的狼洞。」

「有狼嗎？」

「幾年前從北邊罕山那邊來了一對狼，在這兒安家下崽，後來被滅了，這就是那窩狼的巢穴。」

警察頭兒膽子大了些，走到洞口，手握著槍朝裡喊話。

「胡村長，你出來吧！我們是縣裡警察，有話跟你說！」

狼洞裡沒有反應。

「胡喇嘛村長！」

「爹！警察不抓你！」胡大揚起的黃臉愈加陰鬱起來，眼神有些怪異，聲音也抖抖的，空空蕩蕩，乾乾巴巴。

狼洞中依然寂靜。

「我進去看看。」胡大走過去，察看狼洞前的亂爪印兒，嘴裡不知嘀咕著什麼。他不用貓腰，很從容寬綽地走進那黑乎乎的狼洞裡去，不一會兒便消失了。

「啊?!」從狼洞傳出胡大的驚呼，人們緊張起來。

胡大拖著一具屍體從狼洞裡爬著出來，那是胡喇嘛村長的屍體。胸前被撕爛，血肉模糊，衣褲成條狀，人已經停止了呼吸，怵目驚心。致命傷是被獸類尖牙咬斷了咽喉。外邊的人們一陣忙亂。警察頭兒沒想到會遇上這種事，亂了方寸，嘴裡直說這怎麼搞的，這怎麼搞的。

「爹——」胡大的臉色蒼白如紙，牙關又咬起來。

「你不是說這一帶沒有狼嗎？」警察頭兒擦著額上的汗。

「那獸……俺能、能說得準嗎……」胡大咬著牙關吐出這幾個字，又怪怪地看一眼伊瑪，接著嘴角流淌出白沫，渾身顫抖著，終於挺不住昏迷過去。

「胡大！胡大！」伊瑪又掐又拍胡大，緊張萬分，厭惡而恐懼地看一眼那具亂糟糟的還穿著她花褲子，不成人形的公爹屍體，然後轉過頭又呼喊起她的胡大。

「現場只有胡喇嘛和狼爪子印兒，搏鬥得很兇，太可怕了。」進去察看狼洞的警察頭兒摁滅了手電筒，拍著身上的沙土。死亡原因顯而易見。

「唉，一件小事，怎搞的。這胡村長……唉。」警察頭兒不勝感嘆。見胡大在伊瑪的推掐喊叫下已經醒來，就對他們說，「你們兩口子，把你們老子抬回去埋了吧，我們從這兒直接回縣城了。」警察頭兒開著車，一溜煙消逝了。

胡大和伊瑪相擁蹲地半天未動，也不說話，一旁躺著慘不忍睹的胡喇嘛。此時，晚霞如血紅，從西天漫灑出無數道血線，網住了這東方的天和地，那大漠、橫坨、沙窪子，都沈浸在這血光般紅影中靜默，並失去原色，昇華爲幻影。

拖著那具屍體，他們夫妻倆半夜才回到窩棚。把屍體暫放在那間空了的狼狗窩裡等候，人死後屍體不能再進正屋。

二禿帶著村裡的幹部和親屬們來了，馬車上放著褐紅漆棺材。哭聲一片。這是死人後的習慣現象，當然多數人眼眶是乾的。胡喇嘛被拉回去隆重安葬，村幹部待遇。全村人吃一次酒席，村上支付開銷，所以沒有不吃撐的，沒有不喝醉的。普通百姓死人也小範圍吃席，何況這麼老資格的村長，不吃個天昏地暗才怪，而且不吃白不吃。農民們難得吃上一次公家嘛。有個農民醉後笑說，天天死個幹部多好，那農民天天有好日子過了。

唯一沒有吃喝的人是胡大兩口子，他們早早回了野外窩棚。胡大的眼睛紅紅的。

後半夜，曠野傳出一聲孤零零的狼嗥。接著便沈寂了。

不久，淡淡的月光照出一隻野獸，正貼著地面，伸展腰身，悄悄接近狼狗窩而來。

「砰！」胡大的獵槍響了。那狼狗的腿上中獵槍鐵砂子，趔趄了一下，卻紅了眼，「嗷兒」地叫一聲，向胡大撲去。胡大的眼睛含著陰冷的光束，再勾動扳機，可他的手被突然衝出來的伊瑪死死抱住，子彈朝天「砰」地射出去。伊瑪急嚷：「別打牠……別打牠……」

狼狗白耳撲上來，一下子咬住了胡大的咽喉。胡大那單薄而不靈便的身體禁不住白耳的衝撞，倒在白耳腳下，於是他放棄了掙扎。

他霎時感覺到那冰涼而尖利的狼牙，嵌進自己喉嚨肉裡，再橫向咬動，他的喉嚨便可被咬斷。那麼一切就結束了。他的雙眼安靜地凝視離他臉很近的一雙閃射綠光的狼狗眼。他等候著那一刻。

伊瑪的巴掌拍在狼狗的鼻梁上，喝道：「鬆開！白耳，鬆開！」

於是兩點綠光突然閃避了，接著咬住胡大咽喉的尖牙鬆開了，取而代之的是粗礪的狼舌舔起他正在滲淌的熱血。

「你咬哇！快咬！咬死我，咬死我——」胡大狂喊。

伊瑪抱起白耳的頭，親了又親，雙眼滾出熱淚，魘魘怔怔地嘮叨：「去吧，白耳，去吧，回到你的荒野去吧，不要再回來……我會永遠想你，再見，走吧——」

伊瑪狠狠地拍打了一下白耳的屁股。

白耳立著後腿，又舔又拱伊瑪，然後瘸著一條腿，「噢——嗚——」長嗥兩聲，轉眼向黑夜的荒野奔去了，沒有再回頭。

胡大嗚咽著，無力地癱在地上抽搐著。那背負的羅鍋一聳一聳地動，依舊擠壓著他，使他無法舒展。這真是個很無奈的事情。

四

我回村後，聽到胡喇嘛被狼咬死的驚人消息，趕到那野外窩棚上看望伊瑪和白耳。伊瑪和她丈夫依舊住窩棚，不願回村來。

伊瑪像陌生人一樣看著我。

「你……你幹啥來啦？」

「來看看妳，看看白耳。」

「白耳走了。」

「走了？」

「走了。公爹出事以後牠就走了。」

我很吃驚。我的白耳回歸荒野，回歸大自然了，這我可沒想到，心裡一陣悵然。我還想細打聽，可是伊瑪顯然不想再說這事，態度也很冷淡。

不過，她的有意無意之間把白耳出走與其公爹出事聯繫起來說，使我心中疑竇橫生。本來黑沙坨子壓根兒再沒有出現過狼的蹤跡。我忽然想起伊瑪以前曾開玩笑說過的「謀殺親夫」這句話，白耳的出走又透露著某種疑點。難道那個咬死胡喇嘛的狼就是白耳，牠終於完成了使命回歸荒野？

世界上的事情，本來什麼都有可能。而且又隱藏著許多永遠揭不開的秘密，我又何必去探究那些牛犄角羊尾巴尖呢？

伊瑪的精神看上去不錯，魔怔病也顯然好了許多。臉色紅潤，身體健壯，只是肚子有些鼓突。他們窩棚生活也井井有條，胡大裡外忙活著張羅給我弄一頓飯吃，不時跟妻子交流著意見，看上去關係也不錯。

「你在這兒，看來完全適應了。」我找話說。

「不適應怎辦？」伊瑪拍了拍肚子，「我不想把這雜種生在村裡。」

「哦？」我的驚詫不亞於聽到白耳出走的消息，盯著她那沈甸甸的肚子，一時不知說啥好。雜種，誰的雜種？

「我也不知道是老公的還是老公爹的，反正受罪的是我。」伊瑪的手輕輕撫摸鼓突的肚子，那眼神變柔和了許多。

我心中暗暗叫佛。可憐的伊瑪，苦命還未結束，把苦根苦汁又傳到了她那尚未出生的不明身分的孩子身上。天哦！

那天，我被那個胡大灌醉了，他還非得讓我當他兒子的乾爹不可。

我苦笑。

這孩子未出世便有了三個爹，儘管我是「乾爹」。

伊瑪在一旁偷偷看我的尷尬神色，直樂。

我感覺到，這人間也被一隻什麼看不見的手，惡作劇地顛倒了程式，弄混了善惡黑白。難怪現在的孩子看漫畫看動畫片都喜歡壞蛋和惡人，不喜歡善良好人。

我祝福伊瑪當個好媽媽。

第十三章 魂縈夢繫

狼孩小龍早在聽到第一聲狼嗥就驚醒了。雖然隨之而起的槍聲使他膽戰心驚，但連續不斷從四面湧來的母狼嗥叫聲，使他再也無法安寧了。他開始煩躁地東張西望，兩隻眼睛滴溜溜轉動，後來猛地躍起來，劈哩啪啦拖著鐵鏈在屋裡來回亂竄。

一

我永遠失去了白耳。

我把地窖的門敞開著，又放了一盆美食。可牠再也沒有回來，那盆美食酸臭在那裡，招來了一群老鼠。過去老鼠聞到白耳的氣味都躲得遠遠的，哪敢來搶牠的食。

我又跑到荒野沙坨上尋找過，一聲聲呼喚白耳。

牧馬人說沒看見過狼，白耳尖的狼。

牧羊人說他放的羊群很安全，從未受到過狼的滋擾。

白耳遠遠躲離了我們這一帶。

我坐在沙崗頂上黯然神傷。遙望著西天漫沙，心想，或許牠又回到那莽古斯大漠中的古城廢墟了吧？去找牠真正的母親，那隻母狼，那隻充滿靈性的狼精。

我爲之一振。這種歸宿當然很好。

難掩心中的傷感，去毛哈林爺爺家時他奚落我。

「魂兒沒了？貓叼走了？狗叼走了？還是叫你的狼狗白耳帶走了？」

豁牙齒的毛爺爺依舊精神十足。

我欣賞著他新蓋的房和屋內擺設。有個十八九歲的姑娘進進出出忙活著，有人說是遠房親戚，又有人說是城裡包縣長派給他的保姆。

「毛爺爺，你現在可神氣了啊！還有人侍候你！」

「嗨，沒輒呀，老眼昏花，又快走不動道兒，咱這種孤寡老人活著難啊，活著真是個累贅。」

我聽著他的言不由衷的話，差點笑了。咱中國人就愛說反話，活的如此滋潤，還說是難。成天琢磨著村裡的權力再分配，操縱著小小沙村的生殺大權，還稱累贅。我有時真搞不清這個老爺子屬於哪類人，用簡單的好人或壞人標準無法給他下定義。不過我倒很喜歡他，因爲他啥事都跟我說，不把我當一個甚事不懂的無知少年。

「你還惦記著你那狼狗哪？」

「我跟白耳生死之交，親如兄弟。」我遠望窗外天際說。

「你還是趁早忘了牠吧，也千萬別再把牠找回來。」

「怎麼啦？找回來怎麼啦？」我奇怪。

「有人也惦記牠呢。」

「誰？」

「還能是誰，胡家的人唄。他們懷疑白耳逃走後咬死了胡喇嘛，他們派人滿沙坨子找你那個『兄弟』呢，呵呵呵。」一不出家門便知村中事的毛爺爺撫鬚笑說。

「有這種事？難怪白耳再也沒有回來過，原來是他們嚇走了牠。人都死了，還扯這做啥？這叫惡有惡報，就是白耳咬死了他也是為了報復。」我生氣地說。

「哈哈哈，你這小子，淨胡說八道。你這話可別讓胡家的人聽見。」

我們正說著，爸爸卻來到毛爺爺家。我吃了一驚，以為他是來找我的。只見毛爺爺滿臉笑容，又是泡茶，又是拿煙，十分熱情地招待著爸爸，把我撂在了一邊。爸爸看我一眼，沒說話，跟毛爺爺聊起話來。顯然，他是有事應約而來。

「蘇克，怎樣，想通了吧？」毛爺爺笑呵呵地問。

「毛叔，這事，我還是沒法答應你。」爸爸為難地答覆。

「你身為黨員，我也是咱村支部一個老委員，你應該尊重和服從村黨支部的意見，一個黨員嘛，應該有使命感。過去你說要尋找兒子，現在兒子找回來了，該出來幹事了。」毛爺爺試圖說服爸爸。

我暗暗替爸爸難過，好可憐的爸爸，他算是擺不脫毛爺爺這老狐狸的糾纏了。我也好生奇怪，別人都哭著喊著爭搶村長這個位子，可我爸爸躲都來不及，視若糞土，甚至瘟疫。為何毛爺爺又看上他，揪著不放呢。真是一對兒怪人。

「毛叔，我這人就不能當官兒，在當兵那會兒當個小小的班長，我都搞得亂七八糟的，後來他們又要給填表提幹什麼的，嚇得我趕緊要求脫軍裝復員。唉，我這人天生怕官兒，也怕自己當官兒。」爸爸撓著頭向毛爺爺訴著苦。

「你這人啊，說你傻吧不傻，說你聰明吧又傻得可以。你當村長這差事是下油鍋跳火海哪！」

「我看比那還厲害。多一個官兒多一個腐敗，現在的人只要混上了官兒就想著法兒撈。不撈不貪吧，又被看做是沒本事的窩囊廢。或者裝著清廉，又是審又是查的，搞得死去活來。你說何苦，我耽誤不起工夫，我還要花時間照料我那狼孩子，恢復個人樣，哪有心思給大家辦事，或者去『腐敗』呀！」爸爸說著，自個兒樂了。

毛爺爺像看動物園的怪物般看著爸爸，他這回真是看走了眼。

「你真是不可理喻，一根朽木。」他最終下了結論。

爸爸滿頭大汗地倉皇而逃。我待下去也無趣，趕緊跟隨爸爸出來。外邊是自由的空氣，小鳥、陽光、藍天、白雲都讓人舒暢。

「爸爸，你可是把老頭兒給得罪了。」

「誰說的，其實他把我得罪了。」

「怎講？」

「三番五次地攪和我，還想要挾我。說穿了，他把我扶上臺，不就是爲了把我變成他的馬前卒，利用我壓制胡家嗎？然後再把他供起來，一把年紀了，還那麼大癮，從『土改』起跟胡家爭權，現在看到胡喇嘛突然意外死亡，他更有些迫不及待了。我才不稀罕呢，想當官，早留在部隊裡混了，這會兒不定啥銜呢。」

「呵，爸，你還有這段光榮歷史哪？你真是太不應該了，不把我給耽誤了？」我佯裝牢騷。

「我要是留在了部隊，你是不是我兒子還不知道呢，傻小子，世界是靠自己闖的。我就願意當個自由自在的不聽人管也不管別人的農民。」

突然，爸爸讓我揹他走一段，我就揹他走了一段。

「行了，腰板兒挺結實。以後做人也要腰板兒結實點。」爸爸拍了拍我後腰這樣說。

我記住了爸爸的這句話，心裡挺感動，熱乎乎的。

回到家時，院子裡正熱鬧著呢。

狼孩弟弟正追趕著鄰居的一個小孩兒，張牙舞爪。

二

那個頭戴狐皮帽的小孩兒嚇得沒了魂，哇哇大哭著滿院亂跑。原來媽媽本來牽著小龍的手在院裡溜躂，後院的這小孩冒冒失失地跑進院裡來，要借鍘刀鍘草。

狼孩弟弟一見那小孩頭頂火紅的狐皮帽子，眼睛頓時發亮，「呼兒」一聲吠哮衝過去了，媽媽沒抓住。

那小孩臉無血色，光嘎巴著嘴前邊逃。狼孩弟弟四肢著地地在後邊追，齜牙咧嘴，雙眼露出兇光，不停地狼般咆哮著。小孩絆倒了，狐皮帽甩出去。小孩自個兒捂上臉，等著小龍撲上去撕咬。

狼孩小龍沒去顧小孩，直撲火紅色的狐皮帽，上去就是又撕又抓又咬，轉眼間那頂漂亮的帽子被撕成稀爛，棉絮亂飛。小龍的嘴上臉上沾著狐毛狐皮，手腳依舊不解氣地撕抓踩踩，野蠻而兇狂。

爸爸趕緊關上大門，跑過去抱住狼孩弟弟。

媽媽摸著胸口鬆一口氣，扶那孩子站起來，哄著他。說賠他的帽子，往後到咱家來先喊門，不要這樣硬闖，小龍不高興。那小孩抹著眼淚跑出院子了。

狼孩小龍最近有些反常。餵給他熟飯熟肉，全扔了。給他穿的衣褲，全撕了。教他說話，他緊閉嘴巴不張開，或者「哧——」一聲衝你吠哮。媽媽燒好了一盆熱水，想給他泡澡，他把水全倒在媽媽身上，使媽媽成了落湯雞。一到院裡玩，追雞豬貓鼠，有一次，院裡剛出世的小羊羔遭了殃，硬被他抓住咬斷了脖子，吸血又掏肚。

他在拒絕人類的生活方式，拒絕文明。他內心深處似乎有個什麼叛逆的意念，頑固地要保留獸類的野性。

每當夜深人靜，大家都睡熟時，他那雙眼睛就綠幽幽地亮起來，支楞著耳朵，似乎諦聽著什麼，捕捉著些微小的動靜。

狼孩小龍真有些異樣。

過了些日子，他又稍爲安靜下來，顯得老實了些，跟隨媽媽院裡院外活動，只是一雙眼睛始終陰冷地觀察著周圍，那瞳眸深處有兩點似隱似顯的綠光不時地閃動。

這一天清晨，媽媽帶他去茅坑。

那茅坑挨著豬圈，就隔一堵矮牆。聞著屎臭，又餓了一夜的幾頭克郎豬，在矮牆那邊哼哼唧唧叫嚷起來。狼孩弟弟的耳朵立刻支楞起來，眼睛變冷。

他「噌」地一下躍過那堵矮牆，媽媽沒留神，手中的牽繩早被掙脫。狼孩弟弟就這樣闖進了旁邊的豬圈。他追咬那幾頭克郎豬，狹窄的豬圈裡頓時引起一片慌亂。受驚的克郎豬四處亂竄，恐慌中一起擠出圈門，有一隻被狼孩弟弟咬住了後腿，發出了宰殺般的吱哇尖叫。

豬們終於擠破圈門，衝了出去。被狼孩咬住的那頭克郎豬，也回過頭狠咬了一下狼孩，終於也跑掉了。這一下狼孩被激怒了，「呼兒呼兒」咆哮著，從克郎豬後邊追趕著，也跑向村街。

媽媽目瞪口呆，霎時醒悟，衝屋裡急喊：「小龍跑了！快來人啊！孩子他爸，快出來，小龍跑啦！」媽媽邊喊邊追過去。

正要下地的爸爸聞聲跑了出來。上房的爺爺奶奶、叔叔嬸嬸們也放下飯碗和手裡的東西，紛紛跑出屋。

村街上更熱鬧。一群克郎豬在前邊沒命地逃竄，後邊緊追著狼孩弟弟小龍，嘴裡不停地發出「嗚嗚」的狼般嚎叫。早晨，村街上有上學的學生、下地幹活的男女、出門的閒人，都瞪大了眼睛佇足觀望，好奇中帶著幾分恐懼。當豬和狼孩衝過來時，都紛紛閃躲在一邊，嘴裡失聲喊叫：「狼孩！狼孩追豬，狼孩追豬！」

這時爸爸和老叔他們追過來了，嘴裡不斷喊叫：「小龍！站住！小龍，別跑了，別追了！」

獸性大發的小龍不肯聽他們的話，四肢著地，狼般飛竄。他嫌媽媽給他穿的衣褲彆扭，邊跑邊撕扯著，沒有一會兒扯掉了上衣，又撕爛了褲子蹬掉地上，這一下，他又赤條條光裸著全身了。只聽他嘴裡發出極爲痛快又自由的歡叫，重新投入了極度興奮而刺激的追逐中。

只見那幾頭克郎豬呼哧帶喘，跑得嘴角冒沫，簡直嚇懵了，繞著村街沒命地逃，喉嚨裡發出

「呵兒呵兒」的短促的低哼，也不知道往哪裡逃才好。

村街兩旁和前邊圍觀的人越聚越多了。

爸爸衝他們喊：「鄉親們，幫幫忙，前邊堵住他！別讓他跑出村口！」

媽媽也哭喊著說：「求求大家了，幫俺逮住龍兒！別讓他再跑掉了！」

於是，有幾個膽大一些的年輕小夥子加入了追趕的行列，也有些男人堵在前邊，「嘿哈」地哄趕前邊跑的豬回過頭去。那幾頭豬又踅回來，朝村前街跑去，狼孩小龍也尾隨其後緊追不捨。這一下把前街的人們也攪動起來，人們紛紛跑出屋觀看或參與追逮狼孩的行動。

這是一個什麼樣的情景喲。曙光初照的清晨，塵土暴起的村街，一個渾身赤裸的狼孩，時而四肢著地，時而兩腿站立，瘋狂地追逐幾隻黑色的克郎豬。在他的前後，圍追堵截著全村百姓，男女老少都有，呼喝著，吵嚷著。不甘寂寞的村狗們也參加了追逐，只是懼於狼孩小龍的兇狂不敢靠近，圍著亂叫亂竄。

這真是一幕奇事奇景。

媽媽羞愧中暗暗哭泣。爸爸顧不上那些，唯恐又跑掉了小龍，左呼右喝著，鼓動大夥兒一起逮住小龍。好在爸爸和爺爺在村裡都有些人緣，還有些面子，大家還都沒有取笑取樂的意思，也都知道狼孩的情況，因而都真心誠意地幫著追趕，都想出把力幫著逮住狼孩。

人多力量大，大家終於在村口圍住了狼孩小龍，放走了那幾頭克郎豬。得以逃命的豬幾乎都跑不動了，歪歪斜斜地沒了魂似地竄向家園。

狼孩小龍衝周圍的人們齜牙咧嘴，也蹲在那裡喘氣。他不讓人靠近，雄健的身體在晨光中更顯

強壯，尖利的長牙向前鼓突著，十分兇狂而野性地怒視著緊逼圍困自己的人們。

「小龍！我是爸爸，快跟爸回家去，咱們別鬧了！」爸爸輕聲喚著，哄勸著，慢慢走過去。

「呼兒。」小龍張牙舞爪地撲過來，他不認爸爸。

爸爸不想激怒他，沒有硬上，也拉住了走過來的媽媽。這時的小龍好像誰也不認，嘴裡不停地「呼兒呼兒」怒哮著，誰走過去衝誰齜牙，恨不得一口咬死人。

這時爺爺來了，手裡提著那根長皮鞭。

「你們閃開，我來收拾他！這會兒就得用這個對付他，他又成了一條狼！」爺爺說著，從人群中走過去，手裡揮動著那根皮鞭，在空中「咻咻」發響。

「回家去！回去，回去！」爺爺衝狼孩小龍喝叫。

「呼。」狼孩一躍而起，撲向舞鞭的爺爺。

「啪！」爺爺的鞭子一下抽打在狼孩光身子上，聲音很響亮。可這回狼孩毫不在乎，那赤裸的身體上沒有感覺，似乎是抽打在黑褐色的岩石上一般。狼孩的眼睛閃射出綠幽幽的凶光，盯著爺爺和他手中的皮鞭。顯然他非常仇恨這皮鞭，目不轉睛地怒視著。

當爺爺的皮鞭再次掄起來抽向他時，已沒有了腳鐐的他，手腳都很靈便自由，飛速騰躍中，一下子抓住了空中的皮鞭頭兒。只見他「呼兒」一聲怒哮，猛力往回一拽一拉，那鞭子整個兒就到了狼孩手中，爺爺被拽得差點跌倒。

這回，那狼孩小龍舞起皮鞭子，學著爺爺的樣子。那長鞭在空中舞動得如根黑蛇在游動，直發出「呼——呼——」的聲響，顯然，他在咱家東下屋牢籠中挨爺爺鞭抽時，默默學會了爺爺所有揮動鞭子的姿勢和動作要領。此刻，他完全模仿著爺爺的動作，揮舞著那皮鞭，「叭」地一聲抽打在爺爺身上。

那野性而蠻橫的臂力全貫注進皮鞭上，力大無比，可憐的爺爺那一把老骨頭，如隻皮球般滾倒在地上。周圍的人們「嗷」的一聲驚呼，全家族以及全村最有權威的長者就如此被狼孩孫子抽了一鞭，人們都沒想到，都驚呆了。處在野性而又獲得自由的狼孩眼裡，此刻卻沒什麼權威尊貴之分，誰侵犯他他就衝誰齜牙。

爸爸趕緊扶起爺爺，當狼孩再次揮動起皮鞭時，爸爸大喝一聲：「住手！小龍，不許打！」便衝上去了。

小龍被爸爸的喊聲驚得愣一下神，閃開爸爸，那皮鞭向爸爸揮舞起來。他的眼珠閃射著仇視的怒火，似乎照樣挺恨這位「大狼爸爸」。當初是他披著狼皮，偽裝成狼，把自己騙捕回來，過著這種牢籠鏈鎖生活，非要跟他們人一樣的生活，失去自由，失去荒野，生生地跟母狼分離，都怪這「大狼爸爸」！於是，他「嗷嗷」狂吼，那揮動的皮鞭也「叭」地一聲抽在爸爸身上。

爸爸硬挺住那入骨疼痛的鞭打，他抓住了鞭梢，跟狼孩爭搶起那根鞭子來。爸爸有些急了，雙眼閃出怒火，牙咬得鐵緊，一步步抓住鞭子向狼孩靠近過去。

爸爸畢竟是一位身強力壯的蒙古漢子，狼孩見爭不過鞭子，乾脆撒開手，轉身就向後邊圍著的人群張牙舞爪地衝過去，嚇得人們趕緊躲閃。狼孩從一條讓出的空子裡鑽出去，向村西北的荒漠那邊飛跑而去。

「快追！別讓他跑了！」爸爸喊叫著追去。

這時，正好二叔騎馬過來了，手裡提著一個抓豬的網子，他幫鎮上的豬販子挨家挨戶收豬，剛從外村回來。

「快把豬網給我！」爸爸從二叔手裡搶過豬網，又騎上二叔的馬，「二弟，你也快騎一匹馬追過來！」

二叔沒騎馬，就手接過那位豬販子騎來的摩托車，「嗚兒嗚兒」加著油，冒出一股青煙，飛速追過去。

狼孩在前邊，四肢著地，一顛一顛地像狼一樣跑著，後邊騎馬的爸爸、騎摩托車的叔叔，以及眾多村民們窮追不捨。那些閒不住的村狗和頑童們，如同趕上了百年不遇的熱鬧場面，呼喝著，吹著口哨，爭著奔跑在鄉村路上，就如去趕馬戲場。

畢竟是現代化的摩托和四條腿的駿馬，爸爸和叔叔沒有多久就趕上狼孩小龍。他們二人聯手扯開了那個寬大的豬網。距離愈加近了，村西北那片平闊地沒什麼阻礙，就差半步時，爸爸大喊一聲：「上！」便躍下馬背，叔叔跳下摩托車，兩人甩出大豬網，一下子罩住了狼孩小龍，並死死摁在地上。

狼孩小龍在網中左衝右突拚命掙扎，他瘋狂地又撕又咬，雙眼充血又發綠，兩個鼻翼不停地翕動著，噴出熱氣，尖利的牙齒咬著豬網嘎吱嘎吱響。無奈那網繩有大拇指粗，網眼小碗大，是套三四百斤的大豬用的，狼孩再有猛力狂勁，也咬不斷掙不開，只在網中做著無謂的掙扎，喘著粗氣，齜牙咧嘴做嚇人狀。

爸爸叔叔緊緊扣住豬網，合夥用膝蓋頂壓住瘋鬧的狼孩，二叔拿出拴豬的麻繩反綁起狼孩的手臂，捆死他的雙腳，又拿塊布塞住了狼孩的嘴巴。

這一下，狼孩一點反抗力也沒有了，連個憤怒的嗥聲都無法發出，唯有一雙眼睛在冒火、冒血、冒令人不寒而慄的綠綠冷光。他仇視這些人類，仇視這些想讓他回歸人類的最親的人們。在他的腦海裡，已不存在爸爸媽媽、爺爺叔叔這樣的人類稱呼和輩分，他身上流著從小吃狼奶的野性的血液，心中只有荒野中茹毛飲血的生活中養成的完全狼類的生存準則。他不需要文明，他只想回歸荒野，回歸狼類的自由生活，沒有別的。

遺憾的是人類不允許，狼孩違背了人類的準則。他畢竟是人的孩子。他那直射的目光十分不解。真不知這是誰的悲劇，不知從誰的角度看才是正確的。這恐怕唯有蒼天或上帝才知道吧。

狼孩的眼角終滴下淚水。

三

狼孩小龍弟弟，就這樣又被關進了咱家東下屋那個鐵籠中。他的這次逃跑和反抗還是沒成功，而且，他這次的行爲大大刺傷了爸爸爺爺他們的心，刺傷了他們的自尊。唯有媽媽依然無微不至地關懷照顧著他，慈心不改。當爸爸把小龍扔進東下屋地上，和爺爺一起掄起那根皮鞭重新抽打教訓這不孝子孫時，媽媽哭著喊著撲在小龍身上護擋著，又跪在地上哀求。爸爸拉開媽媽，由著爺爺抽打，他在一旁默默地看著。

每次那鞭子落下去時，爸爸的臉上抽搐一下。狼孩則一點反應都沒有。那啪啪響的鞭聲，好像

是抽打在什麼沒有感覺的死硬岩石或木頭上，唯有那雙眼睛隨著一上一下的皮鞭轉動怒視。

爺爺丟下皮鞭走了。抽打一個沒有感覺的皮肉沒有反應沒有痛叫的對象，似乎也沒什麼意思。而且對皮鞭的權威、對人類靠皮鞭的威懾能不能拿住狼孩，似乎也產生了懷疑。若是那樣，繼續鞭打下去還有什麼意思呢。

這次風波過去了一段時日。

狼孩的神情安穩了些，跟往常一樣，在他的鐵籠子裡還算老實地待著，不再瘋鬧。不過，媽媽再也不敢帶他出去溜躂了，只在籠旁陪他抽泣。

狼孩小龍的精神上再沒有什麼明顯的反抗表現了，可他的身體上開始出現了反應。儘管吃喝不缺，有色香味俱全的熟食，還有不經風吹雨淋雪壓日曬的溫暖的居室，可他的肌體功能在明顯地衰弱。

他躺在籠子裡一動不動。爸爸牽著他到外邊見見風，他也沒有興趣。他好像病了，可身上不熱，也沒有明顯症狀。他一天天衰弱下去，變得瘦削，萎靡不振。

家裡人先是請來村裡的喇嘛大夫吉亞太瞧瞧。老邁的土大夫閉著眼睛把脈，又是摸又是問，折騰了半天說他沒病。可爲了賣藥，留了不少三不拉•諾日布等蒙醫中百病都治的「老三樣」蒙藥，媽媽就一碗一碗讓狼孩灌下去，或拌在食物中餵下去。但狼孩仍然依舊不可阻擋地消瘦下去，這回躺在那裡，連眼睛也不睜一下。

喇嘛大夫又來瞧過後，說，奇怪呀，他還是沒有毛病啊。吉亞太摸著自己額頭說，送醫院吧，我是沒有輒了。顯然，狼孩弟弟難住了這位摸過全村所有人脈博的老大夫。

家裡人就憂心忡忡地把狼孩弟弟送進縣醫院檢查治療。這是萬不得已的事情。這一下又驚動了新聞媒體，有關專家學者又紛紛從大城市趕來，觀察研究做學問，並號稱這是搶救當代史上少有的狼孩行動。

成立了專門的治療研究小組，有醫學家、人類學家、動物學家、遺傳基因學家，反正能夠沾上邊的各類學科專家們全部出動，集中了人類所有智慧，來對付我那可憐的小龍弟弟。

抽血檢測、驗尿驗便、掛點滴，十八般武藝全用上。藥是吃了一堆又一堆，點滴是輸了一瓶又一瓶。

過了多日，狼孩弟弟依然如故。可專家們的報告一疊又一疊寫就，文章一篇又一篇發表，成就了好幾位評上碩士博士職稱的人。可憐的小龍身體變成了他們功成名就的試驗地，成了挖不空的金礦。

我從野鳥市買了一對野鵪鶉，夜裡陪床時偷偷塞給了小龍弟弟。第二天，護士小姐見了滿地的鳥毛，滿床的血跡，嚇得尖叫起來。專家們來了，見狼孩比往日精神了些，滿腹疑惑，不得其解。又是急診，又是檢測，開始了新一輪的研究攻關。

我對爸爸說，咱們帶小龍回家吧。

「爲啥？」爸爸問。

「小龍沒病。」我說。

「沒病還成這樣？不死不活的。」

「小龍只是思念荒野，思念血性，還有思念他的狼媽媽。」

「胡說。」爸爸衝我瞪眼。

我就給他講書刊上看到的印度那位狼婆婆的情景。荒野上與狼群一起生活了二三十年的狼婆婆被人類抓回來後，也是這樣被人類折騰來折騰去，成了供人研究的對象，又失去了原先的生活習性，就像給人輸血時那血的型號不對一樣，那狼婆婆沒有半年就死掉了。

爸爸不信，讓我找來那個資料給他看。

當天夜裏，爸爸拔掉了所有插在小龍身上的管子針頭，揹著兒子就回家，我拿著獵槍趕走了所有尾隨而來的專家學者們。任憑他們如何好言相勸、名利誘惑，甚至苦苦哀求，爸爸也不為所動。

小龍又回到了咱們家的東下屋。不過，這回他沒有被關進鐵籠裡，也沒有帶上鐵鐐鐵鏈。他那極虛弱的身體，已完全沒有能力逃跑了。媽媽成天看著他哭泣，奶奶天天在佛龕前念佛。

小龍一動不動地躺在東下屋的牆角，下邊鋪著一堆乾草。我們把他放在鋪好的舒適棉褥上，他堅決掙扎著爬過去，依舊趴臥在那堆乾草上，狼般蜷曲著身子，眼睛呆呆地望著空中的什麼，一動不動。我們大家拿他一點輒也沒有。

我隔兩天從野外逮來些野兔野鼠野鳥之類的，偷偷給他吃。這時候，他才稍稍興奮起來，然後復歸沈寂，萬念俱灰般地閉目靜臥。他這個樣子真讓人傷心。他這是慢慢地走向死亡，或者靜靜地等待死神來帶走他。他的肉體毫不抵抗，甚至背叛生命本身，一分一秒地消亡。

儘管這樣，我發現小龍的耳朵始終保持著一種靈敏。只要外邊傳出野狗叫、野狐吠或者什麼野鳥鳴啼著，他的耳朵立刻豎起來，神情專注地諦聽，良久良久地追尋那聲響，一直到一點動靜都沒有了，荒野恢復了死靜他才罷休。這種現象最近幾日連續發生。

他好像又等待著什麼，不死心地期待著什麼發生。

果真，他的確等到了。

有一天早晨，爺爺放駝回來，跟爸爸在院裡說話。

「西北坨子根有個腳印，挺怪。」

「什麼腳印？」爸爸問。

「比狗的大，四個爪印兒中後邊的一個似有似無，好像是跛腳。」

「那不是野狗就是狼了。」

爺爺望著西北沙坨子，若有所思：「難道是坨子裡來狼了？要不阿木養的白耳回來了？」

「白耳不是跛腳。」爸爸說。

「備不住受傷了呢？」

「那牠應該先回家裡來。」

「可能是老胡家到處找牠，牠不敢進村吧。」

兩個大人說完話，各自忙活去了。

爸爸揹著獵槍出門時，對媽媽說：「這兩天少帶小龍在外邊溜躂。」

爸爸去察看爺爺說的那獸印兒。

其實，爸爸壓根兒不相信那印兒是白耳或野狗留下的。冥冥中他一直有個預感，牠應該來的，只要牠沒死。自從大漠古城回村，爸爸心中的那根弦一直沒有放鬆過，總覺得有個陰影跟隨著他。這個潛在的不祥的預感時時警告他，每當夜幕降臨，他都不聲不響地院裡院外悄悄巡視一下。他不

止一次地問過自己：狡猾的老母狼此刻在哪裡？爲啥到現在還不來？牠應該來的呀，或許，被獵人打死了？或許，被沙豹野豬擊傷？要不，牠是不會輕易放棄的。然而，爸爸從未抱過僥倖心理，把兩眼瞪得溜圓等待著。

小龍弟弟的異樣狀態，更引起了爸爸的警覺。

老母狼果然來了，像個幽靈。

這是一個明朗的早晨。村西北的大沙坨子腳下，有一團沙蓬草正慢慢移動。無風無沙，草尖都不搖，可這團沙蓬草卻悄悄貼著地面移挪。緩緩地，小心翼翼地，這團草就靠近了那兩匹在坨根吃草的駱駝。

到了這時，身體蜷縮在這棵碩大的沙蓬草下邊的母狼，悄悄走離頭頂的沙蓬草，收腰縮肢，屈腿收尾，又挨近駱駝。牠後腿稍瘸，尾巴又短了一節，可兩眼陰冷而警敏，不時閃射兇光，身體依然矯健而兇猛。

兩匹駱駝，一白一褐，此時已跪臥在沙地閉目反芻裝進胃裡的青草。吃了一早晨的嫩草，牠們現在正處於最愜意的時刻，根本沒有注意這隻母狼在牠們身旁出現。當驚愕地發現時，這條狼又像家狗那樣友好地搖搖尾巴，晃晃頭脖。於是兩駝信以爲真，真當成家狗，不再去理會牠，又微閉上總是流淚的眼睛反芻起來。

母狼對牠們確實沒有惡意，只是圍著牠們轉來轉去，嗅嗅這兒嗅嗅那兒，聞上聞下，然後把嘴仰起來衝天呼吸起來。牠似乎在辨認似曾相識的這兩匹駱駝，或者進一步在辨認一種細微的氣味。

然後，母狼久久地注視起東南不遠的村落。

牠又頂起那棵迷惑人的沙蓬草，離開駱駝，朝村子潛行而去。不久，牠走到了那片小樹林附近。這隻大膽的老母狼丟開頭上的沙蓬草，跑上一座小沙包上，衝村子方向發出一聲威風凜凜的長嗥。

這嗥聲傳得很遠，並傳達著一種訊息。

恰在此時，還沒等牠發出第二聲嗥叫，突然「砰」的一聲，從附近的樹毛子裡傳出一聲槍響。子彈從牠頭頂上部呼嘯而過。儘管牠狡詐，卻沒料到會有獵人早等候在這裡伏擊。牠嚇了一跳，急速躥下沙包，夾起尾巴掉過頭向西北大漠方向飛躥而去。

不過，牠身後再沒有傳出第二聲槍響。

當然，牠那雙機敏的眼睛也剎那間捕捉到了草叢後的槍口，和那雙熟悉的目光以及那熟悉的身影。

那是牠的老冤家，老朋友。

隨後從牠身後傳來一聲高吼：「快滾吧！不許再回來！」

四

當母狼的這一聲嗥叫響起來時，我正在東下屋跟狼孩弟弟一起玩耍。隱隱約約聽到那聲音，小龍身上明顯地抖顫了一下，頓時靜立在原地，木呆呆地諦聽和捕捉起那嗥聲。

可是那熟悉而親切的聲音再沒有響起來，代之而起的是一聲震撼心魄的槍響。他眼神變得迷惘。我立刻警覺到什麼，想著法兒去逗他，轉移他的思緒。但他再也沒有高興起來。當媽媽端來他愛吃的肉粥時，他才稍稍恢復正常。可他的耳朵始終沒有放棄諦聽遠處的動靜。

他已經有某種預感。

爸爸回來了。臉色陰沈。他先去上房，跟爺爺商量著什麼，回來又跟媽媽交代幾句，然後撫摸了一下情緒不太穩定的小龍頭脖，說一句：「還得委屈你幾天。」爾後又把鐵鏈套在小龍的脖子上。

小龍極不願意，嗚哇叫著扯拉鎖鏈。爸爸硬起心腸不管他。我也取消了返校的打算，留幾天在家裡看看。

第二天傍晚。村西北的小樹林裡，又傳出母狼的嗥叫。

當爸爸急匆匆趕到那兒放槍時，已經響起牠第二聲嗥叫。那會兒，小龍正在院子裡，坐在媽媽的懷裡吃肉粥。一聽到那第一聲嗥叫，狼孩小龍渾身一哆嗦，傳出第二聲叫時，他伸頭伸腦煩躁起來，兩眼射出異樣的光，急不可待地要從媽媽懷裡掙脫出來。媽媽嚇得緊緊抱住他，又攥緊他身上的鐵鏈，三步兩步跑回屋裡，我趕緊關上門插上門。

幸虧沒有響起第三聲嗥叫。

過了一會兒，狼孩弟弟在媽媽的撫慰和我拿東西逗弄下，漸漸定下神來，似是暫時淡忘了那兩聲嗥叫。但不時瞅瞅門，眼神像等待像期盼，又像莫名的惆悵和失望。

這時，爺爺提著槍從上房出來，守候在院門口。我緊張地瞅著暮色蒼茫的門外，跟爺爺聊起話來。

「咱們的老朋友真頑強，像爬雪山過草地，還是找來了。」

「這個鬼東西，真纏死人，沒完沒了，真是死認準了咱們的小龍。」

「牠老了嘛，不能再下崽，小龍是牠唯一的孩子，沒有他，牠可能活不下去。唉，要是可能，我真想把牠也養在家裡，讓小龍給牠做伴送終。」我說。

「淨胡說。你這孩子，怎越念書越有點念歪，老心疼那些吃人的野獸啥的。」爺爺訓話。

「不是吃人的野獸，而是吃野獸的文明人。野獸被咱們文明人吃得快乾淨了，這大漠就剩下這隻不屈的老母狼了。爺爺。」

「混帳話，人不吃獸，叫獸吃人啊？」

「憑啥你吃行，牠吃不行？早晚會有更大的獸來吃咱們這人獸的。」

「歪理歪理，你這孩子腦子裡淨是些古裡古怪的東西。讓你那更大的獸等我入土後再來吧，我可不想變成牠的下酒菜。」爺爺也笑了。

老扳著臉的爺爺，回過頭摸了摸我的腦袋：「你這孩子從小挺仁義，那大獸不會吃你這樣人的。好好讀書吧，會有出息的，我的爺爺埋進咱郭家墳地前對我說過，咱們墳地有風水，好好讀書。可是我的書沒讀成，你爸的書也沒讀成，他更沒出息，連兵都不願當跑回來了。你兩個叔叔還不如你爸，都是些只瞅鼻子尖侍弄土地的主兒。咱們家族就看你的了。」

爺爺意味深長地說完這些，沈默了。

我後來才明白，這次談話的含義不僅在談話的內容上。

我說：「爺爺放心吧，我會好好讀書的。可你們別把幾代人的希望全放在我身上，那會壓得我

喘不過氣來的。爺爺，這次你和爸怎對付老母狼？打死牠嗎？」

「嗯——」爺爺猶豫了一下，「要是牠不傷人，當然趕走牠最好。可牠這次死了心再來，很難輕易趕走牠，再說，牠在暗我們在明，我真拿不準會有啥結果。」

我的心沈重起來。去趕母狼的爸爸還沒回來。村外還很安靜。

第三天深夜。

這是個沈悶的黑夜。從大漠那邊飄過來黑壓壓的一片烏雲，把天上的星星抹去了，把月亮也吞沒了，很快在頭頂上織成一個紋絲不動、密不透風的黑絨罩子。人們以為，大概要下場暴雨了。天這麼熱，這麼悶，雲又這麼密佈厚實。可是等到午夜，這黑絨罩子竟是沒掉下一滴雨點子，也不見電閃也不聞雷鳴，只是一味地沈默著，一味地壓迫著這大地、這沙漠、這村落。

咱們家的下屋裡，燃著一盞油燈。昏暗搖曳的光線，朦朧地照著安睡的狼孩小龍，照著睡在他身旁的媽媽和我。我的兩眼望著房頂，一直沒有入睡，腦子裡淨是些上天入地的幻想。

爸爸此時不知在何處守夜巡邏。村西北小樹林，家院門口，還是村中某個角落？他好像跟爺爺有分工，爸爸守西北咽喉要道，爺爺守候咱家院口。他們都辛辛苦苦地暗中跟母狼較著勁。

人和獸都智勇雙全。

屋裡屋外，天上地下，村內村口，一片沈悶的死寂。這死寂，似乎又掩蓋著一種不祥的禍端，掩蓋著即將來臨的暴風驟雨。

到了後半夜，果然發生了那場驚心動魄的事件。

黑夜的使者，那隻凶殘野性的獸類代表——老母狼又出現了。牠先是在村西口發一聲嗥叫。這聲衝破黑夜突然而發的嗥叫，淒厲駭人，像一把鋒利的刀子刺傷人的喉嚨，尤其在這死寂陰森的黑夜，愈發顯得恐怖驚魂。暗夜中，整個小村子被這恐怖的嗥聲擊中了，震顫了。村裡的狗們叫了幾聲，便威懾於這嗥聲，很快沈寂了。驚醒的村民們，諦聽著外邊那可怕的嗥叫，誰也不敢貿然走出屋去面對黑暗，面對凶惡的獸類，人們默默地龜縮在各自的小窩裡閉上眼睛。

唯有我爸爸蘇克，這個勇敢而大膽的孤獨獵手，端著槍貓著腰，在伸手不見五指的茫茫黑夜裡守護在小樹林那一帶，尋找著目標。他機警而悄悄地尋聲接近狼嗥處，「砰」地放了一槍。然而，老母狼的叫聲轉眼又從村北頭墳地那兒傳出來了，這是母狼的第二聲嗥叫。

爸爸一驚，急忙趕到村北頭，可是這會兒，從村南河邊傳出了母狼的第三次嗥叫。爸爸驚惑不已，覺得這條詭計多端的老母狼正在有意跟自己玩捉迷藏，利用黑夜的掩護，東奔西竄，捉弄自己，使他疲於奔命。

爸爸心裡突然一顫。不好，老狼會不會是正在實施著一個什麼意圖？自己不能再跟著牠的叫聲傻頭傻腦地瞎轉了，萬一牠是聲東擊西怎麼辦？

此時，那狼嗥聲已經停下來。老狼現在在哪裡？還在村外嗎？爸爸轉身就往自家門口跑，老爺子一個人守護門口，黑燈瞎火的，別叫老奸巨滑的母狼給騙了。今夜，母狼不是簡單地在村外兜圈子就完事。

果然，一個黑影從南邊河岸那兒向我家潛行而來，早於我爸悄悄來到我家院門口不遠處的牛糞堆後頭，無聲無息趴伏下來，與黑乎乎的牛糞堆無異。離糞堆不遠，趴著那兩匹駱駝。

此時此刻，沒有了槍聲，也沒有了狼嗥，濃濃的黑夜一下子沈寂下來，使得氣氛更顯壓抑、恐

怖和危機四伏。

黑暗中，老狼的眼睛在糞堆後頭閃著綠幽幽的光點，陰冷陰冷地注視著前邊的院落。牠等候著院子裡的動靜，以便判斷院門口有無人把守。等了良久，仍沒有槍聲，院門口也沒有動靜。老狼依舊耐心地等待著時機，冷冷地觀察著院子。

「該死的畜生，還不至於敢進村吧？」爺爺對趕回門口的爸爸說。

「今夜牠有些怪，好像不想耗下去了。」

「那牠是摸準了狼孩在咱們家嘍？」

「有可能。牠嗅覺靈敏，從空氣中都能聞出目標在哪兒。」

「那牠現在躲在哪兒？牠真要是膽敢闖我們家，今晚我就不客氣了，見真章吧。」爺爺拍著手中的獵槍說。

快天亮了，那母狼依舊沒動靜。

熬了快一夜，爺爺和爸爸趴在院門口有些精神恍惚，雙眼迷瞪，睏盹的睡意陣陣襲來。糞堆後頭的那雙綠光卻始終沒有闔過。

見時機已到，那母狼避開門口，躲在房後的暗處，突然仰起脖，張開嘴，衝天發出一聲長長的嗥叫。

這是一聲奇異的嗥叫，沒有了原先那種駭人的狂野和恐怖，聲音變得細而長，如泣如訴，猶如一根根銀針穿過神經，刺進人腦子，又回過頭來刺進心臟深處。那顫慄的聲音充滿了陰柔的哀鳴，充滿了某種母性的淒惻纏綿的感情。可以說，這是一種獸類對獸類的呼叫，也就是母獸對小獸的召喚。淒厲而悲切，哀婉而強烈。

母狼一邊哀嗥，一邊圍著房子飛速跑動，絕不停留在一個地方。牠防著門口的獵槍，趁著黎明前的黑暗不斷換著位置，像個黑色的幽靈。

狼孩小龍早在聽到第一聲狼嗥就驚醒了。雖然隨之而起的槍聲使他膽戰心驚，但連續不斷從四面湧來的母狼嗥叫聲，使他再也無法安寧了。他開始煩躁地東張西望，兩隻眼睛滴溜溜轉動，後來猛地躍起來，劈哩啪啦拖著鐵鏈在屋裡來回亂竄。媽媽見狀，嚇得魂不附體，急忙爬起撲向小龍，嘴裡溫柔而輕緩地呼喚著：「娘的兒子，安靜點，聽娘的話，不要胡鬧……聽話，娘的心肝……」

一聲聲親切感人的呼喚，猶如一道道清涼甘甜的泉水，注進狼孩小龍那顆騷動不安的心靈，他稍許清醒了一些，控制了心靈的黑暗，壓抑住渾身鼓盪的獸性的熱血。

媽媽走過去，輕輕摟抱住那個瘦小的身子，親切地撫摸著那瑟瑟抖動的肩膀。

接著是漫長的沈默。可狼孩小龍再也沒有闔過眼，他呆呆地盯著門口，要不就拽動著身上的鐵鏈。

當從很近的房後，突然傳出那聲奇異的召喚般的長嗥時，狼孩似乎終於等到了期盼的東西一樣，身上冷不丁一抖，翻身而起。他微微張開嘴，鼻翼翕動，臉頰如獸類般向上仰起，一雙眼睛閃射出奇異的光，整個神情似乎正在馳向遙遠的荒野世界。

媽媽慌了，她把嘴附在他耳邊，一聲聲溫柔而急切地呼喚充滿人性的母愛，召喚著那個受到誘惑的靈魂。並以此抗衡著那無孔不入的獸類的長嗥，她想用人類母性的善和慈愛，來戰勝那獸類的野性的召喚，保護自己失而復得的愛子。

媽媽把小龍不斷向外張望的臉扭過來，讓他面對自己，聽自己說話並不停地撫慰著他。可是她發現，那雙眼睛變得陌生，雖然對著自己，卻眼神一片茫然，那正在擴散變大的瞳仁，似乎極力捕捉著那來自外邊的野性的呼喚。

那魔鬼的嗥叫又響起來了。從房後，從房西，從房東，從四面八方，一聲比一聲激烈地傳蕩出來。爺爺和爸爸的槍聲也隨之響起，可那聲聲令人魂飛魄散的嗥叫始終在響著，槍聲趕不走牠。

媽媽的溫柔的母性召喚，也一聲比一聲親切地響在狼孩小龍弟弟耳旁。

此時，狼孩——小龍弟弟的臉，痛苦地扭曲起來。極度的內心痛苦和矛盾，使他的牙咬得嘎嘣嘎嘣響，雙手不斷地扭掙鐵鏈，身上火燒火燎地發燙，臉孔憋得通紅，眼睛開始充血。那股潛伏在其身上的野性的血，重又鼓盪起來。他的身子一陣陣激烈地顫抖。

「娘的兒子，別害怕，娘在這兒，娘守著你，安靜點，一切都會過去的……」媽媽哭泣起來，哀傷地哽咽著，緊緊抱住小龍那發燙發抖的身軀和頭顱不放。一陣恐懼感，莫名的恐懼感從腳底升到心頭。她的心在發冷，發抖。

我站在媽媽身旁幫著哄著小龍，又安慰著媽媽。我的心也一陣陣地猛烈跳動，一種不祥的預感陣陣襲來。

母狼再次發出了淒厲哀婉的尖嗥。狼孩小龍終於忍不住，張嘴便發出一聲尖利的嚎叫，回應了母狼的召喚。有什麼辦法，他是吃牠的狼奶長大的，那狼奶已變成了熱的血液，流滾在他的身上，而且，他也是跟隨著母狼學會生存，走上廝殺征途的。對母狼，他比對這位人類母親還熟悉。於是，他內心的防線，那個經爸爸、媽媽、家裡所有親人辛辛苦苦壘築起來的人性的堤壩，一時間全線崩潰了，倒塌了。

他兇猛地嗷嗷大叫，一躍而起。那根拴他的鐵鏈，平時由於他不斷地磨掙拉拽，一個環已有裂縫，經這次狂烈無比的掙拉，終於嘎嘣一聲徹底斷裂，小龍脫困而出！

他掙脫開抱住他的人類母親的懷抱，四肢著地，飛速地撲向門口。

「兒子！小龍！快回來！」媽媽聲嘶力竭地喊著，也瘋了般地衝過去，從小龍後邊抱住他的腰，淚流滿面，絕望而撕碎心肺地呼叫著，「兒子，你不能走啊，你不能撇下娘走啊……」

狼孩小龍猛回頭，呆愣了一剎那，但他此時已經不知自己是誰，也忘卻了抱住他的人是誰，只當是要逮住自己的敵人，一張嘴便咬住了媽媽的右肩。眼睛血紅，張牙舞爪，兇惡得令人望而生畏。

「小龍，快鬆開！別咬媽媽！她是咱們的親娘！」我喊叫著衝過去。

可是變瘋狂的小龍毫無顧忌，狠狠咬撕著媽媽肩頭，再用頭猛一撞，媽媽像個草人般倒下去了，肩頭的一塊肉連單衣一起被撕裂下來，鮮紅的血湧流出來。接著，小龍轉身又撲向門去，想打開門閂。

我一時氣極，又被眼前這一幕慘景驚呆，迅速操起牆角一根木棍衝向小龍。我揮舞著木棍，想把他趕離門口。可小龍一個跳躍，離地幾尺高，撲過來正咬住了我的手腕。我「啊」一聲痛叫，木棍掉地。當狼孩正要再咬我喉嚨時，外邊又響起了母狼的嗥叫。於是，小龍放下我，再次衝向門口，撞開門，閃電般撲進那茫茫黑夜中去了。

外邊更緊張。

爸爸端著槍，房前房後地追趕母狼。爺爺守護在院門門口，以防母狼衝進來。他們不知道身後屋裡正在發生的事情。他們覺得老母狼也就是這樣搗亂而已，房前房後或近或遠地嗥叫，不會傻到衝進院裡來挨槍子兒。爸爸開了幾次槍，可那黑影飄忽不定，或左或右，像黑夜的幽靈，根本打不中牠。

這時，他們聽見了屋裡狼孩發出的一聲嚎叫，並與外邊的母狼相互回應。爸爸的心一下子提起來。轉眼間，隨著「砰」地一聲響，下屋的板門被撞開，守在院門口的爺爺還沒有回過神來，一個黑影從他頭上一躍而過，猶如一支飛射的閃箭般投向門外。

「小龍跑了！快攔住他！」我衝出門大喊。媽媽也呻吟著爬出門口，呼喊：「小龍回來！你別走，別撇下娘走啊！」

爲時已晚。

當爺爺明白過來，從其後邊追過去時，一直不顯身的母狼這回從糞堆後邊跳躍而出，迎接狼孩，狼孩小龍也「噢嗚」親熱地叫著，狂喜無比，連蹦帶跳，急切地撲向母狼。

這時從房後追出來的爸爸看見了這一幕，氣憤至極，眼睛鼓突要爆裂開來，咬緊牙關，端起槍就朝那一躍而出的母狼開了一槍。

「砰！」

「砰！」

這是極其渾濁沈悶的爆響，好像用棍棒擊打裝滿沙子的麻袋一樣。兩聲槍響，後一聲是爺爺放的，劃破黑沈的夜空，震撼了寂靜的村莊，震撼了空曠蠻荒的漠野，也震撼了村民酣睡的心靈。

子彈是擊中了母狼。

可也擊中了狼孩小龍。

不知誰的子彈擊中了狼孩，他顫慄了一下，又向母狼踉蹌著走兩步，終於像一頭中彈的小鹿「噗」地倒下了。只見他四肢抽搐了幾下，痙攣著，喉嚨裡「呼嚕呼嚕」發響，叫不出聲，呻吟著。

母狼腿部和肚子被擊中。但母狼並沒逃走。牠依然跑向狼孩，又親又拱久別的狼孩，伸出舌頭舔起狼孩頭頸處汩汩冒流的鮮血，並叼起狼孩就往野外奔。

爸爸和爺爺從驚愕中醒過來，急追過去，嘴裡同時喊著：「放下我們的孩子。」

母狼拖著小龍唰唰地走，很艱難。鮮血也從牠的傷處咕嘟咕嘟流淌，染紅了沙地。血一路灑，牠一路走，不屈不撓，不死不休地走。不時還停下來舔舐小龍脖頸上的流血處，唯恐狼孩流乾了血。

終於，牠拖不動了。

狼孩已處在半昏迷狀態，可他並沒有痛苦之色，而依舊很欣喜地望著母狼，並固定在那裡。他的頭一歪，倒向母狼頷下便不動了。那雙未來得及閉上的眼睛，仍留有一絲狂熱的野性的餘光，凝視著遠處的漠野，凝視著前方的黑暗。

那黑暗的盡處，黎明的曙色正在顯露。當然，那黎明已不屬於他了。他那張野性未改的臉向上微揚著，嘴巴也翹著，於是整個這張臉部又變得更像一個拉長的問號：我是誰?來自何方，去向何方?

那老母狼偎著狼孩那瘦小的軀體，似乎像是用自己身體溫暖他保護他，又伸出尖嘴嗅嗅那浸血的頭頸，粗礪的舌頭輕輕舔兩下狼孩那張問號似的臉，突然發出一聲碎肝裂膽的哭泣般的哀嗥。

牠抬起頭，扭轉脖子，久久盯視著提槍正在靠近的爸爸和爺爺，那雙綠幽幽的光點，咄咄逼人地燃燒著，穿透人的心肺和靈魂，同時含著一種驕傲的狂態，向世界宣示：他——狼孩，永遠屬於自己，誰也別想奪走，誰也別想讓牠們分離！

那母狼就這樣把尖長嘴貼在狼孩頭脖上，安安靜靜地閉上了雙眼。牠那一下變得老態龍鍾的身軀沒有再動彈一下，任那紅紅的鮮血從其身上流淌，澆潤那同樣屬於牠的大地。

一切就該這樣結束了。

第十四章　狼之深情

在大西北，牠終於尋到傷癒的母狼。然而，老母狼還是不認牠，追咬牠，不讓牠靠近自己。白耳很哀傷，也很無奈，可牠始終不放棄暗暗跟蹤，尾隨著老母狼。經過漫長的尋尋覓覓，轉戰荒野，當老母狼最終出現在白耳所熟悉的錫伯村附近時，白耳的雙耳陡然豎立起來，兩眼閃出驚異的綠光。這地方，牠可太熟悉了！

一

我衝出院子，看到眼前這一幕，嚇傻了。

父親和爺爺也沒想到會是這樣，射向母狼的子彈會擊中了小龍。他們一時驚呆，慌亂中慢慢靠近過去，手上仍舉槍瞄著，唯恐母狼會有反撲。

「小龍！」我不顧一切地撲過去，也不擔心母狼。

「小龍！我的兒！」我媽從院裡跑出來，也發瘋般地撲向小龍。

小龍的脖頸那兒還在流血，眼睛微閉著，已處於昏迷狀態。

媽媽撥拉開受重傷的母狼，抱住小龍，見小龍的慘狀，衝父親他們喊叫起來：「你們殺死了小龍！你們殺死了小龍！你們這些惡人！」

父親和爺爺無言以對，拖著槍呆站在那裡。

我摸了摸小龍的胸口，心臟還有微弱跳動。

「小龍還沒死！心還跳著呢。爸爸，快送醫院搶救小龍吧！」我衝父親和爺爺大喊。

父親頓時醒悟，風般地轉身回院子套膠輪馬車。我撕下汗衫包紮小龍的脖子，想止住似水般溢出的血，毛手毛腳，手上身上沾了不少小龍的血。

媽媽一直在哭泣著，哀傷地呼叫著小龍。爸爸套好膠輪車趕來了，他讓媽媽抱著小龍坐上車，那隻母狼掙扎著，雖然站不起來了，可隨小龍爬過來，頑強堅韌地向馬車爬來。爺爺怒不可遏，一腳踢過去，還要舉起槍托砸死牠。我情急中一下子抓住了爺爺的槍托，哀求起來：「爺爺，饒過牠吧！牠也是爲了小龍啊！你打死了牠，小龍更不會活了！」

「不能饒過這畜生！牠永遠是禍根！」爺爺推開我，重新舉起槍托。

「爺爺，你不能殺牠！你是『蒼狼老孛』，你拜的主神就是一頭狼，你怎麼能親手殺害狼呢？你不能殺死自己拜的神獸！」我大聲嚷叫。

爺爺的槍托在半空中停住了，身上也微微震顫了一下。他怪怪地看我一眼，片刻後說一聲「罷了」，便把槍扔在地上，把頭扭過去。

我跑過去拖那母狼，很費力地把母狼往爸爸的馬車上拖拉。

「你要幹什麼？」爸爸喝問。

「想救小龍，同時也得救母狼！牠們倆的命是連在一起的，要不然小龍沒有個救！」我堅定地說著，硬把母狼拖上車，扯下布條給母狼包紮傷口止血。

父親想了一下點點頭，他比爺爺明白其中的道理，他在荒漠廢墟中跟牠們一起生活過。

「啪！」父親的鞭子一甩，套了兩匹駿馬的膠輪車如離弦的箭般，向縣城方向飛馳而去。

黎明前的黑暗中，傳出一陣狂風驟雨般的馬蹄聲和車輪滾動聲，然後黯黯黑夜復歸沈寂。被狼嗥和槍聲鬧騰了一夜的村莊人，知道我們家這邊發生著什麼大事，但都沒有過來探問，唯恐有什麼不祥之氣沾染上他們，遠避還來不及呢。當然，胡家的人是暗中幸災樂禍。

我們趕到縣城醫院時，天已大亮。

縣醫院全力搶救狼孩。過去他們那裡曾爲狼孩治療過，知道怎麼弄。尤其是，他們視狼孩如寶貝，豈能輕易放棄如此好的送上門來的研究機會。他們動員所有專家，甚至要火速從省市請學者專家會診和搶救。而且，把狼孩送進了醫院高幹病房進行特別看護。

母狼的待遇就差了許多。他們草草看了看，止了止血，然後把母狼推給縣裡的獸醫站去了。

我去交涉，他們稱這裡是給人看病的醫院，不是動物獸醫院。獸醫站的兩個五大三粗的獸醫倒很歡迎，稱這的確是屬於他們的事情，是該他們管，笑嘻嘻地把母狼抬上了他們的救護車，嗚嗚叫著開走了，似乎撿了一個什麼大便宜事，不趕緊拉走怕有什麼變故。

我心裡放不下，萬一母狼出了什麼差錯救不活，關係到小龍的安危，於是我跟爸爸打了招呼，尾隨獸醫站的車趕到縣獸醫站。

我走進那間陰暗的動物診治室裡時，母狼被扔在地上呻吟，一個穿白大褂的獸醫模樣的人，正忙著給外界打電話通報，眉飛色舞地描述餵養狼孩的那隻老母狼正在他這裡搶救，叫報社、電視臺等新聞媒體快上這兒來採訪、拍攝等等。天啊，他把這事當成出風頭做廣告的大好機會，甚至不顧母狼的死活！

「快搶救母狼吧！牠死了，你們什麼風頭也出不了，狼孩也不會輕饒了你們！」我氣不打一處來，衝這個獸醫冷冷說了一句。

「你是什麼人？出去！出去！」他衝我下逐客令。

「我是來看母狼的，我是狼孩的哥哥。」

「啊——是你呀！快坐快坐，我們馬上搶救，牠死不了……」他這才放下手機，開始給母狼檢查傷勢，呼叫護士拿這拿那。止血，打針，做手術取子彈，一通亂忙活，看得出來手藝倒不差，有兩把刷子。

我向他說明救活母狼的重要性，並一再拜託他之後，又放心不下小龍，急忙趕往縣醫院那邊。

高幹病房手術室門口，爸爸媽媽坐在椅子上，四周圍滿了人。話筒、閃光燈、攝影機如一桿桿槍口一樣伸向他們。爸爸鐵青著臉一言不發，媽媽則不停地掩面低泣擦眼角。她肩頭的傷還在滲血，有個護士正在爲她包紮。

有位纖弱的小護士，勸這些聞腥而來的記者們離開手術室門口，不要喧嘩，可誰也不聽不理睬她的話。勸幾下無效後，小護士也隨他們去不管了。我擠過去，站在門口從門縫裡往手術室內瞧了瞧。小龍弟弟身上插著各種管子、鉗子之類的，手術正在緊張地進行。

「狼孩的爸爸，請你講講好嗎？你們是怎麼打傷狼孩的？是誤傷嗎？」

「請講講，請講講好嗎？」

我身後的吵嚷聲，弄得人心煩意亂，從手術室內走出一個護士，幾次「噓」聲警告也無濟於

事。我瞪了一眼那位不盡職責偷懶的小護士，見她無能爲力，想出個主意在她耳邊嘀咕了幾句，然後我衝那幫「狗仔」記者們說，我是狼孩的哥哥阿木，我知道你們想知道內幕，但在這兒太擠太亂，你們跟我到門外頭去吧，來吧。說完，我頭也不回地向外走去。

其中有人認出了我，於是呼啦一下子湧向我，紛紛攘攘都隨我走出了手術室走廊的那扇大門。我回頭向小護士使了個眼色。她倒很機靈地迅疾關上那扇走廊大門，並且「喀嚓」一聲從裡邊上了鎖。

「狼孩的哥哥，你快講一講，狼孩到底怎麼受的傷？」

「你們真想知道嗎？」我提高了聲音。

「是啊是啊，快講講——」

「我操你媽！」我大聲罵出口，又衝他們做個鬼臉，爾後撒腿就往院外跑。

「狗仔」們一時愣住了，沒想到我會這樣，恍然大悟，知道中了我的調虎離山計，紛紛罵著我小痞子小流氓之類的，吵吵嚷嚷著又要重新進手術室走廊，可那一扇門已從裡頭上了鎖，他們是進不去了。他們這些人乾著急沒辦法，像一群螞蟻，又拍又敲著那扇門。

我哈哈大笑，揚長而去，奔向縣獸醫站。

二

幾天前，當老母狼頭一次在村西北出現時，幾乎同時有另外一隻野獸也出現在村莊的附近。牠更隱蔽，更機警，而且更顯得神秘。村裡任何人都沒覺察牠的出現，包括富有野外狩獵經驗的我的爸爸和爺爺。

這野獸就是白耳狼子。

顯然，牠是追隨母狼而來。自牠咬死胡喇嘛，離開伊瑪家之後，便徹底擺脫人類控制，直奔大西北莽古斯大漠而去。牠要尋找自己親媽媽——老母狼。牠無法擺脫內心的呼喚，牠不想放棄回歸狼類族群的努力。似乎牠認爲得不到母狼的認可，牠永遠不屬於真正的野狼家族，不屬於荒野。

在大西北，牠終於尋到傷癒的母狼。然而，老母狼還是不認牠，追咬牠，不讓牠靠近自己。白耳很哀傷，也很無奈，可牠始終不放棄暗暗跟蹤，尾隨著老母狼。

經過漫長的尋尋覓覓，轉戰荒野，當老母狼最終出現在白耳所熟悉的錫伯村附近時，白耳的雙耳陡然豎立起來，兩眼閃出驚異的綠光。這地方，牠可太熟悉了！

牠無聲無息地潛伏在村北郭家墳地那茂密的草叢中，不露聲色地靜靜觀察著村莊這邊的動靜，觀察著老母狼的動靜。令人費解的是，牠既沒去找後來的主人伊瑪，也沒去投奔老主人家相認，只是在墳地裡靜靜潛伏著，諦聽母狼不時發出的長長嗥叫聲。牠極有耐心地等候著將要發生的什麼事情。

經過荒野上的浴血廝殺，經過時間的變遷，牠現在已經長大了，完全變成了一隻大野狼。黑灰色的如箭刺般的長毛，刀子般陡立的雙耳，還有雪白色的耳朵尖，以及拖地的如鐵帚般的雄偉長尾，兩排刺出嘴角的長長獠牙，處處顯示出牠已長成了一隻凶猛威武的大狼。

唯有一雙眼睛異常冷漠，偶爾有些溫柔地注視著前邊的村莊，那個熟悉而陌生的村莊。

這一天黃昏，有個人影出現在郭家墳地裡。這是個年輕人，大熱天頭頂上捂著一頂被汗浸透的帽子，帽沿下都掛出了一圈白色汗鹼，禿頭下的脖頸上連汗毛都沒長，真是一位絕世大禿子。他肩上揹著一桿獵槍，手裡拎著一把砍柴刀，鬼鬼祟祟悄悄走進墳地深處。

白耳潛伏在草叢中一動不動，靜靜觀察著這位禿頭青年的舉動。不久，牠也認出了這個人。

只見禿頭青年先是左顧右盼，確定墳地內無人之後，又往旁邊樹毛子那兒撒了一泡尿，接著就放下肩上獵槍，揮砍刀割起墳地柴草來。

原來，這小子來這裡是偷割人家郭家墳地的青草！正巧他選了這片白耳藏身的茂密深草，揮臂開割起來。

一般按習俗來講，人家墳地的一草一木，別人不能隨便動刀動鐮，這是不吉利的，說是血光之災的預兆。可這位禿小子不管這些，反正大沙坨子裡找不到一片餵牲口的好青草，只好在這很少村人光顧的草木又蔥蘢的郭家墳地下手偷一把了。懶惰而好投巧的他，以為這麼做，既可給村中仇家帶來不吉利，還可解決自家牲口的肚子問題，兩全其美，神不知鬼不覺。

他「呸呸」地往手心吐著唾沫，撅著屁股揮鐮割著，一步一步往前伸展著，壓根兒沒有發現幾米遠的草叢中，閃動著綠綠的一對狼眼，始終盯著他的一舉一動。

過了幾分鐘，他終於割到了那雙綠光閃動之處。

「呼兒——」一聲大吼。

一隻碩大的狼獸黑影，幾乎是從這禿小子鼻子底下躥了出來，撲向他。

「哎喲媽呀——」，他嚇得魂飛魄散，急忙往後閃，舉起砍柴刀往前抵擋。那白耳躲開砍刀，頭一伏一伸，張口便咬住了禿小子的小腿處。頓時，那小腿處血光閃爍，被撕下一片皮肉來。疼得鬼哭狼嚎的禿小子揮刀砍下來，白耳又閃過，一甩頭便咬住了禿小子握刀的手腕處，「哐啷」一聲，那砍柴刀掉落下來碰在一塊石頭上。然後簡單了，白耳張開了血盆大口，迅疾咬向禿小子的咽喉處。

「救命啊！」

禿小子狂叫著臉無血色，雙眼鼓突，驚恐萬分地往後躲閃，腳下一滑絆在自己割倒的草捆上，摔了個四腳朝天。白耳的兩隻前爪狠狠踩在他的胸脯上，兩排獠牙再次咬向他的喉嚨。

禿小子已經喊不出話，閉上雙眼就等候被咬斷脖子。

「砰！砰！」

正這時，從村西北方向傳出兩聲槍響，同時也傳出母狼那一聲尖利的長嗥。頓時，白耳停住了進攻，支楞起雙耳諦聽著遠處的槍聲和狼嗥。接著，那槍聲和狼嗥再次響起。於是，白耳對爪下的禿小子咽喉沒有了絲毫的興趣，跳開去，毫不猶豫迅速向村西北方向飛躍而去。那矯健的身影在草尖上如蜻蜓點水，白色的耳尖如星光閃動，眨眼間沒了蹤影。

「是牠！是白耳狼——崽！」甦醒過來的禿小子摸著自己脖子跳起來，衝遠去的白耳後邊喊叫起來。他的褲子已被溢出的屎尿濕了一片。

撿了一條命的他，如一條喪家之犬向村中狂奔而去。一邊提著褲子，一邊號喪般地哭喊著，驚飛了路邊的雜草上的蟈蟈。

三

不知是當代醫學的奇蹟，還是一對不死的精靈，狼孩小龍和老母狼雙雙「死而復活」。

醫生們從狼孩脖子和腦袋裡揀出三四粒鐵砂子，並又完整地縫合了他的腦殼兒。

那邊，獸醫們也打開了老母狼的胸腔，往外揀鐵砂子。一粒粒小而圓的鐵砂子落進瓷盤裡時，發出叮叮咚咚的悅耳聲響。

「幸虧是普通的獵槍打的，殺傷力不強。」人醫和獸醫都這樣感嘆。言外之意，換了別的快槍什麼的，神仙也救不活牠們，因爲擊中的全是要害地方。

依我的見解，除了人醫獸醫都盡力、槍砂偏弱之外，最主要的原因，應該歸功於狼孩和母狼的頑強堅韌的生命力及求生的欲望，還有牠們在荒野中練就的無比強健的體魄。總之，上天不準備太早把牠們召回去，讓牠們繼續演繹這段悲情故事。

狼孩小龍在特別看護室的病床上，昏迷了好多天。

高幹病房隔壁住著一位當地的「高幹」，一位雲姓副縣長。他也對這位享受跟自己同樣待遇，甚至在醫療措施和請來的專家等方面都超過自己的「不速之客」頗感興趣，幾度過來探問，好奇地以示關懷，甚至不無醋意地說：「他這是正縣長待遇，正處級。」

當小龍睜開眼睛醒來之後，做的頭一件事就是兩眼滴溜溜亂轉，四處看看。接著哼哼唧唧低吼著，往外掙扎。幾個人都摁不住。幸虧他流血過多，體力還未完全復原，無法掙脫後逃出去。

「他這是要幹什麼呀？」醫生護士不解地問。

始終守護在門旁的爸爸媽媽不語。

我告訴他們：「小龍在找他的媽媽。」

醫生就衝我媽媽說：「他在找妳，妳過去安慰安慰吧。」

我媽苦笑著過去了，溫柔地眼淚汪汪地勸慰和安撫。沒有用，狼孩小龍依舊往外掙扎，兩眼不時地閃出兇光，野性畢露。

「他不是在找媽媽。」醫生判斷說。

「他找的是狼媽媽，那隻受傷的母狼。」我說。

「啊——」醫生護士都提高了嗓門，「他跟母狼比親媽媽還親呀？」

「眼下暫時是這樣。」我回答，「你們想讓他安靜下來，還想給他治病做研究的話，最好是——」

「什麼？」

「把那隻母狼從獸醫站搬過來，給他作伴，在這裡給牠治療。」我大膽地建議。

「這哪兒成！這裡是縣人民醫院，給人看病的地方，哪能讓一隻母野狼住進來治療！」醫生護士齊聲抗議般地否決我的提議，似乎我提了個愚蠢而不可理喻的建議。

「那隨你們的便吧。」我就冷冷地說。

似乎聽懂了我的話一樣，那狼孩又鬧騰起來了。這回，他用手拔掉所有身上插的管子卡子，還「撲通」一聲從床上滾落在地上，張牙舞爪地往外撲奔。弄得那些醫生護士手忙腳亂，在爸爸和我的幫助下才擒弄住小龍，醫生只好給他打了一針麻醉劑。

也許，小龍太有價值了。醫院後來還真的採納了我的建議，破例在醫院的高幹病房挨著狼孩的病床，又加放了一張特意從獸醫站借來的動物病床。還請來了獸醫站的獸醫，讓母狼繼續在這裡治療。

這一下，這間特殊的「高幹病房」可熱鬧了。

狼孩小龍「嗚哇」嗥嚷著撲向老母狼，又是拱又是抓撓，嘴碰嘴鼻碰鼻，好一頓親熱。那種由衷驚喜之情暴露無遺，圍著看的我們這些人都不禁爲之動容。母狼被結實的尼龍繩綁著動彈不得，醫院爲了防止意外，對牠採取了預防措施，儘管牠還沒有傷癒不會傷人。

雖然無法動彈，那母狼翕動著嘴鼻，「呼兒、呼兒」親熱地低吟著，又伸出牠那粗刷子似的紅舌頭，「嚓嚓」地舔起狼孩小龍的臉頰和脖子。

隔壁的「高幹」，那位雲姓副縣長過來看了看，搖了搖頭，說一句：「成何體統！母狼也成了高幹！」便背著手回自己病房去了，顯然，他心中的不悅和不平已壓抑不住了。

過了幾天，病房裡傳出了長長的狼嗥。深更半夜，病人們都進入了夢鄉，整個病區和醫區闃無聲息，那一聲聲的狼叫就從人們的身旁驟然響起，頓時如利刃刺破耳膜，刺痛心肺，嚇得病人們紛紛驚醒，站起，有的趕緊關緊門窗，有的則尋找防身的傢伙。

老母狼傷勢恢復得很快，又渾身捆綁後十分不舒服，加上漫長的黑夜中耐不住寂寞，就一聲一聲地長嗥起來。

那位從夢中嚇醒的雲副縣長忍無可忍了，連夜叫來醫院的院長訓斥起來。他渾身哆嗦著，咆哮著：「這裡不是動物園！不是野狼窩！這裡是給人民看病的人民醫院，而這裡更是高幹病房！你再不把那該死的母狼弄走，我撤了你的職，關了你的醫院！」

這一來，誰也擋不住了。捅了樓子又想保官的醫院院長，馬上叫人給惹事的母狼打了一針麻醉劑，連夜送回了獸醫站，也不顧狼孩小龍的嗥哮叫鬧。他們惹不起這位當地的「高幹」父母官。

母狼到了獸醫站更不安靜了，一是看不見了自己的狼孩，二是傷勢日益漸好，有了精氣神兒，於是牠不停地發出一聲聲的狼嚎，攪得那獸醫站也不得片刻安寧了。

左鄰右舍的機關和居民紛紛提抗議，叫罵，有的甚至拿石塊投砸獸醫站的玻璃窗，有個老兵乾脆拿出老獵槍闖進來要殺了老母狼。無奈，獸醫站只好把老母狼送進了縣城南那個破公園的狼籠裡，與那隻掉毛兒長著狼瘡的半死不活的老狼作伴去了。

這邊的狼孩小龍失去作伴的母狼，開始時也瘋鬧過幾天。醫院只好把他綁起來治療，實在鬧得不行就打麻醉劑，再不行，就拿警察用的電棍來電擊一下他。這很有效，小龍非常懼怕那個讓他渾身激顫的短粗電棍子，醫生一舉起那玩意兒，他馬上就閉上嘴，眼睛裡閃出恐懼之色。

爸爸笑說：「等小龍回家後，我也得備一個電棍。」

「那可不好。」我說。

「有啥不好，這東西能拿得住他。」

「當初，你和爺爺也用過鞭子，結果只是更增加了他的仇恨心理。再說，老用那電棍子，可能對小龍的心臟和大腦都有影響。」

爸爸不吱聲了。

過了些時日，爸爸媽媽就回村去了。家裡有一大堆事等著他們，農活兒不能耽誤，不能這麼長時間耗在醫院裡陪著小龍。反正小龍已經脫離危險，身體正在慢慢恢復，醫院不管出於什麼目的，

對小龍也不錯，治療也十分認真負責，不用家人太操心。反正我也在縣城中學讀書，可以常過來看望和照料。

有一天，去醫院之前，我先去了一趟縣城公園。

還是那樣的冷冷清清，門口或站或溜躂著幾位婦女和老漢。我正準備大搖大擺往裡走，一個麻臉老漢攔住了我，喝問：「站住！幹什麼，幹什麼？」

「逛公園。」我說。

「買票！」麻臉漢臉一橫喝令。

「以前可是不買票的。」

「那是以前，現在不同了。」

「爲什麼？有什麼不同？」我不解地問。

「現在公園裡有看頭，有了一個稀罕物——老母狼！」

「母狼有什麼稀罕的！原來也有一條狼嘛。」

「狼跟狼不一樣，這隻母狼可是有來頭兒！牠可是用自己狼奶餵養過狼孩的那隻母狼！來看牠的人多得是，你瞧瞧那邊貼的告示吧！」

爲了讓我買票，麻臉老漢不厭其煩地解釋起來，又指了指大門上的彩色招貼廣告。上邊赫然印著老母狼的巨幅彩照，文字說明如下：最後一隻大漠母狼，餵養人孩好多年，通人通神的一代狼精，千載難逢的世間奇聞奇狼。

我看著差點笑破肚子，敢情老母狼成了他們的搖錢樹！這世人一個個都這麼精明，不放過任何賺錢的商機。

一問票價，居然十元之貴。我咂舌。

我可不想當這冤大頭，那母狼我閉上眼睛都認識牠。我原路退回，繞著公園外牆走了一圈，終於發現了一個豁口，於是我便從那裡越牆而入。那口子下邊堆著一堆帶刺兒的樹毛子，就是防人偷入，我小心翼翼地穿過那堆刺兒樹毛子，儘管刮破了手臂還有褲腿兒，我還是覺得值得。十塊錢，我能買一本好看的書，還可換十張肉餡餅，或者買一件假名牌T恤衫。

狼籠那兒，果然人擠人。聞訊而來的好奇者，把狼籠圍得裡三層外三層。我費了好大勁才擠到前邊。

大狼籠裡邊，又增搭了一個新窩，顯然那是給老母狼特意準備的。那邊的舊窩裡，依然趴臥著那隻長瘡的老孤狼，無精打采，對外邊人群的吵吵鬧鬧依然表現出冷漠無興趣。新窩裡的老母狼也正安安靜靜地躺著，胸口上依舊包紮著繃帶，窩裡食盆裡盛放著豐盛的肉食。那邊舊窩老孤狼那兒則食盆空蕩，老孤狼不時地抬眼偷窺這邊老母狼的肉食，可又不敢過來爭搶。顯然牠們狼有狼道，不輕易侵入別人的領地。

老母狼把頭埋在前兩腿中間，對嘴邊的肉食和外邊的喊叫無動於衷，連眼睛也不抬一下。

「老母狼！老母狼！快出來！」兒童們在喊叫。

「老母狼！狼孩怎麼樣了？」

「老母狼！叫一個！」

「老母狼，這兒有人想給你當狼孩，你要不要？」

大人小孩「哄」地樂了。

籠子裡的老母狼張了張發麻的大嘴，又慢慢闔上，瞅都不瞅這邊的熱鬧場面。

我默默地看著牠，心中不免發酸。難道牠就這樣在鐵籠子裡熬過牠的殘年嗎？最後變成那邊的老孤狼一樣，身上長著狼瘡，拖著掉了毛的尾巴，無精打采，無甚欲望，整日渾渾噩噩呆頭呆腦地熬日子嗎？那可就太悲慘了，對這樣一位有過轟轟烈烈經歷的英勇無比的老母狼來說，這太不公平了。

我一聲嘆息。

只聽「呼兒——」的一聲，老母狼拔地而起，從籠中向我這邊撲來。牠認出了我。我一驚，趕緊往後閃。老母狼仰脖發出一聲長嘯。

人們都奇怪地看著我，不解老母狼為什麼對我如此親熱。

正在這時，有個公園的管理人員衝我跑來，一邊喊：「就是他！沒買票跳牆溜進來的！」

我扭頭就跑。顧不上母狼了，一邊跑一邊喊：「老母狼，放心吧，狼孩他在醫院挺好的！」

公園的人還是抓住了我，但知道了我是狼孩的哥哥之後，不但沒有罰款，反而送給我一瓶礦泉水，解完渴，給他們講講狼孩和母狼的事情。

我這可是有生頭一次，沾了狼孩弟弟的光。世道啊，俗。

四

二禿子胡倫帶胡家的人在村北一帶細細搜索了幾遍。他們很是興師動眾，扛槍的扛槍，舞棍的舞棍，呼朋引類，吆五喝六，虛張聲勢地開進郭家墳地，顯然想藉機踐踏一下墳地，正好被下地的我的老叔滿達看見，在墳地前攔住了他們。

「你們要幹什麼？憑啥闖我家墳地？」滿達老叔喝問他們。

「閃開！我們要搜白耳狼！」胡倫一瘸一拐地衝老叔喊。

「白耳狼？白耳……牠怎麼會在這兒？」老叔疑惑。

「就在這兒！我看見的，牠還咬我一口，差點要了我的命！」二禿子伸出包紮著的小腿說。

「白耳怎麼會在我家墳地咬了你？啊，我明白了！」老叔滿達的手指一指胡倫的鼻子，嚷嚷開了，「原來是你這小子闖進我家墳地，偷割了我們的墳地草！我正在找這人呢！」

「沒……有……不……我……」理屈的二禿子漲紅了臉，支吾起來。

胡家有一位歲數大一點的小老頭開口說話了：「滿達，你也不要這麼抓著理兒不放，二禿他割你們墳地草可以賠，可以認錯道歉，這是小事，現在殺死那個吃人的白耳狼是大事！」

「說得輕巧，這是小事？我去你們胡家墳上割草，又拉屎撒尿的，你們幹不幹？二禿子割完草還在我們墳地上拉了屎撒了尿，這不是糟踐我們郭家先人嘛！」

「沒……沒，我不是有意的，是叫那白耳狼嚇出來的……」二禿子紅著臉申辯，他身後的那些胡家的人也「嘩」地樂了。

老跟在胡家人後面起哄的娘娘腔金寶，在人群中開口說：「割草拉屎的事完了再說，現在抓緊時間追殺那頭白耳狼是大事！」

滿達老叔衝他一撇嘴：「誰的褲襠沒夾緊把你給露出來了！哪兒都有你的份，是不是還想去通

遼的瘋人院啊？」

「你！」娘娘腔金寶鬧得滿臉如紫茄子。他得狂犬病，在通遼市整整住了一年多的醫院，好不容易病好出院，閒不住的他又瞎摻和起村中的事，難怪老叔數落他。

「你們老說白耳是吃人的惡狼，誰見著牠吃人了？啊？」老叔問那些人。

「牠就吃了我家老爺子！」二禿子喊。

「你看見白耳吃來著？野外的惡狼多得是！」

「你在袒護那惡狼！」

「我當然爲牠說話了，牠是我侄兒阿木養大的狼狗嘛！你們又沒有人證物證來證明我侄兒的白耳吃了人，憑什麼要殺牠！」老叔的話明顯在強詞奪理，瞎起哄鬥嘴玩。

有人喊道：「別理他！我們大夥兒衝進去，找出那條惡狼！」

「對！咱們先過去！」胡家的人依仗人多勢眾，簇擁著要進墳地。

這時，從墳地深處踱出一個人來，揹著槍，衝眾人威嚴地說：「站住，你們又想在我家墳地鬧出點事，是不是？」

胡家眾人頓時愣住了。黑鐵塔般矗立在前邊的這個人，正是全村人都畏懼三分的「蒼狼老孛」郭天虎，我爺爺。

「告訴你們，我在墳地搜索過了，白耳不在裡邊。夜裡又是打槍又是狼叫的，鬧騰到天亮，那白耳還能老老實實待在墳地裡嗎？而且還叫二禿子撞見過。你們動腦子想一想，那物兒一夜能跑幾百里，還在這兒老實等你們過來打牠？牠也不是呆貓！你們這是又在故意找碴兒想糟踏我們祖墳！

你們快給我滾！我家發生的事已經夠多的了，你們不要再來煩我，再胡鬧，我就不客氣了！」爺爺義正詞嚴地一頓訓斥，又「喀嚓」一聲，給獵槍上了子彈。

眾人嚇得趕緊後退，知道自個兒是無理取鬧，誰還敢往前上?都紛紛掉頭走人。

「二禿子，先別走，你給我站住！」爺爺喊住正悄悄溜走的二禿子胡倫。

二禿子撒腿就跑。老叔見狀哈哈大笑。

那天傍晚，二禿子胡倫提了兩瓶酒、幾盒罐頭點心之類的，走進了毛哈林老爺子的那座挺排場的新宅大院。

進屋就跪下了。

「這是誰呀？」毛哈林老爺子正半躺在炕上新被摞前，照顧他的那個女孩正給他捶背，手裡還端著一根挺長的煙袋鍋，淡淡煙氣從他嘴兩邊徐徐地往上冒。

毛哈林老頭兒如今在村裡很神氣。自從胡喇嘛死後，村裡選不出合適的村長，我爸死活不幹，毛哈林老頭兒只好自己擔任了村支書，大小事全由他說了算。別看身子骨日益不中用了，可心思一點沒有退化，算計這算計那的，心裡十分清楚。

「我是胡喇嘛的二小子，二禿子胡倫。」二禿子連自己綽號一起稟報。

「幹什麼來啦？」毛哈林依舊不冷不熱，陰陽怪氣。

「孝敬您老來了。」二禿子把帶來的東西一一擺放在炕沿上。

「起來吧，現在也不是大過年，跪什麼磕什麼呀？」老頭兒賜坐。

「是，是……」二禿子規規矩矩地把屁股搭在炕沿上。

「送這麼多禮，有什麼事嗎？」

「有點小事，請您老給我做主……」接著，二禿子就把咬死他父親的白耳狼出現在郭家墳地，而郭家人又不讓進墳地打狼的事敘說了一遍。

「你的意思是，要進郭家墳地打狼？」

「是。」

「你保準那白耳狼，還在那郭家墳地裡嗎？」

「說不準，我懷疑牠的老窩可能就在裡邊。」

毛哈林老爺子沈吟起來。這可不是小事，又關係到三姓之鬥，牽扯面太大太廣，他實在不好馬上表態。

「你先回去吧，這事我考慮一下，還要跟天虎老孛商量商量。」二禿子走時，他客氣地讓二禿子把禮物拿回去，可二禿子沒有那麼做，毛哈林也沒有再強求。不過，毛哈林老頭兒衝二禿子身後端詳了良久，心裡說，這傻小子長成大小伙子了，好好撥弄撥弄，倒是個會發響的玩意兒。郭家的大兒不聽使喚，這胡家嫩崽倒也是個不錯的材料。

毛哈林老爺子的一雙眼睛瞇縫起來，從那細縫中閃出兩道刃冷的光束。

這老爺子，腦子裡又盤算出長期治理錫伯村的新點子。

第十五章　白耳再現

母狼回頭，溫柔地看我一眼，綠點一閃，發出一聲「呼兒」的低吼，然後縱身跳出窗外。

我抱住小龍親了親，摸了摸他的臉，似乎他也覺出這一別，不知何時才能相見，衝我「啊——啊——」地低叫兩聲，眼中淚光閃動，爾後毅然決然義無反顧地隨母狼撲進那茫茫黑夜中去了，轉眼間無聲無息，如一顆從天空中劃過的流星。

一

每天放學後，我照例匆匆趕往縣醫院，三個多月來幾乎天天如此。

小龍弟弟基本康復，身上插的管子少了好多，頭上紮的繃帶也已取下，只是由於身體又變得強健，不太好管理，經常弄出些事給醫院添亂。

那天我走進病房時，他正在「嗷嗷哇哇」地亂叫。

原來他一口咬傷了給他換藥的女護士手腕，粗壯的男護士正用電棍擊打教訓他。可憐的小龍一邊躲閃一邊叫喚著，兩眼驚恐地盯著男護士手中那根可怕的短棍，一觸到全身就激靈，麻酥難受。

男護士身後站著好幾個省市和本縣的那些專家、學者、醫生，人人都很是冷漠地雙手抱在胸前，觀察著小龍的反應以及他的神態，不插言不勸阻，木木的，呆呆的，有的還往小本子上記錄著什麼。

小龍一看見我，像見了救星一般，嘴裡發出：「啊……啊……」的呼叫，他把我當成唯一能袒護他的親人。

我見狀氣不打一處來，衝上去擋在小龍的前邊，向那個男護士喝問：「你幹什麼老電擊他？」

「他咬人！」

「這是你們自己不小心！你們不知道他不懂事，身上還有野性啊？挨咬了就拿我弟弟出氣，老這樣電擊他，你們這是什麼醫院？是黑社會牢房啊?!」

「嗨，這小嘎子，怎麼這樣說話！」男護士說。

「我就這麼說！我弟弟現在成了你們取樂消遣的對象了！」

「嗨嗨，不要這麼說嘛，我們辛辛苦苦爲你弟弟治療，搶救，你還這樣胡說八道可不對呀！」有個醫生模樣的人，終於放棄他的冷漠，這樣插言。

「我還不稀罕你們治療！我這就帶弟弟走人！」我也越說越來氣。

「走？哪有那麼容易！說來就來，說走就走，你當我們醫院是車馬店啊！」那醫生冷冷地說。

「怎麼？你還想扣留我們？」

「沒那個意思，你們要走也得把這幾個月的醫療費交齊了呀！」那醫生當我是中學生，大有爲難我的架勢。

「醫療費？哈哈哈……」我大笑起來，「大夫，你別搞錯了啊！各地捐來的贊助款、贊助物資，我們還沒跟你們醫院清點呢！我還聽說，上邊有關部門撥下了一筆可觀的專項研究資金，也是

專門跟蹤治療狼孩用的，是不是？另外，我們還應該向你們醫院收取廣告宣傳費呢！你們可是靠我弟弟出了大名，賺了大錢！」

那位醫生被我噎得一時無語。

他還想接著狡辯點什麼，身後的專人拉了拉他的袖子。這些人當然擔心，真的把事情搞大，弄砸了他們的研究課題，那可是關係到職稱、論文、待遇以及分房等一連串的問題。他們必須息事寧人才是上策。

這時，聞訊趕來了一位院長。他瞭解了情況後，批評起那個醫生，還有那愛動電棍的男護士，並轉身向我道歉：「阿木同學，對不起，我們醫生護士有責任，他們不對，我向你道歉！我希望你的弟弟還繼續在我們醫院住院治療。」

「繼續住院治療可以，但你們得保證不再用電棍電擊我弟弟！他的什麼狀況，你們不是不知道，老電擊他更加刺激或者弄壞他的大腦，你們這是治療還是刑訊！啊？」

「是，是，我保證，往後不讓他們再用電棍。」

我也就見好就收，沒跟爸爸商量也不好貿然帶走弟弟，只好這樣借坡下驢，結束這場小風波。一干人都走了。病房裡只留下我和弟弟。我從背包裡拿出路上買來的蘋果給小龍吃。小龍對我很是親熱，長毛的大手不是抓我就是摸我，有時還齜牙咧嘴地伸出嘴巴拱我的臉頰。

我越來越喜歡我這位弟弟了。他的思維和感情很純樸，不會拐彎，不會掩飾，愛就愛恨就恨，認準的東西從不改變或放棄。這點不像人類。他往往把複雜的問題簡單化，可人類是把簡單的問題複雜化而樂此不疲。

有時，我靜靜地觀察著弟弟，我犯愁，爲他的將來犯愁。未來的日子他可怎麼度過啊？在這個複雜而功利的人類社會裡，他能夠融入並能夠生存下來嗎？我真不敢保證。目前看來，他與人類社會實在是格格不入了，不過我打定主意，這一生一定盡全力保護我弟弟，讓他有個好的結局，好的生活。

然而，目前他這種處境，被人在醫院裡鎖著，成爲一幫無聊人的研究對象，這可是我極不願意看到的。現在，家裡人，爸爸媽媽他們爲他操碎了心，傷心至極又拿他沒辦法。他無意中已成了公眾人物，將來他只要生活在人類社會中，面對的將是永遠擺不脫的好奇、探究、異樣的目光，也許至死成爲人們研究和追蹤的對象。這可真是弟弟小龍的悲哀。我深深嘆口氣。

這一晚，我陪著小龍在醫院度過。

半夜，從縣城公園那邊傳出狼嗥。那是母狼在嗥叫。本來睡夢中的小龍，立刻支楞起雙耳翻身坐起。接著，小龍也學著母狼的叫聲，發出一聲長長的狼嗥，我輕輕安撫著小龍。

這一夜，小龍和老母狼對嚎了好久。

我有某種預感。我怕出什麼意外，連續三夜都守護著小龍弟弟過夜，弄得我很疲憊。也不知道擔心著什麼，或者更準確地說，期待著什麼。

其實，那三天夜裡，什麼事也沒發生，只不過狼孩小龍與老母狼不停地嗥叫，似乎相互通報彼此的情況和表達相互思念之情一般。

那一夜，縣城裡很安靜。小小的幾萬人縣城，也不似大都市那般通宵燈火闌珊，只要電影院第二場電影散場之後，整個縣城就基本安靜下來，小酒館也勸走最後一兩個酒徒打烊關門了。已入秋了，北方的天氣早晚涼爽了許多，不像前些日子那麼窒悶，傍晚時令人喘不過氣來。

晚自習結束後，我躺在宿舍土炕上翻來覆去睡不著。靜靜的黑夜中，耳朵捕捉諦聽著什麼。一開始自己也沒什麼意識，後來才知道自己是諦聽母狼和狼孩小龍弟弟的對嚎。這些日子，這一聲聲駭人的狼嗥成了我的催眠曲。

奇怪，這一晚沒有狼嗥。

我終於找到自己睡不成覺的原因，猛然翻身坐起。再仔細辨聽捕捉，除了小火車站笛聲長鳴外，加上附近誰家叭兒狗叫，根本沒有了那一聲聲刺人耳膜令人振奮的狼嚎。

我匆匆穿上衣服，摸出枕頭下的手電筒。被弄醒的同學問我幹啥去，我告訴他去看一下弟弟，沒聽到他的嚎聲心裡不放心。同學說，不叫說明他安靜入睡了，他不鬧騰了，你鬧騰啥呀！

我苦笑一下說，你不懂，睡吧，今晚不用等我回來。

我急急忙忙趕到醫院時，那位值班的男護士見著我，如見到親大舅般樂了，說太好了，你來今晚我就解放了，隔壁正三缺一，我先過去了，有事你就喊我。

我見小龍弟弟還算安靜地半瞇著眼睛在床上趴臥著，也沒有什麼異常跡象，就點頭同意替那男護士在此守護小龍。男護士樂得頭搖屁顛地端著茶杯消失在走廊盡頭。

我兀自笑了。怪自己多疑，讓這位賭徒護士撿了便宜。

其實不然，事情是後半夜發生的。

我幾乎是睡著了。坐在靠椅上，把雙腿擱在小龍的鐵床上，挺愜意地處在半睡半醒之間，瞇瞪著，心裡琢磨著老母狼今夜不嗥的原因，漸漸完全睡過去了。不知何時，有什麼一個微小的動靜，或者什麼東西碰了一下我的腿。我微睜眼睛掃視，這一下完全嚇醒了。門口有一雙綠綠的光點，死死盯著這邊。床上的小龍早已有了反應，正在悄悄地咬啃著綁他的繩索。原來是他的輕微動作弄醒了我。

「老母狼！」我叫出了聲，隨即閉上嘴緘默了。我幹嘛要喊叫呢？

室內黯淡的燈光下，老母狼靜靜蹲坐在門口，並沒有向我進攻。牠的後背和腿肩上都有刮破的傷，滲著血，顯然是牠鑽出狼籠時刮的傷，不過並不影響牠勇敢而機警地潛進這裡看望狼孩。

哦，這個不死的荒野精靈！顯得那麼威風，那麼精明，又那麼沈穩！牠見我已醒，也絲毫不慌張，既不逃走也不進攻，挺挺地蹲坐在後腿上，機警地觀察著我的一舉一動。也許，牠早就把我算作牠的同黨了，只不過現在再做一番觀察或考驗罷了。這個老狼精！

說真的，我該怎麼辦呢？

我所預感的，或者說，我所期待的事情終於發生時，我一時手足無措。我是報警發出喊叫呢，還是靜靜等待由牠們去呢？或者其他什麼呢？小龍弟弟依舊不管不顧地低頭啃咬著自己的綁索。他隨母狼走的決心早已定下，也許他一直等待著這一天。所以一見母狼出現，他也變得十分精明，並沒有喊叫，而是急急地咬繩索。

我估計笨手笨腳的小龍這麼個弄法，天亮前也未必能咬斷那繩索。只聽「呼兒」的一聲，等急的老母狼一步躥到小龍床上，幫著咬起來。

我怔怔地看著牠們忙活，一動未動。

後來看到小龍弟弟又急又可憐巴巴地望著我，「啊——啊——」地呼叫，我的心猛地震顫了一

下，隨著血一熱，我的最後心理防線便徹底崩潰了。我毅然撲過去，替我的小龍弟弟解開那繩索。

我只有一個想法：與其讓小龍在這裡忍受捆綁電擊之苦，成爲他們研究探索的對象，也許一輩子都會如此，還不如讓他隨母狼回歸荒野，過他喜歡過的自由自在的歡樂生活！

我不再考慮自己行爲的對與錯，只想著趕快還我弟弟的一個自由！

如果有錯，讓上天懲罰我吧。

我的加入，事情就變得十分簡單而快捷。

我打開了小龍的繩索，又打開了那扇窗戶。窗戶外是小花園，花園外圍是短牆，然後牆外就是郊外菜地連著荒野了。縣醫院位於縣城最邊緣，連著不遠處廣袤的原野和大漠。那是屬於小龍和母狼的地界。

外邊，黑夜沈沈，天空星光閃爍。

母狼回頭，溫柔地看我一眼，綠點一閃，發出一聲「呼兒」的低吼，然後縱身跳出窗外。

我抱住小龍親了親，摸了摸他的臉，似乎他也覺出這一別，不知何時才能相見，衝我「啊——啊——」地低叫兩聲，眼中淚光閃動，爾後毅然決然義無反顧地隨母狼撲進那茫茫黑夜中去了，轉眼間無聲無息，如一顆從天空中劃過的流星。

我低低祝福：「小龍，保重！」

我重新關好那扇窗戶時，熱淚落在手背上，內心中湧出一股莫名的惆悵、失落，還有感傷。也許，從此我永遠失去我弟弟小龍了。

接著，我也行動起來。悄悄走出那間特別看護病房，關好門，然後飛也似地逃離了縣醫院。回學校宿舍躺在炕上，用被子蒙著頭哭泣起來。

同學問我哭什麼呀？我如實告訴他，放走了狼孩弟弟，讓他隨母狼走了。

同學說我做得好，還拍我一掌，又說我認你這哥們兒朋友。我哭得更厲害，沒想到他的見解也如此豁達，跟我一樣，畢竟都是新時代青年。我「撲哧」一聲破涕爲笑，也回敬同學一掌，兩個人的手緊緊握在一起。世界上，能找到一位知音，也是很愉快的事情。

二

那一夜，白耳目睹了老母狼與自己的老主人鬥智鬥勇的全過程。

牠在暗中看見，老母狼和狼孩終於倒在兩位老主人的槍口下，牠差點也衝出來參戰，幫助老母狼。但畏懼於那兩桿無情的火槍，又不敢公開跳出來撲向過去的老主人，白耳始終隱伏在附近的暗處沒有露面。

後來，牠也跟隨那輛飛馳的馬車，趕到了縣城。

從此，縣城西南一座廢棄的舊菜窖成了牠臨時的巢穴，牠在縣城落下腳來，繼續關注母狼命運。

牠晝伏夜出，成了黑夜的精靈，開始時，圍著縣獸醫站轉，後來母狼轉移到縣城公園之後，牠也就夜夜光顧那裡。

其實，大多時間牠也不怎麼迴避人類，從小崽起經人的手受過訓練的牠，太熟悉人類習性了。牠可以大搖大擺地從公園門口進出，遇到值班守門的老漢時，牠就搖搖尾巴，晃頭晃腦，弄得老漢

嘖嘖讚嘆，說這是誰家帶來的大狗哎，這麼懂事，真叫人喜歡。說著很想過來摸一把，可白耳身子一閃，就如躲避男人撫摸的精明女人一樣，滑過老漢的手和門口，直奔園內狼籠方向而去。

牠比我強，進公園看望母狼根本不用花十塊買那冤枉的門票。

公園裡的人們誰也不把牠當野狼，都拿牠當做隨主人來閒蕩的家狗寵物。而且牠從來不衝人吠叫齜牙，從來不咬人，只會衝人搖尾巴，很紳士。對一隻十分懂禮貌的寵物狗，誰還會留心注意牠，當牠是野狼呢。

白耳每夜在老母狼的籠窩附近守護著，幾個月來天天如此。當然，牠不是白白空熬這漫長的黑夜。

狼籠後邊有一片樹毛子，很茂密。一到夜黑，白耳就躲進那片茂密的樹毛子中的草叢中，輕輕咬啃那個狼籠鐵柵欄的木頭樁子。夜夜如此。果然，皇天不負有心「狼」，牠終於咬斷了那木樁子，有天夜裡，牠用尖嘴拱鬆了鐵絲網，從下邊鑽進了狼籠裡去。

可是那隻絕情的老母狼依舊不給牠臉。發現白耳侵入了自己的領地，毫不客氣地追著咬牠，趕牠出去。

白耳「嗚——嗚——」地低吟著，不跟母狼相鬥，在籠子裡跟牠捉迷藏般轉圈。轉著轉著，白耳把母狼領到那個被自己弄開的小口子那兒，當著母狼的面，從那小口子鑽了出去。母狼的眼睛頓時放亮。

那根掛鐵絲網的樁子埋在外邊，若不從外邊咬，母狼是無法從籠子裡下嘴咬鬆，搆不到。不咬斷木樁子，鐵絲網也不會掀開一個口子。

老母狼輕吼一聲，那龐大的身軀有些費勁地也從那小口子鑽了出去，當然刮破了皮毛，腿肩受些輕傷。這都不要緊了，牠再次獲得自由，身上滾動的熱血沸騰了。牠十分舒展地伸了一下粗腰，伸了伸四肢，然而並不去理會救牠出籠並且頻頻回頭顧念牠的白耳，猶如一股狂急的旋風，直奔縣醫院而去。

白耳在牠身後很是哀傷地嗥了兩聲，但也緩緩尾隨著跑去。

大狼籠那側的老孤狼，一直漠然地對待新來的老母狼，牠們倆之間始終井水不犯河水。等老母狼逃出去之後，似乎突然感到寂寞了的那隻老孤狼，也慢慢踱到那個逃往自由之路的小口子那兒，看了看，嗅了嗅。爾後這隻老孤狼居然退了回來，重新爬回了自己的籠子裡，目光裡露出一種不屑一顧的神色。牠可不要走。走幹嘛呀？到了外邊誰給你按時吃肉侍候你？這裡可是鐵飯碗公務員待遇，又上了養老保險，牠認爲逃走的母狼十分傻十分笨。

多年來習慣了牢籠生活，一旦面對外邊的自由世界，老孤狼顯出恐懼和退縮態度，這真是有些悲哀的事。不管是人和獸，要永遠保持自己原有的個性，保持原有的追求和風貌，是一件很不容易的事情。

環境和時間，是個無情的殺手。

無論如何，總是有勇敢的叛逆者。老母狼就如此，牠永不放棄，永不服輸，勇敢地追求著自己想要的東西。牠是苟且者的楷模。

三

丟了狼孩，醫院炸了窩。那位好賭牌的男護士成了倒楣蛋。他想拿我墊背，我一晃腦袋，來個一推六二五，一口否認那個晚上曾去醫院替男護士看護過我弟弟。反正那晚我去得晚，無人看見我，這一下，那個男護士跳進黃河也洗不清了。

聞訊而來的爸爸媽媽，衝進醫院要兒子。媽媽更是哭天抹淚的揪著那個院長嚷叫還我兒子，我們辛辛苦苦費盡心血找回來的兒子，你們又給弄丟了，你們賠我兒子。到後來，我媽又聽信我的蠱惑，咬定醫院把她兒子賣給了國外科研機構發了横財，弄得醫院哭笑不得，啞巴吃黃連。

與此同時，縣城公園那邊也傳來消息：老母狼逃走了。於是，我父親基本斷定，是老母狼救走了小龍，排除了其他的懷疑。他相信老母狼有這能力，有這膽識。他壓根兒沒想到，我是主要從犯，沒有我的幫助，牠們不可能逃得掉。爸爸是不會想到，誰能相信自己的兒子，會把親弟弟還給母狼讓他回歸荒野呢？這是個匪夷所思的事情。

父親立刻騎馬帶人追向西北大漠。他熟悉老母狼的逃跑路線。醫院因爲負有不可推卸的責任，出資組成獵隊協助我父親追蹤。

又一場新的追逐開始了。

我遙望著沙漠中跋涉的馬兒，心中暗暗祈禱。不知是祈禱爸爸他們抓回小龍弟弟，還是祈禱小龍成功逃脫，不再落入人類手中。

西北大漠那邊沒有發現任何蹤跡。搜尋半個多月以來，爸爸他們連母狼和狼孩的腳印都沒見著。弄得人睏馬乏，興師動眾，大家漸漸都失去了信心。

爺爺說：「那老東西，肯定又遠走大西北，回莽古斯大漠中的古城老窩了。」

爸爸長嘆一聲：「真要是那樣，找回來可不是三五天的事了……」

顯然，爸爸又可能在心中籌劃著遠征莽古斯大漠的事。我一想起那段艱難的經歷就不寒而慄，也替爸爸擔心起來。然而，爸爸也是永不放棄的蒙古漢子，他跟母狼之間的爭奪，不會這麼輕易結束。

過了幾天，從縣城那邊傳來一個驚人的消息：有個黑幫團夥綁架了小龍和母狼，準備賣到香港那邊賺大錢。

一聽這消息，爸爸他們都急了。立即找到醫院領導，又讓他們報案給公安部門偵破。公安局調查半天，那消息是子虛烏有的事。然而，爸爸媽媽他們的擔心卻無法消除了。似乎他們不怎麼擔心小龍跟母狼在一塊兒，倒更害怕小龍真的落入兩條腿的人手中。那可不是鬧著玩的事。人比狼可怕。

有個週末，我從縣城回家，見爸爸媽媽他們被這消息折騰的茶飯不思，就對他們說：「放心吧，小龍和母狼不會有事，也不是叫黑幫團夥弄走的。」

「你怎麼這麼肯定？你知道？」爸爸立刻問我。

「我……爸……」

「那晚，你真的沒有去醫院看護你弟弟？」疑竇叢生的爸爸開始質問我。

「爸……我……」

「你好像有什麼事瞞著我們？快說，你知不知道小龍的下落？」爸爸的提問更急迫了。

已經到了這地步，爲了讓爸爸媽媽和整個家族心安，我一咬牙，把真實過程全給他們抖落出來。

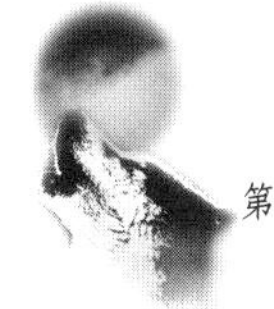

「你幹的好事！」爸爸一巴掌扇過來把我打倒在地，然後是一頓鞭子。

「你沒看見小龍弟弟在醫院受的痛苦嗎？你沒看見他受電擊時的可憐樣嗎？你想讓他一輩子過那種被人研究的犯人一樣的日子嗎？爸爸，他更需要自由，需要母狼，需要荒野，你沒看見他死也撲奔母狼的韌勁嗎？離開了母狼，離開了荒野，他永遠不高興，也不會活得長！你怎麼不明白呀，爸爸！」我一邊遮擋著如雨點般落下的皮鞭子，一邊這樣爭辯著喊叫。

爸爸的鞭子停住了。他丟下鞭子，蹲在那裡抽泣。

家裡出了小龍這麼個異類，一個叛逆者，使全家族人蒙羞，不得安寧，我又成了第二個叛逆者，竟然幫助母狼帶走弟弟，簡直有些大逆不道，這一點更令爸爸十分傷心。我可是他最喜愛最抱有希望的長子。然而，我說的那番話，也具有著無法迴避的道理和實際情況，這使得父親陷入左右爲難的思想矛盾中，打我也不是，不打也不是。

唉，我的可憐的爸爸。爲小龍，爲我，他可真是傷透了心。一張剛毅黑紅的臉膛上也已開始佈上皺紋，捲曲的鬢髮中依稀出現數根白髮，剛四十出頭的男人已有衰老跡象。

「爸爸，你不要傷心，」我走過去抱住爸爸的肩頭，輕輕安撫他，「其實，小龍跟母狼在一起，比待在醫院安全多了，好多了。你想想，他更適合荒原上生活，母狼又那麼愛他保護他，他倆相依爲命，不受人類欺侮，自由快活，多好！這就等於你把我送到外邊讀書一樣，你就當成把小龍送進荒野這個大學讀書不就行了！」

我這種不恰當的比喻，有些胡攪的味道，卻把我爸給逗樂了，媽媽也停止了哭泣。

「淨胡扯！那荒野哪裡是『大學』呀，那裡是血腥的戰場！」爸爸的大巴掌往自己臉上抹了一把淚水，也拍了一下我的頭。

「戰場也比牢獄強啊！小龍適合在那裡戰鬥。可他一點不適合醫院或研究機關那類牢獄之苦，成天檢查這兒檢查那兒，不老實就電擊一下，綁一下，要不打麻藥，周圍都是獵奇的目光，冷漠、嘲諷、探究，把他當成異類怪獸、不人不獸的蔑視的目光，你想想，又遠離了母狼，小龍能有好日子過嗎？他不早死才怪呢！」我繼續演繹發揮著我的思路，說服爸爸媽媽。

「敢情你還當真是辦對了這件事情？」

「那當然，我可以向你保證，爸爸，等老母狼死了，沒有了荒野的依戀，你的兒子，我的小龍弟弟，肯定會重新回到我們中間來，到那時，他再也不會離開我們了。」

我下了這樣的果斷的結論，結束了我的演講，同時心中暗暗祈禱小龍真的按照我的推論，如期的回到我們中間來，徹底恢復人性的一面。

「真要是照你說的能夠實現，那可真是阿彌陀佛，我就供奉那老母狼。」我爸爸似乎有些相信了我的推理，那顆焦灼而懸著的心也放了下來，臉上露出了笑容。

媽媽則完全被我的演說給說服了，抱著我，誇我說，還是我家阿木聰明懂事，說什麼事都一套一套的，這樣她就放心了。

然而，唯一讓我琢磨不透的是，那對寶貝——老母狼和我的小龍弟弟究竟躲到哪裡去了？真的是逃回大西北莽古斯大漠去了，還是雙雙被人活捉拿去當怪獸賣掉了？爲什麼至今毫無蹤跡？幾乎出動了全縣的人在搜尋，電視廣播上發佈消息，幾路人馬正在追蹤，可牠們連一丁點消息和痕跡都沒有留下，簡直像是從地球上蒸發了。這真令人費解。

其實，老母狼和小龍根本沒有逃遠，牠們就在縣城裡，就在人們的眼皮底下。這是老母狼的狡猾之處，當然還有白耳。

那夜，老母狼帶著小龍從醫院窗戶跳出去之後，外邊接應的是白耳。聰明的白耳把牠們領引到縣城西南那座自己藏住的廢棄的舊菜窖，然後牠自己躲出去了，牠知道母狼不喜歡自己。

老母狼根據自己多年與人類周旋的經驗，牠一下子相中了此處。牠已經猜到，人類的追蹤肯定是在縣城外邊的荒野和大漠上展開，那裡肯定很快會佈滿陷阱和危險，隨時被人發現和追捕。與其那樣，還不如在這人跡罕至，卻又在人們眼皮底下的舊地窖裡最安全，最隱蔽，最出乎人們意料。這可真是小隱隱於林，大隱隱於市。老母狼也是此道中的高手。當然，還有白耳。

老母狼對白耳開始另眼相看了。儘管對牠仍然有些敵意，還存有提防，但透過這兩次的行動，母狼似乎漸漸在轉變態度。白耳進出菜窖，以及白耳占據窖內門口一角歇息，老母狼一改往日作風不去趕咬牠了。只是一雙眼睛依然不時地閃出警惕之光，監視牠的一舉一動。老母狼對人類從根本上甚至永遠的不信任，導致了對人類飼養長大的白耳也如此不信任，這真是一件無奈的事情。

就是這樣，白耳——無辜的白耳也已經很是感動不已。牠更加十分賣力地配合母狼的行動，向牠示好。靠自己的機警和更熟悉人類生活不引起人們懷疑的特殊身分優勢，牠夜夜叼來豐美的食物，如活雞、活鴨，還有羊腿豬腦之類。

老母狼暫時絲毫沒有撤離的意思。牠還要繼續避避外邊緊追不捨的風頭。於是，白耳源源不斷的物質供應更不可缺少。有時，老母狼自己也趁黑夜出去轉轉，但不是出去覓食，而是在觀察和偵看逃離的時間路線地點。牠每次出去時間很長，到天亮時才回來。一隻狼一夜可奔四五百里。這漫長的一夜時間，老母狼到底去了哪裡，幹了些啥，準備怎麼樣呢？只有老母狼牠自己才知道。

狼孩小龍最高興。他終於如願以償，又跟母狼生活在一起，這是最令他開心的事情。幾乎是經歷了九死一生、拿生命換來的這種相聚，對他來說太珍貴了。他與老母狼形影不離，老母狼走到哪兒他就跟到哪兒，甚至老母狼夜裡出去他也要跟著去，無奈被母狼咬了回來。

母狼不在的夜裡，他就跟白耳親近。白耳卻不怎麼搭理他。在白耳眼裡，他不怎麼純粹，既不是純粹的狼，又不是純粹的人，不倫不類得令牠疑惑。而且就爲這麼個怪物，卻奪走了牠的母愛，弄得牠無娘可認，孤孤零零，成爲荒野上的不被狼群認可的孤狼。

每當狼孩靠近過去與牠玩耍時，白耳都閃開去，實在逼得無法時，牠就衝狼孩齜牙。有一次母狼回來，撞見白耳在齜牙威脅狼孩，牠毫不猶豫地撲過去咬走白耳。

可憐的白耳，感到不公平。傷感地逃出菜窖，在縣城裡瞎逛閒蕩，到了晚上才幽幽地回地窖。牠對自己仍然回來也莫名奇妙。有時牠們都很固執，這是動物的普遍個性。

四

「羅鍋！羅鍋！快拿酒給我喝！」

二禿子胡倫衝歪斜的兩間窩棚喊。這一天，他和娘娘腔金寶騎馬挎槍來到他大哥胡大的野外窩棚上。他們這些日子一直在追蹤白耳狼，儘管他投靠毛哈林，想得到他支持在郭姓墳地裡鬧騰，後

來娘娘腔金寶對他說，夜裡他搜查過那墳地，白耳狼的窩確實不在那裡，勸二禿子先別去惹郭家的人，悄悄追殺白耳狼才是頭等大事。於是他們有空就到荒野上來轉悠，尋找白耳狼的蛛絲馬跡。

「誰……誰呀？這麼、這麼……裝孫子，瞎、瞎逛啊？」從窩棚那扇板門後頭大咧咧地走出伊瑪，結結巴巴地答話，懷裡抱著嬰兒，敞開的布衫後頭裸露出碩大的奶子，毫不顧忌地給娃兒餵奶。

「是咱漂亮大嫂子呀，胡大羅鍋呢？」二禿子胡倫從來不叫胡大為大哥，從小就叫羅鍋，一見魔怔嫂子伊瑪一個人出來，高興了，兩眼邪邪地盯著那對白而肥的豐乳，笑嘻嘻地湊過去。

「胡大……他……趕、趕牛……去了……你、你來……這兒……幹啥？」伊瑪儘管魔怔，可愛憎好惡鮮明，她從小就討厭二禿子，冷冷地問。

「來看看妳呀！看看我這漂亮嫂子過得怎樣！」二禿子伸出爪子捏了一下伊瑪懷裡的娃兒臉，順便蹭了一下那奶子，「我叫他侄子好呢，還是叫他弟弟好呢？嘿嘿嘿……」

「你、你應……該叫、叫他……叔叔！」伊瑪口吃著但清晰地告訴他。

「爲啥？」二禿子沒有明白。

「告、告訴……你，你爺、爺……胡嘎達也、也……睡、睡過我！」伊瑪說得更惡毒。

「你！」

「格格格……」伊瑪開心地大笑，又托住自己的大奶往二禿子嘴邊送了送，「你爸，他、他……吃、吃過，你摸、摸……它……不、不如……也吃、吃一口！」

二禿子臊紅了大茄子臉，閃避著，如躲避馬蜂般躲著那堆肉奶子，嘴裡罵著：「操妳個傻娘們兒，淨胡說八道！」

伊瑪放下奶子，兩眼刀子般的狠狠盯一下二禿子，然後轉身走回窩棚裡去，肥臀一扭一扭的，猶如兩座相連的小山在移動。

二禿子和娘娘腔跟在伊瑪的後頭，走進窩棚裡。沙坨子裡趕了一天路，怎麼也得歇歇腳喝口水。見伊瑪愛理不理的樣子，二禿子說：「我們大老遠地到妳這窩棚上，好歹我們也算是親戚，妳怎麼也給我一口水喝吧！」

「水、水……在水缸裡，自……個兒……喝、喝唄。」伊瑪說。

又饑又渴的二禿子支使娘娘腔燒水做飯。這是野外窩棚的規矩，來的人想吃想喝，都要自己動手，窩棚主人不侍候，何況來的又是二禿子。

二禿子那雙賊眼珠轉來轉去，還是不由自主停留在伊瑪的豐胸上，乜斜著，盤算著如何才能制服這個從小就令他心動的傻女人。沒想到如今得了魔怔，她依然這樣桀驁不馴。

「妳知道我們爲什麼這麼大老遠到妳這窩棚上來嗎？」二禿子繼續和伊瑪糾纏。

伊瑪不理他。

二禿子自顧說下去：「告訴妳，妳養過的那隻白耳狼又出現了，差點咬死我！我們現在正追殺牠呢！」

這句話終於起了作用，引起伊瑪的注意，她的臉轉過來看著二禿子：「白、白耳？牠、牠……回、回來啦？」

「是，我親眼看見，在郭家墳地差點咬死我。這狗東西，我早晚殺了牠！」二禿子憤憤地發誓賭咒。

「就你？你、你……殺不了……牠的！格格格……」伊瑪輕蔑地奚落二禿子。

「媽的，妳小看我！告訴妳，媽的，那白耳狼沒什麼了不起！我早就知道，妳他媽的還惦記著那條惡狼，惦記著牠的老主人，那個小白臉阿木！我也知道，那晚，就是妳放走白耳狼咬死我爹的！」

「胡、胡說！你……你胡說！」伊瑪頓時變了臉。

二禿子終於抓住伊瑪的把柄，繼續進攻道：「往後妳可老實點，對我也好一點，要不然，我把妳送到警察局，關進大牢！」

精神不健全的伊瑪，就怕別人嚇唬她關進大牢送進瘋人院之類的，頓時顯得惶恐不安、手足無措的樣子。二禿子趁機貼上來，伸手抓揉她的大奶子，伊瑪魔魔怔怔地也沒什麼反應。

「那狼狗是我放走的！你別嚇唬伊瑪！」羅鍋胡大突然從外邊走進來，帶銅匝的拐杖「嘟嘟」地敲著地面，「你給我滾出去！把你的髒爪子從我老婆胸上拿開！」

二禿子沒想到羅鍋會闖進來，有些尷尬，訕笑著說：「開個玩笑嘛，開個玩笑嘛……」

「滾！」胡大羅鍋的拐杖往外一指。

「我們還沒吃飯呢！」

「吃個屁！」胡大羅鍋的拐杖一下打翻了娘娘腔金寶撅著屁股攪動著的粥鍋。

伊瑪高興地笑著，依偎在自己羅鍋丈夫的後邊那個小山包上，雖然不怎麼浪漫雅觀，可也踏實有厚度。她覺得自己羅鍋老公很偉大，很雄壯，很氣派，很英俊，是天下第一男人。

二禿子和娘娘腔有些悻悻然，也只好乖乖地走出那個不歡迎他們的小窩棚。天已黃昏，他倆只好像兩隻野狗般在外邊找食兒了。

第十六章　老母狼

其實那個新巢，既不在大西北莽古斯大漠中的古城廢墟，也不在北方罕騰格爾山中的老岩洞，它就在錫伯村西北塔民查干沙坨中的黑沙坡那裡，就是牠早先生養白耳，白耳又咬死胡喇嘛的那個舊巢穴！老母狼又搞了一次出乎人類意料的舉動。當大家都認定狼一般不會重居被人類發現過的舊巢時，牠偏偏這麼做了。

一

一個乞丐，閒蕩在縣城裡的一個乞丐，在一個熟肉店門口發現了一個奇特的現象。有一隻白耳尖頭的大狗，蹲坐在那家掛羊頭的熟肉店門口搖尾巴。老闆的小兒子把皮球踢進了旁邊的陰溝，這隻白耳大狗居然跳進陰溝，把那個小皮球叼咬出來，還給了哭鬧的小孩兒。老闆和那小孩兒大加讚嘆，老闆扔給牠一個骨頭，那大狗聞了聞並不感興趣。老闆說這狗不餓，又懂規矩，便不再管牠，回內屋取什麼東西。

就這會兒功夫，那白耳往上一跳就咬住了掛在高處的一隻烤羊腿，扭頭便逃走。踢皮球的小孩兒發現後，哧哧哧樂起來，說這大狗愛吃烤羊腿，跟我一樣，又哧哧哧樂個不停。老闆出來見少了一隻烤羊腿，問兒子，兒子告訴他叫白耳狗叼走了。老闆惱火，扇了兒子一巴掌，可那白耳狗早已無蹤無影。

那老乞丐目睹了這全過程。於是，他打起了白耳狗叼走的烤羊腿的主意。他遠遠地跟蹤起白耳狗，走過服裝攤，跑過菜市場，又越過一片荒地，一直走到縣城西南的舊菜窖那裡。

「啊哈，我今天可把你堵在窩裡了！烤羊腿歸我！」老乞丐揮動著打狗棍鑽進了那個菜窖。霎時，從地窖裡傳出老乞丐的鬼哭狼嚎般的喊叫。

沒有片刻，老乞丐血肉模糊地爬出地窖，魂飛魄散地向外逃命，同時嘴裡喊叫：「狼孩！狼孩！還有老狼……老狼！」

縣城裡的人見怪不怪，都以為從鄉下來了個老瘋子，誰也沒有理會他的瘋言瘋語，反正前一陣兒鬧騰過狼孩的事，老瘋子在學舌罷了。後來，也有好奇者，半信半疑地隨老乞丐去了那個地窖，可裡邊空空如也，只有些滿地的骨頭雞毛鵝爪子，臭氣熏天，污穢不堪。

「真是個老瘋子，說瞎話騙人！」好奇者踹了一腳那個老乞丐，揚長而去。

老乞丐似乎不相信自己的眼睛，重新鑽進那地窖察看了良久，自言自語，說我活見鬼了，身上的皮肉肯定是被餓鬼撕扯了，一邊搖頭，一邊蹣跚著走離這恐怖之地。

其實，這又是老母狼的鬼精之處，牠咬走老乞丐之後，馬上就轉移了。被人類發現的巢穴絕不可繼續留住，那是最危險的事情。老母狼當即帶領狼孩，悄悄鑽進了城西南的小片灌木叢中，再從那兒潛進西方大沙坨子裡。牠們的後邊，遠遠跟隨著白耳狼。

老母狼這些日子晝伏夜出，早準備好了第二處隱秘巢穴。現在，牠帶領著狼孩直奔那個新巢穴而去。

其實那個新巢，既不在大西北莽古斯大漠中的古城廢墟，也不在北方罕騰格爾山中的老岩洞，它就在錫伯村西北塔民查干沙坨中的黑沙坡那裡，就是牠早先生養白耳，白耳又咬死胡喇嘛的那個舊巢穴！老母狼又搞了一次出乎人類意料的舉動。當大家都認定狼一般不會重居被人類發現過的舊巢時，牠偏偏這麼做了。憑牠的嗅覺和觀察，牠已發現老巢這邊很久沒出現人的足跡了，而且很多人的足跡都遠遠繞過這一帶走。原因就是，自從胡喇嘛在這狼洞被白耳狼咬死後，傳聞這裡經常出現鬼哭鬼叫的聲音，成了一個常鬧鬼的可怕不祥之地。人們寧可繞道而行，也絕不靠近這老狼洞一步。經驗豐富的老母狼當然要利用這一大好機會和極佳藏身之處了。

牠畢竟老了，受過致命槍傷之後，體力精力也大不如從前，所以牠放棄了遠赴大西北莽古斯大漠的最佳選擇，暫時躲進此處舊穴，準備與人類周旋下去。

等把狼孩安頓好之後，老母狼只原路走過去，用尾巴掃平了牠們來時留在沙漠上的足跡，再老練的獵人也無法追蹤過來。牠怕白耳留下痕跡，又衝牠撲過去，這回牠又改變了主意，又咬又趕起一路跟來的白耳，讓牠遠離自己的勢力範圍，不讓牠再靠近一步。白耳真是倒楣透了。牠只好又開始了孤獨的流浪生活，反正牠在外邊比母狼和狼孩好混，容易蒙過人類的眼睛。

自從母狼和狼孩在舊洞穴中居住下來之後，最先倒楣的是伊瑪和胡大羅鍋了。

這一天，羅鍋胡大從坨子裡把牲口趕回窩棚上飲水，點數時，發現少了一隻新下的小牛犢。他很懊喪地又走回沙坨子裡尋找。他以為貪吃的小牛犢，不知落下在哪處坡下草叢中沒有跟上隊伍，或者貪吃貪玩躲進哪片窪地樹毛子沒有出來。然而，他尋遍了附近大小坨子和沙窪地，就是不見小牛犢的身影。

「見了鬼了！娘的！」胡大羅鍋一屁股坐在沙井井臺上，沮喪地罵。

「是、不是……狼、狼叼了？」伊瑪擔心地問。

「這坨子裡哪兒來的狼？自打老爺子滅了這片沙坨中最後一窩狼，這裡連個野狗的影子也沒出現過。」

「會、會不會……是……白耳？」伊瑪想起前些日子二禿子說的事。

「不可能！白耳不會動我們倆的牲口！我知道牠是個通人性的狗，牠只會幫我們護畜群！」羅鍋一口否定，而且白了一眼老婆，意思是不該懷疑白耳，不該把這種壞事安到白耳身上。

伊瑪知道自己說錯，立刻閉上嘴不吱聲。

「我倒發現了坨子裡小道上，有不少人馬的腳印。」羅鍋接著說。

「都、都是些……什麼人？」

「還不知道，有可能來了窮黑勒大溝的盜牛賊。」

「前幾天……不、不是……來、來過……二禿子嗎？他、他們……天天在、在……坨子裡、裡轉……」

「也有可能這兩小子幹的，或者他倆勾結盜牛賊幹的。這倆渾蛋不幹正經事，成天琢磨邪門歪道，心眼都長到屁股上去了。我得報告給村上！」說著，羅鍋一拍腿站起來，拿起他的銅頭拐杖「嘟嘟」敲著地，回村報告去了。走時囑咐伊瑪關好門窗，護好牲口圈，在他回來之前不要放畜群出去了。

伊瑪一個勁兒點頭答應著，在頭腦方面，她十分信服丈夫，她現在一切事情百依百順羅鍋丈夫

的安排。

村上派出幾個人，還有小牛犢的主人吉亞太老喇嘛的侄子，一起來到窩棚上，尋找了幾天，依然毫無頭緒。二禿子和娘娘腔金寶更是潑浪鼓一樣晃動著腦袋，矢口否認此事跟他們有關，還推到曾在村北出現過的白耳狼身上。可窩棚這一帶根本沒出現過白耳的足印。此事只好不了了之。這種事，誰家攤上誰家認倒楣，責任也怪不到羅鍋兩口子身上。這種荒野上的怪事，誰能說得準。

事情還沒有結束。

又過了半個多月，一頭老弱的黑驢在較遠的水泡子邊被什麼野物掏了肚子，還叼走了兩條後腿。這一下，胡大羅鍋大驚失色了。不用說，這肯定是「張三」幹的好事，坨子裡肯定來狼了。

恰巧，那水泡子另一邊出現了白耳的身影。牠正靜靜地在湖邊舔水。

「真是牠！真是這昏了頭的畜生，禍害自家主人的牲口！」胡大一拍腿站起，抄起手邊的獵槍向白耳走過去，一邊嘴裡罵罵咧咧，「這該死的東西，越活越野了，我先把牠斃了算啦，省得牠繼續禍害牲口！」

伊瑪從後邊抱住了他。

「你、你……不要、不要……殺牠！」

「牠已禍害了兩頭牲口了！不能再饒過牠了！」羅鍋喊。

「你、你……怎麼肯定……是牠、牠……幹的？」伊瑪結結巴巴爭辯著，「你看看……牠、牠的肚子，癟癟的，嘴、嘴巴上……也、也沒有……血、血跡！」

果然，那白耳的肚子細長而乾癟，根本不像飽餐一頓後的樣子，而且掏過牲口內臟的狼狗的頭和嘴臉，都應該血跡斑斑，可白耳的嘴臉乾乾淨淨，根本沒有碰過血腥的樣子。牠只是遠遠瞧著那剩餘的老驢殘骸。

羅鍋這才住手，也覺得傻媳婦說得有道理。

「白耳！白——耳——」伊瑪衝白耳親熱地喊叫起來，同時叫丈夫把獵槍收起來。

白耳認出了過去的女主人，搖搖尾巴，猶豫著。但也不逃走。

「白耳！白——耳！不、不……認識……我了？快、快……過來！」伊瑪繼續揮手，召喚過去相依爲命的愛犬。

白耳判定出老主人沒有惡意，便一路小跑地過來了。伊瑪抱住白耳又是親又是摸，掩飾不住內心的狂喜，回想起以前一起度過的艱難日子，她的眼角溢出兩道淚水。

胡大羅鍋細細地看了看白耳的嘴角、齒縫，摸了摸牠的肚子，確認白耳的確是無辜的，而且肚裡空空洞洞，肯定好多天沒有正經吃過東西。羅鍋趕緊拿出窩窩頭餵給牠，只見白耳狼吞虎咽地一口吃了那窩窩頭。

「唉，別的狼掏牲口肚子，我的白耳揹黑鍋！」羅鍋感嘆，撫摸著白耳的頭脖，「你寧可餓著肚子守護驢的殘骸，也不動牠一口，你真是一條好狗，獸有獸道啊！」

白耳似乎聽懂了羅鍋的誇獎，一個勁兒搖尾巴。

這時候，那邊的沙坨子中的小路上，出現了兩個獵手身影，他們一直追蹤著白耳的腳印而來。兩人是二禿子和娘娘腔。

二

我在縣城街頭，遇到了那位成天瘋言瘋語的老乞丐。

誰也不信他的瘋語，可我有些起疑。於是，我給他買了個饅頭，叫他領著我去那個菜窖。一下到地窖，我便聞到了那種熟悉的氣味。有白耳的，有狼孩和母狼的。我甚至撿到了一小片從小龍身上掉下來的硬痂皮。

我立刻回家把這消息通報給家人。

家人也振奮起來，爸爸一個勁兒摸我頭說：「兒子哎，你判斷得對，他們很安全，也沒有走遠！他們就在附近跟我們捉迷藏呢！」

加上二禿子遇白耳的消息，我們甚至分析，這三個東西有可能搞到一起去了。

父親又產生出去尋找小龍弟弟的衝動，被我勸阻住了。不過，我擔心二禿子他們帶人追蹤白耳不放，一心想爲其老子復仇，我感到不能由他們隨意去追殺白耳，需要想法阻止他們。這事爸爸不會太上心的，還是得我自己出面擺平，保護我那可憐的白耳。

聽到窩棚上的伊瑪他們最近丟牲口，而且二禿子又進坨子，於是，我也選個星期日趕往伊瑪的窩棚探個究竟。

這一天，風和日麗，秋季的沙坨子裡十分涼爽宜人。蟈蟈在草上叫，野燕在頭上飛，遠處藍天上白雲朵朵，近處沙坨頂上聳立著一隻歇翅的老鷹，乍一看，像一位坐歇的老人。其實，無風不起沙的秋日，沙坨子裡是十分迷人的。一切那麼明亮透遠，那麼安寧廣闊，只要爬上沙坨頂上極目遠眺，你會頓時感到心曠神怡，所有煩惱隨風而去。

我正站在伊瑪窩棚附近的沙坨子上欣賞美景時，「砰」地傳來一聲槍響，一下子破壞了我所有的好心情。世間真不安靜呢，即便是在這偏僻的荒沙坨子。

不遠處坡下的水泡子邊，正發生著一場追逐。

「白耳！」我大喊一聲，便撒腿跑過去。

原來，二禿子和娘娘腔金寶在水泡子邊堵住了白耳。

只見倉皇中，伊瑪飛速推開白耳大喊：「快跑！白耳，快、快跑！」

可是二禿子和娘娘腔早有準備，分兩頭圍堵過來，並且堵死了白耳的逃路，三面陸地上的逃路都進入了他們倆的獵槍射程之內。

「別讓牠跑了！抓住牠！」二禿子大喊著飛馬馳來。

白耳發現沒有了逃路，情急之下，回轉身縱身一跳，便投進了身後的那片小湖水中，迅速向對岸游去，水面上只露出牠的頭。那雪白色的白耳濺濕水珠之後，在陽光下更加鮮亮。

「攔住牠！別讓牠跑了！」二禿子和娘娘腔狂叫著，同時向湖中的白耳「砰砰」開起槍來。不知是中了彈，還是潛進了水裡，白耳突然沈入水中不見了蹤影。

「你、你……打死……牠了！你他媽的……打、打……死牠了！」伊瑪急了，哭嚷著向二禿子撲過去。她平時傻吃憨睡，身胖體壯，力大如牛，一下子撞倒了瘦猴子般的二禿子。

「妳幹啥？妳這傻老娘們兒！」二禿子翻身躍起，又摸槍瞄準水面。

這時我趕到了，一把抓住二禿子的槍把，喝問：「你為啥打我家的白耳？為啥要殺害牠？」

「牠偷吃牲口，剛又掏了老葛頭的黑驢肚子！」二禿子指著一邊的半個驢屍說。

「那不是白耳幹的，白耳的肚子裡是空空的，餓了好幾天了。」胡大羅鍋在一旁證實說。

「你聽聽！你二禿子無憑無據濫殺無辜！」我更加氣憤地指責起二禿子。

「牠過去咬死過我老子！」

「這更胡說！你看見牠咬死你爹了？啊?!」

「反正我一定要打死牠！牠是一條惡狼！」

「嗨嗨，搞清楚了，惡狼就打死牠呀？你這是在犯法！你懂不懂？」

「我犯什麼法了？我在消滅害獸！我現在是村裡的小組長，有權殺這隻惡狼！」

「告訴你，狼是國家二級保護動物，你知道嗎？隨便槍殺牠，你是犯了國法！別說你這芝麻粒大的小組長，連縣長也沒有這權力！你還真把你的小組長當成個事了！」

這一下，二禿子被我逼住了，一時理屈詞窮。這時，湖水對岸的邊上露出了白耳的頭，不一會兒爬上岸，抖落抖落身上的水珠，晃得身上叭啦叭啦響。白耳沒事，我心裡的一塊石頭這才落下。二禿子更急了，轉身就上馬背，想繼續追擊白耳。

伊瑪「噌」地躥過去，揮起手中的棍子，使勁往二禿子馬的後臀上捅了一下。

那馬受驚了。「嗷」的一聲狂嘶，尥起蹶子高高跳起，又狂奔狂顛，沒有幾下便把二禿子從馬背上摔落下來，來個狗啃屎。隨後那馬發了瘋般四蹄揚起，向沙坨子中飛馳而去。

「哈哈哈……」

「格格格……」

我和伊瑪開心地大笑，羅鍋也在一旁偷偷樂。

此時，那白耳早已躥進對岸的大沙坨子中，無影無蹤了。

二禿子哼哼唧唧呻吟著半天才爬起來，揉著腰胯喊上娘娘腔，追他的逃馬去了。

我衝娘娘腔金寶身後喊一句：「娘娘腔，你再跟著二禿子這麼鬼混，早晚再發病患狂犬病，到那時，你等著住一輩子通遼瘋人院吧！」

娘娘腔回過頭，不陰不陽地笑了笑。

我留下來，幫助羅鍋和伊瑪處理死驢的事，誰幹的。心裡也暗暗高興，顯然老母狼帶著狼孩在這一帶出沒了。這真是個好消息，終於有了牠們比較準確的訊息，說明牠們現在很安全，沒出什麼事，而且還豐衣足食。只是老驢的主人老葛頭和那頭小牛犢的主人吉亞太老喇嘛倒楣了。這對他們有些不公平。

胡大羅鍋在死驢附近尋腳印，皺著眉頭，那後背上的小山包顯得更高更大了，倘若沒有他手中的拐杖支撐著，他如今更是難以立足，只有爬行了。然而，他的腦子卻異常地好使。

「看來，這坨子裡真的來了一對兒野狼了呢。」羅鍋尋腳印尋到坨子根後又回來，這麼說。

「怎麼不接著跟蹤下去？」我問他。

「那物的腳印，一進坨子就消失了，就像是拿掃帚掃過，又像是刮過一陣風，捲走了一叢沙蓬子一樣，真奇怪。」胡大羅鍋艱難地抬一下頭，看了我一眼，若有所思，有意無意地接著說一句，「再說了，我這模樣能是追蹤野狼的主兒嗎？能把狼笑死！呵呵呵……」

他自嘲地笑起來，那笑聲很空洞但很洪亮。

「是啊……是……啊……我、我們……追、追牠幹啥呀？那……那不是我、我們……的事！我、我們……只管放、放牧……」伊瑪從旁邊也這麼說。

我心裡猛地一陣震顫，有股熱流上湧。

「你們沒聽說，母狼和我弟弟狼孩小龍，可能逃進這邊沙坨子裡來了嗎？」我有意挑開話頭。

「聽是聽說了，但我們沒見著過。這頭老驢，也不一定是牠們幹的，誰也沒有親眼看見過，是不是？這荒野坨子裡，聽說最近從北邊罕騰格爾山那邊，常下來些野狼出沒，誰說得準呢！」羅鍋胡大乾脆這麼說。

「謝謝你，老胡大哥。」我握了握胡大往上抬起的手，那手很有勁，掌心老繭硬梆梆。

「謝啥呀，真是，我也沒有爲你做啥事！老郭家的人叫我大哥，還頭一回呢，呵呵呵……」胡大受寵若驚的樣子有些可笑，一笑後背的小山包亂顫亂抖。

「我回家跟爸爸商量一下，儘量給死驢和小牛犢的主人家做些賠償，我不想讓你們兩口子爲難。」我看了一眼伊瑪，這樣補充說。

「要是這樣，更是沒人吵吵追究了，我們倒沒啥。還是讀大書的人，辦事說話有條有理的。」說著，胡大羅鍋招呼上媳婦，收拾起死驢遺骸，抬回窩棚上去。

我目送著胡大幾乎成九十度的駝背身軀，心裡想，胡姓家人中，就數他頭腦夠用、心眼還算正，只可惜殘障的身體影響了他成爲一個人物。要不然，錫伯村的大權肯定落入他的手中，哪裡還有毛哈林老爺子的份兒。

我一想起那個總想在舞臺上常留的老人，不由得心裡說，該去找一次這老頭子啦！

三

白耳暗中目睹了母狼和狼孩相互配合，進攻小牛犢和老驢的全部過程。

那真是奇妙的一幕。

出生才幾個月的那頭花牛犢貪玩，一步步遠離了母牛和畜群，走進了沙窪地的一片蘆葦叢中就迷了路。

老母狼悄悄跟蹤而至。牠對小牛犢觀察了好久。時機一到，老母狼無聲無息地撲上去，張開大嘴一下子咬住了小牛犢的咽喉。小牛犢拚命掙扎，但牠畢竟幼小無助，又加上驚恐萬狀，立刻四肢發抖發軟。然而，老母狼並不馬上就地咬死牠，而是要把小牛犢活著帶回牠的巢穴去。

接著便是那個神奇的一幕：狼孩在前邊揪著小牛犢的耳朵，老母狼從側旁嘴裡咬著牛犢的咽喉，甩動著尾巴，如鞭子般趕打著牛犢的屁股往前走，迅速撤離那片蘆葦灘。而那小牛犢則乖乖地按照老母狼的意思，跟隨牠們小跑。沒有多久，牠們便把小牛犢順利趕回了黑沙坨子的老巢穴。

一到洞口，老母狼就不那麼客氣了，一口咬斷了牛犢的脖子，任由狼孩把牠拖進洞穴裡去。老母狼則順原路跑回去，從蘆葦灘開始用牠毛茸茸的長尾巴一路掃平了自己的痕跡，於是沙坨子上頓時消失了牠們趕牛犢的所有痕跡，經一陣風吹過，更是變得踏沙無痕，了無蹤跡。茫茫大沙坨子顯得那麼安謐而原始，似乎在這裡沒發生過任何血腥殺戮追趕。

對付那頭老驢則不是這樣。毛驢個頭高體積大，不好如牛犢山羊般咬其脖子趕走。那就得只好

先弄死再吃肉。

那是一頭比較老弱的驢，也是經老母狼多日精心觀察後選定的目標。由於驢一般不合群，尤其驢不願意與牛群爲伍，脾氣又倔強，往往單獨地離群索居，找一處草地獨自活動。這點正好給老母狼提供了襲擊的機會。

先是由狼孩從正面出現。站在老黑驢的正前方，一動不動。一見這不人不獸的怪物，老黑驢的雙耳立刻陡立起來，鼻孔呼兒呼兒地出氣，兩眼死死盯著狼孩一動不動。趁這時刻，母狼悄悄地從側後方進攻。牠一躍而上，穩準狠地往老驢的大腿根處下嘴，閃電般地撕下一片肉來，然後退回去。

老驢沒有防備猛然受到進攻，大腿根的血脈又被咬開，鮮紅的血如注般噴射而出。驚慌中，老驢使出唯一的防身功夫，抬起後腿尥蹶子，拼命地後踢。不管擊中目標沒有盲目地後踢。

事情就這樣，驢越踢，那血噴射得越狂激。這會兒，前邊的狼孩又開始逗弄牠，吸引牠的注意力。踢累了的老驢停下來又開始注意起狼孩，一邊喘口氣。趁這功夫，老母狼從潛伏處再次一躍而起，撕咬下另一條後腿一片血肉來。於是，老驢再次重複起上邊的動作，拼著老命往後踢起來。

這樣，牠的兩條腿都噴射著鮮血，染紅了牠整個的兩條腿，灑滿黃黃的長有稀疏蒿草的沙地，踢著踢著，那老驢的兩條後腿漸漸軟下來，整個驢的後半身便趴在地上站不起來了。

在老驢後踢過程中，還是出了點小意外。老母狼畢竟老了，而且受重傷剛好不久，還是不小心被老驢的後蹄子踢著了一次，正好擊中了牠受過傷的前胸，一下子把牠踢翻過去了。老母狼趴了半天才爬起來，幸虧前邊有狼孩吸引老黑驢。然後，老母狼重新站起抖擻精神，從正面撲上去，一下子咬住老驢的咽喉不再鬆口了。就像黏貼在驢脖下的駕套一般，尖利的獠牙咬透老驢的喉嚨，老驢此時已失去了掙扎的能力，任由老母狼收拾了。

接下來事情就簡單了，咬斷老驢的脖子，再去掏開老驢的肚子，饕餮起那可口的內臟。最後是，老母狼和狼孩各叼拖一隻分離開的驢後腿撤回巢穴。老母狼最後再演繹一次打掃足跡的動作。

老母狼回巢穴之後，挨著洞壁軟軟趴臥下來。挨老驢一蹄子的胸口劇烈的疼痛，使牠呼吸都有些困難。更要命的是，老母狼咬斷老驢肋骨時，牠的兩邊獠牙居然都鬆動了！

老母狼微閉上雙眼，牠有一種深深的哀傷。沒有了刀子般尖利的獠牙，沒有了充沛的胸肺氣力，牠可如何在荒野上生存喲。那一場場的血腥廝殺，那一夜夜長途奔襲，全靠這兩樣支撐呢。這真是，生老病死，在大自然的法則面前，再舉世無雙、英勇無比的老母狼也無可奈何，無法超越。

老母狼微閉的眼角餘光，靜靜地觀察著狼孩。也許，牠唯一放心不下的就是這個晚年的養子了。自己不能戰鬥，不能征服，不能保護，他可怎麼活下去喲。老母狼似乎有些不服命運般地「嗷——」一聲長嗥。可又牽動了胸部的內傷，一陣疼痛讓牠閉上了尖長嘴不再出聲。

狼孩不解地看一眼母狼，走過來靜靜地靠著母狼趴臥下來，兩隻爪子抓弄著老母狼的耳朵。

老母狼這次躺了將近半年才出窩。然而，牠更加衰老了。一雙銳利無比的眼睛變得渾濁，箭刺般的黑灰長毛也褪色後顯得灰白黯淡，那雙毛茸茸的長尾巴老是有氣無力地拖在地上，幾乎完全挺不起來了。尤其是，兩排尖牙掉落得沒剩下幾顆，一張嘴便只是個空空洞洞的大口，露出兩排牙床，毫無威勢可言。

這一天，老母狼突然往外轟趕起狼孩來。牠咬得很兇，儘管沒有了尖牙，可氣勢可怕，威猛猶

存。狼孩躲閃著，實在不行，便跑出洞去。老母狼也追出洞，怕其再回來，繼續追咬牠遠離這洞穴回到村裡去。

狼孩「嗚嗚」地哭般叫嗥著，他似乎明白了老母狼的用意。等老母狼半夜回洞之後，狼孩又原路回來，悄悄爬進洞穴中，挨著老母狼趴下來。

老母狼重新又追咬狼孩，狼孩又逃走。過一會兒又回來。就這樣反覆了多次，最後，老母狼實在趕不走狼孩，便仰天長嘯一聲，就此放棄了趕走狼孩的舉動。

其實牠已經無力趕走狼孩了。牠在衰老，狼孩卻幾乎日新月異般地迅速茁壯成長。雙臂如猿般粗長，長滿灰色毛髮的頭臉更加野性化，雙腿矯健，體魄膽識也比過去猛狂了許多。他已經長成爲一個令人一見心生恐怖、聞風而逃的半人半獸！

事情就這麼顛倒了過來。

現在是由狼孩出去狩獵，帶回食物給老母狼吃。當然，狼孩剛開始時只帶回來些跳兔、野雞、山果子之類的食物，牠還沒有能力去進攻牧人的牛羊驢之類的大牲口。不過，偶爾也能偷回來伊瑪養的雞鵝。

有一天夜裡，狼孩又出去找食兒了。牠們已經好幾天沒正經吃到血腥食物了。黑夜的坨子裡，狼孩先是遇到了一隻狐狸。月光下，那狗般大小的獸類也正在覓食，追捕沙灘上的跳兔。狼孩猛撲過去，紅狐尾巴一甩，他便撲空。跑出幾步遠，那狐狸又回過頭來逗他，狼孩又撲過去，這次，只見那狐狸撅起屁股衝牠「哧兒」的放出一股臭氣。

狼孩似乎被什麼氣浪撞擊了一下一般，一股入骨的騷氣灌進鼻子裡，使他頓時變得懵懵懂懂，不知東南西北了。等他清醒過來時，那狐狸早已不知跑到哪裡去了。

狼孩十分氣惱，誤打誤撞，闖進了伊瑪和胡大羅鍋的畜欄裡去了。他選了一隻最小的山羊，可整個畜欄的牲口全騷動起來。當他剛抱住那小山羊，突然屁股上有股鑽心的疼痛，原來有隻老公羊從他後邊用尖犄角拚命頂了他一下。他被頂翻在地，接著，其他的尖角的公羊和大牛們都向他頂來。他匆匆跳出畜欄，往沙坨子裡逃竄。

這時，羅鍋胡大早就端著槍站在門口，觀察著畜欄裡的動靜。見狼孩空著手逃走，羅鍋胡大也沒有向他開槍，只是搖了搖頭，拍了拍站在他身後的伊瑪，爾後回屋去了。

「唉，入冬了，牠們的日子不好熬呢。」羅鍋嘆氣。

「是啊……這、這……什麼……時候是個頭啊？唉！」伊瑪也嘆氣。

「看來母狼老了，不能出來覓食了，要不然狼孩不會自己單獨跑出來的。」兩口子這麼說著，便各自睡去了。

當狼孩兩手空空逃回洞穴，正一臉沮喪地要鑽進洞時，他發現洞口有一隻受傷的活物在掙動。他走過去一看，原來是一隻剛剛被咬斷了脖子的山雞。不遠處，有個白影一閃。那是白耳。狼孩感動不已，衝白耳搖頭晃腦，「嗚嗚哇哇」地亂叫亂嗥了一陣兒，然後叼起山雞爬進洞穴裡去，送給正餓著肚皮的老母狼吃。

白耳衝黑夜的天空，嚎嘯了良久才離去。

洞穴內，老母狼貪婪地喝著山雞胸腔裡的熱血。牠沒了牙齒，先喝喝熱血。只見狼孩從山雞身

上咬下一小塊肉，放在母狼的嘴邊。母狼把那小塊肉含在嘴裡，用牙床磨咬了好久，半天才勉強吞咽了下去。

母狼就這麼艱難地進著食。旁邊蹲坐著狼孩，很是孝順地看著老母狼生吞活剝，慢慢地塡飽肚子。何時老母狼放棄進餐，離開了那堆食物，狼孩才走過去下嘴啃吃那剩餘的雞骨頭什麼的。其實，獸類的規矩更嚴格，更死板。

四

二禿子胡倫躺了半年炕。伊瑪捅他馬屁股把他撞下馬背，回家後才發現斷了幾根肋骨，還閃了腰。當時趁熱乎勁兒還爬起來追趕馬，可沒跑多遠，他就殺豬般喊叫著趴下了。娘娘腔金寶費了很大勁兒才把他弄回家去。

沒有了領頭兒的，娘娘腔一個人也不敢進沙坨子鬧騰著殺狼了。除了他們倆，村裡更沒有其他人有那個興趣。成天種地收割、侍弄沙土地都忙不過來呢，誰還有閒心去幹別的，按農村的說法，那叫不務正業的二流子所爲。

這才使得白耳還有狼孩牠們有了半年多的消停時間。離村幾十里以外的黑沙坨子老狼洞這兒，更是無人敢涉足，愈加顯得神秘，經常傳出鬧鬼鬧怪的奇聞，變成了一處一提就令人變色的恐怖地帶。

這段時間，我一邊讀書，一邊捕捉著關於白耳、母狼和狼孩的各種傳聞，也及時通報給家裡人。我們都耐心地等候著。

這期間，我也去了一趟毛哈林爺爺家。

他也衰老了許多。躺在柔軟舒適的炕鋪上，由一個小姑娘在身邊侍候著，衣食不缺，他很少出門。尤其到了冬天，他的老氣管炎見不得風寒，稍稍著涼就咯兒咯兒咳嗽個半個月，更不能下炕了。就是如此老朽了，仍主掌著村中大小事不放，每晚他家裡來人不斷。有開介紹信蓋章的，有繳納稅款什麼什麼份兒錢的，請他主持婚喪事抑或給娃兒起名的，當然也有打架鬥毆來告狀的。據說，他家倉房裡堆了一屋子長毛的點心和蒸發了一半的各種瓶酒。

我走進他家時，他剛送走一撥兒上邊來檢查「車輪功」信徒狀況的人。聽說咱村裡也學城裡的樣子趕時髦，搞出了個什麼「車輪功」胡鬧，這些人練功時，幾家男女都裸著身子圍坐一起在炕上練「功」。如車輪般團坐，手拉手腿挨腿，男女不分，練著練著就練到一起肉摞肉了。這是另一種邪教，應稱「淫教」。

毛哈林老爺子正在教訓著這樣兩家「車輪功」信徒。罵他們是狗男女，不知羞恥，說再不悔改，送他們去坐大牢。那幾個人都耷拉著腦袋，神色木呆，目光癡愚，臉相淫邪，一看真不是個好人樣。這「功」那「功」，也就癡迷這些農村裡的渣子。

趕走了他們，毛哈林終於騰出空搭理我。

「呵呵，什麼風把你這位城裡讀書人吹回來了？」他張著露風的嘴，這麼調侃。

「毛爺爺你真忙啊，還真有點『日理萬機』的樣子呢！」我想起聽人講的「日理萬機」的段子，差點笑出來。

不明所以的毛爺爺問我偷樂啥。

「我笑你剛才教訓那幾個農民的樣子，還真威風呢。」

「別提了，就這麼罵他們，還不靈呢！農民啊，落後愚昧啊，我們本家那位偉人毛老爺子說得可真對呢！」毛哈林爺爺感嘆，儼然偉人同姓家族人自居，「無事不登三寶殿，你是不是有事『奏』我？」

好傢伙，他還真把自個兒當成「土皇上」了。

「毛爺爺，我聽說你把二禿子那小子培養成了『小組長』？」我單刀直入地問。

「有這麼回事。」

「還要培養成村長？」

「這得走著看。不過，這錫伯村子沒有個像樣的材料，你的老子蘇克真又不幹，要不你別讀書了，回來接我的班，我百分之百地放心！哈哈哈……」毛哈林爺爺開心地笑起來。

「可拉倒吧，饒了我。」我打斷他的笑聲，半玩笑半認真地接著質問，「我聽說，你老還同意二禿子追殺我的白耳？」

「沒有，這事沒有。我說過，這事得跟你爺爺商量，我可沒有授權給他。」老滑頭趕緊推托。

「毛爺爺，我提醒您，小心胡家的人反咬啊，你可別好了傷疤忘了疼喲。」我有些厭惡起毛爺爺的樣子了，突然間感到我跟他過去那種親密無疏的感覺消失了，甚至蕩然無存，我自己心裡也好生奇怪，不知這是因爲我已經長大，還是因爲毛爺爺發生了很大變化。

「不會的，你小子多慮了，你還不懂農村的事，不懂啊！」毛哈林老頭摸著鬍鬚如此說。

忽然間，我一分鐘也不想在這兒待下去了，感到這裡很齷齪，瀰漫著一種令人壓抑而噁心的酒、肉、色、財的氣息。

「毛爺爺，您老還是勸勸你那位小接班人二禿子吧，只要他殺死我的白耳，我跟他沒完！白耳現在是一條沙狼，受國家保護的二級動物，誰殺牠誰就犯法。另外，我再提醒您老，可別看走了眼，有些動物真會反噬的。」我說完這番話，不管老頭子的反應如何便立即告辭，不再回頭，我想，以後也不會再回到這間外觀豪華內裡腐朽的院落了。外邊的空氣新鮮而濕潤，茫茫大地博大而浩莽，令我心胸頓時開朗又舒坦。

當我走離毛哈林老頭子的大院時，有一雙眼睛正賊溜溜地從不遠處暗角窺視著我。等我走遠之後，此人從牆後閃身出來，拄著拐棍，一瘸一拐地走進毛哈林那座村中「衙門」裡去。那是二禿子胡倫。

我笑了。心裡說，你小子趕緊去救火吧，反正我在你的後院點了一把，讓你這小子忙活緊張一陣兒。

回到家裡時，媽媽正在給爸爸準備乾糧、衣物等出門東西。爸爸穿戴俐落，紮著皮腰帶，穿著高統靴子，腰間別著蒙古刀，手裡提獵槍，一身戎馬征程的樣子。我吃了一驚。

「爸，你要幹啥去?蒙古騎兵團又召你入伍了嗎？」我問。

「開什麼玩笑！胡羅鍋和伊瑪一片好心偷偷跑來告訴我，說小龍最近夜裡闖進他們的畜欄裡騷擾過，還說沒有老母狼伴隨，單獨去的。我懷疑老母狼可能不行了，不是老弱無法動彈就是病死了，要不然，牠絕不會讓小龍單獨行動的。我看現在是時候了，該是把你弟弟找回來的時候了。」爸爸爽快地對我說。

我想勸阻爸爸，可沒有理由。爸爸已經聽我話耐心等候了這麼久，這次，他不會再聽進我的勸阻的。我一想，讓爸爸去探視一下也好，其實我心裡也想搞清楚母狼和小龍弟弟的最近狀況，胡大的消息的確讓人不放心，究竟出了什麼事呢？

「爸，我陪你一塊兒去找。」我自告奮勇。

「你不上學了？」

「沒幾天就放寒假了，耽誤這幾天沒事，我能補上。放心吧，你兒子的智商不低。」我拍胸脯說。

爸爸難得露出笑容，他點頭同意我隨他出征。

爺爺過來爲我們送行。他依然那麼硬朗壯實，兩眼炯炯有神，身板兒如棵樹一樣挺得筆直。他告誡我們，別傷著那老母狼，如果有可能，一塊兒抓回來，我們一起養著就是。

我高興地親了親爺爺的臉。爺爺拍了拍我的頭，把冰涼的嘴唇放在我額頭上，使勁嘬了一口。這是蒙古老人的祝福方式。

我和爸爸騎著馬，向塔民查干沙坨出發了。我不由得哼起了一首民歌，爸爸說我高興得像是走親戚。

我說當然是了，走走老母狼和小龍弟弟這對兒最近的好親戚！

第十七章　沙漠傳奇

正當李科長就要扣動扳機時，從斜岔裡躥出一個黑影，如猿般迅猛，一下子抓住了李科長的馬尾巴。那匹黃馬突然尾巴被一股強大的力道拖拉住，無法向前，猛地抬前腿直立起來，發出驚恐的狂嘶「咿——灰——」，弄得馬背上的李科長差點被摔落下來，幸虧他及時蹬住馬鐙，一手攀住馬鞍前橋，那槍卻「砰」的一聲，朝天空射擊了。

一

在茫茫的塔民查干沙漠縱深處，有一片奇特的由胡楊林和鬼怪柳組成的黑樹林。儘管十年九旱，沙坨中草木凋零，動植物生存條件極其惡劣，可這片黑樹林依舊能夠存活，依舊一歲一枯榮，完成著一輪又一輪的生命程序。

閒不住的草原學家或沙漠專家們耗費不少資金和精力，走進這片黑樹林做過專項研究。當然，文章是一篇一篇寫了不少，論文摞了一摞又一摞，可結論依然稀里糊塗，各有各的一套高論大說。

這倒也好，沒有結論比有結論好，沒有砸完繼承者的飯碗和職稱評定機會，後人們可以繼續繁榮發展「沙漠黑樹林學」，就如國內高雅無比的「紅學」，養活著無數閒人雅士成名成家一樣。

我爺爺年輕時學「孛」，跟隨師父闖過黑樹林，按他的說法就很簡單：一是科爾沁沙地是由原來的科爾沁草原退化而成，地下水位較高；二是黑樹林生長地帶位於幾座高大而綿亙的沙山沙坨的中間窪地，形成了獨特的窪地濕潤氣候，不同於其他沙坨地；三是窪地中央有一片常年存水的淖爾（濕地泡子），那是通向地下水脈的不枯竭的龍脈。

我很佩服爺爺的「字」學和高見，他往往把複雜的問題簡單化。他應該去給那些這家那家們講課，甚至可帶研究生。

最令人驚奇的是那些黑樹林楊柳樹的形狀。或許，常年受風沙摧襲，還有生長期受異常天氣變化的影響造成，那些樹木的形狀一個個十分怪異。有的主幹七拐八拐，扭曲彎巴；有的索性傾倒一側，如一羅鍋老漢；有的則兩棵樹纏繞一起生長，猶如兩個摔跤手糾纏在一起；有的則倒下去成了獨木橋，依然枝葉繁茂。

反正這些樹各個形態怪異，尤其在黑夜的月光下，更如魑魅魍魎奔舞，群獸群魔亂走，不知情的人走進這裡，會心生恐怖趕緊逃走。有人稱這些樹爲「仙人樹」，有人相反叫「鬼樹」，反正，人們把這片大漠異常氣候地理條件下形成的生命群體，認爲是神秘而恐怖的地方，不敢輕易踏進。

近來有個身影，常常在這個人跡罕至的黑樹林裡活動。

面積不大又有些稀疏的黑樹林中，地上沒什麼可狩獵的獵物。然而，樹上棲息的鳥類卻很多，尤其烏鴉，成群結隊地在黑樹林中做巢搭窩延續後代。幾乎每棵樹上都有一至兩個烏鴉窩，有的老樹上甚至有四五個，一走進黑樹林先聽到的，便是紛紛的烏鴉聒噪，「咕嘎咕嘎」叫聲不絕於耳。

那個身影一來黑樹林，不幹別的，就爬樹。他爬樹極快，兩腿夾住樹幹，兩隻長臂往上一伸，「噌噌」地躥上去，簡直像猴子。他爬的都是樹頂有烏鴉窩的大樹。爬上去後也不幹別的，專門掏那烏鴉窩。如果窩裡有蛋，他則把蛋撿起來放進自己嘴裡，嘎吱嘎吱連殼一起咀嚼吞咽；如果窩裡有小雛，他就把那些小雛抓住後掐死，再扔到地上。

他自己不吃這些更香的小肉塊，而是從樹上下來之後，一一撿起來帶走。這些小雛又嫩又香，吞咽容易，消化也容易。當然，他有時遭受到群鴉的攻擊，不過他不怕，拿根樹枝揮舞著，力道也很大，有時還能擊落下一兩隻大烏鴉。有一次他掏烏鴉窩時，突然伸進窩裡的手上有針刺般的疼痛，隨著他的手攥住了一條花蛇，也是來偷蛋的傢伙，一怒之下，他張嘴咬斷花蛇頭，嘎嘣嘎嘣咀嚼。幸虧不是毒蛇，傷口還不礙事。

這一天，他正從一棵七拐八繞的胡楊樹上下來，發現地面情況有些不對了。樹下圍有七八條獵狗，正吐著舌頭，露著尖牙，等他從樹上落到地面上來。群獵狗的後邊，插腰站著一個老獵手，手握銅頭投獵棒，很威風。

他是黑樹林北邊奈曼旗的著名獵人，早年被政府授予「打獵英雄」的稱號。他聽說黑樹林有怪獸出沒的傳聞之後，特意帶著他的獵狗來圍獵。他打獵還有個特點，從不用獵槍，全靠幾條訓練有素的獵犬和手中的「投獵棒」。他的臂力過人，投出的獵棒能擊倒幾十米之外的獵物。

狼孩這一下為難了。

他又「噌噌」往樹頂爬上去。可這時，老獵人的投獵棒投擊過來了，「嗖嗖」旋轉著，正好擊中他的後背，只聽他「嗷——」一聲叫，失手從樹上掉落下來，頓時，一群獵狗呼地一下撲向他。

要是早先，狼孩可能早被群狗撕成碎片了。可現在狼孩已經敏捷無比，就地一滾，躲過群狗，轉身一跳便騎上了為首的一條大黑狗身上，隨著兩條長臂一伸，抓住狗的頭頸使勁往回掰過來，

「嘎吱」一聲，那狗的脖子便斷了。群狗頓時停止了進攻，不敢再撲上來了。

狼孩狂嘯著丟下大黑狗，一跳撲向那位老獵手。

老獵手手中的另一支投獵棒向狼孩揮擊過來。狼孩的長臂一伸，便抓住了投獵棒，使勁兒一拉，那獵手連人帶棒被狼孩拽過去了。占了優勢的狼孩，一下子搶過那根投獵棒，揮舞著，凶猛地衝老獵人的頭部砸下去。

「小龍！住手！小龍，不要傷人！」

正目睹了這一幕的我和爸爸，同時大聲喊叫。

我們已經來了多時，一直暗中觀察著狼孩如何爬樹吃鳥蛋抓小雛。後來見老獵人帶群狗出現，我們暗叫不好，做好了幫助狼孩對付群狗的準備。沒想到，現在的狼孩變得如此勇猛，如此兇狂血腥，三下兩下制服了獵狗，我和爸爸更是暗暗吃驚。他已經整個變成了一個狼人，從狼孩蛻變成了一個野性十足的狼人。

這十分可怕。我們是在塔民查干沙坨中搜索時，發現了狼孩的奇特的足跡，一步步尋著腳印追蹤過來的。幸虧我們及時現身制止狼孩，避免了他傷及他人，造成不堪設想的後果。

小龍回過頭發現了我們，丟下手中的棒，「啊——啊——」地叫著，衝我們跑來。他還記得我，記得幫助他逃走的哥哥。

然而，看了看爸爸，他猶豫了。接著轉身就逃，跑向大漠中去。

「小龍！站住！小龍——」我從他後邊喊。可他根本不聽我和爸爸的召喚，跑得如一陣風，四肢並用，如狼般一躍就幾米遠，身後只留下一溜塵煙。他轉眼間消失在茫茫坨野中。

爸爸走過去安慰了一下那位驚魂未定的老獵人，說了一下情況，然後我們跟著狼孩留下的腳印迅速追蹤過去。

沙漠中我們走不快，只好一步步跟著腳印走。好在這個季節大漠裡不起風，那腳印還算清晰，如果是刮大風的天氣，那腳印頃刻間被吹得沒影，我們根本不可能跟蹤到那老狼洞。

我們是第三天才到達那老狼洞的。

面對這熟悉的地方、熟悉的老狼洞，我兀自笑了。

我爸也搖頭。老母狼可真有算計，牠的每次落腳之地都是絕佳選擇，都是人們想像不到的地方，而且都在你的眼皮底下。

我們悄悄躲在離洞口幾十米遠的地方靜靜地觀察，我們等候老狼的出現。牠是活著，還是死了，我們先搞清楚才能決定行動方案。

我們就一直耐心地等候著，時間一分一秒地流逝，太陽從東邊落向西方大漠中，可老母狼一整天裡始終沒有出現。而且，連狼孩也沒從那黑乎乎的深穴中露出過頭。我有些奇怪，牠們到底在不在洞裡？我們是不是又上了老母狼的當？

爸爸說，牠們肯定在洞裡。因爲洞口附近根本沒有牠們遷徙逃走的足跡，只不過現在牠們也在觀察著我們。這方面，爸爸是有經驗的。

我們整整等了兩天兩夜。第三天午後，才有了動靜。

先走出來的是老母狼。牠懶洋洋地蹣跚而出，顯得老態龍鍾的樣子。牠頭也不抬，也不往我們這邊看，只是在洞口溜躂了一圈，像是悠閒地散步一樣，爾後挨著洞口的土壁趴臥下來，微閉上雙眼，在暖洋洋的冬日午後斜陽下打起盹來。

不一會兒，狼孩也出現了。他可跟老母狼不同，也沒有老母狼的那種沈穩老練勁兒，一出來就兩眼直勾勾地注視著我們這邊的動靜，一臉的警惕和敵意。

「奇怪，牠們已經知道我們藏在這裡。」我說。

「這不奇怪，牠們憑嗅覺就能聞出幾里外的其他異類的氣息。」

「那爲什麼在我們來之前牠們不逃走？」

「你沒看見老母狼已經走不動了?老弱不堪，一步一晃，牠這樣子根本走不出沙漠，能逃到哪裡去?反而會變成獵人捕殺的目標！」爸爸說。

「原來是這樣！牠可真能沈得住氣，簡直像唱空城計的諸葛亮！」我感嘆。

「獸類中，牠真可以比做諸葛亮，幸虧牠只是一條狼喲！」爸爸也不由得讚嘆。

「要是像牠一樣的狼進化成人，那世界就更可怕了。」

爸爸看我一眼沒再說話，繼續盯著母狼和狼孩的動靜。

曬夠了太陽，伸了伸腰張了張嘴，老母狼依舊旁若無人地蹣跚著走回洞穴裡去。自始至終沒有往我們這邊看一眼。

「老母狼牠這是什麼意思？」我問。

「牠這是在虛張聲勢。不瞭解情況的人，看牠這個樣子肯定被牠嚇回去，不敢招惹。可我們就不同了，我們瞭解牠的底細，我們知道牠受過嚴重的槍傷，而且老得不像樣子了。」爸爸說。

「不過，爸爸，牠應該知道我們是誰，牠的這種舉動，是不是暗示著另外一種意思？」

「哦？」

「牠也許在告訴我們，牠已經老了，現在全靠狼孩來養護牠，你們不能從我身邊奪走牠！另外一種意思可以反著理解，也就是說，我母狼已經老得不成樣子了，往後不能再保護狼孩了，你們可以帶牠走了。」我慢條斯理地分析起來。

「有道理，有道理！」爸爸拍了一下我的頭，「你還挺瞭解母狼心思的嘛！」

「我跟牠有交情，對牠的行爲規則多少有些瞭解。」

「那我們上去吧。」爸爸提議。

「幹什麼？」

「殺了老母狼，帶走你弟弟。」

「你又來了，爸爸，咱能殺老母狼嗎？小龍同意嗎？他不同意，他死守死戀老母狼，我們帶他走又有什麼意思？」

爸爸似乎滿意我的答話，點了點頭，片刻後說：「乾脆，我們連老母狼一起帶走，一起供養。」

「當然這是不錯的主意，不過，這也得小龍同意才成呢。」

於是，我們又趴在那裡不動，一邊觀察，一邊琢磨著對策。

二

其實，我和爸爸都完全領會錯了老母狼的意思。我們有些高估了牠眼下的智商。由於心肺受過嚴重槍傷，恢復得又不太好，加上這麼多年的荒野征戰中留下的各種老傷都一起襲來，加速了牠的老化和智慧退化的過程。牠的眼睛接近失明，已看不清幾步開外的東西，耳鼻嗅覺也大不如以前，很費力才能明白狼孩對牠嗥叫的含義。牠現在的確全靠狼孩的守護才生存，一點也離不開狼孩的呵護。沒想到一生轟轟烈烈勇敢無比的老母狼，會老弱成這樣，真是英雄暮年，夕陽無奈。

牠剛才的舉動，根本沒有我們猜測的意思。牠其實完全無意識地，照平時習慣走出洞曬太陽而已。牠沒有暗示什麼，也不可能暗示什麼，牠也壓根兒不知道我們埋伏在不遠處。牠的一切，吃喝睡包括生存安全，統統託付給了狼孩。狼孩也很盡職盡責地完成著自己的義務。而且也十分願意這麼做，也有能力做。他已經長大了。

我和爸爸開始琢磨用什麼辦法說服狼孩，帶走牠們。

我們守著洞口又過了一夜，並沒有貿然行動。或許幾天來沙漠中的奔波，我們太疲倦了，這一夜我們都昏昏睡過去了。蜷曲在避風的沙坡下，身下的細沙柔軟如床，爸爸猶如在自家熱炕頭上一般鼾聲如雷。

天亮時，我被一種奇異的騷動驚醒了。乍以爲是在夢中，眼前似有模糊的影子在晃動，揉著雙眼仔細一看，我失聲大叫起來。

「爸爸！不好了，小龍在趕走我們的馬！」

趁我們睡覺，小龍先採取了行動。他先把爸爸身邊的獵槍偷走，扔到遠遠的沙坑中，然後又拔出拴馬的木橛子，趕走我們的坐騎。

兩匹馬突然面對面目猙獰恐怖的狼孩，登時受驚了，尥起蹶子，狂嘶著向村子的方向奔逃而

去。那狼孩還從馬的後邊不斷發出「噢！哇！」的嘯叫，弄得那兩匹馬更是魂飛魄散，頭也不回地消失在沙漠中。

爸爸翻身而起大喊：「小龍！別胡鬧！」

爸爸飛速撲向小龍，想抱住他。小龍身體一閃，滑過爸爸的摟抱，一躥便躲出二十米遠。

「小龍！別跑，別害怕，跟爸爸回家去吧！」爸爸的聲音變得十分溫和細柔。

小龍卻衝爸爸齜牙咧嘴，發出「嗚——哇——」的咆哮。

「小龍，聽爸爸說，我們一起回家，我們也把老母狼一起帶走，我們一塊養牠。」爸爸指指狼洞，指指村莊，很有表演天才地邊說邊比畫著表達他的意思。

小龍依舊衝爸爸齜牙咧嘴，而且變得更爲兇狂。爸爸一再向小龍表達自己的意思，可不知小龍是沒弄懂，還是根本不同意，一個勁兒衝爸爸狂吼，並且不讓爸爸靠近自己一步。

這時，老母狼從洞裡出來，站在洞口朝我們這邊抬頭張望，支楞著耳朵捕捉這邊的動靜。可憐的老母狼，這時刻一點幫不上狼孩的忙了，要是以往，牠早就老虎般撲過來參加戰鬥了。現在只是木呆呆地佇立在那裡，像一尊銅鑄的雕塑一般，久久地一動不動，費力地想搞清楚這邊發生著什麼事情。

爸爸有些惱怒，耐心漸漸消失，很威嚴地喝叫著小龍聽話等語，想硬上。小龍從沙崖上拽出一根枯樹棒子揮舞起來，他的眼睛開始閃射出兇光。如果爸爸真的硬上，我相信已變得強壯無比的小龍會毫不客氣地擊倒他，爸爸不一定能制服得了他。小龍不僅強健而且敏捷無比，他如武俠書中的輕功高手一般，風一樣閃在你身後攻擊你，那可是致命的。

當然，爸爸也是一位從不懼怕什麼的蒙古漢子，又當過蒙古騎兵。

我一看不好，幾步躥過去從後邊抱住了爸爸。我勸阻說：「爸爸，你不能硬拼！小龍現在更加野性了，他不懼怕任何人和獸，他的眼睛正在變綠，你看！」

我這麼一說，爸爸也冷靜下來，儘管呼呼喘著粗氣，心火難平。

「小龍！你回去吧，這是咱們的爸爸，他是爲你好，你不要這樣！」我衝小龍擺著手，語氣溫和地勸解著，讓他快些先退回洞穴裡去。

也許曾在縣醫院一直陪伴和保護過他，又在關鍵時刻幫忙放他逃走，小龍對我這位哥哥還算友好，聽了我的勸告，他眼中的綠光漸漸熄去，但是他並不退走，依舊桀驁地站在那裡提防著我們。顯然，我們不先退走他是不會回洞的，野獸化的他如狼般疑心重。

「爸，我們還是先把咱們的驚馬找回來再說吧，要是大漠中走失了我們的馬，就不好辦了。小龍現在跟老母狼更是相依爲命不能分離，他不會丟下老母狼跟我們走的。再說，老母狼現在好像一步也離不開他，我們別在這兒耽誤功夫了。依我看，那老母狼的日子不多了，到那時小龍就好辦了，軟的硬的都可以用嘛。」我耐心地把自己的想法告訴爸爸。

其實，爸爸的心中也很清楚眼下的情況，很難一時制服和說服小龍並帶他走，還是先找回坐騎是大事。於是，他很大度地衝小龍招了招手，笑了笑，說我們先走了，你好好待著，小心獵人等等，然後轉身走開，去追逃馬。

我去撿回爸爸的獵槍，還好小龍沒有撅折了它，再從露宿地那兒扛起兩匹馬的鞍韁，還有乾糧及水壺等物。

我想了一下，向小龍招手喊話，把乾糧和水壺全部留給了他。小龍見狀，眼裡閃出異樣的光，衝我「啊、嗚」地喊著什麼，聽得出他在感激我，也向我表示著獸類的好感。

唉，我這位半人半獸的弟弟。人類滅絕野狼，卻讓最後一隻母狼這樣懲罰我們家，別人欠下的債務由我們來償還，這對我們很不公平。何況我們家是誠信佛爺的善良人家。

翻過五道沙梁，爸爸終於在一片乾涸的窪地抓住了那兩匹馬。他輕輕摩挲著馬的脖子，拍一拍馬的後背，嘴裡輕輕「啊——唷——」的安撫哼叫，漸漸讓受驚的馬徹底安靜下來。我扛著馬鞍子呼哧帶喘地走過去，一屁股坐在地上。爸爸接過馬鞍一一套在兩匹馬上，又勒好馬肚帶，繫好馬嚼子。

「小龍真行，先扔掉你的槍，又趕走咱的馬，都是先手棋。」我笑嘻嘻地說。

「他還真不虧是我兒子！經過這幾天的事，我現在對他可放心不少，一般來犯者還真不是他的對手了！你看他對付那個老獵人的兇狠勁兒！要是我們不在場，肯定撕碎了他！」爸爸說。

「那你剛才還想硬碰硬！」我笑說。

「嗨，我是他的老子嘛，哪能在他面前示軟啊！」好強的爸爸總不服軟。他發現我除了馬鞍子兩手空空，問我：「乾糧和水呢？」

「留給小龍了。」我摸摸頭，歉意地向爸吐舌頭。

「真有你的，怎麼沒把你自個兒留給他？」爸爸嗔怪。

「那誰來陪你呀？誰為這家族去讀書啊？」我依舊笑嘻嘻。

「你做得也對。」爸爸也笑了，挺欣賞地說，「小龍有你這樣一位好哥哥，善良的哥哥，真是三生有幸，不知託了誰的福。」

「當然是託了你這老爸的福了，有其父必有其子嘛！」我不失時機地拍一拍馬屁。

爸爸聽了，很高興很舒坦的樣子，說一聲上馬，便翻身飛上馬背，我也騎上馬，踏上回家的路程。

這時東邊的沙崗頂上，剛露出一輪紅紅的朝日，下邊托著一層淡淡的紫色光暈，周圍浮騰著朦朦朧朧的霞霓，漂亮至極。高天上佈著魚鱗般的雲朵，被初升的太陽層層點燃，猶如高空中燃燒著一朵朵美麗的篝火，壯觀而遠大，令人心中頓生豪氣。

「爸爸，你看看，這天、這雲、這太陽、這大漠！大自然可真美啊！」我感嘆。

「呵！我兒子將來可能當大作家呢！說得像念詩一樣！」爸爸說得我紅了臉。其實，我心中一直想長大當一位謳歌我們家鄉的作家，被爸爸一下說中心底秘密，我就像那隻被朝霞照紅的野燕子般不好意思，啁啾飛走了。

我要是真能當作家的話，就寫我們這大漠，寫小龍和你，還有爺爺他們。我在爸爸的背後心中暗暗這樣說。

「你又偷偷琢磨什麼呢？我這兒子就這麼古怪精靈！」爸爸笑說我。

我沒有正面回答他，嘴裡哼出一聲蒙古長調，啊……哈……咴，心裡頓生豪氣，十分瀟灑地揚鞭催馬。突然受鼓勵的馬立刻揚蹄疾奔，身後留下一溜黃色煙塵。

三

二禿子也有股子鍥而不捨的勁頭。比我大三歲的他，已經是二十出頭的大小伙子，畢竟他身上流淌著胡喇嘛的血，一個農村裡的梟雄，因而，他的兒子二禿子也不會孬到哪裡去。

心計膽識已夠的二禿子胡倫，現在活著的唯一目的，就是為他那死得不明不白的老子報仇。他第一個記恨的是白耳狼，第二個便是自己的哥嫂羅鍋胡大和伊瑪。他計畫中殺完白耳狼，再收拾羅鍋和伊瑪。他逢人便叨咕，我要殺那白耳狼，我要為爹報仇。

此事想得他快要發瘋，只要達到目的，他散盡家財也在所不惜。於是，他不停地往毛哈林老頭子那兒送禮。他一定要全面得到這位村中大老的有力支持，使追殺白耳狼的行為名正言順。

只是他的先人在村中做孽太多，深深傷害和得罪過毛哈林這個不起眼的糟老頭子，弄得現在事情辦起來很不順手。老頭子是哼哈應付著，禮照收，錢照花，話照說，就是沒有實實在在地發話，組織全村打獵隊去圍剿追殺白耳狼。如果沒有當年他老子那樣組織全村打獵隊，憑他一兩個人之力去消滅已長成大狼的白耳談何容易！

老狐狸毛哈林也並不是不知道，二禿子從他這兒想要的東西，不僅僅是小組長這個頭銜。他那點兒心思，老頭子心裡十分清楚。只不過，他不會輕易滿足二禿子的要求，在他心目中，這傻小子只不過是一個可利用的小卒子罷了，老奸巨滑的他，不可能為這小卒子來得罪目前在村裡還很有勢力的郭姓眾戶。

郭家人雖然不顯山露水，也不會出來爭強好勝，覬覦村中權力，但是以郭天虎為首的這些郭姓人，要頭腦有頭腦，要勇武有勇武，他們永遠是一群靜靜蟄伏的老虎，誰要傷害到他們的利益，他們會立刻以百倍的兇猛進行反撲。何況郭家晚輩中的阿木跟他有一段忘年交情，他豈能輕易給自己惹一身麻煩。

然而，亦正亦邪的毛哈林畢竟不是善類，在村裡不挑出點事端他心裡直癢癢，會感到權力的空虛和權威的失落，也感到不安全，以為別人在共同琢磨他。

當拄著拐棍的二禿子胡倫走進他家院落時，通過玻璃窗望著那個如一頭野豬般裝滿怒火仇意的身影，老狐狸的嘴角顯露出一絲陰冷的笑紋，摸著稀疏的黃鬍子樂了。

二禿子這回給老頭子帶來了一個好東西——琥珀鼻煙壺。光色暗紅，發著深邃的光澤，精巧玲瓏，握在手心立刻生溫，真是一件稀世珍物。

「呵呵呵，好東西，好東西。」毛哈林把玩著那鼻煙壺，心中暗暗驚喜。

「我是從爺爺的破爛櫃裡發現的，我也不吸鼻煙，放在我這不識貨的晚輩這兒，實在糟蹋了好東西，還是孝敬您老人家吧。你們老年人當初都有過吸鼻煙的嗜好，懂得這小玩意。」二禿子謙恭而令人舒服地說著討好話。

「這倒不假。不過，這東西我倒是過去見過，『土改』時，從大地主王白拉家裡搜出來的，聽說他是用十匹馬換來的。那時候你爺爺是村主席嘛，我只是個民兵連長，摸都沒摸著過這東西！哈哈哈……」毛哈林爆發出洪亮大笑，前仰後合，拍著胸脯，笑出了眼淚，突然卻笑岔了氣兒，咯兒咯兒地咳嗽起來，那小姑娘趕緊過來給他捶背倒水。

「那正好，這東西還真跟您老有緣，您老就收著，就算是再次充公吧。」二禿子倒很得體地拍著馬。

毛哈林老爺子順了氣兒，微瞇著眼睛，衝陽光舉著鼻煙壺細細端詳著，欣賞著，神色凝重起來，似乎一時陷進很久遠的往事回憶中。也許，他想起了當年為爭奪這件鼻煙壺而展開的一幕幕明爭暗鬥和血腥的場面。

二禿子偷偷觀察著老頭子的神色變化，心中也暗暗高興，覺得這次可送對了東西。

「好吧，先放我這兒保存一段時間吧。儘管受之有愧可也卻之不恭，不能拂了你這小嘎子的美意熱心，呵呵呵……」毛哈林煞有介事地說著，又拿眼盯著二禿子，接著交代，「你可要看好你爺爺那個破爛櫃喲，那裡邊裝的可都是歷史！哈哈哈……」

「是，是，晚輩回去再好好翻翻，看能不能再翻出些有點用的古董玩意，嘿嘿嘿。」二禿子尷尬地陪笑，心裡頭罵道：老東西真他媽的貪得無厭！

「怎麼樣？我看你的傷也好得差不多了，是不是又惦記起老郭家小子養的那隻白耳狼了？」毛哈林這回主動切入主題，點破話題。

「可不嘛，您老爺子最清楚小輩的心事，俗話說，父仇不報枉為男人嘛。」二禿子立即順竿往上爬。

「唉，我當然清楚。只是這事吧，還真有點棘手，阿木那小子也找過我。」

毛哈林拿腔拿調地為難著，似乎是承受著多麼大的壓力般，「阿木那小子告訴我，那白耳狼是一條沙狼，屬於國家保護的二級野生動物，如果誰殺了牠就是犯國法呢。」

「可這條惡狼掏了我爹的肚子，我爹也是國家的公民，就不受保護了？一個大活人還不如一條狼了？」二禿子憤憤起來。

「是啊，你說的也可能是實情，我也是這麼想的，所以我老頭子兩頭爲難啊。」毛哈林沈吟片刻，摸捻著幾根黃鬍子，「不能違了國法，可又不能放過了吃人惡狼，這事最好是由執行國法的人來辦就沒什麼問題了。」

「您老的意思是……」

「我聽說，當初，縣公安局什麼李科長好像也想殺了這條白耳狼呢！」老狐狸似是無意間提示了一句。

「對，對，那條狼早先也咬斷了李科長兒子的手指頭，弄成殘疾的！」二禿子茅塞頓開，興奮起來。

「還真巧了，那個李科長現在正好在咱們鄉派出所呢，他是來處理咱這兒『車輪功』這件事兒的。」毛哈林好像突然想到了一樣，慢慢啜了一口茶，「要不，你去聽聽他怎說？」

「高！老爺子指點迷津，晚輩一下子懂得怎麼做了！我這就去找他，他出面殺白耳狼，誰也擋不住！」二禿子如打了興奮劑一樣跳了起來，手舞足蹈，扭頭就往外跑，全然不顧了禮數。

「毛手毛腳，無頭蒼蠅，整個一頭生格子牛。你辦成這件事還遠著呢！」毛哈林老頭子望著二禿子一拐一瘸的背影，搖了搖頭輕輕自語，然後衝那侍候他的小姑娘說，「妳去一趟老郭家，告訴阿木那小子，趕緊讓他那白耳狼躲得遠遠的！」

爾後，他又欣賞起那件美妙無比的琥珀鼻煙壺。

這就是毛哈林，不正不邪的老狐狸，當今北方農村的一個老年統治者。

四

鄉派出所那間煙氣騰騰的辦公室裡，縣公安局李科長和鄉派出所鄂林太所長等人，正在研究「車輪功」涉案人員的供詞資料，二禿子胡倫就闖了進來。

「哪位是李科長？我有重要事情報告！」二禿子不管不顧地嚷叫。

「你是誰？找李科長報告什麼？」李科長抬頭打量著愣頭愣腦的二禿子，有些疑惑。

「我有白耳狼的消息！就是那隻咬斷李科長兒子手指頭的白耳狼！」二禿子已經猜出問話的此人可能就是李科長，就衝他說明了來意。

「哦？真的？我倒差點忘了那條惡狼！媽的，讓我兒子少了兩根手指頭，留下殘疾，我一定要殺了牠！那該死的畜生在哪兒？快告訴我！」李科長一下子揪住二禿子的衣領，如對一個犯罪嫌疑人一般質問。

「看來你就是李科長了，」二禿子胡倫掰開李科長的手，喘口氣，「讓我喝口水，媽的，渴死我了，我可是趕了十幾里路前來報告的！」二禿子走到門邊水缸那兒，舀了一瓢冷水「咕嘟咕嘟」灌下去。接著，他就一屁股坐在那張剛才「車輪功」涉案人坐過的椅子上，慢慢向李科長敘述起白耳狼現身的情況來。

「簡要點，別扯那麼多你追捕的爛事！快告訴我，那該死的狼現在何處？」李科長打斷二禿子的絮叨，審問犯人般喝問。

「好、好，我有個朋友金寶最近一直在追蹤牠呢，我們去找他就知道了。」二禿子說。

「走！你帶路。鄂所長，咱們先去殺了那條惡狼！」

「這……案子怎辦？」鄂林太有些爲難。

「殺了狼再說！不用急，那幾個小流氓好辦。走啊，老鄂！」李科長催促著，摸一摸腰上的槍，又讓另一民警準備快槍快馬還有車輛。

「老李，這……不太合適吧？我聽說，那白耳狼已經放回荒野，是一條野狼，這野狼嘛，可是受國家保護的二級動物哩！」鄂林太所長還是這樣婉轉地提醒意氣用事的李科長。

「我不管！牠咬掉了我兒子的手指頭，我一定要殺了這隻該死的惡狼！」李科長只想著報仇殺狼，認爲人如何虐待動物沒什麼，可動物因而傷及人類那可是大逆不道的。「老鄂，你倒是去不去呀？你要是不去，我自己去，借給我一桿快槍一匹馬！」

鄂林太無奈了。雖然李科長和他是同級，可人家畢竟是上級機關的辦案人員和領導，不能不給面子，只好跟他去見機行事了。

就這樣，李科長和鄂林太跟隨二禿子胡倫，去找娘娘腔金寶。騎著馬，揹著快槍，後邊還有輛越野吉普車跟著，聲勢不小。

他們一行人很快趕到錫伯村北邊的沙坨子根，正好碰見娘娘腔金寶垂頭喪氣地從沙坨子中走出來。他這些日子按照二禿子的旨意，天天尋找跟蹤白耳狼，對牠的行走路徑以及活動範圍大致都有了掌握，只是自己人單力薄不敢招惹牠。他一見二禿子帶來了這麼大的圍獵隊伍，高興地咧嘴笑了。

「我剛剛把牠追蹤到黑沙坡一帶，牠嘴裡還叼著一隻野兔！媽的，那鬼東西精得很，根本無法靠近，行蹤也神出鬼沒！」娘娘腔金寶摩拳擦掌，興奮不已。

「現在追過去，還能不能趕得上？」李科長問。

「有快馬沒問題！再說，我估計牠的老窩可能就在那一帶呢，跑不了！這麼多人，這麼先進的半自動快槍，怕啥？哪怕牠鑽到地底下也要挖出來！」

「好！咱們出發，你快領我們走！今天我就把那鬼東西幹掉！」李科長命令。

於是，「娘娘腔」金寶換騎了一匹馬，領著這幫人向塔民查干沙坨子中間地帶出發。

二禿子按捺不住心中的喜悅和興奮，拍著金寶的肩膀一個勁兒誇他幹得好，是個真正的獵人，他爹沒有白結交他這位朋友。李科長訓斥他們少囉唆，快領路，不要胡扯些亂七八糟沒用的，打狼就打狼。

鄂林太在馬背上輕蔑地看著這兩個傻東西，不勝厭煩，心中暗暗擔憂，李科長輕信這兩個農村二流子，可別惹出什麼麻煩，抓不著狐狸卻惹一身臊。

他們緊趕慢趕，在一片積雨雪的窪灘，發現了白耳狼的蹤跡。

那物兒果然嘴裡叼著一隻野兔子，可不吃，正伸舌頭舔窪地的積雪解渴。李科長向眾人揮揮手安靜下來，都悄悄下了馬，貓著腰向白耳包抄過去。這時，鄂林太所長騎的那匹馬「噴兒——噴兒——」響出鼻聲來，可能是馬的鼻孔進了蒼蠅蚊子，還有可能乾脆有人拿草棍捅了馬的鼻孔，反正動靜不小。

白耳狼警覺了，重叼起放在一邊的野兔，轉身就躥向北邊大沙坨子裡去。

「砰！」李科長慌急中開槍。距離太遠，槍法又差，子彈呼嘯著從白耳狼頭頂飛過去，打中前頭的黃沙坡上，冒出一股白煙。快槍威力還挺大，聲音久久在大漠中迴響。

「追！」李科長一喊，又翻身上馬，帶領眾人追蹤而去。

畢竟人多勢眾，騎的也都是好馬，一早下小雪後沙地上變凍變硬，馬蹄子能踩起來奔馳，他們跟白耳的距離漸漸縮短，又開始形成合圍狀。另一主要原因是，白耳狼已放棄原先要去的目的地，在沙坨子裡跟獵隊兜圈子。跟在隊伍後邊的鄂林太所長心中暗暗著急，他是打心眼不同意真的殺掉白耳狼，這不僅違犯了野生動物保護法，又對不起老戰友蘇克和他的兒子阿木，可他現在無法約束李科長，真有些進退兩難。

李科長催馬跑在最前邊。後邊緊跟著二禿子、金寶等人，嘴裡發出「嗚哇」喊叫，虛張聲勢地鬧騰著。李科長的馬快要追上白耳狼，只見他從馬背上舉起了手中的槍瞄準白耳狼。此人顯然也當過騎兵，馬術尚可，能在馬背上雙手鬆開韁繩舉槍射擊，是要一定功夫的。

「快開槍！一槍撂倒牠！」二禿子從後邊大喊大叫。

正當李科長就要扣動扳機時，從斜岔裡躥出一個黑影，如猿般迅猛，一下子抓住了李科長的馬尾巴。那匹黃馬突然尾巴被一股強大的力道拖拉住，無法向前，猛地抬前腿直立起來，發出驚恐的狂嘶「咿——咴——」，弄得馬背上的李科長差點被摔落下來，幸虧他及時蹬住馬鐙，一手攀住馬鞍前橋，那槍卻「砰」的一聲，朝天空射擊了。

李科長從馬背上回頭一看，嚇了一跳，一個不人不鬼似狼似獸的怪物，正拚命拽拉著他的馬尾巴，然後這怪物突然又猛地放開了馬尾巴，這一下拚命前掙的黃馬被自己的衝力攢射出去，一下子倒栽蔥地頭頸朝下扎去。

這招兒，當初老母狼對付醉獵手烏太使用過，並從烏太的套馬桿中解救出了狼孩。李科長從馬背上如一捆草般被扔飛出去，狠狠摔落在凍沙地上，滾了幾滾，嘴裡灌進沙子，臉額蹭得又青又紫掛著血絲，「哎喲哎喲」呻吟著半天起不來。那匹黃馬則扭斷了脖子，四隻蹄子在猛烈抽搐。

「狼孩！是狼孩！」後邊的二禿子和金寶驚叫起來。

只見那狼孩收拾完李科長，又回轉身衝後邊的二禿子和娘娘腔衝過去。那兩個屎蛋嚇得屁滾尿流，掉轉馬頭就往回跑。

這時，李科長忍著疼痛從地上爬起來，找不著摔落的快槍，慌亂中摸出腰上的手槍，瞄準狼孩。

「不要開槍！不要開槍！那是我兒子！不許開槍！」從一側的坨包後跑出來兩個騎者，其中歲數大的衝李科長大聲喊叫著，接著「砰！」的一聲衝天開槍，以示警戒。

氣急的李科長不管對方的警告，向狼孩扣了一下扳機，「嘎噔」一下，槍沒響。原來他忘了上子彈。這時鄂林太從後邊抱住了他。

「你不能開槍打他！他是人，他是狼孩，蘇克的兒子，你殺了他是犯罪！」鄂林太激動地喊。

「你放開我！你沒看見這鬼東西差點要了我的命嗎？我不管他是人是鬼，先收拾了他再說！」

李科長暴怒後勁兒還挺大，一下子掙脫開鄂林太的阻攔，又要舉槍，可想起槍中沒有子彈，開始摸兜掏子彈。

這時，一個黑洞洞的槍口早已對準了他。他的前邊站著一個威猛無比的蒙古男人，雙眼如刀般鋒利，冷冷地對他說：「你再開槍打我兒子，我一槍斃了你！」

李科長從這人的目光中看出了他說得到做得到，不會有一絲含糊。他還是珍惜自己生命的，不能爲一條狼白白丟了性命，而且這還算不上因公犧牲，死也白死，何況對方是一位平頭百姓，將來隨時可以找機會收拾他嘛。於是他識時務者爲俊傑，放下了手中的槍。

「阿木，去把他的槍撿過來！」蘇克命令。

我就過去撿起那把晶亮烏黑的五四手槍。

「把手槍交給旁邊的鄂林太所長！」爸爸說。

我就把那手上還沒握熱的手槍，轉身交給了正微笑著看我們的鄂林太叔叔。

「老鄂，這人違反國家法律追殺野生動物，又衝無辜的保護野狼的我兒子小龍開槍，險些造成傷害，他已經背離了一個人民警察的職則，我現在把他交給你！」說完，我爸朝天放一槍，隨著槍聲掉下來一隻烏鴉，「誰再對我兒子和白耳狼瞎開槍，就是這下場！」

說完，爸爸招呼上我，騎上馬追蹤正逃走的小龍弟弟而去。爸爸已經意識到，這些人發現了狼孩的蹤跡，那母狼和狼孩藏身的洞穴已不安全，在這些人徹底撤離之前，我們不能丟下不管回村去。

那些人面面相覷，半天才回過神來。

李科長從鄂林太手中拿回自己的槍，有些惱羞成怒，悻悻地說：「鄂所長，他就是你那位戰友啊？一個平頭百姓，怎這麼狂呢？敢下我的槍，媽的，走著瞧吧！算他還知趣把槍交給了你，要不然他的事就捅大了！呸！」

鄂林太「嘿嘿嘿」笑著，不吱聲。他知道在這時候說什麼都不好，只能沈默，甚至裝傻充愣。

「老說這沙狼受保護打不得，那我們去抓牠行不行？我們不打死牠，抓牠！把牠活捉，再送給有關保護單位，連那個狼孩一起抓走，送給研究機關，他不就是從縣醫院逃出來的嘛！我們就把他送回醫院繼續治療，省得他到處亂竄！」娘娘腔金寶晃著小腦袋，陰陰地說出這番話來。這一下提醒了李科長。

「高！好主意！」李科長一下子跳起來，揪著娘娘腔的脖領晃起來，「你叫啥名字來著？別看蔫不啦唧的，這鬼點子真絕！我們不打死牠！統統活捉！就活捉！行了吧？這回誰攔也沒有用！」

二禿子趁機也添油加醋地說道：「是啊，挺大的公安局科長，還怕了一個農民不成？活捉是在執行公務，誰也沒有理由攔你，攔你就是妨礙公務！」

聽了這些話，鄂林太所長真的不好再勸再阻攔了，但爲了對李科長負責，還是上前拉了拉他的手想跟他單獨交談，卻被盛怒中的李科長一下子甩開了。李科長招呼上二禿子和娘娘腔，繼續跟蹤白耳狼的腳印，向沙漠深處追過去。鄂林太搖搖頭，嘆口氣，只好跟上他們繼續前進。

我和爸爸其實沒有走多遠，我們一直躲在一個沙坡下的暗處，觀察著這幫人的動向。

見他們忘乎所以又去追蹤白耳和狼孩，爸爸咬牙罵起來：「你娘的，真是不見棺材不落淚！那我們就見真章，拿火槍說話吧！」

爸爸認真地檢查了一下槍和彈藥，又緊了緊馬肚帶，臉繃得鐵緊，雙眼變得陰冷陰冷。

我感到事情嚴重了。一旦真用槍說話，那後果可是不堪設想，一股不祥的預感從心底往上冒。

「爸，咱們趕在他們前邊，轟走小龍他們算了，不必跟他們一般見識！」我提議說。

說。

「孩子，來不及了。不用怕，有爸在你擔心什麼？他們幾個全加上，都不是我的對手！」爸爸說。

「我不擔心你，但真的動起手來，我怕你傷著別人也不合適。」我說。

「我會小心的。孩子，有些事是無法迴避的，只好面對，要面對的事情更得勇敢地面對，絕不能退縮！這是我們家族的傳統！」說完，爸爸飛身上馬，絕塵而去。

我也趕緊騎上馬，緊追過去。

這一天可夠熱鬧的。天又陰沈下來，要下雪的樣子，遠處的枯樹上，聚集著一群專吃死屍的烏鴉，發出一聲聲「呱呱」的駭人叫聲。

第十八章　遠去的狼孩

在上邊的洞穴中一直不放心的老母狼，似乎也預感了什麼，只見牠不顧一切地從岩洞口滾落下來尋找狼孩。牠看到了那最後一幕，「撲通」一下便不見了牠的狼孩身影。老母狼這時渾身充滿了神奇的力量，絲毫沒有猶豫，勇猛地撲過去，縱身一躍，也「撲通」一聲投入那個打著漩渦的黑沈沈的冰窟窿裡，頓時不見了蹤影。牠要救出自己的狼孩。

一

倘若真的以爲老母狼現在老弱病殘，不堪一擊，那將是大錯。

儘管耳不聰，目不明，又老態龍鍾，但牠的心智依然精細，思謀依然熟遠。最近以來，每當狼孩出去覓食，牠在洞穴內慢慢幹著一件事，就是拓展洞穴深度。不知是有什麼預感，還是閒著也閒著，牠就幹起和平時期的「深挖洞、廣積糧」來。而且幹得樂此不疲，從不停頓，像一位默默的深謀遠慮的偉大戰略家一般。

過去只是一個只有三米多深的淺淺的洞，那時牠和公狼年輕，身體矯健天下無敵，不須挖深穴，有個躲風避雨的處所就行了。現在隨著年齡增長，生活閱歷豐富，也追求起居住面積的寬敞，追求深宅大院有多少多少坪米了。牠天天就那麼慢慢挖著，擴展著，先是搞出一個儲藏室兼廚房，然後是大臥室，鋪滿乾草軟毛的大臥室。這些夠大夠寬了吧，沒有，老母狼依然深挖不止。

牠要幹什麼呢？那個斜形縱深的洞倒不怎麼寬敞了，只夠一條狼鑽行，而且深到已經有幾十米長了。可老母狼依然沒有停下的意思，還是那麼慢吞吞地挖著。

有一天，牠終於停下了，因爲牠已經挖到一處目的地，挖到了濕潤涼爽的沙蒿根和酸甜可口的酸不溜草根下面了，牠躺在那裡吮吸起草根，甚至從草根的空隙中還可望見高天的幾顆星星。狼孩也曾很費勁地爬到這洞穴的盡頭，他認爲老母狼爲尋找和吮吸沙蒿酸不溜草根挖，這麼長的洞，費這麼大力氣，一點不值得，瞎耽誤了功夫，他又爬向寬敞的臥室那裡啃起美味的山兔野雞來。

這天傍晚，老母狼突然煩躁不安，似是有了什麼預感，有什麼危險正在臨近。

牠爬出洞口張望，可又望不到什麼，眼前一片模模糊糊的沙坨子。狼孩不在洞穴裡，牠更是有些恐慌，狼孩去了哪裡？他送走家人後又去了哪裡？老母狼從洞裡出來進去，又在洞口附近轉磨，十分焦灼不安地等候著狼孩的歸來。

不知過了多久，狼孩終於回來了，十分慌張，三步一回頭，似乎是千軍萬馬從後邊追擊他。這種情況，在已長大的狼孩身上很少出現。跟他一起逃來的還有那隻被自己遺棄的白耳狼。

其實，老母狼極不願意狼孩與白耳狼來往，牠總覺得被人類養大的白耳，早晚有一天會給狼孩給牠帶來麻煩或者災難。從牠們倆的緊張樣子，老母狼已感到那個災難正在靠近牠們的巢穴。

狼孩迅速跑到洞口母狼身邊，用嘴巴碰碰牠，急急地低聲吟吠幾下，明白無誤地表達後邊有強敵追蹤，要帶牠馬上逃離此處，而且是棄這洞穴遠逃。那隻白耳狼，則站在稍遠些的地方，正回頭警戒。兩耳聳立，高昂著頭顱，擺出一副一夫當關萬夫莫開的架勢。

老母狼卻表示不走。牠已感覺到強敵已經很迫近了，自己又年老體弱根本跑不動，能逃得過他們人類的快槍快馬嗎？能逃得過他們毫不停頓的長期跟蹤嗎？要是這麼明著逃，早晚只有死路一條，這一點，牠一生久經沙場九死一生的經歷已明白無誤地告訴牠。於是，老母狼反而異常果決地把狼孩趕進了洞穴內，而且猶豫片刻後，還是把那做警戒的白耳狼也召進了洞裡。

牠們剛躲進洞內，就有一梭子子彈朝這邊掃來，打得洞口沙土紛紛冒煙。接著又是一梭子，顯然強敵用猛火力封鎖了洞口，牠們再也逃不出去了。

白耳狼發出絕望的哀鳴，狼孩也有些驚恐地東張西望，唯有老母狼趴在洞口，沈穩地諦聽捕捉著外邊的動靜，毫無慌亂緊張的樣子。白耳狼和狼孩也安靜下來，已經如此，也擺出一副與老母狼同生死的架勢。這倒也好，沒什麼遺憾。

「哈哈！我們把牠們堵在洞裡了！」有人狂喜地喊。

「這回看牠往哪裡跑！我要扒了牠的皮！」有人詛咒。

「真沒想到牠們的洞穴還是這舊狼洞！」顯然這是娘娘腔在驚嘆。

「要不說你們蠢呢，還不如一條狼！」有人揶揄。

這些人都趴伏在幾十米遠的土包後邊，不敢上前，只是虛張聲勢地吵鬧，不時朝洞口打一兩梭冷槍。

我和爸爸則遠離這些人，躲在另一側沙包後邊，觀察著事態發展暫未現身。從爸爸咬得鼓突的腮幫和一雙閃射冷光的眼睛上看，只要這幫人危及到小龍的生命安全，他會毫不猶豫地開槍點射這些人。

那麼，爸爸會保護白耳嗎？我現在最擔心的倒不是小龍，而是白耳。這些人基本都是衝著白耳來的，今天白耳命在旦夕，危機重重，不過到時候我也會衝上去的，就像爸爸衝上去保護小龍一樣。

幾梭子試探性的子彈掃過去之後，那個黑乎乎的洞口內依然沒有任何動靜，悄無聲息。周圍也是風不起，草不動，黃昏的大沙坨子裡一片死靜。那連串的槍聲驟響之後，很快被空曠浩茫的沙坨子吸得乾乾淨淨，沒有什麼太強烈的聲音刺激，似乎一切在這裡都顯得渺小而無所謂。

西南天際最早升起的那顆星星，有人稱它是金星，賊亮賊亮，黃中透紅光色新鮮，好像剛從沙泉裡洗出來的。當天亮時，它會走到東方地平線，變成啓明星，在太陽升起前的黎明黑暗中發出一道光亮，給人指路。我時常望著西南那顆金星發呆，想像它多麼辛苦，一夜之間趕那麼遠的路去遙遠的東方，由金紅變成白亮的另一顆星星，同時感到宇宙無限的奧妙和神秘。那時奶奶常常摸我腦袋說，那是佛爺駕著那顆金星趕去東方，給黑夜中的路人指點迷津的。

此刻，我真希望那位萬能的佛爺，駕著金星過來保護一下我的白耳和小龍弟弟。

等候多時仍不見狼洞內有任何反應和動靜，耐不住性子的李科長他們開始騷動起來。他們探頭探腦，罵罵咧咧，揮槍拉栓地鼓噪。

「鬼東西縮在洞裡不出來，上去看看吧！」李科長提議。

「對！咱們都上去！拿槍瞄著洞口，只要牠跑出來，咱們就一開槍撂倒牠！」二禿子摩拳擦掌，伸手揪下蓋禿頭的油帽子往地上一甩，黃昏的朦朧中，那禿頭成了白白的亮點，好像是一顆燈泡，逗得人們忍不住笑起來。

鄂林太憋住笑說：「小心你的禿頭吧，那麼亮那麼白，肯定第一個變成白耳狼攻擊下嘴的目標！」

嚇得二禿子趕緊又把帽子扣在禿頭上，但仍然挑動著說：「咱們不能在這兒乾耗著，上去封住牠的洞口，再想法子對付才對。」

「二禿子說得對，咱們都上，不能再等了。」李科長下了命令。

於是，幾個人貓著腰，縮著脖，手裡端著上了子彈的槍，躡手躡腳鬼鬼祟祟地靠上去。當他們快接近洞口時，從側後方沙包後閃出來爸爸和我，攔住了他們。

爸爸把槍對準了他們，喝令道：「退回去，不許你們靠近洞口！」

「你幹什麼？憑什麼阻攔我們？」李科長想起前不久被他下槍的事，肚裡一直憋著氣，感到沒面子，窩火，一個堂堂的縣公安局科長，怎麼能叫一個農民百姓壓住了氣勢呢。於是他臉一橫，耍起霸道起來，「給我滾開！別妨礙我執行公務！」

「執行公務？哈哈哈……」爸爸大笑起來，「你這人民警察偷偷盜獵，追殺國家保護動物，這叫執行公務？」

「我們要抓捕傷人的惡狼，送到應該送的地方進行監管保護，這事跟你這老百姓無關！你快給我閃開！」李科長也不示軟，喝令道。

「我兒子小龍在裡邊！你別想靠近這兒！」

「我們不碰你那狼孩，我對他沒興趣，我只要逮住白耳狼！你再不閃開！我就不客氣了！你這刁民在妨礙我執行公務，我有權拘捕你！」李科長抖抖手槍，又掏出手銬。

「呵！想來硬的，好吧，你上來試試！」爸爸的槍口瞄準了李科長。

一看情況不妙，站在後邊的鄂林太緊張了。

「別、別、別！你們倆可別鬥火兒，萬一槍真的走火傷了人，誰也擔不起這責任。」鄂林太清清嗓子，走過去站在雙方中間，看看李科長又看看我爸爸，「你李科長要是爲了打野狼傷了老百姓，回去你這科長還做不做？你蘇克爲了護兒子傷了公安人員，你是不是想坐大牢？你們雙方先壓住火，先聽我說，看有沒有道理。」

李科長聽出鄂林太話中的味道，似有醒悟，於是就說：「好吧，聽鄂所長怎麼說。」

爸爸則覺得由鄂林太充當中間調停人倒也合適，儘管他跟李科長是同事，都是警察，但也是自己過去的戰友，對此事始末都有瞭解，不會有什麼偏向，先聽聽他怎麼講也無妨。

「今天的事情發展到這地步，確實有些難辦了。」鄂林太有意口氣緩緩地，慢條斯理說起來，「那白耳狼雖然是受國家保護的野生動物，可又咬斷過李科長兒子的手指頭，還有咬死過二禿子胡倫的父親胡喇嘛村長的嫌疑，他們二人都跟白耳狼有仇。我跟白耳狼沒有仇，但從一個執法人員的角度說，這白耳狼已有些傷人的野性，不能讓牠在野外自由活動，以免又出現傷人事件，應該把牠抓捕，送到一個安全收養的地方去，這是一。這二呢，可這狼洞裡不僅藏有白耳狼，還有蘇克的兒子狼孩小龍，那條老母狼可能也在裡邊，這就問題複雜了，容易產生誤傷事件。而且從另一方面說，這座狼孩和老母狼的巢穴已暴露，消息傳出去之後，別的各類人物都有可能聞風而動跑來圍捕牠們，牠們以後的生存日子將變得更加困難更加危險。所以，我的意見是，蘇克，你倒不如利用這次大好時機，把狼孩和母狼抓捕回去，另行安排！」

鄂林太講的這番話頗有條理，而且頗有說服性。尤其對我爸產生了影響，他的態度明顯在發生變化，甚至要同意這個方案。可我隱隱感到，鄂林太的觀點稍稍偏向了李科長他們，而且明顯對我的白耳不利，也對喜歡荒野的小龍弟弟不公。

我剛要表示反對，爸爸摁住了我，輕聲對我說：「鄂叔叔的意見是對的，今晚的事，除了這方案再沒有好收場了。」

「這對白耳不公平，也危險！」我低聲抗議。

「真是能抓到白耳，我們一起護送牠去安全的地方。」爸爸說。

「小龍也不願意回到我們中間來……」我繼續嘀咕。

「還能怎麼樣？到時候了，他不能過一輩子這樣的日子！往後他也沒有安全了，鄂叔叔說得對，會有很多人追捕牠們，那更危險，倒不如利用這次堵在洞穴裡的機會抓他回家！」爸爸不容置疑地下了斷言。

我只好緘默起來。一個少年還能怎麼樣，而且在一個蒙古男孩子的眼裡，父親是至高無上的，要絕對服從父親的意志。我只有如此。

「好吧。我同意老鄂的意見，但一定要活捉，不許傷害他們！」爸爸嚴正地表態。

「我更沒意見，就活捉！不傷牠的一根毫毛！」李科長言不由衷地假惺惺這樣說著，「嘿嘿嘿」冷笑。

「如果誰違背了這個協議，我的槍絕不客氣！」爸爸再次嚴肅提醒。

「好了，就這麼定！誰也不許傷牠們！我負責監督！」鄂林太說。

接著，大家收起槍，商量起活捉的具體方案來，剛才的劍拔弩張的緊張氣氛暫時消散，人們都不由得鬆下一口氣。畢竟互相開槍殺戮不是人們希望看到的結局。誰都珍惜自己的生命，包括我爸爸，除非萬不得已。

令人奇怪的是，我們說了這麼半天，那個黑森森的狼穴內仍然沒有任何動靜，好像一處不存在任何活物的空洞。我站在一旁始終不解，爸爸也暗暗納悶，膽大的他輕輕走過去，還往洞內瞧了瞧，那洞穴黑乎乎地伸展進去，徐徐吹出一股陰冷的微風，絲毫也看不見裡邊的情況。

「想活捉的話，我倒有個主意。」娘娘腔金寶這時用女人般的尖嗓音，慢聲細語地開口。

「有屁快放！急死人了，還磨蹭啥！」李科長喝斥他。

「放煙熏牠！往洞裡放煙，把牠們熏出來，然後我們守在洞口用棍棒打昏牠們！」頗有狩獵經驗的娘娘腔金寶說出了他這損招，夠惡毒的，立刻得到了所有人的贊同。這個猥瑣的小男人，怎麼沒有死在通遼狂犬病醫院呢？我在心裡這樣詛咒著他。

大人們忙活起來。有兩個人守在洞口，其他人紛紛去砍去薅沙坨子上的沙巴嘎蒿。這是一種只有在半沙化的沙坨子裡生長的草本多年生植物，燒起來後不太起火苗，愛冒濃濃的黃煙，尤其在半濕半乾的時候，最適合熏狐狸洞狼獾洞什麼的。

費了不少功夫，他們弄來了一大堆發黃的沙巴嘎蒿，全部堆放在狼洞口，有經驗的娘娘腔還拿一根長棍，把蒿草儘量都塞進洞穴內，以便煙往裡走。一切弄好之後，娘娘腔哆哆嗦嗦地去劃火柴，點燃那洞口內的沙巴嘎蒿。也許過於緊張的緣故，他劃了幾根火柴也點不著那堆半濕的蒿草，最後，他撅著屁股伸嘴去吹火，「呼」的一下，終於燃起的煙火猛然噴出來，那火舌一下子燎著了

娘娘腔金寶的眉毛和鬍子，嚇得他四仰八叉倒下去，弄得十分狼狽，引起人們一片哄笑，紛紛奚落他。我心裡暗罵燒死你才好。

火是點著了，半濕半乾的蒿草慢慢引燃起來，也漸漸冒出濃濃的黃中帶黑的煙霧，那洞口完全被那團碩大的滾滾濃煙所籠罩。可奇怪的是，那濃煙卻不往裡走，全往外冒，往天空中飛散，根本進不到洞裡去。二禿子過去往裡扇煙，可被往外冒的煙一下子嗆住喘不過氣來，流著眼淚退回來。

「煙不往洞裡走，情況不對！」還是那個「娘娘腔」有經驗，發現不對勁兒，這樣嚷道。

我爸始終雙臂抱著胸，站在一旁，既沒去抱柴草也沒有去點火，靜靜看著他們弄。他其實早就發現情況不正常，洞裡有蹊蹺，但沒有吱聲。

「爲什麼會這樣？情況有什麼不對？」李科長問。

「洞裡邊不太深的地方被堵死了，所以不走煙，就像炕洞堵了會倒煙一樣。」娘娘腔解釋。

「那這樣熏不是白搭嘛！快、快，把火弄滅，去打通那個堵的東西！」李科長命令。二禿子和娘娘腔便急忙過去踩滅火點，一把把拽出塞進洞內的蒿草。

當過獵人頗有膽氣和經驗的娘娘腔金寶，自告奮勇往裡探洞，在李科長和二禿子等人誇張的鼓勵下，他帶著刀棍往裡爬進去。也就二米深處，他就發現了那個堵處，原來老練狡猾的老母狼似乎早就預料到了人類會這麼幹，就從裡邊拱來土，堵死了洞口。當然煙就進不去了。

娘娘腔金寶爬出來報告情況，李科長指使他挖開堵土。娘娘腔又爬回去，後邊跟著二禿子也來幫忙作伴。爲了復仇，這兩個人真是豁出命來了，輪流挖通那洞內堵土。折騰了好一陣子，他們終於徹底打通洞穴了。

這時，外邊完全變黑，夜幕降臨在沙漠上，三星也升在東邊的半空中，我們在這兒已經耗費了好幾個時辰了。

洞裡依然沒有動靜。二禿子和娘娘腔都安全地撤回地面上，可那藏著白耳、母狼和小龍的洞穴內卻一點反應都沒有。真是邪門兒了。大家都明明看著牠們躲進洞裡去的。

李科長他們重新往狼洞內堆放沙巴嘎蒿，點燃起來。這回走煙了，濃濃的黃黑煙呼呼地捲進洞裡去，好像是一口非常好燒的大灶口一樣，而且一點都不倒煙，那一團團濃煙一點都不浪費地都被吸進深洞裡去，滾滾翻捲，呼呼有聲。

「這回該死的畜生跑不了了，大家都準備好棍棒，沒有棍子就用槍托！出來一個，打倒一個！」李科長興奮起來了，拍手歡叫著招呼大夥兒，自個兒倒提著大槍托側身站在洞口一側等候著。二禿子和娘娘腔則守在另一側，連鄂林太和爸爸也做好了準備，氣氛有些緊張起來。

他們就那麼靜靜地等候著。洞口內那殘煙剩火徐徐燃著，似斷似續，偶爾發出「劈啪」聲響。大家屏住呼吸等著被煙熏後無法忍受的白耳牠們躥出洞口來。我看著他們一個個緊張兮兮，大眼瞪小眼，舉棍提槍托的傻樣子挺滑稽的，忍不住笑起來。我甚至覺得人類很低能很無聊。

還是不見白耳牠們躥出洞來。大人們面面相覷，不明所以。

「接著燒！接著熏！」舉槍舉累了的李科長不耐煩了，急躁地喊叫。

二禿子和娘娘腔又去抱沙巴嘎蒿一堆堆地塞進洞裡，再次點燃。那濃煙重新呼呼地捲進洞裡去，而且依然是一點也不往外冒。大人們又重新拿起棍棒緊張地等候起來，都那麼傻傻地呆呆地提心吊膽地等候著。

依舊不見洞內的狼獸現形。

我站在離洞口較遠的沙坡上，於是突然發現了情況。

「你們快看！那邊怎麼也在冒煙？」

離這邊洞口足有五六十米遠的地方，也就是這座洞口所在沙坡的背後方向，正冒著滾滾濃煙，而且那煙柱往上直拔雲霄，在皎潔的月光下，全然像一座工廠的大煙筒冒出的濃煙一般，那才叫「大漠孤煙直」！

大人們也頓生疑竇，跑來我這邊觀看，然後又紛紛奔向沙坡背面去看個究竟。

那是個背陰的沙坡，挨著一條小河溝，半腰上有一個臉盆大小的口子，那濃煙就是從這口子源源不斷地往上湧冒，呼呼發響，還裹捲著煙灰細塵。

「完啦！牠們跑了！我們他媽白忙活了！」娘娘腔金寶一拍大腿，哭喪般地喊叫起來，一屁股坐在地上。

老母狼還是棋高一招。牠讓這些愚蠢低能的人們，在前邊洞口那兒忙活，又堵上洞口以造成假象，欺騙他們一心一意對付那邊的口子，趁這功夫，牠帶領著自己的兩個孩子早已暗渡陳倉，逃之夭夭。顯然，當初牠利用那麼漫長的時間和精力來深挖洞，拓展穴道，絕不是爲了吮吸葦根草藤，而是早早準備好了逃跑路線和方法，以在千鈞一髮的緊急關頭啓用。牠早已判定此處洞穴的不安全性和潛在的危險，自己又衰老，一旦被人類堵在洞裡，那真是死路一條了。

牠當初特意沒去捅破出逃的口子，是因爲從外邊看根本不能發現這隱秘的出口，老練的獵人檢查周圍也不可能發現。所以像我爸爸和娘娘腔金寶這樣有經驗的獵人都被老母狼耍了，騙了。從我們追到洞口到放煙熏洞，足足過了好幾個時辰，這麼長的時間，老母狼牠們都可以跑到天涯海角了。多麼精妙的算計，多麼高超的技藝，多麼智慧的金蟬脫殼！

「哈哈哈，哈哈哈……」爸爸發出爽朗洪亮的大笑。

「格格格，格格格……」我發出舒暢開心的笑聲。

「嘿嘿嘿……」鄂林太也在一邊會心地低笑。

李科長和二禿子他們完全傻了。一個個如洩了氣兒的皮球一樣，癱坐在冰涼的沙地上，哀嘆自己真不如獸，加在一起還沒有一隻老狼的智商高。呆呆的，木木的，窩窩囊囊的，臉色灰灰的，眼神茫茫的。

老母狼的智慧和偉大，令我突發奇想，未來的地球統治者有可能就是狼類，而且牠們的女皇就是這隻老母狼！

二

那麼，老母狼牠們逃到哪裡去了呢？

在黑沙坡背陰後邊不遠處，有一條小小的沙漠河，當時小河結著冰。

老母狼牠們是踩著小沙河的冰面逃走的。光潔凍硬的冰面上，別說只長有毛茸茸肉爪的狼狐不會留下足痕，就是長硬蹄子的牛羊馬踩上去也只留下一點點白痕。所以不甘心的娘娘腔和二禿子，後來如何尋找母狼牠們留下的足跡，都毫無所獲。這真是踏冰無痕，如長翅膀飛走了一樣。這又是

老辣的老母狼的高明之處，牠每步的算計都在人類的前邊。正如一位棋壇大師，走一步看幾步，毫無破綻留給對方。

人類總以爲自己是「萬物之靈」，可同樣生於地球母體的狼類一點不遜色於他，甚至不少方面還優於人類，只是不被人類認識而已。就這樣，被人類斥之爲獸類畜生的老母狼和牠的兩個孩子，在人類這「萬物之靈」的眼皮底下再一次成功逃遁，而且這次更徹底，更精妙，沒有留下任何聲息痕跡，簡直是化成了空氣，一下子從地球上消失了。

時間在慢慢流逝。整整半年多時間，沒有一點牠們的消息。沒有足跡，沒有牠們尋食的信息，沒有牠們現身的傳聞，荒野沙坨上，從此沒有出現過牠們的身影。

牠們到底藏在哪裡？

爸爸媽媽在問，我在問，家族的人和所有關心牠們的好心人和壞心人都在問。爸爸甚至有些後悔，那天沒有下決心擊倒抓捕了小龍，讓牠後來躲進洞裡逃脫，現在弄得生死不明，斷了音訊，更令人惦記焦灼。

我暗暗爲小龍和白耳牠們祈禱，希望牠們逃得越遠越好，別再成爲人類攻擊追捕的對象。據我瞭解，那兩個狗娘養的二禿子和娘娘腔仍然沒有放棄追蹤，只要有機會，他們就在明察暗訪，尋找蛛絲馬跡。但我相信，就憑他們倆的智商和熊樣，絕不是老母狼的對手，最後不成爲老母狼的口中味就不錯了。

有一天，我回縣城中學時，在長途班車站遇到了二禿子。看見我，他眼神有些閃避。我迎上去，問他：「聽說你還沒死心，還在尋找我的白耳？」

「哦，這……這……」二禿子支吾。

「我有個消息，可以告訴你。」

「什麼消息？」

「當然是白耳的了。」

「哦？」二禿子的眼睛頓時亮了。

「據我掌握的情況，白耳已經跟隨老母狼遠走大西北莽古斯大沙漠了。我和爺爺爸爸他們就是從那裡找回我弟弟的。」我一本正經地說。

「真的？」二禿子摸了摸禿頭，又有些疑惑地，「你爲什麼告訴我這消息？我憑什麼相信你？」

「信不信由你。」我隨便一笑，一邊走向正在進站的長途汽車，一邊回頭說，「你要是去了莽古斯大漠，發現了我弟弟小龍的蹤跡，就告訴我一聲。至於那白耳狼，我現在一點都不感興趣了，我只要找到我弟弟。你可不許傷了我的弟弟。」

聽了我這番話，二禿子呆呆地站在那裡，發了半天愣，信也不是，不信也不是，很是苦惱了一陣兒。後來聽說，他和娘娘腔金寶還真的做了一番準備，購買駱駝，籌備乾糧和槍枝彈藥，還從親戚朋友中招募些幫忙人員，準備擇日遠赴大西北莽古斯大漠。

我暗暗偷笑。我相信老母狼牠們絕不會在大西北的莽古斯大漠古城廢墟中，因爲據我觀察到的老母狼身體狀況，牠很難長途跋涉到那麼遙遠的地方，那裡的生存條件又那麼惡劣，老母狼絕不會把新的隱藏處選在那裡。我鼓動二禿子的目的很簡單，就是讓二禿子、娘娘腔這兩個混蛋在那邊死

亡大漠中吃吃苦頭，不要再追尋白耳牠們。

可是我的計劃沒能實現。是那個老滑頭毛哈林，當二禿子又獻上一件稀罕物向他請示開介紹信時，他把二禿子臭罵了一通，訓他們是去找死，憑他們幾頭蒜，走不到莽古斯大漠就半路上不是倒斃就是被劫匪打死！那麼有本事的天虎「老孛」父子二人，都差點在那裡送了命，你們這幾個窩囊廢還想闖莽古斯大漠？哪兒涼快哪兒待著吧！

於是二禿子他們就只好找涼快地方待著了，取消了遠征計劃。我恨多嘴多事的毛哈林老頭子恨得牙根疼，壞了我的好事，從此，我再也沒走進過他的家門。他幾次派那小丫頭喚我過去說話，我都拒絕了。後來他拄著拐棍找到我，訓斥說，你這毛頭小子心眼不要太壞，二禿子這傻小子真的聽你話去大西北出了事，你是跑不了干係的，人命關天，可不是兒戲。

我想想也對。我跟二禿子畢竟沒有深仇大恨，何必置他於死地呢。但他以後自己去找死，那跟我就沒關係了。

有些人是不到黃河不死心的。二禿子的下場果真如此。

三

錫伯河是一條沙漠河。

它從上游二百里之外的一座沙山腳下起源，那裡有兩個牛眼大小的泉眼，兩股清冽而略帶土腥味的泉水從那裡汩汩冒出來，合二爲一，形成一條小溪向下游曲曲彎彎地流淌。人們說，這條小溪是被大漠擠壓出來的沙漠之奶，滋潤和餵養了下游沿岸眾多人類、畜群、草木和飛禽走獸。它猶如一位不屈不撓的征服者，在茫茫無際的大漠和沙坨中闖蕩穿行，七拐八繞，左突右衝，沿路收容吸進無數個小溪小泉，堅韌不拔地奔向東方。

有時，它的水被兩岸的乾旱黃沙吮吸後所剩無幾，有時被季節性的蘆葦蒲草遮蓋住後幾乎看不見河流，而遭遇大旱之年，則就僅僅剩一條細細的如絲線般的痕跡，那水若有若無。到了冬天，它就冰封千里，尤其大雪覆蓋後，如一條狹長空谷，壓根兒看不見它了。但它依然始終如一地堅持著向東征進，艱苦卓絕地開拓出一條出路，流經兩省十幾個縣，完成自己使命，匯進西遼河再奔進渤海。

它是一條英雄的河。老母狼何嘗不是這樣的英雄。

牠們就是沿著這條小冰河，順河床而下後消失的。

在下游上百里外，這條河有一個地形險峻的長峽谷。兩邊是上百米高的懸崖，老榆樹毛子在陡壁上紮根，常年煙霧繚繞，冷風颼颼，附近方圓百里沒有村莊人跡罕至。

解放前，大土匪「九頭狼」的鬍子幫就在這兒做過老巢，發生過各種恐怖的故事傳聞，漸漸，這裡成了科爾沁沙地中的一片禁地，人稱「鬼舔頭」——窮黑勒大溝。

峽谷北坡向陽的陡崖下，有一個老鷹巢。那是一個天然的洞口，離河面上高四五十米，從上邊崖頂往下也有四五十米，正好處於懸岸中部地帶，隱秘而陡險，除了長翅膀的飛禽可自由飛進飛出之外，兩條腿的人和四條腿的獸是很難爬上去和從上邊爬下來。那洞裡，平時總有一對雄猛的老鷹盤踞在那裡，閃動著黃黃的銳眼窺視外邊。窩邊和下邊的凸崖上淨是斑斑點點的鷹糞鳥屎，附近又

有刺兒毛子叢生，不細看根本不會發現那洞口。現在，這險洞的主人那對老鷹已孵出了一窩小崽，逮來一隻隻小鳥餵牠們吃。

那是個寒冷的冬季。一冬無雪，天氣更是乾冷乾冷，呼嘯的北風吹裂了河的冰面和懸崖凍土，零下三十度的低溫中，連老鷹都不敢離巢飛出狩獵，而是深縮在向陽的巢穴中，等候出現暖日。

這一天，盤臥在洞口的老鷹發現，下邊的河面冰上走來了一些不速之客。

帶路的是一條白耳朵灰狼。後邊十多米遠處，跟隨著一個怪物，似人似獸，披頭散髮，而牠的後背上還扛著一條老狼！牠們從上游踩著河的冰面輕捷而迅速奔來，不出聲不嗥叫，靈敏機警地觀察著四周，當牠走到這座老鷹崖下後，便突然停下不走了。

靜臥的老鷹這下警惕了，兩隻環眼頓時射出銳光，目不轉睛地監視起下邊這支狼的隊伍。前邊那隻白耳狼牠見過，前些日子曾來過這裡，發現老鷹做巢的岩洞之後，一直盯視觀察個不停，後來被牠們兩隻老鷹俯衝下去合力趕走的。後來也來過幾次，一來就盯著這老鷹洞。今天倒好，牠帶來了同夥幫手。

兩隻老鷹立刻聳脖挺胸，鐵爪子扣抓著岩石洞沿，威風八面地擺出不可侵犯的樣子，嘴裡發出猛烈刺耳的嘯叫聲，隨時準備出來攻打來敵。

白耳狼揚起頭，衝懸崖上的老鷹巢發出了一聲長長的嗥叫。這似乎在告訴後邊的狼孩和母狼，這裡就是目的地，引你們來的終點。

狼孩放下肩背上的母狼，也抬頭發現了那所位於險要處的鷹穴。老母狼站立在冰上，雖然目力不濟，也從白耳的嗥叫中明白了什麼，仰脖衝那高處注視傾聽。

狼孩發出一聲滿意而歡快的喊叫，「噢——嗚——」。顯然他已相中了那個隱秘的洞穴，如果能夠爬上去攻占下來做巢的話，那可是天下絕佳的易守難攻固若金湯的堡壘巢穴。

「啾——嘎——」從懸崖上傳下來兩聲怪唳的鷹嘯，接著天空中黑影一閃，兩隻老鷹如箭般俯衝下來，向前邊的白耳狼發動了第一輪攻擊。

白耳狼敏捷地左閃右跳，躲避著老鷹的鐵爪子和利喙，又不時地上躥橫躍著張嘴咬老鷹。牠曾跟老鷹戰鬥過幾次，知道對方鐵爪銅喙的厲害，不輕易把自己後背等處亮給牠們。然而，畢竟對方張著翅膀，飛行迅速，又從上邊下攻容易得手，得手後，便旋即飛上天躲開狼咬，準備下輪進攻。幾個回合下來，白耳狼開始抵擋不住了。

這時，狼孩大嗥一聲衝進來。他左撲右撞，伸爪子揪打老鷹，幾次差點得手，竟拔下了老鷹幾縷羽毛，然而，他的手臂上也被老鷹爪子抓了幾下，滲出血絲。

狼孩憤怒了，從旁邊河岸上撅拔出一根粗棍子，揮打起來。畢竟具有人的雙臂，這一下他的威力大增。被擊中的一隻老鷹發出「嘎嘎」的痛叫，衝上高空躲他的棍擊。戰局登時改觀。

另一隻老鷹一直跟白耳酣鬥，狼孩又衝上前去給白耳解圍，亂揮亂打中，一下子掃中那隻雄鷹的翅膀，差點將牠打落下來。顯然那隻鷹的一邊翅膀受了重傷，往下耷拉著，發出一聲聲慘叫，勉強拖著傷翅飛回上邊懸崖洞穴中去。見情況不妙，高空盤旋的另外一隻鷹也飛回洞內，不敢再飛下來了。

然而，激起鬥志和血性的白耳狼卻不罷休，牠嗥叫著，向上邊幾十米高的鷹巢衝上去。牠十分敏捷，一躍一兩米高，四隻爪子攀附在岸壁上的岩石或樹藤上，「噌噌」地跳躍著，轉眼間接近了那陡壁半腰的鷹穴。那隻沒受傷的老鷹一見強敵攻上來，又飛出洞穴攻擊半途中的白耳狼。這一下白耳狼被動了，四隻爪子全扣抓著岩石和樹草不能鬆開，又無法回頭張嘴咬老鷹，沒有幾下，白耳狼無法抵擋老鷹的攻擊撲抓，嗥叫著滾落到冰河上。

這回狼孩上去了。他比白耳有優勢，腳可蹬，伸臂可抓，身體又矯健而又敏捷，那雙臂又力道無窮。只見他騰挪閃跳，如猿飛崖，抓藤攀崖，幾下便靠近了鷹巢，未受傷的老鷹儘管驚懼此怪獸，還是飛出來攻擊他。

這回，狼孩吸取白耳的教訓學乖了，他身體貼附在岩壁上一動不動，也不先伸手去揮打老鷹，而是靜靜地如壁虎般黏貼在那裡，等候老鷹攻上來。老鷹見狀，以爲此獸也失去了戰鬥力，膽子變大了，展翅俯衝下來伸出鐵爪子抓狼孩。

狼孩就等這一刻，俟老鷹的爪子一接觸到自己後背，他閃電般地回過手就攥住了老鷹的腿。接著順手一牽過來，大嘴一張，嘎嘣一聲咬斷了老鷹的脖子，黑紅的血如射而出，濺滿了他的臉和胸，爾後揮手把老鷹屍體血赤呼拉地摔到地面上去。

上邊的老鷹一見伴侶慘死，發出驚天的啼嘯，不顧翅傷飛衝下來，攻擊狼孩。狼孩想如法炮製，可老鷹也學精了，攻打幾次有危險差點挨抓，受傷的翅膀也飛衝起來不給勁，牠只好又飛回了上邊的洞內。狼孩見老鷹回洞，接著往上爬，轉瞬間攀住了洞口下沿的岩石，終於翻身登上了鷹巢。

一見強敵已經攻進了巢穴，只見那隻老鷹發出一聲絕望的長嘯，展開大翅，趔趔趄趄飛出洞，狠狠地往地上俯衝下去，剎那間，牠一頭撞死在死鷹旁邊的冰面上，頭骨碎裂，鮮血滿地，一雙鐵爪子抽搐了幾下便再也不動了。

狼孩、白耳、老母狼都被這壯烈的一幕驚呆了。牠們不再嚎嘯，不再騷動，都怔怔地看著那隻英勇不屈、忠貞剛烈的老鷹還有牠旁邊的伴侶。似是默哀，似是致敬。

狼孩從上邊的鷹巢中跳下來，慢慢走到兩隻老鷹那兒，看了看，又把牠們撿起來抱在懷裡，走向河岸邊，放進一條岩縫裡，然後又塞滿石頭和凍土塊。他和白耳、母狼哪個也沒想去吃掉這對老鷹的屍體，儘管牠們都早已饑腸轆轆。狼孩慢慢走回來，白耳和老母狼靜靜地注視著他和那處新鷹墳。牠們都神態肅穆，目光凝重。獸有獸道。

狼孩默默地抱起老母狼，往肩上一扛，轉身走向懸崖陡壁，朝上邊的鷹巢攀緣而上。很快爬到那岩洞，鑽進去。白耳也從下邊三下兩下跳躍上去。

狼孩和白耳一起站立在鷹巢洞口，發出了一陣陣長嚎。這是占領者的嘯叫，向世界宣布此處的新主人身分，地域疆界的歸屬。

那鷹巢從下邊看顯得不大，像一口大鍋般的橢圓形進出口子，在洞口前，還有一米見方的岩石臺子，正好擋住從下邊仰望者的視線，看不大清楚岩洞的整貌。其實這是一個很大的天然岩洞，老鷹只占據了一個小角做了巢。而且外邊的岩洞又延伸到裡邊，跟另一個無邊無際的長溶洞連接起來，不知通到哪裡去，深不可測。難怪那一對老鷹殊死搏鬥，不肯逃走，堅守這如此難得的天然老巢。無奈，這是個強者的世界，殘酷無情，弱肉強食，禽獸間也如人類一樣由利益驅動，沒有弱小群體的生存空間。

儘管這新的巢穴進出不大方便，上爬下滑都有一定的難度，但對老母狼這樣無法保護自己的老獸來說，是一個絕對安全的天然屏障。地處鬼舔頭——窮黑勒大溝，洞又在懸崖峭壁間，除了鷹隼飛禽，一般走獸和人均無法到達這裡，也不易發覺，而對矯健強悍的狼孩和白耳來說，進出這洞口不成什麼難題，簡直如履平地。老母狼緩緩蹣跚著在寬敞的洞內走走停停，嗅一嗅這裡，觸一觸那裡，憑知覺和模糊的視覺，已經感覺到此洞穴冬暖夏涼，易守難攻，隱秘深藏等等好處，牠顯得非常滿意和喜悅，不禁仰起花白蒼老的頭顱發出「噢——嗚——」兩聲渾厚低沈的長嚎，表達自己的欣喜之情。

老母狼此時似乎想到了什麼，回過頭向洞口走去。

白耳狼蹲坐在洞口附近。自從爬上這新的洞穴之後，白耳根本沒有往裡多走一步，牠只是靜靜地蹲坐在洞外那小塊岩石臺上，觀察著老母狼的一舉一動，顯得孤獨而收斂。儘管牠鞍前馬後為母狼和狼孩的生存忙活著，奮戰著，有時冒著生命危險也絕不後退，可至今，老母狼始終沒有準確地表示過要接納牠。

就是這次的遠遁，是牠一直在尋覓著一處好巢穴，方圓幾百里幾乎都被牠尋遍才發現了這鷹巢，再把狼孩和母狼引到這裡攻占了它，可牠仍然不敢奢望母狼會改變初衷接受牠。牠已經做好準備，一旦老母狼仍然來轟趕牠的話，牠隨時準備跳下崖去，仍去外邊的荒野上流浪，雖然這對牠不公平，可牠也已經習慣了這種際遇，這種生活方式。

但有一點是不會改變的，那就是母狼對牠如何冷漠，牠將始終如一地追隨母狼、保護母狼，這一點是不會改變的。白耳的心裡，母狼永遠是自己的親娘。儘管母狼從小到現在始終偏愛狼孩，現在白耳一點不介意了，而且透過幾次生死與共的搏鬥和並肩作戰，牠也漸漸接納和喜歡上了這個不人不獸的狼孩了。何況小時還在老主人的土炕上一起滾耍過，有過最早的親密接觸。牠現在認爲狼孩是個不錯的可靠夥伴。

老母狼就那麼步履遲緩地，搖搖晃晃走向洞口，不時揚起嘴鼻嗅嗅。牠神態懶洋洋，拖拉著長尾，微翹的鼻孔咻咻抽響，似是無意的、沒有任何目的地向洞口白耳蹲坐的石台走過去。

白耳警惕了。牠倏地站立起來，然後揚起尾巴。牠以爲母狼又來趕咬自己了，牠緊張地後退兩步，可再退就是洞外懸崖了。

這時，母狼的老尾巴搖動起來，接著，從牠的嗓子眼裡滾出一聲比較親熱的「呼兒——呼兒——」的低吟。

白耳狼呆住了。全身震顫了一下，牠以爲聽錯了，母狼再次發出那種親暱的聲音，牠才相信是真的，就站在原地不動了。

老母狼接著走近了牠，用自己額頭觸碰了一下白耳的額頭，伸出濕涼的嘴巴親了親白耳的有些微微顫慄的嘴巴，白耳一動也不敢動。接著，老母狼與白耳相互交脖拱了拱，晃了晃，咬了咬，然後老母狼張開大嘴，伸出一條紅紅的長有倒刺的鐵刷似的舌頭，唰唰地舔起白耳的嘴臉和脖頸。看來，這是最後一項認子儀式了。

白耳的四肢在激烈地抖動，牠放低了頭頸，幾乎貼著地，乖乖地任由老母親又舔又咬。牠的雙眼裡流動著歡喜而又委屈無比的溫和，牠的勁尾輕輕地擺動著。牠開始搖頭晃腦，躺倒在老母狼腳下打滾戲耍，又熱烈而溫存地拱偎著老母狼的胸脯，發出一陣陣呢喃，牠完全被這突如其來的幸福擊倒了。

狼孩在遠處靜靜地觀看著這一幕，發出一聲欣喜的長嗥。那聲音在空蕩蕩的岩洞內久久地迴響，如一縷蒙古長調般綿綿不絕……

四

老母狼的新家族組合，就這樣在新的巢穴內安居下來。

和睦而溫馨的狼族生活開始了。遠避了人類的追蹤和探究，遠避了其他狗獾走獸的騷擾，又躲避開外邊的天寒地凍的嚴冬世界，悠閒安居在溫暖如春的深穴內，過著世外桃源般的無憂生活。

不久，狼孩還往連接岩洞的長溶洞走探了一次。

他又有了驚人的新發現。裡邊的那個七拐八繞的溶洞岩壁上，攀附生活著無數隻黑蝙蝠！這些奇特的動物，一個個肥碩無比，不時發出吱吱唧唧的駭人叫聲，有的還不時掉落到地上。狼孩不客氣地抓住兩隻放進嘴裡品嘗了一下，哈，味道好極了，美妙無比！

他歡跳著原路跑回去，招來了正跟母狼依偎親暱的白耳狼。

於是，牠和白耳又開始了新的狩獵戰鬥生活。牠們連手捕捉了一隻又一隻的肥大蝙蝠，帶回來給母狼吃。這一下，完全解決了牠們一家三口的一日三餐，而且是活蹦亂跳的血肉美味。

由於長年生活在溶洞內，啃吃青苔蟲豸，舔吸潮濕的岩壁生存，這些蝙蝠味道鮮佳，營養價值極為豐富，甚至可以說具有增強體質、益壽延年的效果。這麼一來，狼孩和白耳狼用不著再躥到岩洞外的荒野和河床上去捕獵了。牠們不用那麼辛苦了，不用出洞就可捕捉到取之不盡的獵物，在那個無邊無際的長溶洞裡，誰知攀附生存著有多少隻蝙蝠。估計牠們這一輩子都吃不完。

難怪外界的人類一下子斷了牠們的音訊。牠們壓根兒就不到外邊的荒野上活動，誰人能探聽到牠們的行蹤？牠們根本就沒有行蹤。餓了逮兩隻蝙蝠吃，渴了下到岩洞下的冰河上啃冰塊，既解渴又清火。後來，牠們在下游不遠處，發現了一處不結冰的活水口子。那是一個向陽的矮崖下，由於避風而溫暖，水流在這裡遇阻後變急，成了一個永不凍冰封口的活水處。於是每天吃了蝙蝠後，狼孩就揹著母狼下來，到那不結冰的活水口子飲水。那水甘甜凜冽，舒服到渾身每個毛孔。

光陰荏苒，時間慢慢流過。牠們就這樣送走了漫長的嚴冬，迎來了草木蔥蘢的春夏。爲了伸展四肢不失去矯健，趁草深樹綠容易隱蔽，狼孩和白耳狼也有時躥到荒野上猛跳狂跑一陣，追野兔捕狐獾，又爬上高峰狂嚎一陣兒，弄得四野都爲之顫慄。

老母狼卻一天天地更加衰老了。

牠安安靜靜地趴臥在洞內軟草上，很少走動，微閉著雙眼，呼吸也很細弱。牠的飲食也大大減弱，幾乎幾天不吃什麼東西。孩兒們弄來的蝙蝠、山兔、雉鳥，在牠嘴邊堆成小山，可牠聞都不聞，一點興趣都沒有。就是發生興趣，牠也咬不動嚼不爛咽不下，索性就放棄那些麻煩。

牠似乎不吃東西也可以活下去。可狼孩不幹，非讓牠吃東西不可。每天狼孩餵牠吃，餵得很艱難也很細緻。先是把母狼愛吃的兔肉放進自己嘴裡嚼爛，然後用手爪掰開母狼的上下嘴，再用自己舌頭把含在嘴裡的肉食推送到母狼的嗓子眼裡，這樣母狼就容易咽下去了。吃到維持牠生命的有熱量的食物，老母狼也能精神起來。

狼孩每每這樣餵食，不厭其煩。白耳負責出去捕食。老母狼應該知足了，過著幸福的晚年，兒

女也孝順能幹。比起人類許多被子女拋棄的老人來說，牠可是幸福多了。

母狼有時也鬧脾氣。狼孩沒有煩給牠餵食，牠自個兒卻煩了，有時死活不張牠的嘴，急得狼孩抓耳撓腮，咬也不是打也不是，哄勸又不聽。白耳在一旁幫不上忙，只有團團轉，發出一聲聲哀嗥狺吠。到這時候，母狼鬧夠了，見兩個孩子可憐可笑樣，又動了惻隱之心，便放棄一時的倔強，張開嘴又吞咽起狼孩餵給牠的軟食爛肉。

這真是一個感人的一幕。當年被母狼叼走，用狼奶餵大和呵護的這個人類孩娃，如今用自己的嘴舌餵嬰兒般餵著老母狼，也活似一隻大鳥用長喙把叼來的蟲子放進嗷嗷待哺的小鳥嘴裡一樣。神奇而野性的世界裡，這其實是一種最純樸最真摯的感情表現，似乎是個很自然的事情，不像人類社會那般弄得太複雜，什麼道德啦，忠孝啦，責任啦等等，先思想，後行動。野獸則先行動，後——後也不思想，牠們不要思想。人類已被他們的思想弄得亂七八糟了。聖者說過，人類一思想上帝就發笑。野獸不思想，也沒人發笑，上帝會沈默。沈默的上帝更可愛。

母狼家族在這一段的新穴居生活期間，也遭遇到過一些特殊情況。

那一天，沿著這條蜿蜒逶迤的錫伯河，走來了兩位不速之客。一個是禿頭上永遠扣著一頂帽子的年輕人，一個是猥瑣矮小的中年男人。他們倆爲復仇爲洩憤，仍然不屈不撓地追尋到這一帶，查探白耳狼的下落。

他們果然探出了些蛛絲馬跡。

他們也像野人般潛伏在河南岸的草叢中，眼睛死死盯著對面懸崖上的那個舊鷹巢。那是個十分可疑的洞口，不見老鷹飛，也不見小鳥入，偶爾卻傳出些奇異的聲響，從裡邊飛竄出一兩隻大蝙蝠又飛回去。那裡邊究竟有什麼古怪呢？兩個月之後，他們終於有所收穫。

一個寂靜的月夜，他們看見狼孩揹著老母狼從那岩洞裡爬下來，到河邊吧唧吧唧飲水，爾後又爬上去消失在那舊鷹巢岩洞裡。

猥瑣的男人是娘娘腔金寶，他由於狂喜，差點咬破了嘴唇，二禿子胡倫則奇怪，他們追蹤的主要目標白耳狼哪兒去了？

娘娘腔安慰他別著急，找到了母狼和狼孩，還能跑得了白耳狼？果然，他們後來不久也看到了白耳狼。他們兩人不得不佩服，這個母狼家族居然能找到如此隱秘的天然岩洞做巢，真是匪夷所思，令人叫絕。他們兩個犯愁了，怎麼樣才能消滅牠們？他們根本無法接近那個峭壁上的岩洞，從下邊他們肯定上不去，從上邊又怎麼下來進得去呢？他們苦思冥想。

兩個人突然消失了，多日之後，有一天他們又出現了。這一次，他們出現在河的北岸上，在那座岩洞的頭頂上邊。他們帶來了長長的粗繩，由娘娘腔金寶用繩子綁上自己腰，手裡還提著雷管炸藥包，由留在上邊的二禿子往下放繩，一點點地把娘娘腔送下去。

狗日的，夠狠毒的，居然想用這種損招來炸平那岩洞，想一次全殲了母狼家族。

他們倆陶醉在自己想出的毒計中，繩子一點點送下去，已經接近了那個鷹巢的岩洞。娘娘腔金寶陰冷地笑著，點燃了手中的炸藥包。

恰好此時，上頭放繩的二禿子身後突然出現了那隻白耳狼。只見牠「嗷兒」一聲狂嗥，就撲上去了。二禿子回頭一見是白耳狼，嚇得魂兒都沒有了，同時，白耳的利齒一下子咬住了他的手腕。剎那間，他就失手鬆開了那長繩，本來這長繩的這一頭還拴在時近的一棵樹上，卻早被暗中的狼孩

咬斷了。於是，下邊墜著的娘娘腔便毫無瓜葛、毫無阻擋地徹底掉落下去了，發出一聲慘叫，如斷線的風箏，同時「砰」的一聲巨響，他手中的炸藥包也爆炸了。

可憐的娘娘腔頓時粉身碎骨，血肉橫飛，七零八落地掉進滾滾的錫伯河中，連個整屍都沒有留下。而那錫伯河正發著洪水，頃刻間吞沒了他那殘肢斷腿，散片似的屍首全沒有了蹤影，唯有渾黃的河水滾滾而下咆哮奔騰。

上邊的二禿子扭頭就跑。白耳「呼兒——」一嘯，縱身一躍，便從他頭頂上躥過去，又站在他的前邊，兇狠地面對著他。白耳的眼睛逐漸變綠，齜牙咧嘴。

「別、別、別……別咬我！別咬我！」二禿子臉無血色，渾身顫抖，嚇得屎尿齊出地僵在原地。

白耳狼不管他的求饒，「呼兒」的一下猛撲過去，不偏不倚，正好咬住了二禿子的褲襠處。「哧啦！」一聲，二禿子的褲襠和那個男人的東西一併被白耳血赤呼啦地咬下來，落進白耳狼的嘴裡，「嘎吱嘎吱」咀嚼後吞嚥下去了。二禿子大聲慘叫，捂著自己的褲襠逃走，可沒跑出多遠便昏過去了。

白耳狼望著他的背影，並沒有追過去結果了他，而是會合了狼孩，發出一聲長嗥，回下邊的岩洞巢穴去了。

就這樣，胡家父子都被白耳狼做了，一死一廢。胡家滅了狼的家族，倖存的白耳又做了胡家，因果報應，自然界的規律。

事情就這麼結束了。該走的都走了，該留的都留下了。母狼家族的生活還要繼續，牠們的故事還沒有結束。漫長的夏天也這麼熬過去了，從此再也沒有人類過來騷擾牠們平靜的生活。

寒冷的嚴冬又來臨了。近來從北方罕騰格爾山那邊來了一隻年輕的小母狼，白耳跟牠廝混上了，整日整夜在荒野上追逐，有時一連多日離開巢穴。牠的另一種幸福生活即將開始了。狼孩默默地注視著牠們，有時不明白牠們爲什麼那麼歡快。他有些寂寞。

這一天，白耳又走了。狼孩守著母狼，懶得到外邊去，覺得無聊時，他獨自往那長長的地下溶洞走探。這一次，他在溶洞的一個岔道裡發現了一個有趣的現象，一隻大蝙蝠正跟一個地上的不大的如蟲子般的小動物相鬥。說牠是小動物也抬舉了牠，身體才幾釐米長，頭部有點像馬蜂，嘴邊長著鬚子，胸肚上長著七八隻腳，形成節肢，前腹粗後腹細長，尾巴有個倒勾往上撅挺著，牠是拿這個當武器跟蝙蝠鬥。

還真有效，那隻大蝙蝠畏懼牠這上舉的倒勾，幾次進攻都沒有得手，吱吱叫著。那個蟲子般的小東西跑起來也蠻迅速，閃避著自己的頭部，蝙蝠飛到哪方，牠就把尾勾倒舉向哪兒，用屁股對敵。失去耐心的蝙蝠最終飛衝下來，倒是咬住了小東西的頭部，可自己也被牠的尾勾蜇了一下。小東西死了，可那蝙蝠也沒飛出多遠「吧唧」掉在地上，抽搐著死了。

狼孩好生奇怪，走過去，想撿起那個從未見過的小東西看一下爲什麼這麼厲害。他伸手抓那小東西的刹那間，又躥出另一個同樣的小東西狠狠蜇了一下他的手背。如針刺般的疼痛，氣得他一腳踩死了撅著尾巴跑的那小東西。

這一下不好了，他的手背很快紅腫起來，身上也發熱了。他趕緊跑回巢穴，疼痛使他嗷嗷呻吟。老母狼爬過來，聞了聞舔了舔，頓時大驚失色地低嗥幾聲。經驗老道的牠立刻知道，狼孩是被

毒蠍子蜇了。

如果夏天的話，可找蠍子草嚼爛，塗在上邊能治好，可現在是冰天雪地的冬季，哪有什麼綠植物喲。急得老母狼在洞裡團團轉，伸出舌頭唰唰地舔那被蜇處，又舔那發燒後滾燙的狼孩臉頰。

狼孩開始昏迷。老母狼一時突發奇想，把自己的尿撒塗在狼孩手背紅腫處，又把一隻黑蝙蝠的血漿塗在上邊。不知是狼孩身體強健，還是老母狼的偏方有了奇效，昏迷了幾天，狼孩居然活過來了。只是身體虛弱，燒還沒有退。

這一天，渾身又熱又渴的狼孩勉強支撐著自己，從岩洞內爬下來，踉踉蹌蹌走到向陽岩下的活水口子。

暖暖的背風向陽崖下，一兩米狹長的不結冰的活水口子在那裡翻著水花，旋轉著，形成深不可測的漩渦，流向下游冰面下。足見在那冰封千里的河冰下，也隱藏著洶湧的驚濤駭浪，只是看不見而已。

狼孩跪蹲在活水口子的冰邊上，忍著頭昏腦脹，俯下頭去飲那凜冽涼爽的活水。突然，他在黑亮清澈的水面上看到了一個影子，一個披頭散髮、塌鼻毛臉、人不人鬼不鬼的怪物影子。

他奇怪這個半人半獸的怪物是誰，好像在哪裡見過，似曾相識，可又想不起來。接著，他的眼睛有些模糊起來，頭腦也有些昏迷，似乎在水中又看見了那個「啊——啊——」的親人，還有那個漂亮的媽媽，威嚴的老拿鞭子抽他的男人……他們似乎都在向他招手，呼喚他回到他們那邊。他要回去嗎？幹嘛要回去呢？這裡多好啊……

「撲通！」看著看著，狼孩眼睛一花頭一昏，便頭朝下掉進那冰窟窿裡去了。旋轉的水面上揚起了一朵美麗的浪花，然後不見了狼孩的蹤影。

在上邊的洞穴中一直不放心的老母狼，似乎也預感了什麼，只見牠不顧一切地從岩洞口滾落下來尋找狼孩。牠看到了那最後一幕，「撲通」一下便不見了牠的狼孩身影。老母狼這時渾身充滿了神奇的力量，絲毫沒有猶豫，勇猛地撲過去，縱身一躍，也「撲通」一聲投入那個打著漩渦的黑沈沈的冰窟窿裡，頓時不見了蹤影。牠要救出自己的狼孩。

陰沈沈的冬季雪天裡，黑森森的冰窟水面上，也曾露出過幾次那狼孩的身體，老母狼在冰下用身體往上拱托著他。可嗆了水，又處在昏迷狀態，身體虛弱，狼孩被極寒冷的冰水中凍痲木了全身，根本無力爬上冰岸上來，而且那冰面又那麼滑，根本抓不著任何可借力的東西。於是，幾經掙扎，幾經沈浮，狼孩和老母狼再也沒有從冰窟窿裡露出身體。湍急洶湧的冰下河水，早已沖捲走了牠們力竭的身軀，而下游的河面冰封千里，沒有一處可讓牠們露臉的地方了。

天也安靜了。

地也安靜了。

冰面安靜了。

整個世界都安靜了。

只有嗚嗚呼嘯的北風，如哭似泣，爲母狼和狼孩唱著輓歌。

剛才的一陣騷動，絲毫也沒能打破這冷寂而無情的荒野的安寧。一切都如此的死靜。岩縫中的鳥不再啼鳴，連遠處的雲也不再飄動，唯有冰河面上偶爾傳出輕微的咚咚聲響，那或許是河冰在凍裂，更像是那不屈的母狼和狼孩正用頭顱從下邊撞擊著那凍死的冰層！

第二天早上，熱戀中的白耳從荒野上回到岩洞老巢，不見了母狼和狼孩，牠慌亂了。

牠在附近尋覓時，在活水口子那兒聞到了氣息。牠長嘯一聲，循著冰河往下游尋找下去。於是在下游的幾里外，牠發現了一個奇景：水晶般透明的冰層下，朝上仰面貼著兩張臉，一張是母狼的毛茸茸的長臉，一張是狼孩那張似人似獸的圓臉，都緊緊貼著冰層，凍結後固定在那裡了。好似活標本——碩大的水晶棺材中的兩具最有特色的活標本。母狼與狼孩。人與獸，獸與人，如此栩栩如生。

白耳用爪子刨扒著那冰面，哀嚎了很久。

牠驟然跳起，沿著冰河床往上游方向飛躥而去。

那一天，我剛從省城學校放假回來。

白耳就那麼幽靈般闖進了我家，一見我就咬住了我的褲腿兒，牠跑得渾身如水洗了一般。牠咬住我的褲腿兒就往外拽，並發出一聲聲絕望而痛苦的哀鳴。頓時，有一種不祥的預感襲遍我全身。家人也感到十分奇怪。

我和爸爸騎上馬，跟隨白耳迅速沿錫伯河往下游奔去。

我們在百里之外的那個冰面上發現了那對活標本，那個令人心碎的景象，赫然出現在我的面前。

爸爸慢慢跪下去，用手掌輕輕擦拭著那冰面，似是擦拭著孩子的臉，輕輕的，柔柔的，怕擦疼了、擦醒了冰下沈睡的小龍弟弟。然後，爸爸把臉貼上去，緊緊貼在狼孩的臉上。白耳圍著爸爸，圍著我，圍著母狼和狼孩的影子亂轉著，哀嗥著。爸爸跪在那裡，親了很久。兩顆豆粒大的濁淚，從他那滄桑剛毅的臉龐上滾落下來。

……

一切就這樣結束了。

我爲狼孩小龍和老母狼的在天之靈祈禱。

尾聲

很多年過去了。

每當我從城裡回到故鄉，坐在河邊的沙丘上，就想起我那狼孩弟弟小龍，還有那隻不屈的母狼和牠的家族。

面對蒼老的父母雙親，面對日益荒漠化的故鄉土地，面對狼獸絕跡兔鳥烹盡的自然環境，我更是久久無言。我為正在消逝的美麗的科爾沁草原哭泣，我為我們人類本身哭泣。

我慢慢走過村街。依舊冒著土煙，依舊跑著騎柳條馬的小孩，依舊是門口灰堆上打滾的毛驢和豬狗，不時夾雜一兩句魔怔女人伊瑪罵孩子的叫聲：你這挨千刀的雜種哎，你這狼叼的小禿子哎……這時，從村街灰堆上便鑽出一個禿頭發亮、塵土滿身的騎柳條馬的髒孩兒來。

我心裡淒然。

我走向西北大沙坨子，選一高高的沙峰，久坐遐想。

此時，我油然想起我的白耳狼子。我無法忘卻牠。那次我們把狼孩和母狼從冰窟裡刨出來，安葬在懸崖上的鷹巢之後，那白耳就跑走了，身旁相伴著一隻美麗的小母狼。

哦，我的白耳狼子。牠是唯一代表狼孩和母狼活著的荒野精靈。

此刻，牠在哪裡？

冥冥中，我的大腦裡突然出現幻覺：茫茫的白色沙漠上，明亮的金色陽光下，緩緩飛躍騰挪著一隻靈獸，白色的耳朵，白色的尾巴，也正在變白的矯健的身軀，都顯得如畫如詩，縹緲神逸，一步步向我奔馳而來，向我奔馳而來……

哦，我的白耳狼子。

風雲動物文學

狼孩

作者　郭雪波

出版者　風雲時代出版股份有限公司
出版所　風雲時代出版股份有限公司
地址　105台北市民生東路五段一七八號七樓之三
網址　http://www.books.com.tw
電子信箱　h7560949@ms15.hinet.net
服務專線　（〇二）二七五六－〇九四九
郵撥帳號　一二〇四三二九一

執行主編　朱墨菲
封面設計　蕭麗恩

法律顧問　永然法律事務所　李永然律師
　　　　　北辰著作權事務所　蕭雄淋律師
版權授權　郭雪波
出版日期　二〇〇七年九月初版四刷

定價　新台幣二九九元

總經銷　成信文化事業股份有限公司
地址　台北縣新店市中正路四維巷二弄二號四樓
電話　（〇二）二二一九－二〇八〇

行政院新聞局局版台業字第三五九五號
營利事業統一編號二二七五九九三五

國家圖書館出版品預行編目資料

狼孩／郭雪波著.　-- 初版. -- 臺北市：風
　雲時代，2007〔民96〕
　　冊；　公分.

　ISBN 978-986-146-340-7（平裝）

857.7　　　　　　　　95023788